I0660248

LE RAPPORT SECRET

DU

Dʳ JOHANNES LEPSIUS

*Président de la Deutsche Orient-Mission
et de la Société Germano-Arménienne*

SUR

LES MASSACRES D'ARMÉNIE

Publié avec une Préface

PAR

RENÉ PINON

Professeur à l'École des Sciences Politiques

PAYOT & Cᵉ, PARIS

106, BOULEVARD SAINT-GERMAIN 106

1919

LE RAPPORT SECRET

DU DOCTEUR

JOHANNÈS LEPSIUS

LE RAPPORT SECRET

DU

Dr JOHANNÈS LEPSIUS

*Président de la Deutsche Orient-Mission
et de la Société Germano-Arménienne.*

SUR

LES MASSACRES
D'ARMÉNIE

Publié avec une Préface

PAR

RENÉ PINON

Professeur à l'Ecole des Sciences Politiques.

PAYOT & Cᴵᴱ, PARIS

106, BOULEVARD SAINT-GERMAIN, 106

1918

PRÉFACE

L'Allemand pense collectivement ; c'est même pour l'Allemagne une grande force dans la bataille que cet instinct grégaire qui l'associe toute entière, dans une inconscience morale absolue, autour de ses chefs ; sans l'ombre d'esprit critique, l'opinion allemande avale le mensonge officiel et se l'assimile ; l'intérêt allemand devient le seul critère du juste et de l'injuste, du vrai et du faux, ou plutôt, par l'un des phénomènes de psychologie collective les plus extraordinaires et les plus dangereux qui ait jamais paru dans l'histoire, le bien et le vrai se confondent avec l'intérêt allemand, s'identifient à lui dans une monstrueuse synthèse à laquelle la philosophie hégélienne prête les apparences d'une métaphysique de la force et les aspects logiques d'une marche vers le progrès humain. Chez les « savants » eux-mêmes, nulle trace de cette « objectivité » dont ils prononçaient si volontiers le mot ; nul indice, pas plus chez les hommes de science que chez les hommes de foi, d'une conscience ca-

*pable de réagir, au nom de la loi morale, contre
les entraînements de la passion nationale. L'élite
se confond dans la masse ou, si elle la dirige,
c'est pour l'égarer plus sûrement. La masse du
peuple allemand est arrivée à croire que l'Allemagne n'a pas voulu la guerre et a été attaquée,
que la Belgique a violé sa neutralité et mérité
ses malheurs, que les Français maltraitent les
blessés, que les Arméniens ont massacré les innocents Turcs, etc. Combien d'autres falsifica-
tions inouïes des faits et des textes sont acceptées
aujourd'hui sans discussion dès que l'intérêt
allemand est en jeu.*

*Pourtant, dans ce désert moral, quelques voix
isolées, très rares et très timides, nous ne dirons
pas se sont élevées, car le monde ne les a pas
entendues, mais ont murmuré dans la pénombre,
au péril de leur liberté. Le témoignage de ces
voix isolées a d'autant plus de valeur qu'il lui est
plus difficile de se faire entendre ; leur jugement
a d'autant plus de poids qu'il va à l'encontre des
intérêts et des passions allemandes et que les
pouvoirs publics ont cherché plus âprement à
l'étouffer.*

*Un document de cette nature est récemment
parvenu entre nos mains. C'est le* « Rapport sur
la situation du peuple arménien en Turquie
par le Dr Johannes Lepsius, Président de la
Deutsche Orient-Mission et de la Société germano-arménienne (Tempelverlag, Potsdam,

1916) ». *La couverture porte en outre les mentions suivantes :* « Imprimé comme manuscrit (1). — Toute réimpression et utilisation dans la Presse défendues. » — « Strictement confidentiel ». *Pour expliquer ce luxe de précautions, il nous faut indiquer brièvement l'histoire de ce rapport.*

Johannes Lepsius, Docteur en théologie, s'est acquis dans la science allemande une haute réputation comme spécialiste des questions arméniennes ; son livre sur les massacres de 1894-1895 fait autorité. En même temps qu'un savant, Lepsius est un homme d'action et d'apostolat ; il est Président de la Mission allemande d'Orient (2) et de la Société germano-arménienne. Ses études philologiques et historiques, ses longs séjours en Arménie et dans tout l'Empire ottoman, donnent un poids tout particulier à ses jugements sur les hommes et les choses d'Orient. Il est, en même temps, un patriote allemand ; en s'occupant des Arméniens il ne perdait pas de vue l'influence politique et économique de l'Allemagne et il caressait l'espoir que les Arméniens deviendraient un jour les meilleurs agents de la pénétration commerciale allemande dans l'Asie turque. A la nouvelle des massacres et des déportations de

(1) *Cette barbare expression signifie que l'imprimé qui porte cette mention doit être considéré comme un manuscrit, et ne peut être vendu et mis dans le domaine public.*

(2) *Missions protestantes.*

1915, *Lepsius se rendit à Constantinople et y fit
une enquête prolongée ; il recueillit les maté-
riaux dont est fait son rapport. Revénu en Allemagne en février 1916 il fit, à Berlin et à Halle,
des conférences sur les massacres d'Arménie
devant un public d'invités uniquement composé
de théologiens et de missionnaires. Son dessein
était de créer en Allemagne, dans ce milieu spécial
et fermé, un courant de pitié agissante à l'égard
des Arméniens et d'amener, dans l'intérêt même
de l'Allemagne et de son influence en Asie, le
gouvernement de Berlin à intervenir soit diplo-
matiquement soit en envoyant des secours charitables aux malheureuses victimes. C'est ce qu'il
explique dans la lettre à ses « amis de la mission » qui sert d'Avant-Propos à son rapport. A
la suite de ses conférences, il fut décidé qu'une
délégation de dix membres, choisis parmi les
sommités du monde ecclésiastique protestant (1),
solliciterait une audience de l'Empereur et du
Chancelier afin de leur soumettre les doléances
de la chrétienté au sujet des massacres d'Arménie. Guillaume II reçut la délégation au Grand-
Quartier-Général à Kreuznach et promit d'adresser des lettres autographes au sultan et à Enver-
Pacha pour les prier d'intervenir en faveur des*

(1) *Parmi eux étaient le Dr Richter, professeur à l'Université de Berlin et le D^r en théologie Schreiber, Président
du Comité de secours de la Société de la Mission évangélique allemande à Berlin.*

malheureux Arméniens. Le Chancelier promit de
son côté d'intervenir ; Lepsius, dans son Avant-
Propos, rappelle le texte de ses paroles. Mais le
haut commandement allemand s'opposa à l'envoi des lettres impériales en faisant valoir qu'il
s'agissait d'une question intérieure purement
turque et qu'il était d'autant plus impossible
d'intervenir que les Arméniens avaient fomenté
des mouvements révolutionnaires dans les diverses
parties de leur pays. L'Empereur s'inclina devant les injonctions de l'Etat-Major, mais il
chargea Lepsius de se rendre à Constantinople
pour y faire part de ses désirs à Enver ; celui-ci
aurait, dit-on, répondu à l'envoyé du Kaiser : « Je
ne fais que ce que les Allemands ont fait en Po-
logne » et il le fit expulser de Turquie ; puis il
donna l'ordre de fermer toutes les stations de la
Orient-Mission et celles de la Armenische Ge-
sellschaft. Revenu en Allemagne, Lepsius y ache-
va la rédaction et l'impression de son rapport.
Sur l'intervention du député Fuhrmann le gouvernement saisit la brochure et interdit sa publication. Mais Lepsius put sauver un certain
nombre d'exemplaires qui furent dans la même
nuit mis à la poste de différents bureaux et
parvinrent à un certain nombre de pasteurs,
de membres des Sociétés de Missions et de députés au Reichstag. La police perquisitionna
chez Lepsius qui jugea prudent de passer en
Hollande ; il n'en est revenu que cette année et

s'est rendu à Bielefeld pour la réunion de la Société des Missions, au commencement d'avril 1918 ;
indigné de l'inertie de ses coreligionnaires qui
se refusaient à toute action ou manifestation en
faveur des Arméniens, il donna avec éclat sa démission de Président.

C'est ce rapport de Lepsius qui est parvenu entre
nos mains dans des circonstances qui dégagent
entièrement, nous tenons à l'affirmer, la responsabilité des hautes personnalités arméniennes
ou arménophiles qui, en France ou ailleurs,
avaient reçu communication du document dans
des conditions qui ne leur permettaient pas de le
divulguer.

Nous n'étions pas tenu aux mêmes réserves.
Les mêmes raisons de guerre qui ont décidé Lepsius à mettre la lumière sous le boisseau, nous
ont engagé, nous, à la placer sur le chandelier.
Ce long rapport ne contient pas, du moins dans
sa première partie, intitulée « les faits, » que des
documents inédits ; on y retrouvera quelques-uns
des témoignages américains, allemands ou arméniens que lord Bryce a insérés dans sa publication officielle et dont nous avons donné des extraits dans la brochure où nous essayions (1), dès
1916, d'établir les responsabilités. Mais rassemblés et critiqués par un savant allemand, l'en-

_____

(1) La Suppression des Arméniens. — Méthode allemande ;
travail turc (Perrin, in-16).

semble de ces témoignages prend une importance nouvelle et constitue le récit le plus complet et le plus sérieusement contrôlé des déportations et des massacres.

La seconde partie est intitulée « les responsabilités » ; elle discute pas à pas toutes les alléga-
tions des Turcs ou de leurs avocats, fussent-ils
allemands ; par sa logique vigoureuse, par un
souci méritoire d'établir la vérité, elle constitue
le réquisitoire le plus serré qui se puisse établir
actuellement contre le gouvernement Jeune-Turc
et la réponse la plus accablante aux écrits mé-
diocres qui ont prétendu plaider sa cause (1). Le
rapport de Lepsius, par les faits qu'il groupe,
par sa discussion précise, par ses conclusions
fortes, mérite la plus large publicité, d'abord
pour sa valeur intrinsèque, ensuite parce qu'il a
été écrit, en pleine guerre, par un Allemand.
Nulle part les responsabilités turques n'ont été
établies avec une rigueur plus accablante. Il suf-
fira donc de recourir au rapport de Lepsius pour
les établir contre toute contradiction.

Nous nous garderons d'affaiblir par de longs
commentaires la force démonstrative du livre du
Dr Lepsius ; la rigueur de ses enquêtes, la sûreté
de ses informations, la perspicacité de sa critique
donnent à son réquisitoire quelque chose d'im-

(1) Par exemple la pitoyable brochure d'un Polonais devenu musulman, Ahmed Rustem bey, ancien ambassadeur
de Turquie à Washington.

placable et de définitif. La responsabilité du gouvernement Jeune-Turc dans l'œuvre de sang et
d'horreur éclate en pleine lumière ; celle du gouvernement allemand transparaît à chaque instant, encore que l'auteur s'applique à la dissi-
muler. Sur ce point nous avons des réserves à
faire sur ses conclusions. Dans les massacres
d'Arménie, si l'exécution fut turque, la méthode
fut allemande : nous l'avons montré dans notre
brochure déjà citée et nous n'y reviendrons pas.
Lepsius affirme que l'Allemagne a élevé à plusieurs reprises les protestations les plus énergiques contre les procédés du gouvernement turc ;
elle n'a pas plus réussi que l'Amérique, dit-il, et
il ajoute : « Les raisons de ces insuccès ne peuvent
être discutées ici ». Il eut été, en effet, gênant
pour Lepsius de les discuter : nous venons de
dire quelles ont été ses propres mésaventures.
Si les protestations de l'Allemagne n'ont pas été
écartées, c'est qu'elles n'ont été faites — quand
elles l'ont été — que pour la forme, pour sauver
les apparences, pour pouvoir, plus tard, plaider
devant la postérité et l'histoire. Si peut-être Guillaume II a eu des velléités humaines, elles n'ont
pas résisté à un veto du Grand Etat-Major. Le
cas de l'Amérique n'est pas comparable à celui
de l'Allemagne. A qui fera-t-on croire que l'Allemagne, qui tenait en ses mains la Turquie et son
gouvernement, qui avait des troupes à Constantinople, des officiers et des soldats dans tout l'Em-

pire, le Gœben et le Breslau dans le Bosphore, n'aurait pas été écoutée si elle avait voulu l'être ; la vérité est qu'elle avait intérêt à ménager les assassins et qu'elle s'est faite, par là, complice et coresponsable de leurs crimes inouïs. L'Allemagne était, à Constantinople, en situation de se faire écouter, beaucoup mieux que les Etats-Unis ; si elle ne l'a pas été, c'est qu'elle ne tenait pas à l'être. Guillaume II peut dire aussi en parlant des massacres d'Arménie : « Je n'ai pas voulu cela », mais nous sommes fondés à lui répondre que, s'il avait voulu, « cela » n'eut pas été. Nous voyons ici sur le vif comment cette guerre a été préméditée, déclarée et conduite par la volonté du Grand Etat-Major ; le véritable gouvernement de l'Allemagne, ce n'est pas son Empereur, encore moins son Reichstag ou ses Landtag, c'est le Général-Staab, incarnation du « militarisme allemand » ; c'est lui qui, depuis quatre ans, a ensanglanté le monde pour satisfaire sa soif de domination universelle ; c'est à lui que l'histoire imputera aussi, en dernier ressort, la responsabilité des massacres d'Arménie.

Lepsius proteste contre les accusations portées contre les Consuls d'Allemagne, notamment celui d'Alep, d'avoir dirigé et encouragé les massacres ; il loue au contraire leur humanité à l'égard des Arméniens. Même en admettant que le témoignage du Syrien qui met en cause le Dr Ross-

ler, consul à Alep puisse être récusé, il n'en reste pas moins que les consuls et les officiers allemands ont péché par inertie et passivité ; s'ils avaient payé de leurs personnes pour s'opposer à toutes les horreurs dont ils ont été les témoins, s'ils avaient été soutenus par leur ambassade et leurs généraux, les efforts que leur prête Lepsius auraient été moins vains. Il faut observer que le consul d'Alep, qui, au dire de Lepsius, aurait manifesté quelque velléité d'intervenir en faveur des Arméniens, avait à faire à un vali dont les Arméniens eux-mêmes ont loué et regretté l'humanité ; l'intervention de l'Allemand n'était pas nécessaire ; on aimerait à entendre parler de l'intervention d'un diplomate ou d'un officier allemand auprès d'un vali ou d'un comité Jeune-Turc animés de sentiments de haine et de mort contre les Arméniens. Mais nulle part Lepsius lui-même ne peut signaler pareille intervention.

D'autres Allemands se sont exprimés sur les complicités morales du gouvernement allemand avec une franchise courageuse et méritoire. Le monde a entendu le réquisitoire émouvant, effroyable, que le Dr Martin Niepage et ses collègues allemands, professeurs à la Realschule d'Alep, ont adressé au Ministère des Affaires étrangères à Berlin (1).

(1) Livre bleu britannique (*Mélanges* n° 31). Le Traitement des Arméniens dans l'Empire ottoman, préface du vicomte

« *C'est l'enseignement des Allemands, dit le simple Turc à ceux qui lui demandent quels sont les instigateurs de ce forfait* », écrit *Niepage, et il ajoute:* « *l'auteur de ce rapport n'admet pas que, si le gouvernement allemand avait eu la ferme volonté d'arrêter ces exécutions au dernier moment, il n'aurait pas pu rappeler le gouvernement turc à la raison* ». *C'est le jugement de l'histoire.*

Nous avons entendu aussi le cri d'indignation et de dégoût de M. Harry Stuermer, un Allemand qui fut en 1915 et 1916 correspondant de la Gazette de Cologne *à Constantinople et qui envoya à son journal des protestations qui ne furent jamais insérées ;* « *il suffit d'avoir, comme Allemand, conclut-il, gardé un peu de sentiment de dignité pour ne pas pouvoir voir sans rougir de honte la misérable lâcheté de notre gouvernement dans la question arménienne. Et tout ce triste ensemble de manque de conscience, de lâcheté et de sotte imprévoyance dont le gouvernement allemand s'est rendu coupable envers les Arméniens, peut suffire à lui seul à détruire tout sentiment de loyauté politique chez un homme consciencieux auquel importent l'humanité et la civilisation. Heureusement ce ne sont pas encore tous les Allemands qui supporteront d'un cœur aussi léger que ces Messieurs les diplomates de*

Bryce. *Pièces 66 et 72 de l'édition française ; ces documents, parvenus après la publication de l'édition anglaise, ne s'y trouvent pas.*

Péra cette honte, que dorénavant l'histoire mon-
dialeva enre gistrer, savoir que l'extermination,
avec une cruauté raffinée, de tout un peuple de
grande valeur culturelle de plus d'un million
et demi d'âmes, coïncida avec l'époque de la
plus grande influence allemande à Constanti-
nople (1) ».

A bien lire le rapport de Lepsius on ne saurait
guère douter que tels soient aussi ses sentiments
intimes, mais il n'a pas osé les exprimer, même
dans un document secret. Les témoignages de
Niepage et de Stuermer n'ont été connus que pos-
térieurement à son travail, mais il ne saurait
en contester la valeur. En voici un autre qui
nous est parvenu récemment et qui émane d'une
malheureuse jeune fille arménienne délivrée au
printemps 1918 par l'avance des soldats anglais
en Palestine.

« A Erzindjian, nous étions sur le bord de la
route quand passa un officier allemand, jeune,
grand, maigre, petites moustaches, lunettes, col
rouge, casquette ; on a entendu qu'il parlait très
mal pour les Arméniens ; il était très méchant
pour eux. Il nous fit ranger, les femmes à genoux devant lui, levant les bras et il nous pho-

(1) Deux ans de guerre à Constantinople. Etude de morale
et politique allemandes et jeunes-turques (*Paris, Payot, 1 vol.,
in-16, 1917. Edition allemande à Lausanne, chez Payot : Zwei
Kriegsjahre in Konstautinopel. Voyez p. 38 et suivantes de
l'édition française.*

*tographia ; il riait et se moquait de nous. A
Mossoul je le revis accompagnant, avec un autre
officier, le Consul allemand. Tous deux étaient
à cheval et vinrent nous voir sans aucune marque
de pitié. Le Consul allemand de Mossoul était
très bon pour les Arméniens, mais il ne fit rien
pour nous procurer de la nourriture... Quand
j'ai su que Ali-Pacha arrivait [à Mossoul à une
date postérieure] pour massacrer les Arméniens,
je suis allée avec un prêtre catholique demander
assistance au Consul d'Allemagne qui nous a
donné une chambre où nous sommes restées enfermées trois jours. Tous les Arméniens qu'Ali-
Pacha a pu rencontrer, il les a expédiés à Ker-
kouk et on dit qu'en route ils ont été noyés dans
le Tigre. »*

Cette déposition n'est pas isolée. H. Stuermer
cite dans son livre au moins un cas où « il est
prouvé par les récits authentiques de médecins
et de sœurs de la Croix-Rouge allemande, que
des officiers allemands ont été plus zélés que les
fonctionnaires locaux turcs eux-mêmes (1) ». Dès
qu'il sera possible de procéder à des enquêtes
plus complètes, nul doute que de tels témoignages ne se multiplient ; et combien de témoins,
hélas ! ne seront plus là pour accuser leurs
bourreaux !

Nous versons ces témoignages au dossier du

(1) P. 63 de l'édition française.

Dr *Lepsius. Il saura y trouver, entre les velléités charitables d'un consul et le geste ignoble d'un officier, la mesure de ce que ses compatriotes, témoins, dans toute la Turquie, des massacres et des déportations, ont fait pour s'y opposer.*

R. P.

1er octobre 1918.

RAPPORT

SUR LA

SITUATION DU PEUPLE ARMÉNIEN
EN TURQUIE

PAR

LE Dʳ JOHANNÈS LEPSIUS

PRÉSIDENT DE LA DEUTSCHE ORIENT-MISSION
ET DE LA SOCIÉTÉ GERMANO-ARMÉNIENNE

TEMPELVERLAG

POTSDAM

1916

CHERS AMIS DE LA MISSION !

Le rapport suivant, que je vous fais parvenir *tout à fait confidentiellement*, a été « *imprimé comme manuscrit* ». Il ne peut, ni en tout ni en partie, être livré à la publicité, ni être utilisé. La censure ne peut autoriser, durant la guerre, des publications sur les événements de Turquie. Nos intérêts politiques et militaires nous obligent à des égards impérieux. La Turquie est notre alliée. Outre qu'elle a défendu son propre pays, elle nous a rendu service à nous-mêmes par sa vaillante défense des Dardanelles. La situation prédominante que la Quadruple-Alliance occupe actuellement dans les Balkans est due, à côté des exploits des Bulgares et des Austro-Allemands, aux cessions de territoire consenties par la Turquie à la Bulgarie.

Notre fraternité d'armes avec la Turquie nous impose donc des obligations, mais elle ne doit pas nous empêcher de remplir les devoirs de l'humanité. Mais, s'il faut nous taire en public, notre conscience ne cesse cependant pas de parler.

Le plus ancien peuple de la chrétienté est en danger d'être anéanti, autant que cela est au pouvoir des Turcs. Les six-septièmes du peuple armé-

nien ont été dépouillés de leurs biens, chassés de
leurs foyers, et — à moins qu'ils ne soient passés
à l'Islam, — tués ou déportés dans le désert. Un
septième seulement a échappé à la déportation.
De même que les Arméniens, les Nestoriens de
Syrie et une partie des chrétiens grecs ont été
éprouvés. Le Gouvernement impérial allemand,
auquel ces faits sont connus, a fait ce qu'il a pu
pour empêcher ces ruines.

Une requête signée d'environ cinquante notables
représentants de l'Eglise évangélique, de la Science
théologique et de la Mission, et une requête ana-
logue émanant des catholiques, ont exprimé au
Chancelier de l'Empire les craintes et les vœux
des chrétiens allemands. Le Chancelier a communiqué la réponse suivante :

« Le Gouvernement impérial considérera toujours à l'avenir, comme dans le passé, comme un
de ses devoirs principaux d'employer son influence pour que des peuples chrétiens ne soient
pas persécutés à cause de leur foi. Les chrétiens
allemands peuvent avoir confiance que je ferai
tout ce qui est en mon pouvoir pour tenir compte
des craintes et des vœux exposés par eux. »

De plus, on donna, de source officielle, l'assurance formelle que les efforts en vue de soulager
les misères trouveraient un appui énergique dans
le Gouvernement impérial.

Mon rapport doit exclusivement servir à éveil-
ler la persuasion qu'il nous incombe, à nous,

chrétiens d'Allemagne, le devoir d'accorder large-
ment notre aide afin de sauver au moins la vie
à la multitude de femmes et d'enfants qui vivent
encore dans les déserts de la Mésopotamie.

Parmi tous les peuples chrétiens, nous sommes,
nous Allemands, les mieux placés pour remplir, à
l'égard de ces malheureux, l'office de samaritains.
Nous n'avons pu empêcher l'extermination d'une
moitié de cette nation. La délivrance de l'autre
moitié s'impose à notre conscience. Jusqu'à présent, rien n'a pu être fait pour ces malheureux.
Maintenant on doit faire quelque chose.

Nous demandons du pain pour des femmes et
des enfants affamés, du secours pour des malades
et des mourants. Un peuple de veuves et d'orphelins tend les bras vers le peuple allemand comme
vers le seul qui soit en mesure de le secourir. Aux
autres nations chrétiennes, qui seraient prêtes à le
faire, la voie vers ces infortunés est fermée.

Nous ne demandons pas seulement un secours
passager, mais de quelque durée. Ne s'agit-il que
de sauver la vie à une partie des dizaines de milliers d'orphelins qui n'ont plus personne pour s'occuper d'eux, cela même ne pourrait se faire que si
des bienfaiteurs isolés, des communautés ou des
sociétés, s'engagent à verser d'une manière continue leurs contributions. Je prie qu'on se serve
pour cela des formulaires ci-joints.

Nous savons jusqu'à quel point toutes les énergies de ceux qui sont restés au logis sont tendues

pour l'accomplissement des impérieux devoirs qu'impose la lutte pour la patrie. Mais il s'agit ici aussi, pour notre peuple, d'accomplir un devoir d'honneur et de prouver que, au-dessus même de notre volonté de nous défendre et de vaincre, nous ne pouvons renier les devoirs de l'humanité et de la conscience chrétienne.

Pour les raisons exposées plus haut, *je fais une obligation, à ceux qui reçoivent ce rapport, de le considérer comme strictement confidentiel et de ne s'en servir qu'autant qu'il sera nécessaire pour faire naître la conviction qu'il est nécessaire de secourir ces malheureux et d'établir leur droit à la sympathie.* En aucun cas, nos intérêts politiques ne doivent souffrir du discrédit jeté sur la Turquie (1).

Puisse le Dieu Tout-Puissant mettre, à cette terrible lutte des peuples, le terme qu'il a prévu. Puissent aussi nos cœurs ne pas se laisser endurcir par l'effroi de la guerre, et puissions-nous ne pas cesser, en présence de tout homme qui a besoin de notre secours, de nous montrer hommes et chrétiens.

Dr JOHANNES LEPSIUS.

(1) Voici le texte allemand de cette importante phrase : « Aus den dargelegten Gründen verpflichte ich die Empfänger, den ihnen hiermit übersandten Bericht streng vertraulich zu behandeln, und nur soweit davon Gebrauch zu machen, als es erforderlich ist, die Ueberzeugung von Notwendigkeit der Hilfe zu erwecken und das Recht der Unglücklichen auf Teilnahme zu begründen. In keinem Fall darf unserpolitische Interesse durch eine Diskreditierung der Türkei geschädigt werden. (Note de l'éditeur).

PREMIÈRE PARTIE

LES FAITS

PREMIÈRE PARTIE

LES FAITS

LA DÉPORTATION

La déportation des Arméniens eut lieu en trois régions différentes et à trois époques consécutives. Les trois régions où les Arméniens étaient établis d'une façon plus compacte et formaient une portion considérable de la population (de dix à quarante pour cent) sont :

      I. La Cilicie et le Nord de la Syrie,
    II. L'Anatolie Orientale,
   III. L'Anatolie Occidentale.

La région où ils habitaient, en Cilicie, comprend le vilayet d'Adana et les districts les plus élevés du vilayet d'Alep, situés sur le Taurus et l'Amanus (sandjak de Marach). Dans le Nord de la Syrie et dans la Mésopotamie, ce sont les districts d'Alep, d'Antioche, de Suedieh, Kessab, Alexandrette, Killis, Aintab et Ourfa.

Les sept vilayets de l'Anatolie Orientale sont :

1 Trébizonde ; 2 Erzeroum ; 3 Siwas ; 4 Kharpout (Mamuret-el-Azis) ; 5 Diarbekir ; 6 Van ; 7 Bitlis.

Dans l'Anatolie occidentale, il faut mentionner le mutessariflik d'Ismid et les vilayets de Brousse (Khodavendighiar), Kastamouni, Angora et Konia.

La déportation de la population arménienne de Cilicie commence à la fin de mars et se continue systématiquement durant les mois d'avril et de mai.

La déportation commence, dans les vilayets orientaux (à l'exception du vilayet de Van), à la fin de mai et se poursuit systématiquement à partir du 1er juillet.

La déportation dans les districts de l'Anatolie occidentale débute au commencement d'août et se continue durant le mois de septembre.

Dans la Syrie septentrionale et en Mésopotamie, les mesures furent limitées, au début, à l'emprisonnement des notabilités. Les déportations commencent à la fin de mai et continuent jusqu'en octobre.

I. LA CILICIE

La déportation de la population arménienne de Cilicie (vilayet d'Adana et sandjak de Marach) commence avec les événements dont le théâtre fut la ville de Zeïtoun.

I. ZEÏTOUN.

Zeïtoun est située dans une haute vallée du Taurus, à 50 kilm. au nord de Marach. La vigoureuse population arménienne de cette ville jouissait, jusqu'en 1870, d'une certaine indépendance et autonomie, tout comme aujourd'hui les achirètes (tribus) kurdes du Kurdistan. Au temps des massacres, sous Abd-ul-Hamid, les habitants de Zeïtoun réussirent à se défendre contre les Turcs des alentours et à résister durant des semaines

aux troupes turques envoyées contre eux, jusqu'à ce
que les consuls des puissances intervinssent et obtinssent pour eux une amnistie. Ce succès de la résistance des Zeïtouniotes eut pour effet de les préserver
du massacre général de 1895 à 1896, mais éveilla contre
eux la méfiance continuelle des autorités. Déjà au début
de la guerre européenne, les autorités semblent avoir
eu l'intention d'enlever, à la première bonne occasion,
ce nid d'aigle de Zeïtoun.

A la mobilisation générale d'août 1914, les Arméniens
de Zeïtoun capables de porter les armes furent enrôlés,
sans aucune résistance de leur part. Mais, lorsqu'en
octobre, le chef de la commune de Zeïtoun, Nazareth
Tchaouch, vint à Marach, avec un sauf-conduit du
kaïmakam (sous-préfet) turc, pour y régler des affaires
officielles, il fut, malgré son sauf-conduit, jeté en prison, soumis à la torture dont il mourut. Néanmoins les
gens de Zeïtoun se tinrent tranquilles. Mais les autorités semblaient chercher une occasion pour intervenir. Les zaptiés (gendarmes turcs) qui faisaient le service de la Sûreté dans la ville importunaient les habitants, pénétraient de force dans les maisons, pillaient
les magasins, maltraitaient les innocents et déshono-
raient les femmes. Les habitants de Zeïtoun eurent
l'impression qu'on projetait quelque chose contre eux,
mais restèrent encore tranquilles. En décembre 1914
vint l'ordre de livrer toutes les armes, ce qui eut lieu
sans incident. Les Arméniens de Zeïtoun, eussent-ils
même, à une date ultérieure, pensé encore à se défendre, ils n'auraient plus été, après leur désarmement, en état de le faire. Tout resta de nouveau
tranquille pendant tout l'hiver à Zeïtoun. Il advint au
printemps que des gendarmes turcs déshonorèrent des

jeunes filles arméniennes, ce qui amena un échange de
coups, auquel participèrent une vingtaine de têtes
chaudes arméniennes, et, des deux côtés, il y eut
quelques tués. Les Arméniens qui avaient pris part à
cette affaire et parmi lesquels se trouvaient quelques
déserteurs, s'enfuirent, pour échapper au châtiment,
dans un couvent situé à trois quarts d'heure au nord
de la ville, où ils se barricadèrent.

Au grand étonnement et effroi des habitants de Zeïtoun, une grosse colonne militaire — on parlait de quatre
à six mille soldats — vint, bientôt après, au commencement de mars 1915, d'Alep à Zeïtoun. L'envoi de
forces militaires contre Zeïtoun excita, dans toute la
Cilicie, la plus grande inquiétude.

Le Catholicos arménien de Sis écrit au Patriarcat,
en date du 3/16 mars : « Le Gouvernement a pris des
mesures contre les fuyards de Zeïtoun. Comme ces mesures sont en connexion avec une action militaire d'une
importance extraordinaire, qui n'est nullement pro-
portionnée au motif insignifiant, nous craignons qu'il
ne s'agisse d'un coup contre la population loyale de
Zeïtoun. Nous sommes sûrs qu'un grand malheur nous
attend. Le Conseil de guerre formé d'officiers est parti,
depuis deux jours, de Marach pour Zeïtoun. Nous
ignorons les détails particuliers, mais nous voyons
clairement que le kaïmakam, d'accord avec le commandant de Zeïtoun, et prenant occasion de quelques
désertions, prépare des représailles inouïes contre
les habitants. Ceux-ci se sont adressés à moi et disent
que les villages turcs des alentours mettent à profit la
situation, et, à force de provocations et de mensonges
auprès du commandant, cherchent à influencer le kaïmakam et les militaires. Comme nous connaissons

ces gens et le mutessarif de Marach, nous avons demandé que Son Excellence Djélal Bey, vali d'Alep, fût chargé d'examiner les faits. Il connaît toutes les circonstances, et nous avons en lui une confiance absolue. S'il est chargé de l'enquête nous sommes sûrs qu'il agira en toute justice ».

Le vali Djélal Bey ne fut pas chargé de l'enquête, mais il fut rappelé parce qu'il ne se conformait pas aux ordres du gouvernement central au sujet du traitement des Arméniens.

Zeïtoun fut cerné. A l'aspect des troupes si nombreuses, on hissa dans la ville des drapeaux blancs pour signifier qu'on ne pensait nullement à la résistance. Les réfugiés du couvent se défendirent tout un jour et tuèrent un grand nombre de soldats — parce qu'ils étaient bien protégés et qu'ils tiraient bien — tandis qu'ils n'eurent eux-mêmes qu'un seul blessé. Les gens de Zeïtoun prièrent expressément le commandant de ne pas laisser échapper ces réfugiés, pour n'être pas eux-mêmes exposés à être arrêtés à cause de leurs méfaits. Les assiégés réussirent cependant à s'enfuir, parce que la surveillance pendant la nuit était insuffisante. Au matin suivant, vers neuf heures, avant même que leur fuite fût connue en ville, le commandant fit appeler 300 notables de la ville pour un entretien dans le camp. Comme jusqu'alors on avait vécu en bonne intelligence avec les autorités, ces hommes s'y rendirent sans l'ombre d'un soupçon. La plupart vinrent avec leurs vêtements ordinaires de travail ; quelques-uns seulement avaient un peu d'argent sur soi et s'étaient mieux vêtus. Une partie d'entre eux venaient d'auprès de leurs troupeaux sur les montagnes. Quand ils arrivèrent au camp turc, ils ne furent pas peu surpris en

apprenant qu'ils ne pourraient plus retourner en ville
et qu'ils seraient emmenés. Ils ne purent même pas
se pourvoir des choses nécessaires pour le voyage. Il
fut permis à quelques-uns de faire venir des voitures ;
la plupart allèrent à pied. Où allaient-ils ? ils ne le savaient point.

Bientôt eut lieu, en plusieurs fois, la déportation de
toute la population arménienne de Zeïtoun, d'environ
20.000 âmes. La ville a quatre quartiers. Les habitants
furent emmenés l'un après l'autre, les femmes et les enfants souvent séparés des hommes. Six Arméniens seulement devaient rester, un de chaque métier.

La déportation dura des semaines. Dans la seconde
moitié de mai, Zeïtoun était entièrement vide ! Des
habitants de Zeïtoun, 6 à 8.000 furent envoyés dans les
régions marécageuses de Karabounar et Suleimaniéh,
entre Konia et Erégli, dans le vilayet de Konia; et 15 à
16.000 à Deir-ez-Zor, sur l'Euphrate, dans la steppe de
Mésopotamie. Des caravanes sans fin traversèrent Marach, Adana et Alep. L'alimentation était insuffisante.
On ne fit rien pour les installer ou même pour les faire
parvenir au but de leur déportation.

Un témoin oculaire qui vit les déportés traverser Marach décrit dans une lettre du 10 mai ce convoi :

« Je les ai vus sur la route... Un convoi sans fin ac-
compagné de gendarmes qui les poussent en avant à
coups de bâton. A peine vêtus, affaiblis, ils se traînent
plutôt qu'ils ne marchent. De vieilles femmes s'af-
faissent et se relèvent lorsque le zaptieh s'approche, le
bâton levé. D'autres sont poussées en avant comme des
ânesses. Je vis une jeune femme s'affaisser, le zaptieh
lui donna deux ou trois coups et elle se releva pénible-
ment. Devant elle marchait son mari avec un enfant de

deux ou trois ans dans les bras. Un peu plus loin, une
vieille trébucha et tomba dans la boue ; le gendarme la
frappa deux ou trois fois de son gourdin. Elle ne bougeait
pas. Il lui donna alors deux ou trois coups de pied, elle
restait toujours immobile. Le Turc lui donna enfin un
coup de pied plus fort et elle roula dans le fossé. J'es-
père qu'elle était déjà morte. Ces gens qui sont arrivés
ici, en ville, n'ont rien mangé depuis deux jours. Les
Turcs ne leur avaient permis de rien emporter avec
eux, si ce n'est une couverture, une mule ou une chèvre.
Mais ils ont vendu ici tout ce qu'ils avaient pour
presque rien, une chèvre pour six piastres, une mule
pour 1/2 livre, afin de se procurer du pain. Ceux qui
avaient de l'argent et pouvaient acheter du pain, le
partageaient avec les pauvres, jusqu'à épuiser leur pé-
cule. La plus grande partie de ce qu'ils avaient leur
avait été déjà dérobé en route. Une jeune femme, mère
depuis huit jours, a eu son âne volé la première nuit
du voyage. On obligea les déportés à laisser tous leurs
biens à Zeïtoun pour que les mouhadjirs, des Bosniaques
mahométans que l'on veut établir à leur place, puissent
se les approprier. Il doit y avoir actuellement de 20 à
25.000 Turcs à Zeïtoun. Le nom de la ville fut changé
en Sultaniéh. La ville et les villages qui l'entourent
ont été complètement vidés. Sur 25.000 déportés environ, 15 à 16.000 ont été dirigés sur Alep ; mais ils
doivent aller plus loin : au désert de l'Arabie. Veut-on
les y laisser mourir de faim ? Ceux qui ont passé par
ici vont dans le vilayet de Konia. Là aussi se trouvent
des déserts. Deux ou trois semaines ils sont restés au
point terminus du chemin de fer de l'Anatolie, à Bo-
zanti, parce que la voie était occupée par des transports de troupes. Lorsque les exilés arrivèrent à Ko-

nia, ils n'avaient rien mangé depuis trois jours. Les
Grecs et les Arméniens de la ville réunirent leurs efforts
pour leur fournir de l'argent et des vivres, mais le vali
de Konia a refusé de laisser parvenir quoi que ce soit
aux exilés : « Ils ont tout ce qu'il leur faut » préten-
dait-il. Ils sont donc restés trois autres jours sans
nourriture. Alors seulement le vali leva sa défense,
et des vivres purent leur être distribués sous la surveillance des zaptiéhs. Celui dont je tiens ces nouvelles m'a
raconté que, dans le trajet de Konia à Karabounar, une
jeune femme arménienne a jeté dans un puits son enfant nouveau-né qu'elle ne pouvait plus nourrir. Une
autre aurait jeté le sien par la portière du train. »

Au 21 mai, le même témoin oculaire écrit :

« Le troisième et dernier convoi de Zeïtounlis est passé
par notre ville le 13 mai vers sept heures, et j'ai pu
parler avec quelques-uns d'entre eux dans le Khan où ils
étaient logés. Ils avaient tous marché à pied et durant
deux jours, où il avait plu à verse, ils n'avaient rien
mangé. J'ai vu une pauvre petite qui avait marché pieds
nus plus d'une semaine avec un tablier en lambeaux
pour tout vêtement. Elle tremblait de froid et de faim
et les os lui sortaient littéralement du corps. Une dou-
zaine d'enfants ont dû être abandonnés sur la route, parce
qu'ils ne pouvaient marcher. Sont-ils morts de faim ? Probablement ! Mais on n'en saura jamais rien. J'ai vu aussi
deux pauvres vieilles filles de Zeïtoun. Elles appartenaient à une riche famille, mais elles ne purent rien emporter avec elles sauf le vêtement qu'elles portaient.
Elles avaient réussi à cacher cinq ou six pièces d'or dans
leurs cheveux. Malheureusement pour elles, le soleil
fit briller le métal pendant leur marche, et son éclat
attira les regards d'un zaptieh. Celui-ci ne perdit pas

son temps à faire sortir les pièces d'or : il prit un moyen plus rapide : il leur arracha toute leur chevelure.

« J'ai encore vu de mes propres yeux un autre cas bien caractéristique. Un citoyen de Zeïtoun, autrefois très riche, conduisait deux chèvres, débris de sa fortune. Survint un gendarme qui saisit les deux bêtes. L'Arménien le supplia de les lui laisser, ajoutant qu'il n'avait plus de quoi vivre. Pour toute réponse, le Turc le roua de coups jusqu'à ce qu'il roulât dans la poussière et que la poussière fût transformée en boue sanglante. Alors il donna encore un coup de pied à l'Arménien et s'en alla avec les deux chèvres. Deux autres Turcs regardaient cela, sans le moindre signe d'étonnement. Aucun n'eut l'idée d'intervenir ».

Sur le sort des exilés à Karabounar, il écrit en date du 14 mai :

« Une lettre que j'ai reçue de Karabounar, et dont la véracité ne peut être mise en doute, parce que l'auteur m'en est connu, assure que les six à huit mille Arméniens de Zeïtoun, exilés à Karabounar — un des endroits les plus insalubres du vilayet — y meurent à raison de 150 à 200 par jour. La malaria fait des ravages parmi eux, parce qu'ils manquent complètement de nourriture et d'abri. Quelle cruelle ironie, quand le gouvernement prétend les y avoir envoyés pour y fonder une colonie ; ils n'ont ni charrue, ni semailles, ni pain, ni abri, parce qu'ils ont été déportés les mains absolument vides ».

2. DEURT-YOL.

La déportation de Zeïtoun était déjà en bonne voie lorsqu'on commença à procéder contre Deurt-Yol (Tschok-Merzimen) dans la plaine d'Issus, au golfe d'Alexandrette. Après que cinq Arméniens de Deurt-Yol eurent été pendus publiquement à Adana, la population mâle de ce populeux district fut emmenée pour travailler sur les routes. On apprit bientôt qu'en divers endroits les travailleurs sans défense avaient été tués par leurs camarades mahométans munis d'armes. Comme les hommes de Deurt-Yol refusaient de travailler avec les Mahométans, le gouvernement envoya des soldats pour les emmener tous dans la région de Hadjin pour y travailler sur les routes. Un seul Arménien résista et tua un gendarme ; là-dessus les gendarmes tuèrent six Arméniens. On n'a jamais plus eu de nouvelles des hommes de Deurt-Yol envoyés pour travailler à la construction des routes. On craint qu'ils n'aient été tous tués. Après le départ des hommes, les femmes et les enfants furent déportés vers Deir-ez-Zor, et le village complètement vidé. Deurt-Yol est la seule localité, en dehors de Zeïtoun, qui se soit défendue avec succès au temps des massacres d'Abd-ul-Hamid. C'est bien la raison du sort actuel de Deurt-Yol.

3. Les villages du Taurus et de l'Amanus.

Après l'évacuation de Deurt-Yol, tous les districts arméniens du vilayet d'Adana et du sandjak de Marach furent vidés peu à peu dans le courant du mois d'avril, mai, juin et juillet. Dans le vilayet d'Adana méritent d'être mentionnés : dans le sandjak de Khozan, les villes de Sis, Hadjin, Karsbazar et les localités de Schéhir et de Roumlou ; dans le sandjak de Djebel-Bereket, Osmaniyeh, Hassan beyli, Dengala, Harni, Dertadli, Tarpous, Odjakli, Enzerli, Lapadjli. Dans le sandjak de Marach, outre Zeïtoun, les villes d'Albistan,

Guében, Gôksun, Fournouz, et les localités de Taschilik, Djevikli, Tundadjak et tous les villages d'Alabache. A la fin de juin, le nombre des déportés de ces régions était déjà de 50.000.

Environ trente Arméniens furent publiquement pendus à Adana, Alep et Marach, dans le but d'intimider la masse. Parmi les pendus se trouvaient deux prêtres.

Les villages recevaient en général le soir l'ordre qu'ils auraient à se mettre en route le matin suivant. A Guében, les habitants durent décamper le jour de la lessive ; ils furent obligés de laisser leurs vêtements mouillés dans l'eau et de se mettre en route pieds nus et à peine vêtus. La plupart des hommes étaient aux champs. CEUX QUI PASSAIENT A L'ISLAM POUVAIENT RESTER. Des gens d'Alabache racontaient que leur village avait été cerné par les soldats et bombardé avec des cartouches à blanc. Ceux de Chéhir disaient qu'à peine avaient-ils quitté le village, que le Mollah se mit à appeler les « fidèles » à la prière, du haut de l'église chrétienne. Celle-ci fut changée en mosquée. Le gouvernement fit dire aux déportés que, s'ils étaient obligés de laisser leurs biens, le prix en serait fixé et leur serait plus tard remboursé. Mais aucun inventaire ne put naturellement être dressé, vu la soudaineté du départ, et d'ailleurs le gouvernement n'y pensa même pas. Les biens des Arméniens passèrent aux Musulmans déjà établis dans la localité, et les maisons et les champs aux Mohadjirs (immigrés) nouveaux venus.

« Les Turcs sont dans un complet délire », écrit notre référendaire, « il est impossible de décrire les angoisses par lesquelles passent les déportés. Viols, rapts de femmes et de jeunes filles, conversions forcées, sont à l'ordre du jour. Un grand nombre de familles sont passées à l'Islam pour échapper à une mort certaine. »

Tandis qu'aucune ville ou village de Cilicie ne fut épargné, d'Adaua 196 familles seulement furent déportées, et, chose remarquable : — que l'on attribua à l'initiative du commandant en chef de Syrie, Djemal pacha, ex vali d'Adana — la plupart d'entre elles furent reconduites chez elles. La déportation de Tarse et de Mersine fut également retardée. Mersine ne fut évacué que le 7 août. D'après des nouvelles récentes, la population arménienne d'Adana, environ 18.000 âmes, a été enfin déportée.

Les convois allèrent à Deir-ez-Zor et Konia, à Rakka sur l'Euphrate, puis le long du chemin de fer de Bagdad, à Ourfa et Véranchéhir, dans le désert mésopotamique jusqu'au voisinage de Bagdad.

Un autre rapport reproduit le passage suivant du décret gouvernemental.

« ART. 2. — *Les Commandants d'armée, de corps*
« *d'armée indépendants et de divisions peuvent,*
« *dans le cas de nécessité militaire et dans le cas où*
« *ils soupçonnent (!) de l'espionnage et de la trahison,*
« *déporter des individus ou des groupes de popula-*
« *tion des villages et des villes et les établir dans*
« *d'autres localités* ».

Le rapport continue :

« Les ordres des Commandants d'armée peuvent avoir été relativement humains. L'exécution en a été, en très grande partie, d'une rudesse insensée et, en beaucoup de cas, d'une brutalité atroce contre des femmes et des enfants, des infirmes et des vieillards. En beaucoup de villages, la déportation ne fut notifiée qu'une heure d'avance. Aucune possibilité de se préparer au voyage. En certains cas, il n'y eut même pas le temps de rassembler les membres épars de la famille, de sorte que de petits enfants furent abandonnés. Dans quelques cas, les déportés purent prendre avec eux une partie de leur mobilier de première nécessité, ou des instruments agricoles, mais le plus souvent ils ne purent rien emporter, ni rien vendre, même lorsqu'ils en avaient le temps.

A Hadjin, des gens riches, qui s'étaient, pour le voyage, préparé des vivres et des garnitures de lit, durent abandonner le tout sur la route et souffrir plus tard rudement de la faim.

En beaucoup d'endroits, les hommes — ceux qui étaient en âge de servir étaient presque tous à l'armée — furent attachés entre eux avec des cordes et des chaînes. Des femmes, portant dans les bras leurs petits bébés, ou au terme de leur grossesse, furent poussées en avant à coups de fouets comme du bétail. Trois cas sont parvenus à ma connaissance où des femmes accouchèrent sur la route publique, et y moururent de perte de sang, parce que leur brutal conducteur s'acharnait contre elles. Je connais aussi un cas où le gendarme, qui avait la surveillance, se montra humain et accorda une heure ou deux à la pauvre femme, puis lui procura une voiture, de sorte qu'elle put continuer son chemin. Quelques femmes furent si complètement épuisées et désespérées qu'elles abandonnèrent leurs petits enfants sur les routes. Beaucoup de femmes et de jeunes filles furent violentées. *A un endroit, l'officier de gendarmerie a dit à ses hommes, en leur indiquant toute une multitude de femmes, qu'il leur serait loisible de*

faire des femmes et des jeunes filles ce qu'ils vou-
draient.

Quant aux moyens de subsistance, la différence était grande selon les endroits. Dans quelques lieux, le gouvernement a nourri les déportés, en d'autres, il a permis aux habitants de le faire. En maints endroits, il ne leur a pas donné à manger, ni permis aux autres de le faire. Ils souffrirent beaucoup de faim, de soif, de maladie, et il en mourut réellement de faim.

Ces gens furent partagés ici en petits groupes, trois ou quatre familles ensemble au milieu d'une population d'une autre race et d'une autre religion, et qui parle une autre langue. Je parle de familles ; mais les quatre cinquièmes sont des femmes et des enfants, et ce qu'il y a parmi eux d'hommes est vieux et infirme.

Si on ne trouve aucun moyen de venir à leur secours durant ces deux mois jusqu'à ce qu'ils se soient accommodés à leur nouvel état, les deux tiers ou les trois quarts mourront de faim et de maladies.

Le nombre des Arméniens déportés de Cilicie monte à plus de 100.000.

4. Vilayet d'Alep.

Dans le vilayet d'Alep, les massacres et les déportations furent empêchés, jusqu'au mois de mai, par le vali Djélal Bey, qui jouissait de la confiance générale des chrétiens et des musulmans. C'est grâce à lui qu'il n'y eut, dans les villes de son vilayet, tant qu'il resta à son poste, aucune déportation.

En union avec le vali, le Consul allemand d'Alep, le Dr Rössler, s'est employé à empêcher que l'on procédât contre les Arméniens, et à prendre des mesures pour soulager leur misère. Du côté arménien, on lui rend le témoignage (contrairement aux accusations absolument infondées de la Presse française) d'avoir empêché, par une visite à Marach, un massacre projeté, et de s'être acquis, en toutes circonstances, la reconnaissance de ceux qui étaient exposés au danger et à la misère.

Le vali d'Alep, Djélal Bey, qui ne s'était pas conformé aux ordres du gouvernement central exigeant la déportation de tous les Arméniens du vilayet, fut déplacé à Konia. A sa place fut nommé l'ancien vali de Van, Békir Sami Bey.

Celui-ci mit alors à exécution l'ordre de déportation dans les villes et les localités du vilayet qui avaient été jusqu'alors épargnées.

La population arménienne de Marach fut déportée à la fin de mai et celle d'Aïntab à la fin de juillet. A Ourfa, une partie de la population semble s'être opposée à la déportation. Entre le 29 septembre et le 16 octobre, il y eut une intervention militaire. Nous ne possédons pas de plus amples détails.

Sur Marach, on écrit :

« Le jeudi 24 mai, on notifia aux Arméniens de se tenir prêts à partir le dimanche 25 mai au soir. Les Arméniens n'osèrent plus quitter leurs maisons. Plus de 2.000 Arméniens ont été déportés. Parmi eux se trouvait le directeur du Collège américain.

A Aïntab, trente maisons furent fouillées sans succès vers la fin de mai. 28 notables furent emprisonnés, puis de nouveau laissés libres, à l'exception d'un membre de la Daschnaktzoutioun.

Mais ceci n'était que le prélude.

Le Dr Shepherd, l'éminent chirurgien américain si

connu dans tout le pays, et le chef de l'Institut médical
de la Mission à Aïntab, qui vit depuis des dizaines d'années en Turquie et est également estimé des mahométans et des chrétiens, a donné, sur le sort d'Aïntab,
les nouvelles suivantes qui sont extraites de son
rapport :

« A Aïntab, l'ordre de déportation fut donné le 21 juillet pour 60 familles. Quelques jours plus tard vint un
second ordre pour 70 familles. Dans la suite furent
déportées 1500 et plus tard 1000 autres personnes, de
sorte que la population arménienne est complètement
évacuée. Tous les efforts pour exclure de ces mesures
les établissements américains (les familles de leurs professeurs arméniens, leurs employés et les élèves de
l'un et de l'autre sexe) sont restés sans résultat. Il était
défendu aux déportés d'emmener avec eux même les
choses les plus nécessaires, si ce n'est une bête de
somme.

« De faibles tentatives de résistance eurent lieu seulement près de Marach, à la suite du meurtre d'un gendarme envoyé à Fendendjak (village arménien sur les
montagnes de l'Amanus) pour y procéder à l'expulsion.
Le gouvernement envoya aussitôt trois détachements
de soldats qui réduisirent le village en cendres.

« En Cilicie, la déportation s'accomplit dans des conditions relativement plus favorables. Il est sans doute
vrai que tous les exilés ont été pillés par des brigands,
mais le vol et les assassinats ne prirent pas d'aussi
grandes proportions que dans les provinces de la Haute
Arménie.

« La plus grande partie des déportés de Cilicie se
trouvent à Deir-ez-Zor, où sont arrivés déjà 15.000 Arméniens. Les déserts brûlés de sécheresse qui s'é-

tendent de Deïr-ez-Zor à Djérablouse et Ras-el-Aïn, et jusqu'à Mossoul, sont remplis de déportés arméniens. Quelques restes sont dispersés dans des villages turcs et arabes ».

Les déportés d'Aïntab et de Killis furent transportés au Hauran par Damas.

Nous concluons le chapitre des déportations de Cilicie et du nord de la Syrie par le rapport de M. Jackson, consul américain d'Alep. Le rapport ne dit rien qui ne soit confirmé de source allemande.

Rapport du Consul d'Amérique.

Alep, le 3 août.

« La méthode d'attaques directes et de massacres, qui était employée aux époques précédentes, est aujourd'hui quelque peu modifiée : on déporte en grand nombre, de leur pays, les hommes et les enfants, et on les fait disparaître en route, pour faire suivre plus tard les femmes et les tout petits enfants. Pendant quelque temps, les voyageurs qui venaient de l'intérieur s'accordaient généralement à dire que les hommes avaient été tués, qu'un grand nombre de cadavres gisaient le long des routes ou flottaient sur les eaux de l'Euphrate, que les jeunes femmes, les jeunes filles et les enfants avaient été livrés aux Kurdes par les gendarmes qui les accompagnaient, et que des crimes inouïs avaient été commis par ces mêmes gendarmes et les Kurdes. Au début, on n'accordait pas beaucoup de foi à ces dires, mais maintenant que beaucoup de réfugiés arrivent à Alep, il n'y a plus aucun doute sur la vérité des faits rapportés. Le 2 août arrivèrent environ 800 femmes d'un âge moyen, comme aussi des femmes vieilles et

des enfants au-dessous de 10 ans. Ils venaient à pied
de Diarbékir dans l'état le plus misérable qu'on puisse
imaginer, après un voyage de 45 jours. Ils racontaient
que toutes les jeunes filles et les jeunes femmes avaient
été enlevées par les Kurdes, que tout leur argent et
tout ce qu'ils avaient leur avait été volé. Ils parlaient de
faim, de privations et de misères de toutes sortes. Leur
état misérable est le garant de la vérité de leurs dires.

J'ai appris que 4500 personnes de Soghget (1) ont été
envoyées à Ras-el-Aïn, plus de 2000 de Mézéreh à Diarbékir, et que dans toutes les villes, Bitlis, Mardine, Mossoul, Sewerek, Malatia, Besné et autres, les Arméniens
ont été évacués, que les hommes et les jeunes gens et
beaucoup de femmes ont été tués et le reste dispersé
dans le pays. Si cela est vrai, ce dont on peut à peine
douter, ces derniers doivent naturellement périr de
faim, de maladies, de misères et de fatigues. Le gouverneur de Deir-ez-Zor, sur l'Euphrate, qui se trouve
actuellement à Alep, dit qu'il y a présentement 15.000
réfugiés arméniens à Deir-ez-Zor.

Des enfants sont fréquemment vendus, pour les empêcher de mourir de faim, car le gouvernement ne leur
accorde réellement aucun moyen de subsistance.

La statistique suivante montre le nombre de familles
et de personnes qui arrivèrent à Alep, les localités d'où
elles ont été déportées et le nombre de celles qui ont
été expédiées plus loin (2).

Elle s'étend jusqu'au 30 juillet inclusivement.

(1) Tschok-Get, dans le vilayet de Bitlis, au nord-ouest
de Sört.

(2) La plus grande partie des déportés de Cilicie fut transportée, par Marach et Ourfa, dans la direction de Véran-
chéchir, 5 à 600 par Adana à Konia.

Lieux d'origine	Familles	Personnes	Expédiées plus loin
Tschok-Merzivan (Deurt-Yol)	200	2.109	734
Odjakli.	115	537	137
Enserli.	116	593	173
Hassanbeyli	187	1.118	514
Harni	84	528	34
Harsbazar.	351	340	
Hadjin	592	3.988	1.025
Roumbou	51	388	296
Chéhir	150	1.112	357
Sis	231	1.317	
Baghtsché.	13	68	
Dengala	126	804	
Dertadli	12	104	
Zeïtoun.	5	8	
Tarpous	22	97	
Albistan	10	44	
	2.265	13.155	3.270

2100 autres personnes étaient déjà arrivées avant que les comptes ci-dessus aient été établis.

Il passa donc par Alep jusqu'au 30 juillet, en tout : 15255 déportés.

Alep, le 5 août.

Actuellement tous les Arméniens d'Aïntab, Antioche, Alexandrette, Kessab et des autres villes plus petites du vilayet d'Alep — environ 60.000 personnes — doivent avoir été déjà déportés. Il est naturellement à présumer qu'ils auront un sort aussi dur et aussi désolant que ceux qui sont déjà passés (1).....

Les Instituts si importants de la Mission américaine

(1) Voir à la page 271 la suite du rapport touchant les conséquences économiques.

dans ces régions perdent ainsi leurs professeurs, leurs
maîtres, leurs aides et leurs élèves ; et même des centaines d'enfants sont éloignés des orphelinats. Ainsi
est anéanti le résultat de 50 ans d'efforts infatigables
dans cette région. Les employés du gouvernement demandent sur un ton moqueur ce que vont faire les Américains avec ces Instituts, maintenant qu'on en finit
avec les Arméniens.

La situation devient de jour en jour plus critique, car
on ne peut prévoir la fin de tout cela ».

II. LES VILAYETS DE L'ANATOLIE ORIENTALE

La déportation de la population arménienne des vilayets de l'Anatolie orientale concerne les vilayets de
Trébizonde, Erzeroum, Sivas, Kharpout, Bitlis et Diarbékir. Le vilayet de Van, dont le sort fut de souffrir à
cause des opérations de guerre des Russes, est le seul
district arménien dont la population ne fut pas déportée. Celle-ci dut cependant elle aussi abandonner ses
foyers, lorsqu'au moment du recul des troupes russes,
elle fut obligée de fuir au Caucase. Il sera question à
part des événements du vilayet de Van. Et comme les
événements de Bitlis sont en étroite connexion avec
ceux de Van, nous traiterons en dernier lieu du vilayet
de Bitlis.

La déportation de la population arménienne des vilayets orientaux de l'Anatolie s'accomplit en deux
étapes.

Trois jours avant l'arrestation des intellectuels arméniens de Constantinople, qui eut lieu la nuit du 24 au
25 avril, on procéda, dans un grand nombre de villes

de l'intérieur, à l'emprisonnement des notables arméniens. Les arrestations furent systématiquement poursuivies durant les quatre semaines du 21 avril au 19 mai.
Ainsi, dès le 21 avril, on fit arrêter et déporter à Ismid
100, à Bardezak (Baghtchédjik) 80, à Brousse 40, à Ban-
derma 40, à Balikesri (Karasi) 30, à Adabazar 80 notables
arméniens. Suivent, à la fin d'avril et au commencement
de mai, Mersivan avec 20, Diarbékir avec également
20 notables. Dans les premières semaines de mai, les
notables saisis et déportés furent 600 à Erzeroum, 500 à
Sivas, 50 à Kéri, 50 à Chabin-Kara-Hissar et 25 à Knous.
Dans la seconde moitié de mai, vint le tour de Diarbékir d'abord avec 500, puis avec 300 arrestations et Césa-
rée avec 200. Il en advint de même à Baïbourt et Yoz-
gate. De même aussi quelques notables furent arrêtés
à Marach et à Ourfa. Sur les 26 notables arrêtés à
Aïntab, tous, à l'exception d'un seul, furent relâchés.
Comme les villes mentionnées ci-dessus appartiennent
à toutes les régions arméniennes, il est à présumer
qu'il s'agissait *d'une mesure générale, qui avait pour
but de priver le peuple arménien de ses chefs et de
ses organes, pour que la déportation pût s'accomplir
sans bruit et sans résistance.* On voulait aussi empêcher que les nouvelles de l'intérieur arrivassent trop tôt
à la connaissance du public et de l'Europe. Depuis le
commencement de juin, tous les fonctionnaires arméniens furent destitués de leurs postes dans l'administration de l'Etat, et tous les médecins arméniens qui
avaient travaillé depuis le début de la guerre, conformément à leur devoir, dans les hôpitaux militaires
turcs furent jetés en prison.

Toutes ces arrestations de milliers d'Arméniens con-
sidérés et instruits, députés, publicistes, écrivains,

poètes, juristes, avocats, notaires, fonctionnaires, médecins, commerçants, banquiers, et tous les éléments particulièrement aisés et influents, furent exécutées sans *qu'aucun procédé judiciaire régulier ait précédé ou suivi.* Jamais en aucun cas on n'a fait valoir contre eux l'accusation d'avoir pris part à quelque acte que ce soit contraire à l'Etat, ou de l'avoir projeté. *On voulait trancher la tête au peuple arménien avant d'en fracasser les membres.* Nous parlerons ailleurs de l'origine de ces mesures et des motifs qui décidèrent les cercles gouvernementaux. Les ordres aux magistrats vinrent de Constantinople, et malgré la résistance qu'opposèrent quelques fonctionnaires du gouvernement et même, çà et là, la population turque elle-même, ils furent exécutés rigoureusement et inexorablement.

La seconde étape, précédant la déportation générale, concerne la partie mâle de la population, qui avait été déjà recrutée pour l'armée, ou qui le fut durant le cours des événements. Les Arméniens qui étaient aux armées, et qui s'étaient, selon le témoignage du Ministre de la Guerre, vaillamment battus non seulement aux Dardanelles, mais aussi sur le front du Caucase contre la Russie, furent en grande majorité *désarmés,* et employés pour le service de l'armée, comme *porte-faix et pour la réparation des routes.* De presque toutes les provinces on a reçu des nouvelles d'après lesquelles, non seulement les ouvriers arméniens ont été, dans des cas isolés, tués par leurs camarades de religion mahométane, mais *des détachements entiers ont été, en groupes de 80, 100 ou plus, fusillés par les soldats et la gendarmerie, au commandement de leurs officiers.* On ne saura peut-être jamais, et en tout cas pas avant la fin de la guerre, les proportions prises par l'assassinat des Arméniens recrutés pour l'Armée.

Sous prétexte de conscription, tous les habitants mâles de 16 à 70 ans, qui restaient encore dans de nombreuses villes et villages, furent emmenés sans qu'on s'occupât de savoir s'ils avaient déjà payé leur rançon légale ou s'ils étaient inaptes au service. Les colonnes d'évacués furent conduites sur les montagnes et fusillées, sans aucun procédé judiciaire préliminaire, que ni le temps ni les circonstances ne permettaient.

Les mesures n'ont pas été partout mises à exécution d'une façon semblable ; elles étaient en partie laissées au choix des autorités locales qui devaient veiller à ce que la déportation générale eût lieu sans embarras, sans danger, et sans qu'on eût à craindre de résistance. C'est dans cette intention aussi qu'eut lieu, presque partout et longtemps auparavant, le désarmement de la population arménienne. Comme l'insécurité générale dans l'Intérieur de la Turquie exige que tout homme soit armé pour sa défense personnelle, et porte des armes en voyageant à travers le pays, la possession et le port des armes sont permis en temps de paix. Avec l'agrément du Comité Jeune-Turc, l'organisation constitutionnelle du peuple arménien, le parti des Daschnakzagans, avait été pourvu d'armes à différentes reprises, en des temps où menaçait la réaction, pour qu'il pût soutenir à main armée la cause de ses amis Jeunes-Turcs, au cas où une tentative de renversement du pouvoir se produirait ainsi qu'il advint deux fois, en 1909 et 1912, lorsque les Vieux Turcs et le parti de l'opposition libérale réussirent à prendre le pouvoir. Seulement en des cas isolés, dont on parlera plus bas, les Arméniens refusèrent de livrer leurs armes, parce qu'ils avaient des raisons de craindre un massacre. Ainsi à

Van et à Chabin-Karahissar. A l'exception de ces cas, le désarmement s'accomplit dans les villes sans aucun incident. A Constantinople, le désarmement eut lieu, d'une façon régulière, du 29 avril au 9 mai. Les autorités donnèrent même des reçus. Mais, dans l'intérieur, le désarmement donna lieu, comme le prouvent d'innombrables informations, à des représailles brutales. L'ordre de livrer les armes ne fut pas notifié par les autorités ; on n'attendit pas non plus le résultat de la livraison volontaire ; mais des gendarmes vinrent dans les villages et exigèrent un nombre arbitraire de fusils, 200, 300, ou autant qu'il leur semblait bon. Si on ne les leur fournissait pas sur place, le maire et les anciens du village étaient arrêtés et maltraités sous le prétexte d'avoir caché des armes. On employa souvent la torture. Un moyen particulièrement cher aux gendarmes et aux gardiens des prisons, c'est la bastonnade, qui, employée d'une façon inhumaine, amène souvent la mort de la victime. On arracha aussi les cheveux et les ongles, on appliqua des fers incandescents, et on mit en œuvre contre les femmes et les enfants toute sorte d'ignominies. Les habitants étaient souvent obligés d'acheter, à des prix élevés, des armes à leurs voisins turcs, aux Kurdes et aux Tcherkesses, en leur cédant même leurs moutons et leurs vaches, pour pouvoir les livrer et satisfaire à la réquisition des gendarmes.

En même temps que le désarmement de la population arménienne, eut lieu l'armement de la population turque. Les clubs jeunes-turcs, qui ont la haute main dans toutes les villes de l'intérieur et ont plus d'influence que les plus hauts fonctionnaires du gouvernement, avaient formé des bandes, appelées tschettehs, en partie avec des criminels libérés des prisons. De fameux

brigands, kurdes furent pris au service de l'armée. On
laissa toute liberté à ces bandes de tomber sur les villages arméniens, de les piller, de tuer les hommes, d'enlever les femmes et les jeunes filles. Sur les plaintes des
victimes, les autorités ne réagirent qu'en apparence.
L'œuvre de dévastation commença, dans les vilayets
orientaux de Van, Erzeroum et Bitlis, dès le début de la
guerre, et fut continuée jusqu'à ces derniers temps. Elle
fut parallèle à la déportation officielle, et compléta
celle-ci par des attaques contre les caravanes chemi-
nant à travers les vallées solitaires de l'Anatolie. Beaucoup de caravanes furent à moitié ou complètement
anéanties par de telles bandes. Par l'enlèvement de
jeunes filles, de femmes et d'enfants, qui furent enfermés dans les harems turcs ou dans les villages kurdes,
des dizaines de milliers de chrétiens ont été livrés non
seulement à la honte, mais aussi à une conversion forcée à l'Islam.

Lorsque s'accomplit la déportation générale, c'est-à-
dire l'expulsion complète de la population arménienne
de toutes les villes et villages arméniens, les familles
arméniennes étaient en grande majorité déjà privées de
la protection de leurs hommes. Là où ce n'était pas le
cas, les hommes furent le plus souvent séparés des
femmes au début de la déportation, emmenés à part et
fusillés. Là où les hommes furent mis en route avec les
femmes et les enfants, ils en furent souvent séparés
durant le transport, ou tombèrent dans des guet-apens
organisés d'avance et furent fusillés en première ligne.
La conséquence de ces mesures fut que, lorsque les
masses de déportés arrivèrent à leur destination, elles
étaient réduites de plus de la moitié. Les caravanes qui
partaient du Nord n'étaient guère composées, quand

elles parvenaient dans le Midi, que d'enfants au-dessous
de 10 ans et de vieilles femmes, d'infirmes et de vieillards. Les hommes et les jeunes gens avaient été tués,
les jeunes filles, les jeunes femmes et d'innombrables
enfants avaient été enlevés. Le reste est un peuple de
mendiants, sans secours, livré à la misère et qui périt
de faim et de maladies dans les déserts de la Mésopotamie et dans des régions marécageuses.

C'est depuis le 21 avril, où eut lieu l'arrestation des
notables, que la déportation générale fut préparée. La
mise à exécution de la déportation en grand commença
vers le milieu de mai. Les premières déportations
eurent lieu dans le vilayet d'Erzeroum, dans les districts de Baïbourt, Terdjan, et Khinis. Différentes raisons semblent avoir causé quelque retard dans certains
vilayets. Quelques valis et mutessarifs se raidissaient
contre l'ordre. La population turque, elle-même, éleva
çà et là quelques protestations. Comme le gouvernement
central était décidé à mettre à exécution l'ordre de déportation, les fonctionnaires récalcitrants, fussent-ils
valis, mutessarifs ou caïmacams, furent rappelés et rem-
placés par des instruments plus dociles, le plus souvent
par des membres des comités jeunes-turcs. A la fin de
juin et au commencement de juillet, la déportation en
masse commence dans les vilayets de Sivas, Trébizonde
et Kharpout. Le vali d'Erzeroum qui, comme celui d'A-
lep, désapprouvait la déportation, refusa, après les premiers départs qui eurent pour conséquence l'extermination des déportés, de procéder à de nouvelles mesures
et demanda protection pour les exilés. Il dut enfin se
plier lui-même aux exigences de Constantinople. Dans
le vilayet de Bitlis, il semble qu'on n'ait procédé à des
déportations que dans les premiers temps. Plus tard la

population arménienne qui ne s'enfuit pas sur les montagnes fut exterminée sur place par des massacres. Même ceux qui s'étaient enfuis sur les montagnes furent poursuivis et tués, à l'exception de quelques-uns qui se réfugièrent sur le territoire russe. Les mêmes faits semblent être arrivés dans le vilayet de Diarbékir.

Les rapports sur chaque vilayet en particulier donneront une image plus claire des événements.

I. Vilayet de Trébizonde.

Le vilayet de Trébizonde n'appartient pas aux provinces primitivement arméniennes. La population totale du vilayet de Trébizonde monte, suivant Cuinet, à environ 1.047.700. Là-dessus un quart est formé par la population chrétienne ; les Grecs sont au moins au nombre de 200.000. La population musulmane est composée de Turcs, de Lazes, de Tcherkesses et de tribus nomades turques. Dans les villes de la côte, l'élément grec prédomine. Tandis que dans les autres vilayets de l'Anatolie orientale, Erzeroum, Van, Bitlis, Kharpout et Sivas, la population arménienne flotte entre 165.000 et 215.000 âmes par vilayet, et atteignait le chiffre de 105.000 dans le vilayet de Diarbékir, elle comptait, dans le vilayet de Trébizonde, seulement 53.000, dont 2.500 catholiques et 1000 protestants. La population arménienne se partageait ainsi qu'il suit : 10.000 vivaient dans la ville de Trébizonde et dans les environs, 12.700 en d'autres localités de la côte, comme Ordou, Kérasonde, et les villages des environs. Dans le sandjak de Samsoun et les villes du littoral, Samsoun, Therme, Ounia, il y avait 30.800 Arméniens.

Le vali de Trébizonde, comme aussi le commandant

militaire de la ville étaient favorablement disposés pour les Arméniens.

Les populations musulmane et grecque vivaient aussi en paix avec eux. Sous la direction du club jeune-turc de Trébizonde, des bandes — Tschettehs — s'étaient formées et se rendaient coupables d'excès contre les Arméniens, aussi le gouverneur militaire turc voulut-il dissoudre ces bandes. Le Ministre de l'Intérieur Talaat bey télégraphia aussi à Trébizonde qu'on devait protéger les Arméniens et ne pas répandre de sang.

Lorsque commença le désarmement des Arméniens et que des perquisitions eurent lieu, l'Aratchnort (métropolite) arménien Tourian fit des démarches auprès du vali pour faire établir officiellement que les Arméniens avaient livré leurs armes et qu'on n'avait pas trouvé de bombes chez eux. Le prélat Tourian est un homme très instruit, qui a fait son éducation en Allemagne et a étudié à Berlin la théologie et la philosophie. Le 12 juin il fut arrêté sans aucun motif, transporté à Erzéroum, et jeté en prison. Il n'y eut à Trébizonde aucune espèce de troubles. Aucune accusation, autant qu'on le sache, n'a été élevée contre la population.

Nous faisons suivre ici verbalement le Rapport consulaire du Consul des Etats-Unis à Trébizonde, M. Oscar S. Heizer ; il est daté du 28 juillet 1915.

RAPPORT DU CONSUL AMÉRICAIN.

Trébizonde, le 28 juillet 1915.

« Le samedi 26 juin, l'ordre concernant la déportation des Arméniens fut proclamé par les rues. Le jeudi, 1er juillet, toutes les rues furent occupées par des gendarmes, baïonnette au canon, et l'œuvre de l'expulsion

des Arméniens de leurs maisons commença. Des groupes
d'hommes, de femmes et d'enfants avec des ballots
et de petits paquets sur leur dos, furent rassemblés
dans un petit chemin de traverse près du consulat;
sitôt qu'ils formaient un groupe d'environ une centaine
d'individus, ils étaient poussés devant le consulat par
les gendarmes, baïonnette au canon, sous la chaleur
et dans la poussière, sur la route d'Erzeroum. Hors de
la ville on les fit arrêter; on en forma un groupe de
2000 personnes environ pour les envoyer plus loin. Trois
groupes pareils, faisant ensemble 6000 personnes, furent
déportés durant les trois premiers jours; d'autres
groupes, plus petits, de Trébizonde et des environs,
qui ont été déportés plus tard, atteignaient le chiffre
de 4000 environ. Les pleurs et les plaintes des femmes
et des enfants déchiraient le cœur. Quelques-uns de ces
malheureux appartenaient à des milieux riches et con-
sidérés. Ils étaient habitués à la richesse et au bien-
être. Il y avait là des ecclésiastiques, des commerçants,
des banquiers, des juristes, des mécaniciens, des arti-
sans, des hommes de tous les milieux. Le gouverneur
général me disait qu'ils étaient autorisés à se munir
de voitures pour le voyage; mais personne ne semblait
prendre des dispositions pour cela. Je connais cependant un commerçant qui paya 15 livres turques
pour une voiture qui devait le conduire lui et sa
femme à Erzéroum. Lorsqu'ils arrivèrent à un lieu
de rassemblement, éloigné d'environ 10 minutes de
la ville, les gendarmes ordonnèrent d'abandonner la
voiture qui fut renvoyée en ville. Toute la population
mahométane savait, dès le début, que ces gens seraient
une proie facile entre leurs mains, et ils furent traités
en criminels. A Trébizonde, *il était défendu aux Ar-*

méniens, depuis le 25 juin, date de la proclamation,
de rien vendre, défendu également à tout individu,
sous peine, de rien acheter d'eux. Comment devaient-
ils donc se procurer le nécessaire pour le voyage ?
Depuis six ou huit mois, toute transaction commerciale
était arrêtée à Trébizonde, et les gens avaient épuisé
toutes leurs économies. Pourquoi a-t-on voulu les empêcher de vendre des tapis ou quelque autre chose pour
se procurer l'argent nécessaire au voyage ? Beaucoup
de gens qui avaient des propriétés, qu'ils auraient
pu vendre s'ils en avaient eu la permission, durent aller à pied, sans moyens, et pourvus seulement de ce
qu'ils ont pu ramasser en toute hâte dans leurs maisons
et qu'ils pouvaient porter sur leur dos. Lorsque, par
épuisement, ils devaient rester en arrière, ils étaient
percés de baïonnettes et jetés dans le fleuve. Leurs
cadavres ont été portés par les eaux dans la mer en
face de Trébizonde, ou bien ils sont restés dans les endroits peu profonds, durant 10 à 12 jours, sur les rochers où ils pourrissaient, remplissant d'horreur les
voyageurs qui étaient obligés de prendre ce chemin.
J'ai parlé avec des témoins oculaires, qui affirmaient
avoir vu beaucoup de cadavres nus flotter sur le fleuve,
comme des troncs d'arbres, 15 jours après les événements, et que l'odeur en était effrayante.

« Le 17 juillet, comme je voyageais à cheval avec le
consul d'Allemagne, nous rencontrâmes trois Turcs qui
creusaient dans le sable une tombe pour un cadavre nu
que nous voyions tout près de là dans le fleuve. Le cadavre paraissait avoir séjourné 10 jours et plus dans
l'eau. Les Turcs disaient qu'ils venaient d'enterrer plus
haut, le long du fleuve, quatre autres cadavres. Un autre
Turc nous dit que, peu avant notre passage, un autre

cadavre avait été emporté par le fleuve vers la mer.

« *Le mardi 6 juillet, toutes les maisons arméniennes de Trébizonde, environ mille, étaient vidées, et leurs habitants déportés. Il ne fut pas établi qu'il y ait eu jamais personne qui ait commis la faute de participer à un mouvement dirigé contre le gouvernement. Si quelqu'un était Arménien, cela suffisait pour qu'il fût traité en criminel et déporté.* Au début, on a dit que les malades seraient exceptés de la mesure générale : ils furent portés à l'hôpital de la ville pour y rester jusqu'à ce qu'ils fussent assez bien. Plus tard, les hommes âgés et les vieilles femmes, les femmes enceintes et les enfants, les employés de l'administration gouvernementale, ainsi que les Arméniens catholiques, furent exceptés. Mais finalement, il fut décidé que même les vieillards, hommes et femmes, ainsi que les catholiques, devraient s'en aller, et ils durent rejoindre le dernier convoi. Un certain nombre d'embarcations légères furent, l'une après l'autre, chargées de ces gens et envoyées vers Samsoun. L'opinion générale est qu'on les a noyés. Pendant les premiers jours de la déportation générale, une grande barque (kayik) fut remplie d'hommes (1), que l'on tenait pour être membres du Comité arménien, et envoyée vers Samsoun. Deux jours plus tard, rentra, par terre, à Trébizonde, un sujet russe assez connu, du nom de Wartan, qui était parti avec cette barque. Il avait une blessure à la tête et était tellement troublé qu'il ne pouvait se faire comprendre. Tout ce qu'il savait dire était : « Boum ! Boum ! » Il fut arrêté par les autorités et porté à l'hôpital où il mourut le lendemain. Un Turc racontait que cette barque-là

(1) D'après une autre source, il y avait là 26 hommes.

en avait rencontré, non loin de Trébizonde, une autre,
occupée par des gendarmes qui avaient mission de tuer
tous ces hommes et de les jeter par-dessus bord. Ils
croyaient les avoir tous tués, mais ce Russe, qui était
grand et fort, avait été seulement blessé, et avait, sans
être observé, nagé jusqu'à la côte. Un certain nombre
de ces barques (kayik) chargées d'hommes quittèrent
Trébizonde ; elles revenaient le plus souvent vides
quelques heures après.

« Toz, village à deux heures environ de Trébizonde, est
habité par des Arméniens grégoriens et catholiques, et
par des Turcs. Un riche Arménien, très influent, Boghos Maximian, y fut tué avec ses deux fils, comme le
rapporte un témoin sûr. Ils furent placés l'un derrière
l'autre et ainsi fusillés. Quinze hommes et femmes
furent conduits dans une vallée peu éloignée du village ; les femmes furent d'abord violées par les officiers de gendarmerie, et laissées ensuite à la disposition des gendarmes. Selon ce témoin oculaire, on tua
un enfant en lui brisant le crâne contre des rochers.

« Même le projet de sauver les enfants dut être aban-
donné. On les avait placés à Trébizonde, dans des écoles
et des orphelinats, sous la direction d'un Comité organisé et soutenu par l'archevêque grec, et dont le président était le vali, le vice-président l'archevêque, avec
trois membres chrétiens et trois mahométans. Mais
maintenant les jeunes filles sont données exclusivement aux familles mahométanes, et ainsi séparées les
unes des autres. La fermeture des orphelinats et le
partage des enfants entre les familles mahométanes
fut une grande déception pour l'archevêque grec qui
avait travaillé dans ce but avec tant de zèle, et qui
s'était assuré de l'appui du vali. Mais le chef du « Co-

mité Union et Progrès », — son nom était Nail bey —
qui désapprouvait ce projet, réussit à le contrecarrer
très vite. Beaucoup d'enfants semblent avoir été envoyés hors de la ville pour être distribués aux paysans.
Les plus jolies, parmi les jeunes filles plus âgées, qui
avaient été retenues dans les orphelinats pour être chargées de la surveillance et des soins à donner, furent
enfermées dans des maisons qui servaient aux plaisirs
des membres de cette clique qui semble tout gouver-
ner ici. J'ai appris de bonne source qu'un membre du
« Comité Union et Progrès » tient ici, dans une maison
située au centre de la ville, dix des plus jolies filles
pour son usage et pour celui de ses amis. Quelques
jeunes filles plus petites ont été placées dans d'honnêtes familles mahométanes. Quelques anciennes élèves
de la Mission américaine ont été maintenant placées
dans des familles musulmanes, dans le voisinage de la
Mission ; mais naturellement le plus grand nombre n'a
pas eu ce bonheur.

« Les maisons arméniennes — au nombre de mille —
sont démeublées les unes après les autres par la police.
Meubles, garnitures de lits et tous les objets précieux
sont conservés dans de grands bâtiments, en ville. Il
n'y eut aucun essai d'inventaire, et la pensée de conserver ces biens dans des « balles », sous la protection
du gouvernement, pour les rendre à leurs proprié-
taires à leur retour, est simplement ridicule. Les objets sont entassés les uns sur les autres, sans aucune
tentative de les enregistrer, ou même de suivre un
ordre quelconque dans la manière de les entasser. Une
foule de femmes et d'enfants turcs suivent pas à pas
les employés de police comme une bande de vautours
pour s'emparer de tout ce qu'ils peuvent saisir. Une

fois que les objets les plus importants sont emportés
d'une maison par la police, la meute se rue aussitôt
dedans pour prendre tout ce qui reste. Je vois ces faits
tous les jours de mes propres yeux. Je crois que plusieurs semaines seront nécessaires pour vider toutes
les maisons ; on dégarnira alors les magasins et les
maisons de commerce arméniennes. La commission
qui tient l'affaire dans ses mains parle maintenant
de vendre cette grande quantité de mobiliers domes-
tiques et d'autres biens « pour payer les dettes des
Arméniens. »

« Le Consul allemand me disait qu'il ne croyait pas
que les Arméniens puissent revenir à Trébizonde,
même après la fin de la guerre.

« Je parlais dernièrement avec un jeune homme qui
avait fait son service militaire dans le Inchaat-Ta-
bouri (troupes du génie) et travaillait sur la route de
Gumuche-Khané. Il me raconta qu'il y a 14 jours, tous
les Arméniens, environ 180, avaient été séparés des
autres travailleurs. Il avait entendu les coups de cara-
bine et il fut l'un de ceux qu'on envoya pour ensevelir
les cadavres. Il constata qu'ils étaient tous nus, on leur
avait volé leurs vêtements.

« Une quantité de cadavres de femmes et d'enfants
ont été rejetés par les vagues sur la rive sablonneuse,
au pied des murs du couvent italien de Trébizonde. Ils
furent enterrés là où ils furent trouvés, par les femmes
grecques d'ici. »

Tout ce qui précède est extrait du Rapport du Consul (1) des Etats-Unis.

_____

(1) Sur les conversions forcées, dans le vilayet de Trébizonde cfr. page 281 et suivantes.

2. Vilayet d'Erzéroum.

Le vilayet d'Erzéroum comptait, sur 645.700 habitants, 227.000 chrétiens, dont 215.000 Arméniens, et 12.000 Grecs ou autres chrétiens. Sur la population musulmane, il y a 240.700 Turcs ou Turkmènes, 120.000 Kurdes (dont 45.000 sédentaires, 30.000 Zazas, et 45.000 nomades) ; 25.000 Kizilbaches (Chiites), 7.000 Tcherkesses et 3.000 Yézidis (les soi-disant adorateurs du diable). Dans les villes d'Erzéroum, Erzingian, Baïbourt, Khinis et Terdjan, les Arméniens forment du tiers à la moitié de la population, et dans certains districts plus de la moitié.

Dès le début de la guerre, on fit chez les Arméniens des réquisitions du double ou du triple de ce que fournissaient les Turcs. On menait des bêtes de somme devant les magasins et on les chargeait, sans distinction, de toute sorte de marchandises, pour la plupart inutiles aux besoins militaires. Chez les Turcs, les réquisitions furent notifiées d'avance, de sorte qu'ils eurent le temps de porter leurs marchandises de leurs magasins dans leurs maisons et de les y cacher. Toutes les provisions des magasins en articles fabriqués, qui étaient arrivées de l'étranger en automne, furent enlevées aux marchands. Les employés profitèrent des réquisitions pour pressurer le peuple. Le secrétaire de la garnison d'Erzingian, Kadki bey, vint au magasin de Sarkis Stepanian, fit mander là quelques commerçants arméniens, et se fit donner par eux 300 livres turques. Pour sauver les apparences, il prit aussi une somme insignifiante aux marchands turcs. Après le pillage des magasins, ce fut le tour des maisons. Sous le prétexte de chercher des armes, les gendarmes fouillèrent coffres et armoires, et enlevèrent tout ce qui leur plaisait. Personne ne pouvait dire un mot contre de pareilles réquisitions. Sur le moindre petit soupçon, ou une dénonciation quelconque, des gens innocents étaient jetés en prison, soumis à la torture, et traduits devant le conseil de guerre.

De même que dans le vilayet de Trébizonde, des bandes, appelées Tschettéhs, furent formées dans le vilayet d'Erzéroum par les clubs politiques jeunes-turcs, avec les pires éléments de la population, et on les fournit d'armes. Ces bandes considéraient comme leur principal devoir d'attaquer à l'improviste les villages arméniens et de les piller. S'ils n'y trouvaient aucun homme, ils violaient les femmes et les obligeaient, par de mauvais traitements, à leur donner tout ce qu'elles avaient encore d'argent ou d'objets de valeur. Les Daschnakzagans se plaignirent à Tahsin bey, vali d'Erzéroum, quand de pareils faits se passèrent dans les villages de Dvigue, Badischine, et Targouni. Il promit de punir les coupables, mais après dix jours, les mêmes faits se renouvelèrent aux villages de Hintzk et Zitoth. Telle apparaissait la situation dans le pays déjà au début de janvier.

Le Vali Tahsin bey, qui avait la meilleure bonne volonté, réussit provisoirement à réprimer les excès des Tschettéhs et des gendarmes, de sorte qu'au commencement de février, la situation parut considérablement améliorée dans la province. Sans doute, les Arméniens eurent toujours à supporter tout le poids des réquisitions, mais dans l'intérêt de la défense nationale, l'on se résigna à cette mesure inégale entre les musulmans et les non-musulmans. On ne fit non plus aucune objection quand quinze villages arméniens des environs d'Erzé-

roum furent évacués par leurs habitants, pour recevoir
des soldats infirmes. En mars, le désordre causé par
les bandes qui étaient soutenues par les cercles jeunes-
turcs, contre la volonté du vali, recommença de plus
belle ; on soumit également dans les villes les Arméniens fortunés aux pires exactions. A Terdjan le mudir
de la police fit venir d'Erzéroum un Arménien très en
vue, avec sa fille âgée de 10 ans, et les fit fusiller tous
deux sur place.

En mars de la même année, les Arméniens furent
avisés à Erzéroum, par leurs amis turcs, *que les
membres du « Comité Union et Progrès » projetaient*
un massacre. Le Dr Taschdjian, qui mourut plus tard
du typhus et qui était également estimé des Turcs et
des Arméniens, en fit part à deux Sœurs de la Croix-
Rouge allemande qui soignaient les soldats turcs à
l'hôpital militaire d'Erzéroum et les pria d'en aviser
le général allemand Posselt-Pacha, qui commandait
alors la forteresse d'Erzéroum, pour qu'il mît en œuvre
toute son influence pour éviter un tel malheur. L'on
racontait que le général Posselt avait réussi à détourner le péril. Mais il fut bientôt obligé de prendre un
congé et fut remplacé par un officier turc. Le Consul
d'Allemagne à Erzéroum, M. de Scheubener-Richter,
fit aussi son possible pour secourir les Arméniens dans
la misère, et empêcher que la situation ne s'aggravât.
Du côté arménien, on lui rendit le meilleur témoignage.
Tandis que le vali Tashin béy s'opposa longtemps aux
mesures ordonnées par Constantinople, les chefs du
parti jeune-turc travaillaient d'autant plus énergique-
ment à exciter les mahométans contre les Arméniens. Ils déclaraient que Abdul-Hamid avait commis
l'erreur de ne pas avoir organisé plus radicalement

les massacres d'il y a vingt ans, et de ne pas avoir exterminé tous les Arméniens.

Les relations entre les populations arménienne et
turque, à Erzéroum, avaient été excellentes. Ce furent
les agitateurs jeunes-turcs qui excitèrent les Musulmans et empêchèrent le gouvernement de s'opposer
aux violences. Les jeunes-turcs entreprirent d'envoyer
sur le front la population mâle, pour avoir ensuite les
mains libres. Les Arméniens furent avisés par leurs
amis turcs de quitter leurs maisons.

Au temps de la Constitution, des armes avaient été
distribuées, par les jeunes-turcs, aux villages arméniens, sur l'aide desquels ils comptaient dans le cas
d'une réaction. Ces armes leur furent retirées maintenant avec des tortures insensées.

Dans la maison d'un arménien nommé Houmayak, à
Erzingian, se trouvait un *tonnur*, four creusé dans le
sol. Sous le four, les gendarmes découvrirent un puits
qui, depuis longtemps, était hors d'usage et fermé.
Les gendarmes croyaient trouver des armes dans le
puits ; ils n'en trouvèrent point et, pour cela, battirent
si terriblement Houmayak qu'il en devint malade. Le
pauvre homme avait loué la maison depuis un mois
seulement, et ne soupçonnait pas qu'il y eût une citerne au-dessous du *tonnur* (tonir). Quand il fut remis
sur pied, il fut arrêté, mis en prison et soumis à la
torture. Les ongles et les cheveux lui furent arrachés
avec des tenailles. S'il perdait connaissance, on le ramenait à lui-même en versant sur lui de l'eau froide, et la
torture continuait. On voulait savoir de lui ce qu'il avait
caché dans la citerne. Le malheureux ne pouvait rien
dénoncer, puisqu'il n'avait jamais rien su de la citerne.

Là-dessus, on lui présenta un document dans lequel

il aurait à attester qu'il avait caché des bombes et des
armes sous le *tonnur*. Il fut forcé par la torture de
signer cet écrit. Alors il fut déporté à Erzéroum. De tels
documents avaient pour but de fournir un prétexte à la
déportation. Les Arméniens qui eurent vent de cette
affaire comprirent ce qui les menaçait.

Lorsque les réquisitions et les perquisitions prirent
fin en ville sans aboutir à aucune découverte, les gendarmes furent envoyés aux villages. Le 14 mars, un
lieutenant de gendarmerie, Suleïman effendi, avec
30 gendarmes, vint au village de Minn dans le sandjak
d'Erzingian. D'abord il se fit payer 100 livres turques
(environ 1900 marks) sans dire qui l'avait chargé de le
faire, ni dans quel but il le faisait. Les gendarmes se
divertirent toute la nuit dans le village. Au matin les
perquisitions commencèrent. Il y avait dans le village
quelques armes distribuées par les jeunes-turcs au
temps de la réaction. Un certain Oteldji Hafis avait autrefois apporté ces armes que les gens avaient dû acheter assez cher. Le prêtre du village donna les noms
de ceux qui avaient des armes. Ils furent arrêtés et on
leur enleva les armes. Mais le lieutenant de gendarmerie voulut encore avoir des bombes, et commença
à battre les hommes, les femmes et les enfants. Comme
ils ne trouvaient pas de bombes, il fit donner au prêtre
cinq fois de suite la bastonnade. Quand il eut assez
frappé, il enferma le prêtre dans une chambre et
viola sa femme. Puis les gendarmes commencèrent
à tirer sur les paysans pour s'amuser. Quand ils eurent
assez de ce jeu, ils armèrent le prêtre et quelques
paysans jusqu'aux dents, de sorte qu'ils semblaient des
bandits, et conduisirent cette bande, armée artificiellement, dans le quartier musulman du chef-lieu du dis-

trict, à Kernagh, pour soulever les Mahométans contre les Arméniens. Ensuite, ils furent jetés en prison et conduits enfin à Erzéroum.

Les habitants du village Minn, qui est maintenant réduit en cendres, avaient payé 7.000 livres turques de contributions. Les paysans s'adressèrent à l'Aratchnort (métropolite) arménien, lui firent rédiger une requête et allèrent avec lui au caïmakam (sous-préfet).

Le caïmacan les rabroua : « Qui vous a donné le droit de faire de telles requêtes ? » leur dit-il. Les paysans répondirent : « N'avons-nous pas donc le droit, par la grâce du gouvernement, de présenter des requêtes pour les affaires d'intérêt commun ? » — Le caïmacan : « Cela se faisait sous le gouvernement précédent. Le gouvernement actuel ne vous a aucunement concédé de tels droits. De tels droits sont tous déchus. Vous n'avez aucune requête à faire, aucune plainte à présenter. Le gouvernement fera de lui-même ce qui est nécessaire. Si vous voulez, je vous enverrai avec ce document au procureur général, et il vous fera jeter en prison ». — Les paysans : « Nous ne voulons pas nous mêler aux affaires du gouvernement ; nous voulons seulement savoir de quel droit un gendarme peut soumettre cinq fois un prêtre à la bastonnade et mettre les femmes et les enfants à la torture, sous le prétexte de chercher des bombes. Ces paysans ne savent même pas ce que c'est qu'une bombe. Pourquoi les a-t-on armés et envoyés parmi les mulsumans, puisqu'on ne les a pas pris les armes à la main ? » — Le caïmacan : « Nous sommes complètement libres d'employer tout moyen qui nous plaît. » — Les paysans : « Pourquoi laisse-t-on les gendarmes commettre des exactions ? » — Le caïmacan : « Cela ne vous regarde pas. Jusqu'ici, le commerce était entre vos mains. Désormais, vous n'aurez pas à vous occuper du commerce. Et vous, qu'avez-vous à faire ici ? » — L'Aratchnort (le métropolite) : « Je suis l'Aratchnort, et j'ai le droit de parler au nom de ces gens. — Le caïmacan : Je ne connais ni l'Aratchnort ni ses droits. Dans les affaires qui ne sont pas religieuses, je ne te reconnais pas ».

Dans les autres villages, les gendarmes agirent de même. D'abord ils demandaient de l'argent ; ensuite, c'était le tour des perquisitions. Dans le village de Mervatzik, le lieutenant de gendarmerie Suleïman travailla de concert avec le mudir du village, Adil effendi. Comme ils ne trouvaient point d'armes, ils soumirent les paysans à la torture et les obligèrent à en acheter à leurs voisins turcs. Ils furent enfin conduits en prison à Erzéroum.

De ce village, les officiers turcs s'en allèrent à Arkan, prirent par force 60 l. t., pillèrent le village, arrachèrent aux femmes leurs pendants d'oreilles et leurs bracelets, et battirent tous ceux qui refusaient de les satisfaire. Un gendarme s'asseyait sur les pieds, un autre sur la tête du patient, et la bastonnade commençait. Elle ne comptait jamais moins de 200 coups. Les femmes perdaient connaissance sous la torture. Comme il ne trouvait pas d'armes, le sous-lieutenant Suleïman cria aux gens : « Jusqu'ici vous aviez le droit d'avoir des armes. C'est fini désormais ! J'ai un iradé entre les mains, et je puis exiger de vous des armes par tous les moyens qui me plairont ». Là-dessus, les gendarmes firent amener des paysans du village voisin, Mollah, les battirent, leur barbouillèrent le visage avec des excréments et les jetèrent dans le ruisseau. Une femme mourut des mauvais traitements du mudir Adil. Ils allèrent alors au village de Mollah, interrompirent la messe — c'était la fête de Pâques — et soumirent le prêtre à la torture dans l'église même. Les femmes et les jeunes filles s'enfuyaient sur les montagnes par crainte des gendarmes. Dans le village de Medz Akaragh, ils exigèrent 92 l. t., et torturèrent les habitants. Dans le village de Mahmoud Békri, les gendarmes demandèrent d'abord de l'argent, et après avoir obtenu ce qu'ils demandaient, ils arrêtèrent trois paysans et les conduisirent dans une maison où se trouvaient Suléïman, cité plus haut, et Oteldji Hafiz, Djélal Oglou et Chakir. Ces quatre bastonnèrent les paysans jusqu'à ce qu'ils perdissent connaissance. On les ramenait à eux-mêmes en leur versant de l'eau froide, et on continuait à les battre. Puis on les enferma dans les lieux d'aisance. On les ramena plus tard pour les torturer de nouveau. A l'un, on arracha deux doigts : on voulait qu'il indiquât l'endroit où sont cachées des armes, et livrât la liste des Daschnakzagans. Comme ils n'obtenaient aucun résultat, les gendarmes commencèrent à violer les femmes.

On dénonça ces faits au caïmacan. Mais lorsque l'Aratchnort fît de nouvelles démarches auprès de lui à cause d'une femme qu'on avait battue jusqu'à la faire mourir et exigea que le caïmacan se rendît compte lui-même des faits, celui-ci se fâcha et ne voulut plus rien entendre. L'Aratchnort voulait qu'il rendît compte des faits en haut lieu. Le caïmacan s'écria : « Le gouvernement ici, c'est moi ! » — L'Aratchnort : « Vous faites une différence entre les chrétiens et les Musulmans ». — Le caïmacan : « Je te fais sur l'heure ligoter pour t'envoyer à Erzéroum ! » Le caïmacan le laissa finalement aller et promit de punir les gendarmes.

Dans son désespoir, l'Aratchnort résolut d'aller, avec quelques prêtres, trouver les ulémas et les beys musulmans, pour implorer leur secours. Ceux-ci avaient compassion des Arméniens, mais ils craignaient le caïmacan. Un cheik ecclésiastique leur conseilla de prendre patience jusqu'à ce que les choses changent.

Le caïmacan cita devant lui les gendarmes, qui avouèrent qu'ils avaient pris 300 l, t., et n'en avaient consigné que 180. Ils furent contraints de rendre l'argent. Ils restèrent malgré cela en charge et continuèrent leurs infamies. Toutes les promesses du caïmacan de punir les gendarmes restèrent vaines.

Cela se passait en mars de cette même année.

Il est nécessaire de décrire de tels faits en détail, pour qu'on puisse se faire une idée de ce qui se passait dans les villages.

Depuis la proclamation de la Constitution jusqu'à ces derniers temps les chefs jeunes-turcs étaient devenus un seul cœur et une seule âme avec les chefs des Daschnakzagans. Les Daschnakzagans avaient, par leur organisation, appuyé les jeunes-turcs dans toutes les élections, et des rapports amicaux existaient entre les Clubs des deux partis. Dès que le Comité central de Constantinople eut décidé les mesures générales contre les Arméniens, les chefs jeunes-turcs mirent à profit leur connaissance de l'organisation du parti arménien, auquel ils s'étaient alliés autrefois pour faire arrêter tous les Daschnakzagans. Déjà au 12 avril, la plupart des Daschnakzagans se trouvaient sous les verrous. Bientôt les premiers bruits des événements de Van arrivèrent à Erzéroum. Les chefs arméniens furent déportés vers des régions inconnues. A la fin d'avril, 25 arméniens ligotés furent amenés d'Erzingian à Erzéroum. Bientôt après, la police d'Erzéroum publia une lettre falsifiée dans laquelle il était dit que le parti des Daschnakzagans avait décidé d'assassiner le vali Tashin bey. La fraude fut découverte, de sorte que la police en fut couverte de confusion et de honte.

Lorsqu'au mois de mai, la population turque d'Erzéroum eut connaissance de l'ordre, venu de Constantinople, de la déportation générale de la population arménienne, elle *adressa une requête au gouvernement*, pour demander instamment que, dans le vilayet d'Erzéroum, on n'appliquât pas la règle générale, parce que dans le cas d'une conquête de la région par les Russes, l'on serait puni pour les crimes commis contre les Arméniens.

Au milieu de mai commencèrent les déportations des villages de la plaine d'Erzéroum et de la région de Terdjan et Mamakhatoun. Dans les villages évacués, on établit des paysans mahométans qui s'étaient enfuis des régions occupées par les Russes. Pour rendre d'avance impossible toute résistance à la déportation, on avait recruté pour l'armée 15.000 hommes dans la région d'Erzéroum. Dans les localités importantes, telles que Baïbourt, Erzingian, Khinis, Kéri, etc., on avait, avant de commencer la déportation, arrêté les notables pour les diriger sur Erzéroum. Les jeunes-turcs s'étaient rassemblés à Erzéroum pour organiser l'affaire.

Au 15 mai, tous les villages épars dans la plaine d'Erzéroum avaient déjà été évacués et occupés par des habitants musulmans. A Erzéroum même, on arrêta d'abord 600 notables qui furent déportés. Tous les Itihadistes (membres du Comité Union et Progrès) s'étaient assemblés à Erzéroum, et dirigeaient de là les événements dans la province. Le vali Tahsin bey, qui exécutait à contre-cœur les mesures contre les Arméniens disait pour se justifier : « Que puis-je y faire ? La Sublime Porte l'a ainsi ordonné ! »

Lorsqu'à la fin de mai, Beha-Eddin Chakir, membre du Comité Union et Progrès, vint à Erzéroum, la persécution contre les Arméniens entra dans une phase aiguë. Les Tschettehs et les gendarmes assommaient en plein jour des femmes et des enfants, en vue de provoquer les Arméniens et de trouver le prétexte à un massacre général. Sur les 300 personnes qui furent escortées de Khinis à Erzéroum, la moitié furent tuées en route. Les derniers soldats et médecins arméniens furent rappelés du front ; une partie d'entre eux furent tués, et le reste déportés. Alors le commandant de l'armée donna l'ordre de la déportation générale.

Au milieu de juin, commença la déportation de la population entière de la ville d'Erzéroum ; elle se poursuivit pendant le mois de juillet. Le 31 juillet l'archevêque arménien d'Erzéroum, Kutchérian, télégraphiait au Patriarcat de Constantinople que lui et tous les Arméniens vivant à Erzéroum étaient exilés. Où seraient-ils conduits ? Ils ne le savaient point. Le frère de l'archevêque fut, durant le voyage qu'il entreprit en compagnie d'un Allemand, violemment séparé de celui-ci par les autorités, et assassiné.

On raconte que Tahsin bey, vali d'Erzéroum, ayant appris que le premier convoi des Arméniens d'Erzéroum avait été massacré en route, se serait refusé à envoyer d'autres convois d'Erzéroum. Il aurait demandé que les déportés fussent conduits à leur lieu d'exil avec une escorte militaire et sous la surveillance d'officiers supérieurs, afin de leur assurer ainsi au moins la vie sauve.

On ne donna pas suite à ses demandes.

ERZINGIAN.

On fit arrêter plus de 2000 Arméniens, sans qu'on ait élevé contre eux aucune accusation. Ils furent arrêtés pendant la nuit ; pendant la nuit, on les tira de prison et on les tua dans le voisinage de la ville. On notifia alors aux Arméniens de la ville, environ 1500 maisons, qu'ils auraient à quitter la ville dans quelques jours. Ils pourraient vendre leurs biens, mais devraient, avant leur départ, remettre les clefs de leurs maisons aux autorités. Le premier convoi partit le 7 juin. Il était formé surtout par les plus riches, qui avaient pu louer une voiture. On montra plus tard un télégramme, d'après lequel ils avaient atteint la première étape de leur voyage, c'est-à-dire Kharpout.

Les 8, 9, et 10 juin, de nouveaux groupes quittèrent la ville, en tout de 20 à 25.000 personnes. Beaucoup d'enfants avaient été recueillis par les familles musulmanes ; mais ils durent aussi plus tard partir. Durent partir également les familles des Arméniens au service de l'hôpital, et même une femme atteinte du typhus, malgré les protestations du médecin allemand, Dr Neukirch. Un Arménien, au service de l'hôpital, disait à la sœur de charité allemande : « J'ai maintenant 46 ans, et l'on m'a pris cependant comme soldat, malgré que j'aie payé tous les ans ma taxe d'exemption. Je n'ai jamais rien fait contre le gouvernement et on m'enlève toute ma famille, ma mère âgée de 70 ans, ployant sous les chagrins, ma femme et cinq enfants, et je ne sais où ils vont». Il pleurait surtout sur sa petite fille d'un an et demi. « Vous n'avez jamais vu une si jolie enfant, elle avait de si jolis grands yeux ! Si seulement je pouvais comme un serpent m'enlacer à elle... » Et il pleurait comme

un enfant. Le lendemain ce même homme revint. Il était
tout à fait tranquille : « Je sais maintenant, dit-il ; ils
sont tous morts. » Ce n'était que trop vrai !

Les caravanes qui, les 8, 9 et 10 juin, quittèrent Erzingian dans un ordre apparent (les enfants étaient le plus
souvent placés sur des chars à bœufs) étaient escortées
de soldats. Malgré cela, une fraction très petite devait
atteindre la première étape du voyage. La route de
Kharpout laisse la plaine d'Erzingian à l'est de la ville
pour s'engager dans le défilé de l'Euphrate qui pénètre
en ce point à travers la chaîne du Taurus. La route suit
l'Euphrate dans ses nombreux détours, bordée, le long
du fleuve, de rochers escarpés. La distance jusqu'à
Kémagh, qui n'est à vol d'oiseau que de 16 kilomètres,
atteint, à cause des détours, 55 kilomètres. Dans les
étroits défilés où passe la route, ces multitudes sans
défense, composées presque entièrement de femmes et
d'enfants, encadrées de soldats et de kurdes appostés
exprès, subirent des attaques. D'abord, ils furent complètement dépouillés, ensuite tués de la façon la plus
affreuse, et leurs cadavres furent jetés dans le fleuve.
C'est par milliers qu'il faut compter les victimes de ce
massacre, dans la vallée de Kémagh, à 12 heures seulement de la ville de garnison d'Erzingian, siège d'un
caïmacan (sous-préfet) et du commandement du quatrième corps d'armée. *Ce qui se passa ici du 10 au
14 juin est arrivé au su et par le vouloir (mi! Wissen
und Willen) des autorités.*

Les sœurs de charité allemandes témoignent :

« La vérité des bruits nous fut d'abord confirmée par
notre cuisinière turque. Cette femme racontait avec des
larmes que les kurdes avaient maltraité et tué les
femmes, et jeté les enfants dans l'Euphrate. Deux

jeunes institutrices, ayant fait leur éducation dans le
collège américain de Kharpout, faisaient partie d'un
convoi de déportés, qui franchissait le défilé de Kémagh (Kémagh Boghasi), quand, le 10 juin, elles furent
exposées à un feu croisé. Par devant, c'étaient les
kurdes qui barraient le chemin ; par derrière se trouvaient les troupes — milices d'un certain Talaat. —
Dans leur effroi, elles se jetèrent par terre. Quand les
coups de fusil eurent cessé, elles réussirent, en compagnie du fiancé de l'une d'elles, qui s'était habillé en
femme, à retourner, par des chemins détournés, à Erzingian. Un compagnon de classe turc du jeune homme
vint à leur aide. Aux Kurdes qu'ils rencontraient, ils
donnaient de l'argent. Lorsqu'ils eurent atteint la ville
un gendarme voulut emmener avec lui, dans sa maison,
l'une des deux, celle qui était fiancée. Sur les protestations du fiancé, le gendarme le tua. Les deux jeunes
filles furent alors conduites, par l'ami turc du fiancé, dans
des maisons mahométanes distinguées, où on les accueillit amicalement mais en exigeant aussitôt qu'elles
embrassent l'Islam. Elles supplièrent instamment les
sœurs de charité allemandes, par l'intermédiaire du
docteur Kafaffian, de les emmener avec elles à Kharpout. L'une d'elles écrivit que, si elles avaient du poison, elles s'empoisonneraient.

Le jour suivant, le 11 juin, des troupes régulières de
la 86ᵉ brigade de cavalerie furent envoyées au défilé de
Kémagh, sous la conduite de leurs officiers, pour châtier, disait-on, les Kurdes. Selon les informations re-
cueillies par les sœurs de charité allemandes, de la
bouche même des soldats turcs qui s'y trouvaient présents, les troupes turques massacrèrent tout ce qui restait encore en vie des caravanes, presque exclusivement

des femmes et des enfants. Les soldats turcs racontaient comment les femmes se jetaient à genoux et demandaient pitié, comment ensuite, ne voyant venir aucun secours, elles avaient jeté elles-mêmes leurs enfants dans le fleuve. Un jeune soldat turc disait : « C'était une pitié ! Je ne pouvais tirer ; je fis semblant. » D'autres, au contraire, se vantaient de leurs actions infâmes devant le pharmacien allemand, M. Gehlsen. Le carnage dura quatre heures. On avait emmené des chariots à bœufs pour transporter les cadavres à la rivière et faire disparaître toute trace du forfait. Le soir du 11 juin, les soldats rentrèrent chargés de dépouilles. Après les massacres, durant plusieurs jours, on fit la chasse dans les champs de blé, autour d'Erzingian, pour abattre les nombreux fuyards qui s'y étaient cachés.

Les jours suivants, les premiers convois de déportés de Baïbourt traversèrent Erzingian.

Baïbourt.

Dans la ville de Baïbourt et dans les villages environnants, vivaient 17.000 Arméniens. La population fut déportée de la ville et des villages, dans les deux premières semaines de juin, en différents convois qui se succédaient. Ce fut d'abord le tour des villages, dont beaucoup d'habitants avaient eu à souffrir des gendarmes et des paysans pillards. Trois jours avant le départ des Arméniens de Baïbourt, l'évêque arménien Vartabed Hazarabedian fut pendu avec sept autres Arméniens notables, après être restés huit jours en prison. Sept ou huit autres Arméniens de condition, qui refusaient de quitter la ville, furent tués dans leurs maisons ; 70 ou 80 autres abattus en prison, ou traînés sur les montagnes pour y être tués.

La population de la ville fut expédiée en trois groupes. On rencontra les cadavres du second gisant sur la route. Ils avaient été attaqués par des bandes turques qui avaient enlevé les femmes et les jeunes filles, tué les enfants les plus âgés et les vieilles femmes, et distribué aux paysans turcs les petits enfants. La veuve d'un Arménien de qualité, qui faisait partie d'un dernier transport de 4 à 500 déportés, racontait ce qui suit :

« Mon mari mourut il y a huit ans, et nous laissa, à moi, à ma fille de huit ans et à ma mère, des biens importants dont nous pouvions vivre commodément. Dès le début de la mobilisation, le commandant a logé dans ma maison sans rien payer. Il me disait que je ne serais pas obligée de m'en aller, mais je sentais que j'étais obligée de partager le sort de mon peuple. Je pris avec moi trois chevaux que je chargeai de provisions. Ma fille portait au cou quelques pièces d'or comme ornement, et j'avais avec moi une vingtaine de livres turques et quatre diamants. Nous dûmes laisser tout le reste. Notre convoi partit le 14 juin. Il comptait de 4 à 500 personnes, et 15 gendarmes nous accompagnaient. Le mutessarif (préfet) nous souhaita un « heureux voyage ». Nous étions à peine éloignés de deux heures de la ville, que des troupes de paysans et de bandits en grand nombre, armés de carabines, de fusils et de haches, nous cernèrent sur la route, et nous volèrent tout ce que nous avions. Les gendarmes eux-mêmes me prirent mes trois chevaux, les vendirent à des mouhadjirs turcs et en empochèrent le prix. Ils prirent de plus mon argent et ce que ma fille portait au cou et, en plus, tous nos vivres. Là-dessus, ils séparèrent de nous les hommes et, dans l'espace de 7 à 8 jours, ils les tuèrent l'un après l'autre. Aucun individu mâle au-dessus de 15 ans ne resta vivant. Deux coups de gourdin suffisaient pour en abattre un. A côté de moi furent tués deux prêtres, Ter-Wahan, originaire de Terdjan, et un vieillard plus que nonagénaire, Ter-Michael. Les bandits se saisirent de toutes les femmes et jeunes filles de belle apparence, et les emmenèrent sur leurs chevaux. De très nombreuses femmes et jeunes filles furent ainsi traînées sur les montagnes, et, entre autres, ma sœur dont ils jetèrent le petit enfant d'un an. Un Turc le releva, le prit et l'emporta, je ne sais où. Ma mère marcha tant qu'elle n'en pouvait plus. Elle s'affaissa sur le bord du chemin sur une hauteur. Nous trouvâmes en route beaucoup de ceux qui avaient été emmenés de Baïbourt dans les convois précédents. Parmi les tués gisaient quelques femmes, à côté de leurs maris et de leurs fils. Nous rencontrions aussi des vieillards et des petits enfants qui étaient encore en vie, mais dans un état pitoyable. A force de pleurer, ils avaient perdu la voix.

Nous ne pouvions pas dormir les nuits dans les villages, mais nous devions coucher dehors sur la terre nue. J'ai vu des gens manger de l'herbe pour apaiser leur faim. A la faveur des ténèbres, il se commit des crimes indicibles, par les gendarmes, les bandits et les paysans. Beaucoup de nos compagnons moururent de faim et d'apoplexie. D'autres restèrent sur le bord du chemin, trop faibles pour aller plus loin.

Un matin, nous vîmes de 50 à 60 voitures avec 30 femmes turques, veuves dont les maris étaient morts à la guerre. Elles venaient d'Erzéroum et allaient à Constantinople. Une de ces femmes fit signe à un

gendarme, en lui montrant un Arménien pour qu'il le
tuât. Le gendarme lui demanda si elle ne voudrait pas
le tuer elle-même. Elle répondit : « Pourquoi pas ? »
Elle tira un revolver de sa poche et le tua. Chacune
de ces femmes turques avait avec elle cinq ou six jeunes
filles arméniennes de 10 ans et au-dessous. Les Turcs
ne voulaient jamais prendre les enfants mâles, ils les
tuaient quel que fût leur âge. Ces femmes voulaient aussi
me prendre ma fille, mais elle ne voulut pas se sépa-
rer de moi. Finalement, on nous prit toutes deux dans
les voitures, quand nous eûmes promis de devenir musulmanes. Aussitôt que nous fûmes montées dans l'araba
elles se mirent à nous enseigner ce qu'on doit faire
quand on est musulman, et elles changèrent nos noms
chrétiens en d'autres, musulmans.

Les horreurs les plus grandes et les plus indicibles
étaient réservées pour notre arrivée dans la plaine d'Erzéroum, et au bord de l'Euphrate. Les cadavres mutilés
de femmes, de jeunes filles et de petits enfants, faisaient
frémir. Les bandits causaient de l'effroi même aux
femmes et jeunes filles qui étaient avec nous. Leurs cris
s'élevaient jusqu'au ciel. Arrivés à l'Euphrate, les gendarmes jetèrent dans le fleuve tous les enfants au-dessous de 15 ans qui restaient. Ceux qui savaient nager
étaient fusillés tandis qu'ils luttaient contre les flots.
Quand nous atteignîmes Enderessi, sur la route de Sivas,
les collines et les plaines étaient parsemées de cadavres
enflés et noircis qui remplissaient l'air de leur odeur
et l'empestaient.

Après sept jours, nous arrivâmes à Sivas. Il n'y restait plus un seul Arménien en vie. Les femmes turques
nous conduisirent, moi et ma fille, avec elles aux bains,
et nous montrèrent beaucoup de femmes et de jeunes

filles qui avaient dû embrasser l'Islam. Sur la route de Josgad, nous rencontrâmes six femmes qui portaient le féredjé (le voile) avec leurs enfants dans les bras. Les gendarmes, ayant soulevé le voile, découvrirent que c'étaient des hommes habillés en femmes, et les fusillèrent sur place. Nous atteignîmes Constantinople après un voyage de 32 jours ».

Sur la condition et le sort des caravanes de déportés qui traversèrent Erzingian, venant des régions de Baïbourt et d'Erzéroum, nous possédons encore le témoignage des deux sœurs de charité allemandes d'Erzingian :

« Le soir du 18 juin, nous nous promenions devant notre maison, avec notre ami, le pharmacien Gehlsen. Nous y rencontrâmes un gendarme qui nous dit qu'à dix minutes de l'hôpital, une foule de femmes et d'enfants devaient passer la nuit. Il avait été lui-même l'un des conducteurs du convoi et racontait d'une façon émouvante comment les déportés avaient été traités sur tout le chemin. « Kessé ! Kessé ! suruyolar ! » (on les pousse de l'avant en en tuant toujours). Il avait, racontait-il, tué chaque jour de 10 à 12 hommes, et jeté les cadavres dans les ravins. Quand les enfants criaient ou pleuraient et ne pouvaient plus marcher, on leur brisait le crâne. On avait tout enlevé aux femmes et, à chaque nouveau village, on les violait de nouveau. « J'ai moi-même fait ensevelir trois cadavres de femmes nus », conclut-il dans son récit ; « que Dieu m'en tienne compte ! ». Au matin suivant, de très bonne heure, nous apprîmes que ces condamnés à mort repartaient. Nous et M. Gehlsen, nous nous joignîmes à eux et les accompagnâmes pendant une heure, jusqu'à la ville. C'était d'une détresse indicible. C'était une grande foule. Deux ou trois hommes au plus, tout le reste, femmes et enfants. Quelques-unes des femmes étaient devenues folles. Beaucoup criaient : « Sauvez-nous ! nous deviendrons mūsulmanes, ou allemandes, ou tout ce que vous voudrez ; sauvez-nous seulement : ils nous conduisent maintenant à Kemagh pour nous y couper le cou ! » Et elles faisaient un geste significatif. D'autres trottaient, silencieux et apathiques, avec leurs quelques biens sur le dos, et tenant leurs enfants par la main. D'autres encore nous suppliaient de sauver leurs enfants. Comme nous nous approchions de la ville, de nombreux Turcs vinrent à cheval pour chercher des enfants et des jeunes filles. A l'entrée de la ville, où les médecins allemands ont aussi leurs maisons, la caravane fit halte un instant avant de reprendre le chemin de Kemagh. Ici ce fut simplement un marché d'esclaves ; seulement on ne payait rien. Les mères semblaient donner volontiers leurs enfants ; d'ailleurs la résistance n'eût servi à rien. »

Quand, le 21 juin, les deux infirmières de la Croix-Rouge allemande laissèrent Erzingian, elles purent voir, en chemin, encore mieux le sort des déportés.

« En chemin, nous rencontrâmes un grand convoi d'expulsés qui avaient quitté tout dernièrement leurs villages et se trouvaient encore en bon état. Nous avons dû stationner longtemps pour les laisser passer. Nous n'oublierons jamais ce spectacle. Un petit nombre d'hommes, le reste des femmes et une foule d'enfants. Beaucoup parmi eux avaient les cheveux blonds et de grands yeux bleus qui nous regardaient avec le sérieux de la mort et une telle noblesse inconsciente qu'ils semblaient déjà les anges du jugement. Ils s'en allaient dans un silence complet, les petits et les grands, jusqu'aux vieilles femmes décrépites qui se tenaient avec peine sur les

ânes, tous, tous, pour être précipités, liés ensemble,
du haut des rochers, dans les flots de l'Euphrate, dans
cette maudite vallée de Kémagh-Boghasi. Un cocher
grec nous a raconté comment l'on procédait. Le cœur
se glace à l'entendre. Notre gendarme nous raconta
qu'il avait dernièrement emmené à Kémagh un convoi de 3000 femmes et enfants de Mama-Khatoun (de
la région de Terdjan, entre Erzéroum et Erzingian) :
« Hep ! gildi, bildi ! » « Tous loin, tous morts ! » disait-
il. Nous lui dîmes : « Si vous voulez les tuer, pourquoi
ne pas le faire dans leurs villages ? pourquoi les réduire
d'abord à cette misère sans nom ? » — « Et que ferions-
nous des cadavres ? répondit-il, ils sentiraient mauvais ! »

Nous passâmes la nuit à Enderes dans une maison
arménienne. Les hommes avaient déjà été emmenés,
tandis que les femmes habitaient encore l'étage infé-
rieur. On nous dit qu'elles devaient être emmenées le
jour suivant. Elles-mêmes l'ignoraient encore et purent
ainsi se réjouir quand nous donnâmes quelques dou-
ceurs aux enfants. Sur la muraille de notre chambre,
on avait écrit en turc :

> Notre demeure est la cime des montagnes,
> Nous n'avons plus besoin de chambre,
> Nous avons vidé la coupe amère de la Mort ;
> Nous n'avons plus besoin d'un Juge !

Il faisait un beau clair de lune. Peu après m'être mise
au lit, j'entendis des détonations, succédant à des com-
mandements. Je compris ce que cela signifiait ; et je
m'endormis avec une impression de soulagement, en
pensant qu'au moins ces malheureux avaient eu une
mort rapide, et étaient maintenant devant Dieu. Le
matin, la population civile fut invitée à faire la chasse

aux fuyards. Des gens armés allaient à cheval dans toutes les directions. Deux hommes étaient assis sous l'ombrage d'un arbre, et se partageaient les dépouilles d'un mort ; l'un tenait entre ses mains une culotte de drap bleu. Les cadavres étaient laissés tous complètement nus ; nous en avons vu un sans tête.

Dans un village grec, situé sur notre route, nous rencontrâmes un homme armé, à la figure sauvage, qui nous raconta qu'il était posté là pour surveiller les voyageurs, c'est-à-dire pour tuer les Arméniens, et qu'il en avait déjà tué beaucoup. Il ajouta, par plaisanterie, qu'il « en avait établi un, roi des autres ». Notre cocher nous expliqua qu'il s'agissait de 250 Arméniens travaillant sur les routes (inchaat tabouri) dont nous avions vu en route le lieu d'exécution. Il y avait encore là beaucoup de sang répandu sur le sol, mais les cadavres avaient été enlevés.

Dans l'après-midi, nous arrivâmes dans une vallée, où trois groupes d'ouvriers travaillaient sur les routes, des Musulmans, des Grecs et des Arméniens. Devant ces derniers, des officiers se tenaient debout. Nous continuâmes à monter sur une colline. Le cocher nous montra alors derrière nous, dans la vallée, une centaine d'hommes à l'écart de la route, placés sur un rang à côté d'un pli de terrain. Nous savions à présent ce qui arriverait. A un autre endroit, le même spectacle fut renouvelé. Dans l'hôpital de la mission de Sivas, nous vîmes un homme qui avait échappé à un pareil massacre. Il avait été avec 95 autres Arméniens travaillant aux routes (ils avaient été levés pour le service militaire) placé sur un rang, et dix gendarmes avaient tiré sur eux tant qu'ils avaient pu. Les survivants furent tués par les autres musulmans à coups de couteau et de pierres. Dix d'entre eux avaient pu s'enfuir. Lui-même avait une blessure terrible au cou ; il avait perdu connaissance. A son réveil, il réussit à faire les deux jours de chemin jusqu'à Sivas. Puisse-t-il être le symbole de son peuple, échappant, comme lui, à la blessure mortelle qu'on lui a assenée.

Nous passâmes une nuit dans la maison du gouvernement à Zara. Un gendarme assis devant notre porte y chantait sans interruption : « Ermenilery, hep kesdiler ! » « Les Arméniens sont tous tués ! » Dans la chambre à côté, on s'entretenait au téléphone au sujet de ceux qui restaient à arrêter. Une fois nous passâmes la nuit dans une maison où les femmes venaient précisément de recevoir la nouvelle de la mort de leurs maris, et elles passèrent la nuit à gémir. Le gendarme nous dit : « Ces cris vous ennuient, je vais aller le leur défendre. » Par bonheur, nous pûmes l'en empêcher. Nous essayâmes de parler avec ces malheureuses, mais elles étaient hors d'elles-mêmes : « Quel est donc ce Roi, disaient-elles, qui permet de telles choses ? Votre Empereur doit cependant pouvoir nous aider ? Pourquoi ne le fait-il pas ? etc... » D'autres étaient tourmentées par les affres de la mort. « Ils peuvent nous prendre tout, absolument tout, jusqu'à la chemise, qu'ils nous laissent au moins la vie ! » Voilà ce que nous entendions toujours, et nous ne pouvions rien faire, si ce n'est de rappeler Celui qui a vaincu la mort. »

3. — Vilayet de Sivas.

Le villayet de Sivas comptait, sur 1.056.500 habitants, 271.000 chrétiens, dont 170.000 Arméniens, 76.000 Grecs et 25.000 Syriens. La population mahométane se com-

pose de 2/3 de Turcs sunnites, Turkmènes et Tcherkesses, et de 1/3 de Kizilbaches chiites.

Avant la déportation générale, la situation dans le
vilayet de Sivas était semblable à celle de Trébizonde
et d'Erzéroum. Des bandes organisées pillaient les villages. Les gendarmes, sous le prétexte de chercher
des armes, pénétraient dans les maisons, pillaient tout,
violaient les femmes et torturaient les paysans pour obtenir de l'argent. Tous ceux qui se plaignaient étaient
arrêtés. Tous ceux qui étaient aptes au service armé,
même ceux qui s'étaient rédimés en payant le « bedel »,
c'est-à-dire la taxe d'exemption (44 l. t., environ
800 marks par tête), furent recrutés et envoyés comme
portefaix ou pour travailler sur les routes. Lorsqu'on
apprit que les portefaix périssaient d'épuisement et
d'inanition, et que ceux qui travaillaient sur les routes
avaient été tués par leurs compagnons musulmans, beaucoup de ceux qui n'avaient pas été incorporés s'enfuirent sur les montagnes, et le gouvernement fit brûler leurs maisons. Dans ce vilayet, comme dans les
autres, on procéda au désarmement systématique de la
population arménienne, avant d'en venir aux massacres
et à la déportation. Le désarmement, dans les villages,
eut lieu de la façon suivante : les gendarmes cernaient
le village et exigeaient, suivant leur caprice, deux ou
trois cents armes à feu. Si le maire et les anciens ne pouvaient en apporter qu'une cinquantaine, aussitôt les notables de la localité étaient emprisonnés et soumis à la
bastonnade. Dans la ville de Sivas, on donna cinq heures
pour livrer les armes. Trouvait-on ensuite dans les
maisons quelque chose qui ressemblait à une arme, on
brûlait les maisons et l'on en tuait les habitants.

On se mit ensuite à arrêter les notables et les Dasch-

nakzagans. A Sivas, on arrêta 1200, à Chabin Karahissar,
50 personnes et, sans aucun interrogatoire, on les exila.
Les autorités voulaient, par des perquisitions, mettre
la main sur des écrits ou des lettres, avec lesquels on
pût établir la preuve de sentiments et de projets quelconques hostiles au gouvernement. Bien qu'on n'eût
rien trouvé nulle part les autorités propagèrent le bruit
mensonger que des centaines de bombes et des milliers
de fusils auraient été trouvés chez les Arméniens, et que
les Daschnakzagans avaient voulu faire sauter l'arsenal.
Le gouvernement n'avait pas besoin d'en fournir les
preuves à la population musulmane si crédule, et obtint le résultat cherché c'est-à-dire l'excitation des Mahométans contre les chrétiens.

Lorsque tous les intellectuels furent arrêtés, vint
l'ordre de la déportation générale. Le danger qui menaçait les Arméniens fut exploité par les fonctionnaires
pour obtenir de grosses sommes d'argent, sous le prétexte qu'ils avaient le pouvoir d'empêcher les déportations. Les Arméniens de Tokat donnèrent à leur
mutessarif 1600 livres turques (environ 20.000 marks)
pour échapper à la déportation.

MERSIVAN.

A Mersivan, les jeunes gens capables de porter les armes
avaient été, dès le début de la guerre, appelés sous les
armes, comme partout ailleurs. Tous ceux qui étaient
aptes au service furent levés par le gouvernement,
même ceux qui, parmi les plus riches, avaient déjà payé
la taxe d'exonération. Pour les femmes et les enfants,
qui restaient sans moyens d'existence, c'était une situation pénible. En beaucoup de cas, les dernières res-

sources de la famille furent employées à fournir du nécessaire les soldats partants. Comme la population de la
ville était à moitié arménienne, un nombre considérable
d'Arméniens, exemptés du service, restèrent en ville.
La population comptait avant la déportation environ
22.000 habitants, dont 12.000 environ étaient Arméniens.

Le rapport d'un missionnaire américain du collège
de Mersivan disait :

« Les mesures du gouvernement contre la population arménienne, mesures nullement motivées, commencèrent au début de mai par l'arrestation, au milieu
de la nuit, et la déportation d'une vingtaine de dirigeants du parti constitutionnel arménien. En juin, le
gouvernement se mit à chercher des armes. Quelques
Arméniens furent arrêtés, et on leur arracha, au milieu
des tortures, l'aveu qu'une grande quantité d'armes se
trouvait aux mains des Arméniens. Une seconde perquisition commença. On fit souvent usage de bastonnade, comme aussi de torture par le feu. En certains
cas, on leur aurait arraché les yeux. On livra beaucoup
de fusils, mais pas tous ; les gens craignaient, s'ils livraient toutes leurs armes, d'être massacrés comme en
1895. Ces armes avaient été, après la proclamation de la
Constitution, introduites avec l'autorisation du gouvernement, et ne servaient qu'à la défense personnelle. La
torture fut de plus en plus employée, et, sous son influence, prirent naissance les prétendus faits qui furent
ensuite colportés. Les souffrances corporelles et la tension des nerfs arrachèrent aux patients des déclarations
qui n'étaient nullement fondées. Ceux qui appliquaient
la torture devaient dire d'avance aux patients quels
renseignements ils attendaient d'eux, et les battaient
jusqu'à ce qu'ils obtinssent ce qu'ils voulaient. Le mé-

canicien du collège américain avait fabriqué une boule de fer pour les jeux gymnastiques. On le battit terriblement pour lui faire déclarer qu'on fabriquait des bombes au collège. On découvrit dans un cimetière arménien quelques bombes, ce qui excita extrêmement la fureur des Turcs ; mais on aurait dû dire aussi que ces bombes y avaient été enterrées au temps d'Abd-ul-Hamid.

Le samedi 26 juin, vers une heure de l'après-midi, des gendarmes parcouraient la ville et rassemblaient tous les Arméniens qu'ils pouvaient trouver, jeunes ou vieux, pauvres ou riches, infirmes ou bien portants. Dans quelques cas, on pénétra dans les maisons, et on tira les malades de leur lit. Ils furent enfermés dans les casernes et déportés les jours suivants par groupes de 30 à 150. Ils devaient aller à pied. Beaucoup furent privés de leurs chaussures et de leurs vêtements. Quelques-uns furent ligotés. Le premier groupe atteignit Amasia et envoya de ses nouvelles de différentes localités (On dit que ce fut là une mesure du gouvernement pour tromper ceux qui devaient suivre). De ceux qui partirent après eux on n'eut jamais de nouvelles. Parmi les différents bruits qui couraient, celui qui passait généralement pour vrai, c'était qu'ils avaient été tués. Un bouvier grec raconta qu'il avait vu le tertre sous lequel ils avaient été ensevelis. Un autre individu, qui était en rapports avec le gouvernement, convint que les hommes avaient été tués.

Par le moyen d'un Turc, le collège réussit à faire revenir en toute liberté ceux des professeurs qui avaient été emmenés, et à obtenir un non-lieu en faveur de tous ses professeurs et de ses employés. On paya dans ce but une somme de 275 livres turques (5000 marks). Le même employé déclara plus tard qu'il croyait pou-

voir obtenir la libération durable de tous les employés
du collège, si l'on payait 300 autres livres turques.
L'argent fut promis ; mais après des pourparlers qui
prouvaient qu'une assurance définitive ne serait pas
obtenue, on laissa tomber l'affaire.

La directrice du collège américain s'était mise entre
temps en relation avec l'ambassadeur des Etats-Unis.
Celui-ci essaya d'employer son influence auprès de Talaat bey, Ministre de l'Intérieur, pour qu'au moins les
familles des professeurs arméniens du collège et environ cent jeunes filles, leurs élèves, que l'on avait gar-
dées au collège pour les soustraire à la déportation et
aux infamies qu'elle comporte avec elle, pussent rester
à Mersivan sous la protection des autorités turques·
Talaat bey assura que cette demande serait accordée,
et déclara à l'ambassadeur qu'il avait télégraphié à Mersivan que tous ceux qui se trouvaient sous la protection des Américains devaient être épargnés. Malgré cela,
les familles des professeurs arméniens et les cent élèves
des Américains furent elles-mêmes déportées en dernier lieu.

Après que quelques groupes d'Arméniens eurent été
déportés, des crieurs publics parcoururent les rues
de la ville pour annoncer que tous les Arméniens de
sexe mâle, entre 15 et 70 ans, auraient à se présenter
aux casernes. La proclamation disait en outre que le
refus de soumission entraînerait la mort des récalcitrants et l'incendie de leurs maisons. Les prêtres arméniens allèrent de maison en maison et conseillèrent aux
gens de se conformer aux ordres des autorités. Ceux qui
se présentèrent furent déportés en divers groupes, et la
conséquence fut que, au bout de quelques jours, tous
les hommes arméniens eurent été éloignés de la ville.

Le 3 ou le 4 juillet, un ordre fut donné pour que les femmes et les enfants se tinssent prêts à partir le mercredi suivant 7 juillet. On communiqua aux gens que le gouvernement mettrait à la disposition de chaque famille un char à bœufs, et qu'ils pourraient emporter avec eux des vivres pour un jour, quelques piastres (1 piastre vaut 15 pfennigs), et un petit paquet de vêtements. Les gens se préparaient à exécuter ces ordres, en vendant dans les rues leurs mobiliers autant qu'ils le pouvaient. On vendait les objets à moins de 10 % de leur prix ordinaire ; et les Turcs des villages voisins remplissaient les rues, attirés par le désir de faire de bonnes affaires. En quelques endroits, les Turcs s'emparèrent de force de quelques objets, mais le gouvernement punissait de pareils cas, quand il les découvrait.

Le 5 juillet, avant que l'ordre d'expulser les femmes fût exécuté, l'un des missionnaires alla protester auprès du gouvernement, au nom de l'humanité, contre l'exécution d'un tel ordre. *On lui répondit que l'ordre n'émanait pas des autorités locales, mais qu'on avait reçu de plus haut l'ordre de ne laisser aucun Arménien dans la ville.* Le commandant promit cependant de différer jusqu'au dernier moment de toucher au collège et permit à tous ceux qui étaient en relations avec les établissements américains de se rendre dans les dépendances du collège. Ceux-ci le firent, et ainsi 300 Arméniens furent logés dans les bâtiments du collège.

La population devait se tenir prête à partir le mercredi ; mais déjà le mardi à 3 heures et demie du matin, les chars à bœufs parurent devant les maisons du premier district, et on commanda aux gens de partir aussitôt. Quelques-uns furent même tirés de leurs lits sans être habillés suffisamment. Toute la matinée, les chariots à bœufs sortaient en craquant de la ville, chargés de femmes et d'enfants et de quelques rares hommes échappés à la première déportation. Les femmes et les jeunes filles portaient le voile à la turque, pour ne pas exposer leurs visages aux regards des bouviers et des gendarmes, gens grossiers qui avaient été amenés d'autres régions à Mersivan. Souvent les maris et les frères de ces femmes se trouvaient à l'armée et combattaient pour le gouvernement turc.

La panique en ville était terrible. Les gens sentaient que le gouvernement était résolu à exterminer la race arménienne, et se sentaient absolument impuissants à résister. Ils étaient sûrs que les hommes seraient tués et les femmes enlevées. Beaucoup de criminels avaient été relâchés des prisons et les montagnes autour de Mersivan étaient remplies de brigands. On craignait que les enfants et les femmes ne fussent emmenés à une certaine distance de la ville et laissés à la merci de cês bandits. Quoi qu'il en soit, il y a des cas, que l'on peut prouver, où des jeunes filles arméniennes attrayantes furent enlevées par des fonctionnaires turcs de Mersivan. Un musulman racontait qu'un gendarme lui avait offert de lui vendre deux jeunes filles pour un médjidieh (3,60 mark). Les femmes croyaient qu'elles auraient à souffrir pire que la mort, et beaucoup portaient du poison dans leur poche pour s'en servir au besoin. Beaucoup portaient avec eux des pioches et des pelles, pour pouvoir ensevelir ceux qui mourraient en route comme il fallait s'y attendre.

Durant ce règne de la terreur, l'on proclama qu'il était facile d'échapper à la déportation, et que quiconque embrasserait l'Islam pourrait rester paisiblement chez lui. Les bureaux des employés qui enregis-

traient les requêtes étaient remplis de gens qui demandaient à passer à l'Islam. Beaucoup le faisaient à cause
de leurs femmes et de leurs enfants, en croyant que
c'était une question de temps, et que le retour leur serait plus tard possible.

La déportation dura deux semaines environ, avec des
interruptions. Sur les 12.000 Arméniens de Mersivan, il
n'y resta qu'environ 200. Même ceux qui s'offrirent
pour embrasser l'Islam furent ensuite déportés. Jusqu'au moment où j'écris ces lignes, aucune nouvelle
sûre n'est parvenue d'aucun des transports. Un bouvier
grec racontait que, dans un petit village à quelques
heures de Mersivan, les quelques hommes furent séparés des femmes, battus, enchaînés et envoyés plus
loin en un convoi à part. Un bouvier turc raconte qu'il
a vu en route la caravane. Ces gens étaient tellement
couverts de poussière et de saleté qu'on pouvait à
peine reconnaître les traits de leur visage.

Même si la vie des expulsés devait être protégée, on
peut se demander combien parmi eux seraient capables
de supporter les fatigues d'un tel voyage, franchissant
des collines brûlantes, à travers la poussière, sans abri
contre le soleil, avec une nourriture insuffisante et peu
d'eau, dans la crainte continuelle de la mort ou d'un
sort encore pire.

La plupart des Arméniens du district de Mersivan
étaient complètement désespérés ; certains disaient que
c'était pire qu'un massacre ; personne ne savait ce qui
arriverait, mais tous sentaient que c'était la fin. Même
les prêtres et les chefs ne pouvaient trouver aucun mot
de consolation et d'espoir. Beaucoup doutaient de l'existence de Dieu. Sous la tension aiguë des nerfs, beaucoup
perdirent la raison, quelques-uns pour toujours. Il y

eut aussi des exemples du plus grand héroïsme et de la plus grande foi, et quelques-uns entreprirent le voyage tranquillement et courageusement, avec ces paroles d'adieu : « Priez pour nous ; nous ne nous reverrons plus en ce monde ; mais nous nous reverrons quand même un jour ! »

Tel est le récit du missionnaire américain.

Parmi les familles qui, converties à l'Islam, purent rester à Mersivan, on nomme les familles Danielian, Kambesian, Keschichian, Vardeserian, Salian, Vahan Bogossian, Kelkelian, Jereinian, Mikaëlian, Hadjek Guendjian. La dernière s'appelle maintenant Kendji-Zadé-Kémal.

A Amasia, après la déportation, le quartier arménien, le bazar, les églises arménienne et grecque, furent incendiés par les Turcs.

Tous les Arméniens de Guémérek (entre Kaïsarieh et Sivas) furent déportés, mais ils ne parvinrent pas à Sivas. Les hommes et les jeunes gens furent tués, les femmes et les enfants partagés entre des officiers turcs.

Un épisode de la déportation de Guémérek, qui est relaté par les infirmières de la Croix-Rouge allemande, mérite d'être rappelé :

« Après le départ des hommes, les plus vieilles femmes obtinrent la permission d'aller où elles voudraient, mais trente des plus jolies jeunes femmes et jeunes filles furent rassemblées et on leur dit : « Vous deviendrez musulmanes ou vous mourrez ». — « Nous mourrons ! » fut leur fière réponse. Là-dessus, on télégraphia au vali de Sivas, qui donna l'ordre de distribuer ces vaillantes jeunes confesseurs de la foi parmi les musulmans. »

Le rapport des sœurs allemandes conclut par les paroles suivantes : « De la frontière russe jusqu'à l'ouest de Sivas, le pays est maintenant à peu près complè-

tement vide d'Arméniens. Ce n'est qu'une triste consolation que la Turquie, par l'assassinat de ses meilleurs
sujets, se soit ruinée elle-même. Les Turcs eux-mêmes
voient venir avec joie le jour où une puissance étran-
gère prendra les rênes entre ses mains et fera justice.
Les méfaits commis ne sont nullement approuvés par le
peuple turc, mais bien par les Turcs soi-disant cultivés.

CHABIN-KARAHISSAR.

Le seul endroit du vilayet de Sivas où il y ait eu une
résistance de la part de la population arménienne, ce fut
Chabin-Karahissar. Cette localité est située au nord de
la route d'Erzingian à Sivas, sur les pentes de la chaîne
des montages pontiques qui séparent le vilayet de Trébizonde de ceux d'Erzéroum et de Sivas. Les habitants
de Chabin-Karahissar étaient tenus pour braves. Tous
les villages des environs de Chabin-Karahissar avaient
été désarmés au milieu du mois d'avril. Le village de
Pourk, au sud-ouest de Chabin-Karahissar, avait été déjà
détruit et ses habitants massacrés. Dans la première
moitié de juin, le gouvernement commença à faire aussi
des arrestations à Chabin-Karahissar. Les nouvelles
des boucheries de la vallée de Kémagh, et du sort des
déportés qui avaient passé par Erzingian, étaient par-
venues jusqu'à Chabin-Karahissar. Lorsque le gouvernement voulut pendre les Daschnakzagans déjà arrêtés et que la déportation fut ordonnée, la population
arménienne de Chabin-Karahissar fit une démonstration pour protester contre le sort qui la menaçait. Là-
dessus, la ville fut cernée par des soldats turcs venus
d'Erzingian. Quelques centaines d'Arméniens s'enfuirent
sur les rochers escarpés de la citadelle, sur laquelle se

trouve un ancien château de l'époque byzantine, et s'y barricadèrent, jusqu'à ce que, le 3 juillet, le château fut exposé au feu des canons turcs. Les défenseurs furent tués. Quelques-uns s'enfuirent dans les montagnes. Ensuite tous les hommes de la ville, de 18 à 55 ans, furent emmenés, sous prétexte de levée militaire ; et le reste de la population, femmes et enfants, fut déporté de la même façon que dans tout le vilayet. Dans les environs aussi, tous les villages chrétiens — parmi lesquels dix villages grecs — furent réduits en cendres, et les habitants en partie massacrés et en partie déportés.

ZILEH.

Sur Zileh, au sud d'Amasia, on raconte l'épisode suivant :

Un soldat arménien, qui avait été blessé et qui revenait du front dans son pays, Zileh, racontait qu'il avait vu de ses yeux les Turcs ferrer l'évêque de Sivas, comme un cheval, avant de l'envoyer en exil. Le vali aurait en plaisantant donné le motif de cette torture, en disant qu'on ne pouvait vraiment pas laisser un évêque aller nu-pieds (1).

Quand ce soldat arménien vint dans son pays à Zileh, les autorités étaient en train de déporter les Arméniens. Les hommes furent liés ensemble, conduits en groupes sur les montagnes en face de la ville, et tués là. On laissa les femmes et les enfants camper plusieurs jours sans nourriture en pleins champs, jusqu'à ce qu'ils se

(1) Cette histoire a été racontée du côté turc, mais en sens inverse : la torture aurait été infligée par les Arméniens à un caïmacam turc. Le trait d'esprit cynique du vali nous garantit que la version ci-dessus est la vraie.

pliassent, croyait-on, à accepter l'Islam. Comme ils s'y refusaient tous, on perça de baïonnettes les mères sous les yeux de leurs enfants. Puis on vendit les enfants. La ville comptait environ 5.000 habitants arméniens. Le soldat et son frère réussirent, en se faisant inscrire comme mahométans, à se faire renvoyer à l'armée.

LA VILLE DE SIVAS.

A Sivas, après l'arrestation de tous les Arméniens influents, 8 ou 10 furent pendus. Ensuite les personnes arrêtées furent conduites à Yozgad. La déportation générale eut lieu en plusieurs fois. Lorsque le missionnaire américain Partridge quitta Sivas, les 2/3 de la population avaient déjà été déportés, et 500 maisons mises sous scellés. Chaque famille obtenait un chariot à bœuf pour le voyage.

Les médecins arméniens qui avaient, depuis le début de la guerre, sept mois durant soigné des malades atteints du typhus furent jetés en prison. On rapporte de source américaine un cas particulier : une femme arménienne, dont le mari avait soigné pendant des mois, à l'hôpital américain, les soldats blessés, fut atteinte du typhus et portée à l'hôpital. Sa vieille mère, âgée de 60 à 70 ans, se leva du lit où la retenait la maladie, pour prendre soin des sept enfants de sa fille, dont le plus âgé avait à peine 12 ans. Quelques jours avant la déportation, le mari de la malade fut mis en prison, et sans s'être rendu coupable en rien, envoyé en exil. Quand le quartier où cette famille habitait dut partir, la femme atteinte du typhus quitta l'hôpital et se fit mettre sur un chariot à bœufs pour partir avec ses enfants.

Lorsque les deux infirmières de la Croix Rouge allemande arrivèrent à Sivas, le 28 juin, toute la population arménienne avait déjà été déportée, et elles entendirent dire que tous avaient été tués.

4. Vilayet de Kharpout.

(Mamuret-ul-Aziz).

Le vilayet de Kharpout comptait, sur 575.300 habitants, 174.000 chrétiens, dont 168.000 Arméniens, 5.000 Syriens et 1.000 Grecs.

La population musulmane est composée de 180.000 chiites Kizilbaches, 95.000 Kurdes (75.000 sédentaires et 20.000 nomades) et 126.300 Turcs.

À la fin de juin et au commencement de juillet, vers la même époque où eut lieu la déportation générale dans les provinces de Trébizonde, d'Erzéroum et de Sivas, on procéda aussi à la déportation de la population arménienne de la province de Kharpout. Dans les communiqués officiels turcs, on a déclaré à plusieurs reprises que les Arméniens ont été déportés seulement des régions frontières stratégiquement menacées. Le vilayet de Kharpout est situé complètement en dehors de tout théâtre de guerre, au cœur du pays, entouré de puissantes chaînes de montagnes élevées, qui rendent presque impraticable l'intérieur de l'Asie-Mineure. Aucun Russe, ni aucun Anglais n'aurait certes la prétention d'arriver jusque-là.

Sur la déportation de la population arménienne de Kharpout, le consul américain de Kharpout, Leslie A. David, raconte ce qui suit.

Le contenu de ce rapport s'accorde avec des informations de source allemande.

RAPPORT DU CONSUL AMÉRICAIN

Kharpout, le 11 juillet 1915.

Le premier transport eut lieu dans la nuit du 28 juin. Dans ce groupe se trouvaient quelques professeurs du collège américain et d'autres Arméniens de condition, comme aussi le prélat de l'Eglise arménienne grégorienne. Le bruit courut que tous avaient été tués, et l'on peut malheureusement à peine douter qu'il n'en soit ainsi. Tous les soldats arméniens furent aussi déportés de la même façon. Une fois arrêtés, ils étaient enfermés dans un bâtiment à l'extrémité de la ville. On ne fit aucune distinction entre ceux qui avaient payé la taxe légale d'exonération et ceux qui ne l'avaient pas payée. On prenait l'argent et on les arrêtait ensuite comme les autres pour les exiler avec eux. On disait qu'ils devaient être amenés quelque part pour travailler aux routes, mais personne n'a plus eu aucune nouvelle d'eux, et sans doute le travail n'a été qu'un prétexte.

Comme un rapport de même source sûre nous informe au sujet d'un événement semblable qui eut lieu le mercredi 7 juillet, leur sort est bien décidé d'avance. Le lundi 5 juillet, beaucoup d'hommes furent arrêtés aussi bien à Kharpout qu'à Mézéreh (1) et jetés en prison. Le mardi, au point du jour, ils en furent retirés et durent se mettre en marche dans la direction d'une montagne presque inhabitée. Ils étaient environ 800, divisés en groupes de gens liés ensemble, par groupes de quatorze. Dans l'après-midi, ils arrivèrent dans un petit village kurde, où ils passèrent la nuit dans les mosquées et

(1) Mézéreh est la basse ville de Kharpout.

d'autres bâtiments. Pendant tout ce temps, ils n'avaient rien bu ni rien mangé. Tout leur argent et la plus grande partie de leurs vêtements leur avaient été enlevés. Le mercredi de bonne heure, ils furent conduits dans une vallée éloignée de quelques minutes. Là, on leur ordonna de s'asseoir tous. Alors les gendarmes commencèrent à tirer sur eux, jusqu'à ce qu'ils fussent presque tous morts. Quelques-uns parmi eux, qui n'avaient pas été tués par les balles, furent achevés à coups de couteaux et de baïonnettes. Quelques-uns réussirent à rompre la corde qui les rattachaient à leurs compagnons de souffrances et à s'enfuir. Mais la plupart d'entre eux furent poursuivis et tués. Le nombre de ceux qui purent échapper ne dépasse sûrement pas deux ou trois.

Parmi les tués se trouvait l'économe du collège américain. Il y avait aussi parmi eux d'autres personnes de qualité. *Jamais aucune accusation d'aucune sorte ne fut élevée contre ces gens. Ils furent arrêtés et tués pour la seule raison que le plan général du gouvernement était de se débarrasser de la race arménienne.*

Hier soir, on conduisit dans une autre direction plusieurs centaines d'autres hommes, soit ceux qui avaient été arrêtés par les autorités civiles, soit ceux qui furent recrutés comme soldats ; tous furent tués de la même façon. Ceci doit être arrivé à un endroit situé à moins de deux heures de distance de la ville. Quand il y aura un peu plus de calme, j'irai moi-même à cheval, pour essayer d'établir ce qui en est.

Ces mêmes événements eurent lieu dans nos villages, d'une façon systématique. Il y a deux semaines environ, 300 hommes de Itschnek et Habousi, deux villages à 4 ou 5 heures de distance d'ici, furent rassemblés, conduits ensuite sur les montagnes et massacrés. Ce fait semble absolument certain. Beaucoup de femmes de ces villages sont, depuis lors, venues ici et l'ont raconté. Des bruits semblables arrivés d'ailleurs circulent ici. *Il semble qu'on ait le plan définitif de se défaire de tous les Arméniens.* Cependant après le départ des familles, durant les deux premiers jours où l'ordre fut exécuté, on notifia que les femmes et les enfants qui n'avaient aucun homme dans leur famille pouvaient provisoirement rester. Plusieurs crurent alors que le pire malheur était passé. Les missionnaires américains se mirent à faire des projets pour venir au secours des femmes et des enfants restés sans moyens de subsistance. On pensait à fonder un orphelinat pour prendre soin d'un certain nombre d'enfants, surtout de ceux qui étaient nés en Amérique et avaient été amenés ensuite ici par leurs parents, et de ceux dont les parents étaient attachés d'une façon quelconque à la mission américaine. Il y aurait eu de nombreuses occasions, même en ne disposant pas de moyens suffisants, de prendre soin des enfants qui arrivaient ici des autres vilayets, et dont les parents étaient morts en route.

J'allai voir hier le vali, pour en causer avec lui, et j'essuyai un refus net. Il me dit : « Nous pourrions aider ces gens, si nous voulions, mais ériger des orphelinats pour les enfants, c'est l'affaire du gouvernement ; et nous ne pouvons entreprendre une telle œuvre ».

Un heure après que j'eus quitté le vali, on fit savoir que tous les Arméniens restants, y compris les femmes et les enfants, devaient partir le 13 juillet.

Le consul termine son rapport par cette observation : « Une œuvre de secours sera probablement inutile, puisque tous les hommes survivants seront tués et que les femmes et les enfants qui restent seront forcés d'embrasser l'Islam ».

On avait envoyé d'Erzéroum et d'Erzingian, à l'adresse des Américains de Kharpout, de l'argent destiné aux déportés. La Porte ne le paya point.

Un missionnaire américain de Kharpout écrit :

« Bien que j'aie à regretter la perte de centaines d'amis, je veux essayer cependant de réprimer, pour quelques instants, ma profonde douleur pour décrire, en peu de mots, la grande misère qu'à mon regret je ne pouvais ni empêcher, ni soulager. Peut-être, par mes écrits, pourrai-je contribuer à ce que soit trouvé le moyen et la manière de conserver le peu qui reste.

Le collège américain de Kharpout a à signaler les pertes suivantes :

« Sept de nos bâtiments se trouvent entre les mains du gouvernement : l'un est habité par des gendarmes, les autres restent vides. Je ne peux exactement rendre compte des pertes en biens et en personnes. Il y a maintes choses volées, maintes autres ruinées et en débris, de sorte que nous ne pouvons espérer rentrer qu'avec peine en possession de ce qui est perdu. A « l'Euphrate college » (c'est le nom du collège américain de Kharpout), on a déporté la plupart de nos élèves, garçons et filles : les 2/3 des jeunes filles et les 7/8 des garçons. On les a tués en partie, en partie exilés et en partie enfermés dans des harems turcs. Parmi les professeurs du collège quatre ont été tués, trois restent encore vivants.

Le professeur M. Ténékedjian, qui travaillait au collège depuis 35 ans, fut arrêté le 1er mai et jeté en prison où on lui arracha les cheveux et la barbe, pour le forcer, par ces tortures, à faire des aveux. Après l'avoir laissé sans aucune nourriture pendant plusieurs jours, on le suspendit par les mains, et on le laissa pendu ainsi un jour et une nuit. Le 20 juin, il fut envoyé à Diarbékir avec un convoi et tué en route.

Le professeur Kh. Nahighian, qui avait enseigné la physique au collège pendant 25 ans, fut arrêté le 5 juin, envoyé en exil et tué.

Le professeur H. Boudjiganian travaillait au collège depuis 16 ans. Il avait étudié à Edimbourg et enseignait la philosophie et la psychologie. Il fut également arrêté, endura les mêmes souffrances que le professeur Ténékedjian : on lui arracha de plus trois ongles des doigts ; il fut aussi tué.

Le professeur Worbérian exerçait son activité au collège depuis 20 ans. Il fut arrêté en juillet. Lorsqu'il vit en prison d'autres Arméniens battus sous ses yeux jusqu'à en mourir, il fut frappé d'aliénation mentale. Plus tard il fut envoyé avec sa famille à Malatia, et là il fut tué.

Les trois professeurs qui restèrent en vie ne purent échapper au sort de leurs collègues qu'en payant une grande somme d'argent.

Le professeur Soghihian était depuis 25 ans au service du collège. Il fut arrêté le 1er mai. Tombé malade en prison, il échappa ainsi aux tortures et vint à l'hôpital. Il paya une forte somme d'argent et resta indemne.

Le professeur Khatchadourian était depuis 15 ans professeur de musique au collège. Il fut gracié parce qu'il avait rendu beaucoup de services au gouverneur de la ville.

Le professeur Liiledjian resta 15 ans au service du collège. Il avait fait ses études à Cornal et Yale, et enseignait la biologie. Il fut arrêté le 5 juin et jeté en prison. Le vali lui-même avait pris part à la bastonnade qu'il subit. Comme il s'y fatiguait, il dit à d'autres : « Que celui qui aime sa religion et son peuple continue de battre ! » Le patient perdit connaissance, fut jeté dans un noir cachot, et ensuite, blessé gravement, fut porté à l'hôpital.

Dans la division des garçons, quatre maîtres d'école furent tués ; de trois autres on n'a aucune nouvelle ; ils sont aussi probablement tués. Deux autres gisent malades à l'hôpital ; l'un est disparu, et un autre fut laissé libre, parce qu'il avait loué sa maison au vali ; un autre Arménien fut laissé libre parce qu'il était le menuisier du vali.

Une récapitulation de nos pertes nous montre que nous avons perdu les 7/8 de nos bâtiments, les 3/4 des enfants, et la moitié de nos professeurs. Les 3/4 de la population entière de Kharpout ont été déportés : parmi eux se trouvaient des commerçants, des professeurs, des prédicateurs, des prêtres et des employés du gouvernement. Ceux qui restent n'ont aucune garantie qu'ils pourront rester, car le vali persiste à vouloir les déporter tous. Des personnes ont payé des sommes élevées pour leur libération. On devrait faire quelque chose pour protéger ce qui reste. L'ambassadeur d'Allemagne à Constantinople a obtenu, pour le personnel arménien de l'orphelinat allemand à Mézéreh (orphelins, familles des professeurs et personnel de service, en tout une centaine de personnes) la permission d'y rester. Dans le cas où l'on ne ferait aucune démarche, il nous faudra nous attendre à voir enlever sous nos yeux les jeunes filles, nos élèves, pour les harems des Turcs.

Le nombre des Arméniens massacrés ou déportés

dans les provinces de Trébizonde, Erzéroum, Sivas
et Kharpout, est estimé à 600.000 dans le rapport
d'un missionnaire américain.

MALATIA.

A Malatia, il y avait 10 à 12.000 Arméniens. Un Allemand, qui quitta Malatia immédiatement avant la déportation, raconte ce qui suit sur l'état des choses existant
immédiatement avant l'exécution des mesures :

« Le mutessarif Nabi bey, un bon vieillard extrêmement doux et bien intentionné, fut renvoyé vers le mois
de mai, à notre avis pour la raison qu'il n'aurait pas
procédé avec assez de dureté à l'exécution des mesures contre les Arméniens. Son remplaçant, le caïmacan d'Arrha, était l'homme qu'il fallait. Son hostilité envers les Arméniens et sa manière d'agir
contre les lois étaient à peine croyables. C'est bien
lui qu'à côté d'une clique de riches beys, on doit rendre
responsable de l'arrestation arbitraire de beaucoup
d'Arméniens, d'un usage inhumain de la bastonnade
et du meurtre secret de nombre d'Arméniens. Le successeur légitime, Réchid pacha, qui vint de Constantinople à la fin de juin, un kurde consciencieux,
d'une bonté de cœur vraiment étonnante, fit, dès le
premier jour de son entrée en charge, tout ce qu'il put
pour soulager le sort des nombreux Arméniens emprisonnés, pour empêcher les attaques des soldats irréguliers et des zaptiéhs contre la population arménienne,
et pour rendre possible une solution humaine et con-
forme aux lois, dans des affaires extrêmement difficiles,
non sans courir quelquefois le risque de se mettre lui-
même dans une très fâcheuse position. Malgré sa sévé-

rité, il jouit, même auprès de la grande majorité du
peuple arménien, de la renommée d'un homme juste,
incorruptible et bon. Malheureusement, ce qui était en
son pouvoir était bien peu. L'agitation était déjà très
forte à son arrivée, le parti adverse trop puissant, et
les moyens d'exécution en son pouvoir trop peu nombreux et trop peu sûrs, pour qu'il pût représenter le
point de vue du droit d'une façon efficace. Il succomba
sous la violence de ses adversaires et, en peu de jours,
il perdit sa santé et sa force d'âme. Même durant sa
grave maladie, il déploya toute son énergie pour assurer
le transport sûr des exilés et leur entretien.

Il avait différé de semaine en semaine le départ des
Arméniens de Malatia, en partie dans l'espoir secret
qu'il pourrait réussir à obtenir un contre-ordre — et il
travailla beaucoup en ce sens — et en partie pour pouvoir faire tous les préparatifs pour exécuter humaine-
ment l'ordre de déportation. Il dut finalement se rendre
aux sommations pressantes du gouvernement central et
céder à la pression du parti adverse dans la ville.

Avant la déportation qui eut lieu au milieu du mois
d'août, il y eut, au commencement de juillet, un massacre parmi la population mâle de la ville.

5. Vilayet de Diarbékir.

Le vilayet de Diarbékir est situé dans les régions
montagneuses du Taurus, complètement en dehors du
théâtre de la guerre, à une distance presque égale entre
le golfe d'Alexandrette et la frontière turco-persane.
Ses limites au sud atteignent la plaine de la Mésopotamie. Il est traversé par le Tigre, au bord duquel est
bâti le chef-lieu, Diarbékir. Sur sa population totale

de 471.500 habitants, 166.000 étaient chrétiens, dont
105.000 Arméniens, 60.000 Syriens (nestoriens et chaldéens) et 1000 Grecs. Le reste de la population est composé de 63.000 Turcs, 200.000 Kurdes, 27.000 Kizilbaches
(chiites) et 10.000 Tcherkesses. Il y a de plus 4000 Yézidis (les prétendus adorateurs du diable) et 1500 Juifs.
La population chrétienne forme donc le 1/3, et les Musulmans les 2/3 de le population totale du vilayet.

Durant le printemps de 1915, on forma à Diarbékir,
sur les conseils du vali, une « Commission pour l'étude
de la question arménienne (1). » Le président de cette
commission était le méktoubdji Bédri bey. Faisaient
aussi partie de la commission l'ex-secrétaire von Hoff
bey, le député Pirendjizadé, Faïzzi bey, le major Ruchdi
bey, le binbachi (capitaine) de milices Chefki bey, et le
fils du Mufti (juge) Chérif bey, neveu du député Pirendji.
Ils inaugurèrent leur activité par la persécution contre
les partisans des Daschnakzagans. Les premières victimes furent le président des Daschnakzagans et 26 notables arméniens, parmi lesquels le prêtre Alpiar. On
les fit emprisonner, on les maltraita en prison et on les
fit tuer par Osman bey et le mudir de la police, Hussein
bey. La jeune femme du prêtre fut violée par 10 zaptiéhs et tourmentée presque au point d'en mourir. Durant 30 jours environ, on faisait journellement arrêter
un grand nombre d'Arméniens qui étaient ensuite tués
en prison pendant la nuit. Deux médecins arméniens
étaient ensuite contraints de certifier que c'était le typhus qui était la cause de leur mort à tous.

Le Dr Vahan fut arrêté avec 10 autres notables, et on

(1) Ce qui suit s'appuie sur les informations données par
des employés allemands.

leur déclara qu'ils devaient être exilés à Malatia. En chemin ils furent tous tués. Pour participer au massacre projeté, le député Faïzi bey appela à Diarbékir, en lui promettant l'impunité, un fameux brigand kurde Omar bey de Djézireh, le fils de la femme kurde Péri-Kanum.

Entre le 10 et le 30 mai, 1200 autres personnes des plus en vue, parmi les Arméniens et les Syriens du vilayet, furent arrêtées. Le 30 mai, 674 d'entre elles furent chargées sur 13 kéléks (radeaux supportés par des outres gonflées) sous le prétexte qu'on voulait les conduire à Mossoul. Le transport était conduit par l'adjudant du vali avec environ 50 gendarmes. La moitié de ceux-ci se placèrent sur les diverses embarcations, tandis que l'autre moitié chevauchait le long du fleuve. Bientôt après le départ, on leur prit tout leur argent, environ 6000 l.t. (110.000 marks) et leurs vêtements. Puis on les jeta tous dans le fleuve. Les gendarmes, sur les deux rives, avaient l'ordre de tuer ceux qui essayaient de se sauver à la nage. Leurs vêtements furent ensuite vendus sur le marché à Diarbékir. Le brigand Omar bey, cité plus haut, prit part, lui aussi, à cette tuerie.

Vers le même temps, environ 700 jeunes gens de 16 à 20 ans furent levés soi-disant pour le service militaire, et employés à travailler sur la route de Karabaghtché à Habachi, entre Diarbékir et Ourfa. Ces soldats ouvriers furent, pendant leur travail, tués à coup de fusil par les zaptiés qui les surveillaient. L'onbachi (sous-officier) qui commandait ces derniers se vantait plus tard, comme d'un exploit, qu'il avait réussi, avec seulement cinq zaptiés, à tuer ces 700 Arméniens sans défense, travaillant dispersés sur la route. A Diarbékir, on conduisit un jour par les rues cinq prêtres tout nus et enduits de goudron.

Le caïmacan de Lidjeh avait refusé d'exécuter l'ordre verbal du vali, apporté par un messager, de massacrer les Arméniens, en ajoutant qu'il désirait avoir un ordre écrit. Il fut destitué, rappelé à Diarbékir, et, en chemin, tué par les hommes qui l'accompagnaient.

A Mardin aussi, le mutessarif fut déposé parce qu'il ne voulut pas agir contre les Arméniens, comme le voulait le vali. Après son départ, d'abord 500, puis 300 notables arméniens et syriens furent mis en route vers Diarbékir. Les premiers 500 n'y arrivèrent jamais ; et on n'a jamais eu de nouvelles des 300 autres.

6. Vilayet de Van.

Le vilayet de Van comptait, sur une population de 542.000 habitants, 290.200 chrétiens, dont 192.000 Arméniens et 98.000 Syriens. Il y a de plus 5.000 Juifs. La minorité de 247.000 Mahométans se compose de 210.000 Kurdes, 30.500 Turcs et 500 Tcherkesses. Les Yézidis (les prétendus adorateurs du diable) sont 5.400 et les Tziganes 600.

Dans le vilayet de Van, les choses allèrent, jusqu'au mois d'avril, de la même façon que dans les autres vilayets. Les pillages et les massacres y prirent seulement de plus grandes proportions. Dès la mobilisation de l'armée turque, au début de la guerre européenne, les troupes hamidiehs (cavalerie irrégulière kurde, organisée par le sultan Abd-ul-Hamid avec des kurdes nomades et pillards), dissoutes depuis la proclamation de la Constitution, furent armées de nouveau. De fameux brigands kurdes furent accueillis dans l'armée avec

leurs bandes. Comme les troupes régulières turques
n'étaient qu'en petit nombre, les kurdes hamidiehs et les
Tschettehs (bandes) profitèrent de la bonne occasion pour
attaquer et piller les villages arméniens sans défense.

ARTWIN ET ARDANOUSCH.

Dans la marche en avant des Turcs contre Batoüm et
Olti, les villages arméniens des régions russes, occupées par les Turcs, furent massacrés par des bandes semblables. Ainsi, dans la région d'Ardanousch et d'Olti, les
villages de Berdous et de Yorouk furent pillés, 1276 Arméniens tués, et 250 femmes et jeunes filles enlevées ;
24 femmes s'empoisonnèrent pour ne pas être violées.
Le reste, environ 500 femmes et enfants, fut délivré par
les troupes russes. Dans les districts du Tschorok infé-
rieur, qui se jette dans la mer Noire près de Batoum, les
Adjares (Géorgiens mahométans) se joignirent aux Turcs
et prirent part aux massacres que les bandes turques
firent dans les villages arméniens d'Artwin et d'Ardanousch, dans la vallée du Tchorok. Le nombre des Arméniens du Caucase massacrés dans cette région par les
Turcs et les Adjares est estimé à 7.000. Dans le village
d'Okrobakert, près de Batoum, les Adjares exigèrent des
Arméniens de leur livrer leurs filles pour leurs harems,
menaçant, en cas de refus, de les massacrer tous.

Le vilayet d'Erzéroum s'étend au sud de la frontière
russe, au-dessous de la chaîne d'Aghri-dagh, jusqu'à
l'Ararat. Cette cime s'élève entre la frontière septentrionale du vilayet de Van et la frontière sud de la
Transcaucasie. C'est là, dans une région en forme de
cœur, que l'Euphrate oriental prend sa source. Cette
région s'appelle Alaschkert.

ALASCHKERT, DIADIN ET ABAGHA.

La région d'Alaschkert et Diadin jusqu'à Bayazid est occupée par de nombreux villages arméniens ; en 52 localités vivaient 2964 familles arméniennes avec environ 40.000 âmes.

Au printemps, toute cette région fut complètement dévastée par les milices irrégulières turques et kurdes. A l'exception de deux petits villages, comptant en tout 35 ou 40 familles, tous les autres villages de la région d'Alaschkert furent complètement pillés. A Bayazid, Karakilissé et dans 18 autres villages, il y eut aussi des massacres. Dans la petite ville d'Alaschkert, 30 familles seulement, sur les 300 familles arméniennes, formant environ 4000 personnes, purent se sauver. Les autres 270 familles eurent leurs membres mâles tués, et les jeunes filles furent enlevées. Le même sort échut au village de Mollah Suleïman, où les hommes furent tués dans 150 familles et les femmes et les enfants enlevés. De même au village de Setkan où 70 familles perdirent leurs hommes et leurs femmes. Le village d'Amert perdit un nombre égal de ses habitants. Dans le village de Chotschan, 35 familles, et dans le village de Schoudgan, 25 familles eurent le même sort. Des villages de Mollah-Suleïman et de Setkan seulement, les kurdes-hamidiéhs enlevèrent 500 femmes et jeunes filles. Toutes les femmes et jeunes filles enlevées furent forcées de passer à l'Islam. La région de Diadin est confinée par la plaine d'Abagha, qui en est séparée seulement par la chaîne d'Owadjik, et qui s'étend au sud de Van, entre la frontière persane et les rives nord-est du lac de Van. Dans les villages arméniens de cette région aussi, à Akbak, Khatschan, Tchiboukli, Gahimak, Khan,

Akhorik, Hassan-Tamra, Arsarik et Raschwa, les chrétiens arméniens et syriens furent d'abord pillés puis
tués par les milices irrégulières. On compte 2060 Arméniens et 300 Syriens tués.

Dans la plaine d'Alaschkert, ce furent les trois cheiks
kurdes hamidiéhs, Moussa-bey, Abdul Médjid et Khalid
bey, qui organisèrent le pillage et les massacres, avec
la population mahométane locale. Les villages de la
plaine d'Abagha furent dévastés sur l'ordre du caïmacan de Seraï. Les gendarmes de Temram pillèrent les
villages de Aliour, Kholeus, Achmek. Les gendarmes de
Paghès et le bataillon de Tcherkesse-agha dévastèrent
Gardjdan, Pégahou, Nanegans, Entsak et Eschékiss. Le
gendarme Omer agha attaqua le village de Mechgert,
près de Van, et tua 20 femmes et jeunes filles. Les villages de Melaskert, au nord du lac de Van, furent attaqués et dévastés par la bande de Ptschare-Ptschato,
groupe de 600 bandits.

La conséquence de ces pillages et massacres systématiques dans les villages chrétiens, ce fut la fuite
en masse des chrétiens vers la frontière russe. Déjà à
cette époque, plus de 60.000 fuyards, la plupart femmes
et enfants, se trouvaient réunis dans la vallée de l'A-
raxe. Par Igdir, au nord-ouest de l'Ararat, il en vint
30.000 ; par Kars, environ 5000 ; par Ardahan-Ardanouch,
7000 et par Djoulfa (à la frontière persane), 20.000.

Des faits analogues se passèrent sur la frontière persane du vilayet de Van. Nous y reviendrons plus tard.

Quand les Russes reprirent l'offensive en avril, un
quart environ des réfugiés retournèrent du Caucase
dans leurs villages. Mais avec l'avance des Russes, les
Musulmans eurent peur d'être punis à cause de leurs méfaits contre la population chrétienne ; ils laissèrent donc

les familles arméniennes dans les villages d'Alaschkert, et furent logés par le gouvernement turc au
nombre d'environ 2000 familles dans les villages arméniens des régions de Maleskert et Boulanek. Il n'y avait
pas alors de soldats réguliers dans les régions frontières.
Les Kurdes et les Tschettehs étaient les seules troupes
dont disposât le gouvernement. Les 3000 gendarmes
des vilayets étaient occupés à piller les villages. Le
vali de Van avait donné à tous les caïmacans l'ordre
de procéder, au moindre motif, contre les Arméniens.
Le caïmacan de Gavascht provoqua une bagarre, qui
aboutit à un massacre. Les Daschnakzagans exigèrent
alors du vali que le caïmacan fût cité devant un conseil
de guerre. Le vali promit de faire une enquête.

Les villages arméniens sans défense durent supporter tous ces abus. Les chefs des Daschnakzagans s'effor-
çaient de prévenir le malheur, par l'intermédiaire des autorités, et de calmer la population arménienne. Le député de Van, Vramian, avait dès janvier, par un Memorandum (du 3/16 janvier 1915) adressé au vali de Van,
Djevdet bey, et à Tahsin bey, vali d'Erzéroum, attiré
l'attention des autorités sur les dangers de tels faits.

KHALIL BEY DANS LE NORD DE LA PERSE.

Entre temps, l'armée de Khalil bey avait pénétré
dans le nord de la Perse, dans la région de Ourmiah et
de Dilman. Aux 20.000 soldats réguliers s'étaient joints
10.000 Kurdes de la région du Zab supérieur. Djevded
bey, vali de Van, prenait aussi part à ces opérations.
Djevded bey est le beau-frère d'Enver pacha, ministre
de la guerre ; Khalil bey, le commandant du corps
d'armée qui envahit la Perse, est un neveu d'Enver

pacha. Les troupes turques et kurdes dévastèrent tous les villages chrétiens sur le territoire persan. La population syrienne de la région d'Ourmiah, et les Arméniens de la plaine de Salmas (autour de Dilman) furent impitoyablement massacrés par les Kurdes, quands ils ne purent pas s'enfuir sur territoire russe, ou trouver refuge à la Mission américaine.

DJEVDED BEY A VAN

Lorsque Djevded bey, vali de Van, rentra de Salmas au milieu de février, il salua amicalement les chefs arméniens, leur promit de faire cesser les pillages des villages et d'indemniser ceux qui avaient été pillés. Il pria seulement d'attendre quelques semaines jusqu'à ce que l'expédition de Perse prît fin. On apprit, aussitôt après, qu'il avait dit dans une réunion de notables turcs : « Nous avons fait place nette des Arméniens et des Syriens d'Azerbaidjan (nord de la Perse), nous devons maintenant agir de même à l'égard des Arméniens de Van ».

A la tête du comité des Daschnakzagans, se trouvaient alors trois Arméniens très connus : Vramian, député de Van, Ischkhan et Aram.

Le vali se montra, pendant les semaines suivantes, aimable envers eux, et les pria de travailler avec lui comme par le passé, pour maintenir l'ordre dans le vilayet. Des commissions furent instituées et envoyées dans les villages pour faire cesser les pillages des Kurdes et les violences des gendarmes, et pour aplanir les difficultés. Entre temps, le vali avait demandé des renforts à Erzéroum et comptait bien également sur l'appui des troupes qui avaient envahi la Perse, dans le cas où les mesures projetées contre les Arméniens, qui ne s'attendaient encore à rien de mal de sa part, se heurteraient à une résistance. Soudain, il se démasqua et montra ses véritables intentions.

A Chatak, petite localité de plus de 2.000 habitants, en majorité grégoriens et catholiques et Kurdes pour un petit nombre, située aux sources du Tigre oriental (à 150 kilm. au sud de Van), un certain Daschnakzagan, nommé Howsep, fut arrêté le 14 avril par des gendarmes. Ses amis voulurent le délivrer; il y eut une bagarre sanglante. Quand le vali en fut informé, il fit venir les trois chefs des Daschnakzagans, Vramian, Ischkhan et Aram, et les pria d'aller à Chatak avec le mudir de la police de Van, pour vider le différend. Le Comité décida qu'Ischkhan irait à Chatak avec trois autres Arméniens nommés Vahan, Kotot et Miran. Le mudir de la police amena avec lui quelques zaptiehs tscherkesses. En chemin, dans la vallée de Hayoz-Dzor, ils passèrent la nuit dans le village de Hirtsch. Lorsque les quatre Arméniens furent endormis, le mudir les fit assassiner par les tscherkesses pendant leur sommeil. Dans la matinée du jour suivant avant même que les Arméniens de Van aient eu connaissance de l'assassinat, le vali de Van, Djevded bey, fit mander les deux autres chefs arméniens Vramian et Aram. Ce dernier était, par hasard, absent. Vramian va trouver le vali en toute confiance. Il est arrêté au moment où il franchit le seuil du konak. Le vali l'envoie aussitôt ligoté à Bitlis. De Bitlis, où, en sa qualité de député de Van, il était particulièrement en vue, il est transporté vers Diarbékir, et tué en chemin.

Ce même matin, le vali, Djevded-bey, préparait l'attaque contre les deux quartiers arméniens, et faisait mettre des canons en position contre eux. Il y avait alors, à Van, de 10 à 15 canons de fabrication ancienne, et des mitrailleuses neuves qui étaient arrivées récemment d'Erzéroum avec un détachement de soldats. A la même heure où le vali cherchait à s'emparer des chefs, des massacres avaient commencé à Ardjitsch et dans les villages de Hayoz-Dzor. Les Arméniens de la ville de Van ne pouvaient s'attendre à autre chose qu'à voir décréter contre eux un massacre ; ils avaient même ouï dire que le vali avait demandé d'Erzéroum de 6 à 7000 hommes à cheval et qu'il avait incidemment dit que la situation des Arméniens devenait critique.

Nous donnons maintenant le récit du missionnaire américain qui a vécu au milieu des événements qui suivirent (1).

LE SIÈGE DE VAN.

« Van est une ville entourée de jardins et de vignobles, située au bord du lac de Van, dans une plaine entourée de hautes et majestueuses montagnes. La ville, environnée de remparts, renferme le bazar et la majeure partie des édifices publics. Elle est dominée par la forteresse, un bloc de rochers puissant, qui s'élève à pic de la plaine. Elle est couronnée de hauts remparts et de fortifications et porte sur son flanc, du côté du lac, les fameuses inscriptions cunéiformes. Le faubourg est appelé « aïguestan » (jardins) parce que chaque maison y possède son jardin ou sa vigne. Il s'étend à 4 milles

(1) Ce récit américain est confirmé par les renseignements fournis par M. Spörri, directeur de l'orphelinat allemand, qui a quitté le dernier la ville, après la destruction de Van, et est rentré par la Russie.

(anglais) à l'est de la ville entourée de murs, sur une largeur de 2 milles (anglais).

L'établissement de la Mission américaine, au bord sud-est de la partie centrale des jardins, est sur une petite hauteur d'où les bâtiments dominent notablement les environs. Ces bâtiments consistent en une église, en deux bâtiments scolaires grands et neufs, deux autres plus petits, une école-hôpital, un hôpital, une clinique, et quatre maisons pour la Mission. Tout près de là s'étend, vers le sud-est, la grande plaine. Ici se trouvait aussi la grande caserne de la garnison turque immédiatement à la portée de la mission américaine. Du côté du nord, il y avait une autre caserne, séparée de nous par quelques rues, et plus au nord encore, à une portée de fusil, la citadelle (Topkala) avec une petite caserne, que les Arméniens avait baptisée du surnom de « Poivrière ». Cinq minutes à l'est des établissements américains se trouve l'orphelinat allemand, sous la direction de M. Spörri, suisse d'origine, avec sa femme et sa fille, et trois femmes non mariées. La Mission américaine était composée alors de la vieille Mrs. Raynolds (le Dr Raynolds se trouvait en Amérique), du Dr Usher, le médecin en chef de l'hôpital, de Mrs. Usher, la directrice de l'ouvroir, M. et Mrs. Yarrow, directeurs de l'école des garçons, Miss Rogers, directrice de l'école des jeunes filles, Miss Silliman, directrice de l'école préparatoire, Miss Usher, professeur de musique, Miss Bond, supérieure de l'hôpital, et de la dame missionnaire Mc. Claren ; Miss Knapp, de Bitlis, s'y trouvait aussi en visite.

La ville de Van avait 50.000 habitants dont les 3/5 étaient arméniens et les 2/5 turcs. Je dis « étaient » car, depuis lors, les proportions ont complètement changé

Les chefs des Arméniens étaient Vramian, Ischkhan et Aram, leaders du parti des Daschnakzagans.

Depuis la mobilisation, pendant l'automne et l'hiver derniers, les Arméniens ont été, sous prétexte de réquisition, pillés de la façon la plus dure. Des gens riches furent ruinés, et les pauvres furent réduits au plus complet dénuement. Les soldats arméniens de l'armée turque furent négligés, nourris de façon très insuffisante, forcés à faire les travaux les plus bas, et ce qui est pire, privés de toute arme, de sorte qu'ils étaient livrés à la merci de leurs camarades musulmans fanatiques. Comment s'étonner, dès lors, que tous ceux qui le pouvaient se soient libérés en payant la taxe et que d'autres aient déserté ! Nous devinions d'avance qu'on en viendrait à un choc. Mais les Daschnakzagans se conduisirent avec une étonnante réserve et prudence, dominèrent la jeunesse bouillonnante, mirent des patrouilles dans les rues pour prévenir des troubles, et donnèrent l'ordre aux paysans de souffrir plutôt en silence que l'un ou l'autre des villages soit incendié que de fournir, en se défendant, un prétexte aux massacres.

Malgré que le Dr Usher ait, dès le début de la guerre russe, accueilli et traité plusieurs soldats turcs blessés, le gouvernement chercha à réquisitionner tous les médicaments de la pharmacie américaine et à fermer l'hôpital. Outre cela, Miss Mc. Claren et Sœur Martha, de l'orphelinat allemand, avaient commencé, en décembre, à soigner les blessés dans l'hôpital militaire turc, éloigné d'un mille et demi (anglais) de nos établissements, hôpital où il n'y avait pas d'infirmières et qui était dans un état indescriptible.

Lorsque Djevded bey, gouverneur général du vilayet, revint des combats à la frontière russe, dans les pre-

mières semaines du printemps, tout le monde sentit
que bientôt quelque chose arriverait... C'était bien vrai !
Il exigea des Arméniens 3000 soldats. Ceux-ci étaient
extrêmement soucieux de garder la paix, de sorte qu'ils
promirent d'accéder à sa demande. Mais, précisément
alors, avait éclaté la querelle entre Turcs et Arméniens
dans la région de Schatak, et Djevded bey demanda à
Ischkhan d'y aller, avec trois autres Daschnakzagans de
marque, pour y rétablir la paix. Ils furent tous les quatre
traîtreusement assassinés en route. C'était le vendredi
16 avril. Alors Djevded fit venir auprès de lui Vramian,
sous le prétexte qu'il voulait conférer avec lui, le fit arrêter et déporter. Les Daschnakzagans savaient maintenant qu'ils ne pouvaient se fier à Djevded bey, et qu'il
leur était donc impossible de lui livrer les 3000 hommes
qu'il demandait. Ils dirent qu'ils en donneraient 400 et
qu'ils payeraient peu à peu la taxe militaire pour les
autres. Mais le vali déclara qu'il avait besoin d'hommes
et non d'argent, et qu'autrement il attaquerait la ville.
Quelques Arméniens prièrent le Dr Usher et M. Yarrow
d'aller trouver Djevded bey et d'essayer de le calmer.
Ils rencontrèrent en chemin un officier qui était envoyé
pour les appeler. Le vali était obstiné. On n'avait qu'à
obéir. Il saurait briser en tout cas cette résistance,
coûte que coûte. Il punirait d'abord Schatak et puis il
entreprendrait l'affaire de Van. Mais si les Arméniens
tiraient un seul coup, cela serait pour lui le signal de
l'attaque. Il voulait poster une garde de 50 soldats pour
veiller sur les établissements américains (1). Ou bien on

---

(1) La même offre fut aussi faite à l'orphelinat allemand
et acceptée par M. Spörri; mais aucune garde n'y fut cependant postée.

accepterait cette garde, ou bien on lui déclarerait par
écrit qu'elle avait été refusée, et il resterait ainsi à l'a-
bri de toute responsabilité au sujet de notre sécurité. Il
exigeait une réponse immédiate, mais finalement ac-
cepta d'attendre jusqu'au dimanche suivant. Il exigeait,
de plus, que Miss Mc. Claren et Sœur Martha conti-
nuassent leur travail à l'hôpital turc. Elles y allèrent,
résignées à ne pouvoir, peut-être pour longtemps, cor-
respondre avec nous,

Lorsque le D᷑ Usher revit le vali, le lundi suivant,
celui-ci lui demanda s'il devait envoyer la garde. Le
D᷑ Usher lui laissa à lui-même de prendre la décision.
Et nous ne reçûmes aucune garde.

Le mardi 20 avril, vers six heures du soir, quelques
soldats turcs essayèrent de se saisir d'une femme qui
faisait partie d'un groupe de femmes qui allaient en
ville (1). Elle s'enfuit. Des soldats arméniens survinrent
et demandèrent aux Turcs ce qu'ils voulaient. Les soldats turcs tirèrent sur eux et les tuèrent. M. Spörri
fut le témoin oculaire de ce fait par lequel commencèrent les hostilités. Toute la soirée il y eut un feu
de mousqueterie plus ou moins continu, et depuis la
citadelle, un roulement continuel de coups de canon
contre la ville fortifiée qui était coupée de toute communication avec « les jardins ». On vit pendant la
nuit, dans toutes les directions, des maisons en flammes.
Le nombre des Arméniens demeurant dans « les jardins » était d'environ 30.000, tandis que la population
arménienne habitant la ville intérieure fortifiée était

(1) Elle avait été élevée jeune fille dans l'orphelinat allemand, et s'était réfugiée en ville, venant du pays où les
villages avaient été dévastés.

assez restreinte. Les habitants des « jardins » se trouvèrent réunis dans un espace d'environ un mille carré
(anglais) et cet emplacement fut défendu par des
« Dirks » (barricades) comme aussi par des murs et
des abatis d'arbres. Parmi les défenseurs, 1500 purent
être armés de fusils, et autant de pistolets. Leurs provisions en munitions étaient petites ; ils les épargnaient
donc beaucoup, et recouraient à toute sorte de ruses
pour amener les assaillants à consommer leurs munitions. Ils se mirent de plus à fondre des balles et
à faire des cartouches : ils en fabriquaient tous les jours
3000. Ils fabriquaient aussi de la poudre et, après
quelque temps, ils firent aussi trois mortiers. Le
matériel pour tout cela était restreint, les méthodes
et systèmes grossiers et primitifs ; mais ils étaient
contents, pleins d'espoir et se réjouissaient de leur
habileté à tenir tête aux agresseurs. Quelques-unes
des règles établies pour eux-mêmes disaient : « Te-
nez-vous propres, ne buvez pas, dites toujours la vérité, ne dites rien contre la religion de l'ennemi. »

Ils envoyèrent un manifeste aux Turcs de la ville
pour leur annoncer qu'ils en voulaient seulement à un
seul homme (au vali) et non point à leurs voisins turcs.
Les valis viendraient et s'en iraient, mais les deux races
continueraient à vivre côte à côte, et ils espéraient,
disaient-ils, que si Djevded s'en allait, leurs relations
redeviendraient de nouveau paisibles et amicales. Les
Turcs répondirent dans le même sens et dirent qu'ils
étaient contraints de combattre. Et, en réalité, une protestation contre cette lutte fut signée par beaucoup de
Turcs de qualité, mais Djevded la laissa passer complètement inaperçue.

La caserne au nord de nos établissements fut prise

par les Arméniens et brûlée. Ils laissèrent se sauver
ceux qui s'y tenaient. Ils n'avaient pas en vue d'autre
offensive, car leur nombre était petit. Ils luttaient seulement pour leur foyer et leur vie.

Aucun homme armé ne pouvait entrer dans notre
établissement. Aram, le chef des Arméniens, défendit
même que l'on portât les blessés dans notre hôpital,
pour ne pas blesser notre neutralité. A cause de cela,
le Dr Usher les traitait dans leur propre hôpital provisoire.

Le 23 avril, Djevded bey écrivit au Dr Usher qu'on
avait vu entrer dans notre établissement des gens armés
et que les rebelles avaient élevé des fortifications dans
notre voisinage. Si, dans une attaque, on tirait un seul
coup de ces réduits fortifiés, il serait, à son grand
regret, obligé de diriger ses canons sur notre établissement et de le détruire complètement; nous pouvions
le tenir pour certain. Le Dr Usher répondit que nous
avions gardé notre neutralité par tous les moyens en
notre pouvoir. Aucune loi ne pouvait nous rendre responsables des actes de personnes ou d'organisations
qui échappaient à notre autorité.

Nos pourparlers avec le vali étaient menés par notre
représentant officiel, M. Sbordone, l'agent consulaire
italien, et une vieille femme, munie d'un drapeau blanc,
portait nos lettres. A son deuxième départ, elle tomba
dans un fossé, et, comme elle s'en était relevée sans le
drapeau, elle fut aussitôt tuée par les soldats turcs. On
en trouva une autre, mais elle fut blessée tandis qu'elle
était assise à la porte de sa cabane, tout près de notre
propriété.

Aram déclara alors qu'il ne permettrait plus aucune
correspondance jusqu'à ce que le vali ait répondu à une

lettre de l'agent consulaire Sbordone, disant que Djevded ne pouvait s'attendre à ce que les Arméniens se rendissent maintenant, puisque les procédés envers eux revêtaient le caractère d'un massacre.

Pendant la durée du siège, les soldats turcs et leurs compagnons, les sauvages kurdes, se démenaient terriblement dans tous les environs. Ils massacraient hommes, femmes et enfants, et brûlaient leurs foyers. De petits enfants furent tués dans les bras de leurs mères ; d'autres estropiés horriblement ; des femmes furent dépouillées de leurs vêtements et tuées. Les villages n'étaient pas préparés à une attaque ; quelques-uns se défendirent jusqu'à épuisement de leurs munitions. Le dimanche 25 avril, le premier groupe de réfugiés arrivèrent en ville avec leurs blessés. Notre hôpital, qui a 50 lits en temps normal, dut faire place pour 142 malades. On emprunta les effets nécessaires pour placer des couchettes sur les planchers ; ceux qui étaient légèrement blessés furent pansés tous les jours.

4000 personnes s'étaient retirées des « Jardins » avec tous leurs biens, et remplissaient notre église, les bâtiments scolaires, comme aussi tous les endroits disponibles de la Mission. Une femme disait à M. Silliman : « Qu'aurions-nous fait si les missionnaires n'étaient pas là ? C'est à présent le troisième massacre durant lequel je trouve ici un refuge. » Une grande partie de ces gens devaient être nourris, car ils étaient si pauvres qu'ils achetaient autrefois tous les jours leur pain chez le boulanger, et maintenant il fallait s'en passer (Les Arméniens, le plus souvent, cuisent eux-mêmes leur pain et prennent soin d'avoir les provisions de froment nécessaires pour toute l'année). Loger cette multitude, prendre soin de leur santé, de leur nourriture

et de leur conduite, c'étaient là des problèmes qui nous
préoccupaient beaucoup. M. Yarrone organisa des Comités pour ce travail. A tout homme capable fut as-
signé un rôle et un admirable esprit d'initiative et d'ab-
négation se manifesta. Un homme donna toutes les
céréales qu'il possédait, à l'exception de ce qui était
nécessaire pour nourrir sa famille pendant un mois. Un
four public fut acquis, on acheta du froment et de la
farine pour les distribuer, on émit des bons de pain, et
plus tard on ouvrit une cuisine populaire. Miss Rogers
et miss Silliman s'assurèrent une provision de lait journalière, et firent cuire le lait par leurs élèves pour le
distribuer aux petits enfants ; 190 furent nourris de cette
manière. Les écoliers s'occupèrent à veiller, pour protéger les bâtiments contre les dangers d'incendies ; ils
entretenaient la propreté dans notre propriété, veillaient sur les malades et distribuaient du lait et des
œufs aux enfants et aux malades en dehors de nos établissements. Toute une administration civile régulière
fut organisée par les Arméniens, comprenant un maire,
des juges et des gendarmes. La ville n'avait jamais été
aussi bien régie. Après deux semaines, les Arméniens,
assiégés dans leur quartier de la ville fortifiée, nous
firent dire qu'ils avaient pris possession de quelques
édifices gouvernementaux, bien qu'ils ne fussent qu'une
poignée d'hommes, et jour et nuit bombardés. Environ
16.000 boulets de canons ou shrapnells furent tirés sur
eux. Les engins de vieux système allaient s'abattre
contre les grosses murailles larges de trois pieds, sans
causer de grands dommages. Avec le temps, les murs
cédèrent naturellement, mais les murs supérieurs seulement; les gens s'enfuirent derrière les murs infé-
rieurs, de sorte que trois personnes seulement y lais-

sèrent la vie. Quelques-unes des « Dirks », dans les
«. Jardins », furent aussi bombardées, mais sans grand
dommage. Il semblait que l'ennemi voulait réserver
pour la fin ses plus grosses pièces et ses shrapnells.
Trois boulets de canon tombèrent durant la première
semaine sur notre propriété ; l'un des trois contre
une porte de la maison du Dr Usher ; 13 personnes
furent blessées sur notre propriété, une mortellement.
Notre propriété est située dans une position si centrale, que les balles des Turcs passaient à travers en
sifflant, entraient dans plusieurs chambres, brisaient
les tuiles du toit, et criblaient de trous les murs exté-
rieurs.

Le Dr Usher faisait et fait encore le travail de trois
hommes. Comme seul médecin dans la ville assiégée,
il devait naturellement s'occuper des malades de l'hôpital, des réfugiés et des soldats arméniens blessés ; mais
les malades de la polyclinique et en ville se multi-
pliaient d'une manière effrayante. Parmi les réfugiés,
la misère et les privations entraînaient de nombreux
cas de pneumonie et de dysenterie ; de plus la rougeole sévissait parmi les enfants. Miss Silliman se chargea des malades atteints de rougeole, Miss Rogers et
Miss Usher aidaient à l'hôpital où Miss Bond et ses
infirmières arméniennes se fatiguaient au delà de
leurs forces. Après quelque temps, Miss Usher ouvrit,
avec l'aide de Miss Rogers, un autre hôpital dans un
bâtiment scolaire arménien, où d'abord des réfugiés
avaient pris logement. A cela ajoutez la difficulté de
trouver des lits, des ustensiles, des aides et même
la nourriture pour les malades. L'activité médicale
et chirurgicale fut gênée par le manque de médicaments, car les livraisons annuelles pour la pharmacie du

Dʳ Usher étaient retenues dans le port d'Alexandrette.

Deux semaines après le commencement du siège, un fuyard vint d'Ardjesch pour informer la population de Van du sort de cette ville, la seconde du vilayet. Ardjesch est située dans la plaine fertile qui forme la rive septentrionale du prolongement nord-est du lac de Van, qui là est appelé le lac d'Ardjesch. La vieille ville, résidence des rois arméniens et du Seljouk Togroul bey, a été submergée par le lac, il y a 70 ans, et le nom en est passé à la nouvelle ville (Agantz). La plaine d'Ardjesch est célèbre par sa fertilité ; on y cultive des melons. Le caïmacan d'Ardjesch avait mandé les hommes de tous les corps de métier. Comme il s'était montré toujours aimable avec eux, ils se fièrent à lui. Lorsqu'ils furent tous rassemblés, il les fit tuer par les soldats. Autant que nous pouvons le savoir, un seul homme put s'échapper, en se tenant caché toute une nuit sous un monceau de cadavres. Beaucoup de réfugiés avaient fait halte tout près de la ville, dans le petit village de Chouchanty, sur une montagne d'où le regard s'étend sur la ville. Aram leur ordonna d'y rester. Le 8 mai, le village était en flammes, et en flammes aussi le cloître voisin de Warak avec ses vieux manuscrits, dont la perte est irréparable. Les réfugiés vinrent alors en ville. Le vali Djevded parut changer de tactique. Il laissa des centaines de femmes et d'enfants entrer en ville afin qu'ils y augmentent par leur nombre la famine. En raison de la mobilisation pendant l'automne précédent, les provisions de froment étaient déjà, dès le début, très réduites et maintenant que 10.000 réfugiés recevaient une ration journalière — bien que si petite, qu'elle suffisait à peine à les conserver en vie — elles diminuaient rapidement et touchaient à leur fin. Les munitions devenaient aussi rares. La perspective paraissait très sombre. Djevded pouvait encore faire venir beaucoup d'hommes et de munitions des autres villes voisines. S'il n'arrivait point de secours d'ailleurs, il n'était pas possible de tenir plus longtemps la ville ; et l'espoir d'un tel secours paraissait très faible. Nous n'avions aucun rapport avec le monde extérieur. Un télégramme, que nous voulions envoyer à notre ambassadeur, ne put sortir de la ville. Les Daschnakzagans envoyèrent des appels au secours aux volontaires arméniens de la frontière, mais aucun des messagers ne revint et nous apprîmes plus tard qu'aucun n'avait atteint sa destination. Nous savions qu'à la dernière extrémité, notre propriété serait le dernier espoir des gens assiégés dans le quartier des « Jardins ». On ne pouvait guère espérer que Djevded, enragé de la longue résistance qu'il avait rencontrée, épargnât la vie d'un seul de ces hommes, femmes et enfants. On aurait peut-être assuré la vie sauve aux Américains, s'ils avaient quitté leur propriété, mais cela nous ne voulions naturellement pas le faire. Nous voulions partager le sort de nos gens. Et il est possible que le vali ne nous aurait pas offert toute sécurité, parce qu'il semblait croire que nous soutenions les « rebelles ».

Les samedi et dimanche 15 et 16 mai on vit plusieurs barques quitter Avantz, port de Van. Elles contenaient les familles des Turcs et des Kurdes ; on avait défendu aux hommes de s'éloigner. Nous nous réunîmes tous sur les toits et, en regardant avec nos jumelles, nous fûmes saisis d'étonnement. Chez les Turcs, régnait visiblement une panique. Déjà, au début de l'année, une panique avait éclaté chez eux, lorsque les Russes avaient avancé jusqu'à Saraï ; mais cela n'avait pas eu de suite. Cette fuite avait-elle la même signification ?

Quoi qu'il en soit, les Turcs étaient résolus en tous cas à faire autant de mal qu'ils pourraient. Le samedi soir, les canons des grandes casernes commencèrent à tirer sur nous. Tout d'abord nous ne pouvions croire que les coups visaient notre bannière étoilée ; mais finalement il ne resta plus aucun doute (1). Sept bombes tombèrent sur notre propriété, dont une sur le toit de la maison de Miss Rogers et de Miss Silliman, où elle fit un grand trou. Deux autres eurent le même résultat sur le toit de l'école des garçons et sur celle des jeunes filles. Le dimanche, le bombardement reprit à nouveau. 26 bombes tombèrent dans la matinée sur notre établissement et 10 autres le soir : elles explosaient en tombant ou en l'air. Le sifflement des shrapnells faisait un bruit qu'on ne peut jamais oublier. Un obus fit explosion dans une chambre de la maison de Miss Raynolds et tua un tout petit enfant. Un autre obus passa à travers le mur extérieur de la chambre de Miss Knapps, dans la maison du Dr Usher, y fit explosion, et ses débris ainsi que les balles qu'il renfermait pénétrèrent à travers le mur de la chambre contigue et brisèrent une porte qui se trouvait en face.

Après le coucher du soleil, tout redevint tranquille. On reçut une lettre des habitants de la seule maison arménienne qui fût restée en dehors des lignes turques, parce que le vali Djevded y avait habité étant enfant, et

(1) La propriété de la Mission allemande fut elle-même bombardée, bien qu'un drapeau allemand flottât au-dessus.

la fit épargner (1). On y annonçait que les Turcs avaient quitté la ville. Les casernes de la citadelle et celles d'en bas renfermaient de si faibles gardes qu'elles furent facilement réduites. On brûla alors les casernes. On fit de même de tous les « Dirks » (ou retranchements) turcs, qui furent recherchés dans ce but. La grande caserne lança sa garnison dehors : c'était une troupe nombreuse de cavaliers qui s'en allèrent en franchissant la colline. Après minuit, cette caserne fut également brûlée. On y trouva de grandes provisions de froment et de munitions. Tout cela rappelait le chapitre 7 du 2e Livre des Rois (siège de Samarie).

Toute la ville était en veillée : on chanta et l'on fit des réjouissances toute la nuit. Le chemin de la ville fortifiée, comme aussi de l'hôpital turc, était ouvert. Mais alors nous dûmes mettre une première sourdine à notre joie : Miss Mc Claren et Sœur Martha n'étaient pas là. Elles avaient été depuis quatre jours envoyées à Bitlis avec les soldats blessés. Une lettre de Djevded bey à M. Spörri disait qu'elles soignaient les blessés de leur plein gré, mais qu'on ne leur avait pas permis de communiquer avec nous. J'appris d'une autre source que Djevded ne leur avait pas permis de nous visiter ; il disait que les Arméniens avaient été anéantis et qu'il n'était pas prudent ni sûr d'aller nous voir. Nous étions très inquiets à leur sujet (2). On avait laissé dans l'hô-

(1) Djevded bey est le fils et le successeur de l'excellent vali Tahir pacha qui, durant 16 ans, avait vécu à Van, comme gouverneur du vilayet, en très bons termes avec les Arméniens, et s'était montré toujours également juste envers les Mahométans et les chrétiens.

(2) La nouvelle nous parvint depuis lors que sœur Martha Kleiss était morte du typhus à Bitlis, le 30 juillet.

pital, sans nourriture et sans eau, 25 soldats turcs trop
malades pour pouvoir faire le voyage. On nous les ap-
porta. On trouva beaucoup de cadavres, entre autres
ceux des prisonniers de guerre russes que les Turcs
avaient tués avant de fuir.

Le mardi 18 mai arriva l'avant-garde des volontaires
arméniens-russes. Ils n'avaient reçu aucun message de
Van et ne savaient pas que la ville était déjà aux mains
des Arméniens. Le mercredi 19 mai, les volontaires,
accompagnés de soldats de l'armée russe, entrèrent en
ville. Ils avaient nettoyé tout le pays, à l'est du lac de
Van, des troupes turques, et ils continuaient leur
œuvre. Aujourd'hui même, on a violemment combattu.
Les troupes russes avaient pris déjà le chemin de Bitlis
où aucun massacre n'avait eu encore lieu, comme nous
l'a dit le général russe. Dans la rapide avance des
troupes, l'hôpital de campagne était resté plusieurs
jours en arrière; il en était de même des colonnes de
ravitaillement. C'était, pour la ville, une lourde charge
de nourrir aussi maintenant l'armée, et de lui céder
tout. Il y avait du froment, mais pas de farine, car les
moulins n'avaient plus travaillé. La viande était rare,
bien que les Cosaques eussent réquisitionné de grands
troupeaux de moutons des montagnes kurdes.

*Sur notre terrain se trouvent un millier de femmes
et d'enfants turcs que les soldats arméniens nous ont
amenés parce que c'est l'abri le plus sûr pour eux* (1).
*Les Arméniens ont partout fait preuve, à l'égard des
prisonniers turcs, d'un empire sur eux-mêmes digne
d'admiration, quand on songe comment se condui-*

_____

(1) Sur le terrain de la Mission allemande furent également logés 600 femmes et enfants kurdes.

saient les Turcs envers eux. Un soldat turc, blessé, qui fut porté à l'hôpital turc chez nous, se vantait d'avoir tué vingt Arméniens. Ils nous l'abandonnèrent, mais ne lui firent rien de plus. L'entretien des réfugiés dans ces temps de misère et la question de savoir ce qu'ils deviendront sont des problèmes graves pour notre Mission, et ils deviennent de jour en jour plus graves. Ce serait la mort pour eux, si on les renvoyait à présent; on doit absolument les entretenir et personne ne peut le faire hormis nous. Le général nous a promis une garde pour eux.

Entre temps, les affaires se mettent peu à peu en ordre. Aram a été nommé gouverneur. Les paysans retournent à leurs foyers. Nos 4000 hôtes nous ont quittés. Nous avons ôté de nos fenêtres les appareils qui les protégeaient. Les volontaires se sont chargés du soin de notre second hôpital. Le travail devient ainsi plus facile dans notre hôpital à nous ».

Tel est le rapport américain.

Un autre récit contient encore les détails suivants :

« 12.000 obus furent tirés contre la ville. Ces tirs ne causaient presque aucune perte. Durant le jour, ils perçaient les maisons, mais, la nuit, ils s'arrêtaient, de sorte que les Arméniens ne perdaient pas de terrain, mais, au contraire, ils occupèrent 20 maisons turques. Ils prirent vraiment le dessus lorsqu'ils réussirent, le quatrième jour, à faire sauter la caserne Hamid-agha, et à la brûler. Ils posèrent une bombe dans les soubassements de la caserne et la firent exploser. La caserne ne s'écroula pas, mais elle s'embrasa soudain dans la nuit. Quelques soldats périrent dans l'incendie, les autres s'enfuirent à la faveur des ténèbres. En possession du terrain de cette caserne, les Arméniens étaient les maîtres de « l'Aiguestan ». Les forces dont disposait le gouvernement ne dépassaient pas 6.000 hommes, et la moitié seulement était composée de troupes régulières. Le gouvernement tenta tous les moyens pour amener les Arméniens à se rendre. Jusqu'à la dernière heure ils ignoraient tout d'une occupation éventuelle du pays par les Russes.

Le siège avait duré juste 30 jours. Du côté arménien, il n'y eut, en tout, pas plus de 18 tués, mais les blessés furent nombreux ; les pertes des Turcs ont dû être plus considérables. Parmi les quartiers arméniens, Glortach et Sourd-Hagop furent brûlés, de même que plusieurs quartiers turcs. Mais les habitants turcs s'en étaient enfuis vers Bitlis. Dix jours après l'entrée de l'avant-garde russe à Van, le général Nicolaïeff vint en ville avec le gros de l'armée. Aram vint le saluer et dit dans son allocution : « *Lorsqu'il y a un mois, nous prîmes les armes, nous ne comptions pas sur l'arrivée des Russes. Notre situation était alors désespérée. Nous n'avions qu'un choix à faire : ou nous rendre et nous laisser égorger comme des moutons ou mourir en combattant les armes à la main. Nous préférâmes ce dernier parti. Mais nous avons reçu de vous un secours inattendu et maintenant c'est à vous qu'à côté de la vaillante défense des nôtres, nous devons notre salut!* »

Il est important d'établir que *les Arméniens*, comme s'accordent à l'attester les Missionnaires américains et le récit de l'arrivée des Russes, *n'étaient aucunement en relations avec les Russes et les corps de volontaires arméniens, et n'étaient même pas en état, pendant le siège, de se mettre en rapport avec eux. La prétendue « révolte de Van » fut un acte de légitime défense et un épisode dans l'histoire des massacres, et non point une trahison (1). L'occupation de Van fut une étape dans les opérations des troupes russes contre le nord de la Perse et la région de Van, et non point une action en faveur des Arméniens de Van. Les deux événements, celui de la légitime défense des Arméniens de Van contre un massacre qui les menaçait, et celui de la marche en avant des Russes n'ont entre eux aucun rapport de cause à effet.* Si les Turcs avaient eu des troupes suffisantes et des chefs capables, de façon à arrêter la marche en avant des Russes, qui leur enlevèrent les régions du nord de la Perse et la moitié nord-est du vilayet de Van, cet épisode n'aurait eu aucune portée pour la situation générale de la guerre à la frontière du Caucase et de la Perse. Par leur propre défense les Arméniens de Van ne visaient pas à autre chose qu'à sauver la vie des leurs. Ils auraient eu autrement le même sort que les Arméniens des autres vilayets.

Dans certains milieux de Berlin on racontait, déjà en juin, que le vali de Van, Djevded bey, beau-frère du Ministre de la Guerre, Enver pacha, avait été blessé dans son konak par une bombe arménienne, que sa vie était en danger, et que, par représailles, un tribunal procédait contre les Arméniens. Des voyageurs allemands apportèrent, en octobre, de Constantinople, la nouvelle que Djevded bey, tué par les Arméniens, avait été traîné par eux dans les rues. Ces deux nouvelles sont toutes deux inventées de toutes pièces. Djevded a, trois jours avant l'entrée des Russes, quitté Van en

---

(1) Ceci est *confirmé par les Allemands présents au siège.*

pleine santé, et s'est retiré sur Bitlis avec ses troupes.
Il est retourné ensuite à Van, lors de la retraite des
Russes, et y a passé trois jours. Comme la ville avait
été incendiée par les Turcs, il établit son quartier dans
la seule maison encore debout de la Mission allemande ;
il rentra ensuite à Bitlis.

LES OPÉRATIONS DES RUSSES.

Les opérations des Russes dans les régions frontières
turco-persanes peuvent être décrites comme il suit :

Les 2 et 3 mai, l'armée turque commandée par Khalil
bey, qui avait occupé la région de Salmas et d'Ourmiah,
et dévasté les villages arméniens et syriens de tout le
district, fut battue par les Russes à Dilman et dut se retirer à Ourmiah. A Ourmiah, les troupes turques, qui
avaient perdu plusieurs milliers de leurs 20.000 hommes,
furent renforcées par 10.000 Kurdes, concentrés autour d'Ourmiah, et tentèrent d'envahir de nouveau la
plaine de Salmas. Le 15 mai, il furent chassés par les
Russes de la plaine de Salmas, et durent se retirer dans
la vallée du Zab supérieur, dans la direction de Mossoul.
Cependant des troupes russes avaient envahi la région
où l'Euphrate oriental prend sa source, la plaine d'A-
laschkert et la région de Van, au nord du lac. Ils avaient
occupé Toutak le 9 mai, Padnodz le 11, et Mélaskert le
17. Ils avancèrent encore jusqu'à Goḥ et Akhlat (au nord-
est du lac de Van) et s'y maintinrent jusqu'au commencement d'août. En même temps d'autres détachements
de l'armée du Caucase avançaient dans la plaine de Bayazid au sud de l'Ararat. Ils occupèrent Tépères le 8 mai,
franchirent la chaîne d'Ovadjik Dagh, envahirent la
plaine d'Abagha, occupèrent Berkeri le 11 mai, Ard-

jesch le 13, et entrèrent le 19 mai à Van avec leur
avant-garde. En même temps, l'armée qui avait chassé
les Turcs de la plaine de Salmas franchit les chaînes
des montagnes de la frontière turco-persane et descendit dans la région des sources du Zab supérieur, où
elle occupa Bachkaléh le 16 mai et, par la « Vallée des
Arméniens » (Hayotz Dzor) s'avança sur Vostan (au sud-
est du lac de Van) pour continuer sa marche sur Bitlis.

Après que les troupes turques eurent été chassées du
nord de la Perse, toute l'activité de l'armée russe con-
sista en une marche en avant concentrique le long des
frontières orientales de la Turquie, dans la direction du
lac de Van. Le résultat de ces opérations fut l'occupation
des régions au nord, à l'est et au sud-est du lac de Van.

Le 25 mai, les troupes russes, dans leur avance,
avaient occupé Vostan, à l'angle sud-est du lac de Van,
et coupé ainsi toute communication entre l'armée de
Khalil bey, opérant au nord de la Perse, et les villes de
Bitlis et Erzéroum. L'armée de Khalil bey devait donc
chercher à rétablir la jonction avec l'armée principale
d'Erzéroum, à travers les régions kurdes au sud du lac
de Van, ou bien par Mossoul. Elle ne pouvait plus se
défendre longtemps dans la région d'Ourmiah sous la
pression des troupes russes.

Trois semaines après la défaite de Dilman (le 25 mai),
Khalil bey évacuait Ourmiah. Les Russes entrèrent à
Ourmiah et permirent aux chrétiens qui avaient em-
brassé l'Islamisme par force de retourner à leur religion. Il ne restait à Khalil bey que le chemin du Zab
supérieur, car les Russes avaient déjà occupé Diza,
dans le district de Guéber, et Bachkalé. Mais même la
vallée du Zab supérieur, difficile à franchir, et par où
passe le chemin conduisant à Mossoul, était occupée

par les montagnards syriens nestoriens et barrée près
de Djoulamerk. Ceux-ci avaient appris le massacre
de leurs frères de race dans la région d'Ourmiah et
étaient résolus à se défendre pour échapper à un pareil
sort. Tribus à moitié indépendantes, à l'égal des Kurdes,
ils vivent sur les montagnes sauvages de la région du
Hekkiari, et sont armés jusqu'aux dents, même en
temps de paix, pour se défendre contre leurs voisins
kurdes. Il ne restait donc à Khalil bey qu'à se lancer, lui
et son armée, à travers les Russes et les montagnards
syriens, pour atteindre Bitlis par le chemin dangereux
des montagnes kurdes. En route, il fut attaqué par les
troupes russes venant de la direction de Bachkaléh. Se
retirant lentement, il s'arrêta pour résister opiniâtré-
ment, et occupa enfin une chaîne de montagnes presque
impraticables, à 40 ou 50 kilomètres au sud de Bachkaléh. Dans ces déserts rocheux, dont les cimes étaient
encore couvertes de neige, commença une lutte désespérée. Le 4 juin, les troupes de Khalil bey furent enfon-
cées par une attaque des Russes, et rejetées dans la
vallée de Liva. Les restes de son armée passèrent par des
sentiers de montagne à Sört. Khalil bey lui-même arriva
à Bitlis par des chemins détournés et y rassembla tous
ceux qui s'y réfugiaient peu à peu de son armée d'occupation de la Perse. Les Kurdes qui s'étaient joints à l'armée de Khalil bey à Ourmiah s'étaient éclipsés dans les
districts kurdes de Schemdinan, au sud-est d'Ourmiah.

Entre temps, l'aile gauche de l'armée turque du Caucase avait repris l'offensive contre Olti. Comme ils se
heurtaient ici à la résistance opiniâtre des Russes et ne
pouvaient avancer, ils renforcèrent de nouveau leur
aile droite, qui opérait contre la région de Van. Ils
s'avancèrent sur un front large, du Kezlar-Dagh jus-

qu'à Charian-Dagh, et cherchèrent à envahir, par le
défilé de Delibaba, la plaine d'Aleschgert, occupée par
les Russes. Ils s'avancèrent également de l'ouest contre
le front russe, et occupèrent une ligne qui allait de
Nimroud-Dagh (à l'extrémité occidentale du lac de Van)
au lac de Nassik, en passant par Karmough et Pirrous,
et à Gob par le lac de Boulama. Les Russes avaient déjà,
à l'ouest du Nimroud Dagh, avancé jusqu'à Bitlis, et
étaient descendus dans la plaine de Mouche, où ils
avaient pris Vartênis ; mais ils avaient évacué cette position avancée, et s'étaient retirés sur la ligne d'Akhlat-
Melaskert, lorsque des troupes venant de Mossoul s'é-
taient unies aux restes de l'armée de Khalil bey à Bitlis.
Les Turcs lancèrent alors d'Erzéroum un corps d'armée
contre le front russe. Le 8 août, ils conquirent le passage
de Mergemer, qui leur ouvrit la plaine d'Alaschkert. Mais
les Russes les repoussèrent de nouveau et, après différents combats, maintinrent la ligne de Gob à Akhlat.

Durant l'offensive de l'armée turque, les Russes évacuèrent Van du 31 juillet jusqu'au 2 août. Les Turcs
avaient fait une avance de Bitlis à Van, et les Russes,
pour ne pas retirer des troupes aux opérations du nord
du lac de Van, s'étaient repliés. Djevded bey put donc,
4 jours après le départ des Russes, occuper Van avec
400 hommes. Mais il trouva Van vide, car les Russes
avaient emmené avec eux toute la population arménienne avec les missionnaires américains et allemands.
L'évacuation de la ville eut lieu à l'improviste. Les
Américains quittèrent Van le 2 *juillet* (sic?), et le directeur de l'orphelinat allemand avec sa femme, sa fille
et les missionnaires allemands le 3 août. La sœur Käthe
s'embarqua, avec 50 enfants de l'orphelinat allemand,
pour partir par le lac. Mais comme les Kurdes tiraient

sur la barque, elle dut retourner le 8 août, avec les
enfants, dans la ville en feu. Le 9 août arriva Djevded
bey, qui descendit à la Mission allemande, où l'accueillit sœur Käthe, parce que tout était brûlé ailleurs. On
avait encore laissé maintes choses en ville. Les Kurdes
et les Turcs se mirent aussitôt à tout piller. Les 400 Arméniens environ qui étaient restés en ville sur une population de 30.000 âmes (c'étaient des vieillards, des
femmes, des enfants et des malades) se réfugièrent pour
la plupart dans la propriété de la Mission allemande, où
leur vie, du moins, était en sûreté. Les Arméniens que
purent encore trouver les Kurdes furent tués, et les
femmes enlevées par eux. Mais, après quatre jours, les
troupes turques quittèrent de nouveau Van. Le 14 juillet les Russes revinrent et, avec eux, beaucoup de familles arméniennes. Plus tard, ce changement d'occu-
pants se répéta, semble-t-il, encore une fois. Van fut de
nouveau occupé et de nouveau évacué par les Turcs. Les
Russes y rentrèrent et conservèrent Van depuis lors.

Déjà la première évacuation de Van par les Russes
était sans but apparent. Peut-être le commandement de
l'armée n'avait-il d'autre but que de retirer les Arméniens de Van. Car le vieil axiome de Lobanoff-Rostowski
« l'Arménie sans les Arméniens » n'a jamais cessé
d'être le principe dirigeant de la politique russe envers
les Arméniens.

DÉVASTATION DES RÉGIONS DE VAN, OURMIAH ET SALMAS

Au temps où Van était assiégé par les troupes turques,
les villages arméniens sans défense du vilayet furent
systématiquement dévastés, et leurs habitants qui n'a-

vaient pu s'enfuir furent massacrés. La fuite qui commença au début d'avril, quand les villages d'Alaschkert et ceux de la plaine d'Abagha furent pillés, prit de semaine en semaine de plus grandes porportions. *Selon une statistique sur les massacres, il y eut, entre la fin d'octobre 1914 et le milieu de juin 1915, dans le vilayet de Van et les districts voisins du vilayet d'Erzéroum, 258 villages pillés et ravagés, et environ 26.000 Arméniens massacrés.* Le reste de la population échappa par la fuite à une mort certaine. Le vilayet de Van, qui comptait 185.000 Arméniens avant la guerre, semble à présent vide d'Arméniens. Les districts du sud du vilayet d'Erzéroum, avec environ 75.000 Arméniens, sont dans le même cas. Ceux qui étaient restés ou qui étaient revenus depuis le milieu de mai, lors de l'avance des Russes, ont été évacués par les Russes lorsqu'ils durent quitter Van pour un temps (au milieu d'août). Tous ceux qui purent échapper à l'épée, dans les régions frontières turques, se trouvent actuellement en territoire russe, dans la vallée de l'Araxe. Le nombre des réfugiés qui se sont rassemblés en majeure partie autour d'Etchmiadzin, siège du Catholicos arménien, doit monter de 200 à 250.000. Environ 200.000 se trouvent sur territoire russe et de 25 à 50 mille (y compris les Nestoriens) sur territoire perse. En dehors de ceux qui ont pu se réfugier auprès des Missionnaires américains d'Ourmiah, c'est tout ce qui reste de la population arménienne et syrienne des vilayets orientaux et du nord de la Perse. Nous avons quelques rapports, venant d'Ourmiah, sur les ravages faits par l'armée de Khalil bey et les troupes Kurdes qui s'étaient jointes à elle.

Le pasteur d'Ourmiah, Pfander, un germano-américain, écrit en date du 22 juillet 1915 :

« A peine les Russes étaient-ils partis, que les Mahométans se mirent à voler et à piller. Fenêtres, portes,
escaliers, boiseries, tout fut enlevé. Plusieurs Syriens
(Assyriens) avaient laissé là leur mobilier et leurs
provisions d'hiver et s'étaient enfuis. Tout tomba
entre les mains de l'ennemi. La fuite était le parti le
meilleur, car ceux qui restèrent eurent un triste sort.
15.000 Syriens (Assyriens) trouvèrent un refuge entre
les murs de la Mission où les missionnaires leur four-
nirent le pain : un lavache (pain azyme très mince) par
personne tous les jours. Des maladies se manifestèrent ;
la mortalité atteignit le chiffre de 50 par jour. Dans les
villages, les Kurdes tuaient presque tous ceux qu'ils
pouvaient saisir. Six semaines durant, nous eûmes
comme garde un soldat ottoman. Le fait que je suis né
en Allemagne nous aida beaucoup, et personne ne nous
a touché un cheveu.

Dois-je raconter comment les Turcs avaient érigé une
potence dans une des rues principales près de la porte
de la ville, et y pendirent beaucoup de Syriens innocents, et qu'ils en fusillèrent d'autres après les avoir
retenus longtemps en prison ? Je veux taire tous les
faits horribles. Parmi beaucoup d'autres soldats arméniens, ils en tuèrent un devant la porte et l'enfouirent
tout près du mur de la maison de Mlle Friedemann,
mais si négligemment, que les chiens le déterrèrent en
partie. Une main restait tout à fait à découvert. Je pris
quelques pelles et nous jetâmes sur lui un nouveau
monceau de terre. Le jardin de Mlle Friedemann, propriété de l' « Orient Mission » allemande, fut ravagé par
les Musulmans, et les maisons en partie incendiées.
*Nous avons salué avec joie les premiers Cosaques qui
reparurent après cinq mois. On est de nouveau sûr*

pour sa propre vie, et on n'est pas obligé de rester les portes barricadées même le jour ».

L'ex-directrice de l'orphelinat allemand à Ourmiah, Mlle Friedemann, qui fut forcée, au début de la guerre, d'évacuer l'orphelinat pour recevoir les officiers russes, a reçu la lettre suivante :

« Les dernières nouvelles disent que chez les Missionnaires (américains) d'Ourmiah, 4.000 Syriens et 100 Arméniens sont morts de maladies. Tous les villages des environs ont été mis à sac et réduits en cendres ; en particulier Geuktépé, Gulpartschin, Tscheragouscha ; 2000 chrétiens ont été massacrés à Ourmiah et aux environs ; beaucoup d'églises sont détruites et incendiées, comme aussi beaucoup de maisons en ville ».

Une autre lettre dit :

« Saoutschboulak a été rasé par les Turcs. On avait érigé une potence pour les Missionnaires. Mais des protections mises en œuvre ont empêché ce mal extrême. Une missionnaire et un docteur sont morts. »

Une troisième lettre raconte :

« A Haftevan et Salmas, on a retiré, des puits à pompe et des citernes seulement, 850 cadavres, et sans tête. Pourquoi ? — Le Commandant en chef des troupes turques avait fixé une somme d'argent pour chaque tête de chrétien. Les fontaines sont remplies de sang chrétien. De Haftévan seulement, on a livré aux Kurdes de Saoutschboulak 500 femmes et jeunes filles. A Dillman, des foules de chrétiens furent emprisonnés et forcés d'accepter l'Islam. Les mâles furent circoncis. Gulpartschin, le village le plus riche de la région d'Ourmiah, est complètement rasé ; les hommes ont été tués et les plus jolies femmes et jeunes filles enlevées. Il en fut de même à Babarou. Les femmes se jetèrent

par centaines dans les eaux profondes du fleuve quand
elles virent que beaucoup de leurs compagnes avaient
été violées en plein jour sur les routes par les bandes
turques : il en fut de même à Miaudouab dans le district
de Souldouz. Les troupes passant à Saoutschboulak
portaient vers Maragha la tête du consul russe au bout
d'une pique. Dans la cour de la Mission catholique de
Fath-Ali-Khan-Gheul, 40 Syriens furent pendus à une
potence qu'on y avait érigée. Les religieuses du cloître
étaient accourues sur la route pour demander grâce ;
mais ce fut en vain. A Salmas et à Khosrowa, toutes
leurs stations sont détruites ; les religieuses se sont
enfuies. Maragha est en ruines. A Tabriz, il n'y eut
pas autant de mal. On a tué 1175 chrétiens à Salmas,
2000 dans la région d'Ourmiah. 4100 personnes moururent du typhus chez les Missionnaires. Tous les réfugiés ensemble, en comptant aussi ceux de Terga-
var, Van, de l'Azerbaïdjan, sont estimés à 300.000. On
a établi un Comité à Etchmiadzin pour prendre soin
des pauvres Plus de 500 enfants furent trouvés sur les
routes par où venaient les réfugiés et, parmi eux, il
s'en trouvait quelques-uns de neuf jours seulement.
Plus de 3000 orphelins furent recueillis en tout à Etchmiadzin ».

Sur la dévastation des villages arméniens du vilayet
de Van — qui est confirmée de différents côtés — il y a
aussi *un récit allemand, celui de M. Spörri*, directeur
de l'orphelinat allemand de Van, qui raconte un voyage
entrepris par lui dans la région de Van, *en juin*, donc
après l'entrée des Russes dans Van :

« Devant nous, c'est Artamid avec l'agrément de ses
jardins délicieux... Mais quel aspect nous offre à présent le village ! Ce n'est plus en majeure partie qu'un

monceau de ruines. Nous y conversâmes avec trois de
nos anciens orphelins, qui avaient, jadis, passé par
des temps terribles. Nous continuons à cheval à monter vers la montagne d'Artamid. Nos regards errent
sur la magnifique vallée de Hayotz-Dzor. Là, devant
nous, se trouve Artananz, elle aussi complètement ra-
vagée. Plus loin, dans une vigoureuse végétation, c'est
Vostan. Son aspect antérieur lui méritait d'être appelé
un paradis ; ces derniers jours, il est devenu un enfer.
Combien de sang a-t-il coulé ? Là était le point d'appui principal des Kurdes armés. Au pied de la montagne, nous arrivons à Anghegh. Là aussi plusieurs
maisons ont été détruites, 130 personnes ont dû y être
tuées. Nous campâmes là, en face de ruines noires. Il y
avait devant nous un « amrotz », une tour bâtie avec
des tourteaux de fumier, comme on en voit souvent par
ici. On nous dit que les Kurdes avaient brûlé là dedans
les Arméniens qu'ils tuaient. C'est affreux ! Mais c'est
encore mieux que si les cadavres des tués restaient,
comme c'est arrivé ailleurs, longtemps sans sépulture, s'ils étaient dévorés par les chiens et empestaient l'air. Lorsque nous continuons ensuite notre
voyage à cheval jusqu'à Guènn, des connaissances
viennent au-devant de nous et nous racontent ce qui
s'est passé. Là aussi, le théâtre de notre ancienne activité, école et église, ainsi que beaucoup de maisons,
tout est en ruines. Celui chez qui nous avions coutume
de loger est aussi parmi les tués. Sa veuve ne s'est
pas encore remise du choc. On compte ici environ
150 morts. On nous dit qu'il y a beaucoup d'orphelins ;
on nous demande si nous ne voulons pas en recueillir
quelques-uns. Nous ne pouvions donner aucune réponse précise..... Nous avions du haut de la montagne,

un coup d'œil merveilleux, mais dans les villages on ne voit partout que des maisons noircies et des décombres ».

Nous avons lu déjà, dans le rapport américain, la description du massacre de Van, qui eut lieu durant le siège de la ville. Vers la même époque, furent attaqués Akhlat et Tadwan. Les dévastations furent complétées plus tard lorsque les Russes évacuèrent temporairement, en août, la région au nord du lac de Van occupée par eux. Tout le nord et le nord-est du vilayet de Van et les districts limitrophes du vilayet d'Erzéroum, jusqu'à la frontière turque, sont complètement déserts. La population turque s'est enfuie, selon une source turque, devant les Russes, au nombre d'environ 30.000, pour se rendre dans le vilayet de Bitlis, et la population arménienne s'est réfugiée au Caucase.

Les récits rapportent que, dans les massacres de la région de Van, et dans les districts persans de Salmas, Ourmiah et Saoutschboulak, *on ne fit aucune distinction entre Arméniens et Syriens*.

Les montagnards syriens doivent être, eux aussi, à l'heure actuelle, cernés par les troupes turques. Le 30 septembre, arrivèrent à Salmas beaucoup de réfugiés nestoriens de Djoulamerk dans la vallée du Zab supérieur. Ces Syriens racontèrent que 30.000 autres Nestoriens, parmi lesquels aussi le patriarche nestorien Marschimoum, étaient en fuite, et qu'ils les suivraient. Ils avaient été attaqués et chassés par les troupes turques. Ils racontèrent de plus que 25.000 Syriens des montagnes avaient été cernés par les troupes turques et qu'ils échapperaient difficilement à l'extermination.

Rapport du Patriarche Nestorien.

Marschimoum Benjamin, qui arriva en octobre à Khassrova, en Perse, donne des détails sur la persécution de son Eglise en Turquie. Marschimoum a son siège (patriarcat) à Kotchannès, près de Djoulamerk, dans la vallée du Zab supérieur. C'est un homme de 25 ans. Le Patriarcat est héréditaire dans sa famille. Le siège du Patriarcat fut transféré, en 1500, de Bagdad à Kotchannès. Comme les chrétiens syro-nestoriens de la Turquie avaient été en partie exterminés, ou s'étaient en partie réfugiés sur le territoire persan ou en Russie, le Patriarche a transféré provisoirement son siège à Khosrowa, dans la plaine de Salmas. Il y fit les déclarations suivantes, en présence d'un visiteur :

« Mon peuple se compose de 80.000 âmes, qui vivent en Turquie, comme aschirets (tribus) libres. Ils n'avaient, tout comme les aschirets kurdes, ni impôts à payer, ni soldats à fournir. Aucun fonctionnaire turc n'a mis le pied dans nos régions. Nos tribus étaient armées dès les anciens temps et déjà les enfants de dix ans sont instruits dans le maniement des armes, de sorte qu'avec nos 20.000 hommes armés, nous pouvions nous défendre contre les attaques des Kurdes qui nous entourent. Lorsque la Constitution fut proclamée en Turquie, nous ajoutâmes foi aux promesses du gouvernement qui nous garantissait toute sécurité, et nous vendîmes une grande partie de nos armes, car on nous fit croire que les Kurdes aussi avaient été désarmés. Notre peuple resta ainsi sans défense. Après la déclaration du Djihad (guerre sainte), les Turcs résolurent de nous exterminer comme les Arméniens, et nous firent attaquer par leurs troupes et les Kurdes, au milieu desquels nous habitions. Notre situation empira encore lorsque Khalil bey, après ses défaites à Salmas et dans la région d'Ourmiah, s'engagea, avec son armée battue, à travers nos vallées. A la fin de mai, des troupes turques arrivèrent de Mossoul dans nos régions. Alors commencèrent les massacres officiels et les dévastations dans nos villages. Notre peuple quitta les lieux de pâturage et se retira sur le haut plateau de Betaschine, où il est enfermé à présent. Les moyens de subsistance menacent de leur manquer et il y a parmi eux des épidémies. Il ne reste pour eux qu'un seul espoir : celui de rompre la chaîne de leurs assaillants et de fuir vers la frontière persane ».

Comme l'annonce la *Frankfurter Zeitung* du 4 février 1916, le Patriarche est venu à Tiflis et y a prié l'exarque de Georgie, qui est soumis à la juridiction du synode russe, de lui obtenir la permission de faire un voyage à Saint-Pétersbourg. Le voyage a pour but d'opérer l'union de l'Eglise syro-nestorienne avec l'Eglise orthodoxe russe. Après le traitement auquel sont soumises les Eglises chrétiennes en Turquie, depuis la déclaration du Djihad, cette décision n'a rien d'étonnant. Le gouvernement turc pousse avec violence Arméniens et Syriens entre les bras de la Russie.

On a un exposé fidèle du sort des réfugiés dans la lettre suivante :

LETTRE D'UN RÉFUGIÉ DE VAN
QUI QUITTA CETTE VILLE EN JUILLET 1915
LORS DE LA RETRAITE DES RUSSES.

(L'auteur de cette lettre est le Professeur Parounagh Ter-Haroutiounian de Van, la destinataire : Mlle Koharigh Bedrosian.)

Vagharschabad, le 27 août 1915.

Chère Mademoiselle.

Tu auras sans doute appris des journaux la complète destruction de Van. Au milieu d'avril, les Turcs ont réduit en cendres ma maison et toutes celles de notre rue. Dans notre maison se trouvaient 250 femmes et enfants des villages des environs de Van et 50 de la ville même. Tous ont été brûlés ensemble. Une terrible petite vérole sévissait dans la ville et enlevait tous les jours de 50 à 70 enfants.

En juillet, les Russes durent se retirer; avec eux les Arméniens survivants durent aussi quitter Van; Nous laissâmes la ville, sans aucune provision pour le voyage et sans aucun paquet, moi avec mes deux garçons de 8 et 11 ans, et ma belle-sœur avec ma femme, ayant chacune un enfant dans les bras. De Van jusqu'à Igdir — ah ! ce chemin de misère et de souffrance, pareil à l'enfer ! — nous avons passé treize jours en route, parce que nous devions aller à pied. Partout sur le chemin nous trouvions des cadavres. Dans les champs gisaient les soldats tués. Dans les villages, complètement déserts, il ne restait plus personne en vie, excepté les chiens qui dévoraient les cadavres. Notre caravane, quand nous quittâmes Van, était composée de 872 personnes ; 93 seulement sont arrivées à Igdir. Mon propre enfant, Zolag, qui était mon espoir, est mort en route, et je ne pus même pas l'ensevelir. Il fut jeté là ; on le tira, ou plutôt on le poussa de côté.

Nous avions avec nous, huit jours durant, notre vache, qui porta patiemment nos enfants à tour de rôle. Mais on dut la tuer le 9e jour pour conserver en vie les réfugiés.

Depuis quatre semaines, je garde le lit, mais je suis content d'être encore en vie. A Van, il ne reste plus personne, ni Turc, ni Arménien. Nous sommes logés ici dans une seule chambre, avec 17 autres personnes. Beaucoup meurent de malpropreté et de faim. Pour l'amour de Dieu, procurez-nous de l'argent et des secours ; autrement, il ne nous sera pas possible de survivre !

Ton professeur, qui te salue avec une profonde tristesse.

PAROUNAGH.

7. Vilayet de Bitlis.

Le vilayet de Bitlis comptait, sur ses 398.000 habitants, 195.000 chrétiens, c'est-à-dire 180.000 Arméniens et 15.000 Syriens. Sur les 200.000 restants, 40.000 sont Turcs. Le reste est composé de 45.000 Kurdes sédentaires, 48.000 Kurdes nomades, 47.000 Kurdes zaza, 10.000 Tcherkesses, 8.000 Kizilbaches et 5.000 Yézidis. Les Arméniens se rencontrent dans toutes les régions du vilayet, mais ils sont surtout fortement représentés dans les environs de Bitlis et dans la plaine de Mouche avec 2 ou 300 villages. La plaine de Mouche est limitée au sud par la chaîne du Taurus. Sur les plateaux du Taurus, au sud de cette chaîne, est située la région de Sassoun qui fut, depuis 1890, le théâtre des premiers massacres arméniens, sous Abd-ul-Hamid.

Les événements du vilayet de Bitlis sont en rapport avec ceux du vilayet de Van. La catastrophe finale eut lieu après que les Russes eurent évacué de nouveau Van. Mais déjà, depuis le mois de février, avant même que les Arméniens de Van se soient jamais douté qu'ils auraient à se défendre contre un massacre imminent, la situation paraissait assez dangereuse dans le vilayet de Bitlis.

Depuis le début de la guerre, les villes et les villages arméniens étaient remplis de bandes turques et kurdes, qui étaient incorporées à l'armée comme milices. Les gendarmes, sous prétexte de réquisitions, s'occupaient à voler et à piller. On prit aux Arméniens tous les vivres réservés pour l'hiver et l'on craignait une famine pour le printemps. Outre les Arméniens enrôlés dans l'armée, on en leva d'autres, à volonté, pour construire les routes et porter des fardeaux. Les portefaix avaient à transporter pendant tout l'hiver, jusqu'au front du Caucase, à travers les montagnes neigeuses, des colis pesant jusqu'à 70 livres. Mal nourris, sans défense contre les attaques des Kurdes, la moitié d'entre eux périrent sur les routes ; souvent même un quart seulement revenaient vivants. Lorsque, après les combats de Sarikamisch et d'Ardahan, l'armée du Caucase était bloquée dans la neige et la glace, beaucoup de soldats désertèrent. Mais pour cinq déserteurs turcs, il n'y avait au plus qu'un seul Arménien. Quelques déserteurs retournèrent à leurs villages. Les gendarmes allèrent alors de village en village, avec des listes de déserteurs, pour exiger qu'on les leur livrât. Ils entreprirent en même temps des perquisitions pour chercher des armes. Dans le cas où on ne trouvait pas les déserteurs, on brûlait leurs maisons et on confisquait leurs champs. Ces razzias, organisées par les gendarmes, donnèrent lieu quelquefois à des conflits. Ainsi au commencement de mars, le Commissaire Nazim bey et le Mulazim Djevded bey arrivèrent au village arménien de Zrouk avec 40 zaptiéhs. Dans un échange de balles avec un

fuyard, un gendarme perdit un cheval tué sous lui. Il
retourne donc au village, prend un bon cheval aux paysans, se fait payer 40 l. t. comme prix du cheval mort,
incendie 25 maisons, passe au fil de l'épée les hommes
du village et confisque les champs. A Armedan, des
volontaires turcs sont placés en logement dans des
maisons arméniennes ; comme remerciement pour les
soins reçus, le chef viole la belle-fille de ses hôtes. Des
faits pareils se répétèrent dans d'autres villages.

Les Kurdes, sur leurs montagnes, n'avaient aucune
envie d'aller à la guerre. Ils préféraient piller les villages arméniens. C'était moins dangereux et donnait
plus de profits. Le mutessarif de Mouche parut d'abord
vouloir punir les Kurdes, mais il déclara ensuite qu'il
ne pouvait rien faire. La tribu kurde d'Ab-ul-Medjed,
de Melaschkert, occupait les montagnes de Tchour,
pillait les villages arméniens et en massacrait les habitants. Un autre Kurde, frère du cheikh kurde Mous-
sabbey, ne voulut pas laisser faire les pillages par
d'autres Kurdes dans sa propre région. D'autres cheikhs
résistèrent aussi au gouvernement, mais lorsque l'indépendance de leurs aschirets (tribus) leur fut garantie,
ils s'entendirent avec le gouvernement pour se dédom-
mager aux dépens des Arméniens.

Malgré toutes les tribulations, les Arméniens se
tenaient tranquilles, supportaient les attaques et ne se
laissaient entraîner à aucune résistance. Ils se plaignirent auprès du gouvernement et, pour quelque
temps, celui-ci parut vouloir les protéger. A Mouche
séjournait alors un chef arménien connu, Vahan
Papazian, député au Parlement pour le district de
Mouche. Il représentait les intérêts des Arméniens
auprès du mutessarif de Mouche et du vali de Bitlis.

Comme à Van, on s'efforçait de maintenir l'entente
avec le gouvernement pour arranger les différends et
maintenir l'ordre, autant que l'état d'anarchie le permettait.

A la fin d'avril le vali, par suite des événements
de Van, changea, envers les Arméniens, son attitude
jusque là bienveillante en apparence. Le premier mai,
3 Arméniens furent pendus à Mouche, et le quartier arménien investi, sans aucun motif, par des soldats turcs.
Le vali menaça publiquement de faire un massacre.
En même temps, tous les Arméniens encore valides
furent levés pour la construction des routes et pour
former des colonnes de portefaix (hammallar-tabouri).
Et l'on n'avait aucun égard envers les familles qui restaient ainsi sans personne pour les nourrir. Ainsi, par
exemple, le chef du village de Gomss, dans la plaine
de Mouche, reçut l'ordre de présenter 50 bœufs et
50 hommes pour les transports. Bien que le village ne
comptât, en tout, que 70 hommes, y compris les vieillards, il amena 50 bœufs et 45 hommes et, pour les
5 hommes qui manquaient, il paya la taxe d'exonération.
Le mudir d'Agdjemak, qui s'était rendu à Gomss, voulait
s'en contenter ; mais son compagnon, le kurde Hedmed
Amin, ennemi du chef du village, prit prétexte du
manque des 5 hommes pour le fouetter et pour tuer
7 autres Arméniens. On en vint à une collision, où
7 gendarmes et 20 autres Arméniens furent tués.
Quelques jours après ce conflit, un incident se passa
dans le cloître d'Arakelotz. 80 Arméniens s'y étaient
réfugiés. Des troupes de Mouche, qui perquisitionnaient
dans le couvent, cherchèrent querelle et cela finit
dans le sang. Le mutessarif de Mouche, envoya d'autres
troupes, exigeant qu'on livrât les fuyards, mais il les

retira après quelques négociations. Malgré cela, il fit emmener à Mouche les cadavres des Turcs tués dans la première mêlée et déclara, dans une oraison funèbre : « Pour un cheveu de votre tête, je veux faire tuer mille Arméniens ».

On apprit, vers le même temps, que les Arméniens travaillant sur les routes avaient été tués par leurs compagnons musulmans armés. Comme cela continuait de façon systématique, les Arméniens se dirent que ces méfaits avaient leur fondement, non pas dans le fanatisme de leurs compagnons mahométans, mais dans les ordres du gouvernement qui était résolu à l'extermination des Arméniens. Les plaintes de l'Évêque furent rejetées avec des sarcasmes.

Les Arméniens étaient désespérés. Que devaient-ils faire ? Il ne restait plus guère d'Arméniens capables de lutter. Les femmes et les enfants étaient laissés en proie aux troupes turques, aux Kurdes-hamidiéhs et à la populace fanatisée. A leur grand étonnement, Turcs et Kurdes commencèrent un jour à feindre soudain de l'amitié pour eux, et à les bien traiter. L'explication de ce changement ne se fit pas attendre. Les Russes étaient arrivés déjà au nord du lac de Van jusqu'à Gob et Akhlat ; et, au sud du lac, ils marchaient sur Bitlis. Mais l'occupation de Bitlis n'eut pas lieu. Et même l'avance dans la plaine de Mouche fut arrêtée. Les Russes ne vinrent pas, et par là sombrait le dernier espoir de délivrance.

Le Consul allemand de Mossoul était intervenu une fois auprès des autorités turques, à cause des pillages et des massacres du vilayet de Bitlis. Cela parut faire impression quelque temps ; mais cela ne dura pas longtemps et tout reprit de plus belle.

LA VILLE DE BITLIS.

Le gouverneur de Bitlis était Moustafa Khalil, beau-
frère du Ministre de l'Intérieur, Talaat bey. Il avait déjà,
dans la ville et dans les environs, levé tous les Arméniens
âgés de 20 à 45 ans, pour le service de l'armée (c'est-à-
dire pour construire les routes et porter des fardeaux).
Les églises et les maisons des Arméniens devaient être
évacuées pour loger les soldats. Après la déclaration de
la Djihad, les mollahs, les cheiks, et les bandes menées
par des brigands célèbres, commencèrent à s'agiter. Les
Mahométans étaient armés et, dans les mosquées, on
prêchait la haine des chrétiens. Déjà pendant les mois
de décembre et de janvier, plusieurs méfaits avaient été
commis. Des Turcs de Bitlis avaient formé une bande
kurde et assiégeaient le village d'Ourdap. Ils se saisirent
d'un paysan nommé Pallabech Karapet et de quelques
autres, les conduisirent tout ligotés en ville et les soumirent à la torture en leur arrachant les poils de la
barbe. Une autre bande de 300 hommes, sous la direction de Koumadji Farso (un descendant du célèbre Cheik
kurde Djelaleddin) et de l'émir Medmed, attaqua 10 villages dans la région de Gargar, les mit à sac et les in-
cendia. Ceux qui ne furent pas tués s'enfuirent à Van.

En juin, un massacre eut lieu à Bitlis. Les Arméniens
de Bitlis et des villages des alentours furent transportés dans la direction de Diarbékir. Les hommes furent
tués, 200 femmes et enfants furent noyés en chemin
quand on arriva au bord du Tigre. Dans cette déportation a dû aussi trouver la mort le député Vramian de
Bitlis. La version turque prétend que les Arméniens
voulurent se délivrer, et que, par suite, les gendarmes
furent obligés de les tuer.

LA PLAINE DE MOUCHE.

Le matin du 3 juillet commença le massacre à Mouche.
Les canons furent pointés contre la ville haute, de telle
sorte que les maisons s'y écroulèrent et un incendie
éclata. Les Arméniens quittèrent les maisons et se réfugièrent dans un autre quartier, où ils furent en partie
massacrés dans les rues. La ville haute fut complètement
anéantie. On dirigea alors l'attaque contre le quartier de
« Brout ». Les Arméniens s'y étaient rassemblés et
virent leurs femmes violées et leurs frères tués. Après la
destruction de ce quartier, les attaques furent dirigées
contre celui de « Smareni ». Là, des cruautés inouïes
furent commises. Comme c'était le dernier refuge, les
Arméniens cherchaient à se tuer eux-mêmes. Ainsi,
Tigrane Sinoïan rassembla tous les membres de sa famille, 70 personnes en tout, et leur donna du poison.
Après qu'ils eurent succombé sous l'effet du poison, il
mit le feu à la maison, et les passa encore par les armes.

D'autres familles mirent le feu à leurs maisons pour
périr dans les flammes ; beaucoup tuèrent à coups de
fusil leurs femmes et leurs enfants, pour leur épargner
d'être violées et de devenir musulmanes.

Hadji Hagop tomba durant un assaut, mais ses compagnons continuèrent la résistance. Cependant, tous
les autres quartiers, excepté « Zov », avaient été anéantis, et le reste de la population, environ de 10 à 12.000 personnes, s'étaient rassemblées dans cette partie de la
ville, à l'extrémité de celle-ci.

Vint le 4 juillet. Le bombardement et les attaques
des hordes turques avaient atteint la plus grande violence. Mais les Arméniens, peu nombreux, qui se dé-
fendaient, redoublaient aussi de résistance, et tuaient

des centaines de Kurdes. Mais quelle importance cela pouvait-il avoir ? Les maisons de Zov étaient réduites partout en ruines ; et tous les Arméniens qui restaient encore en vie résolurent de franchir la nuit suivante le fleuve qui confine à Zov et de s'enfuir sur les montagnes de Goghou-Glouk, dans l'espoir d'atteindre Sassoun. A 11 heures de la nuit, la masse du peuple se mit en mouvement dans la direction du fleuve. Mais les maisons en flammes éclairaient toute la région jusqu'à une distance de 8 à 10 kilomètres. Ils furent remarqués par leurs persécuteurs et pris sous le feu des fusils. Beaucoup périrent sous les balles, d'autres étouffés dans la presse, d'autres encore dans les flots ; 5 à 6,000 seulement parvinrent à l'autre rive et s'enfuirent sur les montagnes.

Les Kurdes rassemblèrent alors tous les blessés et les quelques Arméniens qui s'étaient cachés en ville, et les brûlèrent sur un immense bûcher. Tous ceux qui purent encore s'échapper de la plaine de Mouche s'enfuirent sur les montagnes de Sassoun.

SASSOUN.

Sassoun n'était pas facile à dompter. Les Turcs le savaient depuis les massacres de 1894 à 1896. Au début de la guerre, les Kurdes avaient comblé de flatteries les Arméniens et leur avaient promis de conserver intactes les relations de bon voisinage. Les Arméniens, de leur côté, assurèrent les Kurdes de leur amitié. Ainsi les relations restèrent quelque temps sans être troublées. — Au début de 1915, le gouvernement se mit à désarmer les localités où la population arménienne est moins dense (comme les villages de Silivan, Bescherik, Miafarkin, etc.), à maltraiter les Arméniens, à

les tuer ou à les expulser. Il faisait cela si adroi-
tement que la nouvelle de ces méfaits n'arriva pas
jusqu'aux centres arméniens. Au commencement de
mars seulement, le gouvernement se mit à procéder
aussi contre ces derniers. Il envoya ses gens dans le
district de Zovasar et ceux-ci exigèrent aussitôt du
village d'Agri la livraison immédiate des armes. Les
paysans luttèrent pour conserver leurs armes et
50 d'entre eux furent tués. Le gouvernement procéda de
la même façon dans les districts de Khiank et Koulp (1).
Les fonctionnaires turcs s'y rendirent, accompagnés de
beaucoup de Kurdes et de gendarmes, et exigèrent les
armes. Les paysans de ces districts objectèrent qu'ils
n'étaient pas des rebelles mais des sujets fidèles et dé-
voués au gouvernement et qu'ils ne possédaient pas
d'armes. Comme les Turcs menaçaient de les massacrer, la jeunesse arménienne prit la fuite et se rassembla
dans les villages de Khiank, Ischkhenzor, Ardjonk et
Sevite. Là-dessus, les gendarmes et les Kurdes s'élan-
cèrent sur ces villages et réclamèrent qu'on leur livrât
aussi les fuyards en plus des armes. Finalement, les
femmes furent violées et 3000 hommes emmenés pour le
« Hammallar-Tabouri » (régiment de portefaix). Ceux-ci
furent conduits à la ville de Lidjeh, puis transportés
plus loin et tués entre Kharpout et Palou. Trois personnes seulement purent échapper au massacre, et raconter à Dalvorik ce qui leur était arrivé. Sur cette nouvelle, tous les Arméniens quittèrent Khiank et Koulp
et s'enfuirent à Sasscun.

Les mêmes faits se renouvelèrent dans le district de

(1) Ces deux districts, bien que rattachés au sandjak de
Guendj, font géographiquement partie du Sassoun.

Psank. Les Kurdes de Chéco, Beder, Bosek, Modkan, Djallal et Guendjo attaquèrent, sous les ordres du caïmacan, les Arméniens de Psank.

Au milieu de mai, le gouvernement déclara rebelles les Arméniens de Psank et exigea d'eux de livrer leurs armes. Puis des femmes furent enlevées de quelques villages. Une grande partie des Arméniens, environ 4000 personnes, furent conduites par Slepan Vartabed au couvent de Mardin-Arakelotz, où ils se fortifièrent et où ils furent cernés par les Kurdes. Le 20 mai, on en vint à une lutte sanglante entre assiégeants et assiégés. Ceux-ci purent résister pendant un mois et demi, malgré leurs faibles moyens de défense, jusqu'à ce qu'on leur coupât l'eau. Ils envoyèrent demander du secours à Sassoun ; mais le secours ne vint pas. Ils tentèrent alors de se frayer un chemin à travers les assiégeants. Ils y perdirent 2000 des leurs ; le reste, avec le Vartabed à leur tête, put passer.

Jusque là, Sassoun même n'avait pas eu à souffrir des attaques. Les gens de Sassoun se montraient d'une loyauté stricte, et le gouvernement hésitait aussi à procéder contre eux. Ils avaient accueilli amicalement chez eux beaucoup de familles kurdes qui s'étaient enfuies du front russe, leur avaient fourni des vêtements et des vivres et les avaient conduites dans d'autres localités kurdes. Les Sassouniotes ne pensaient pas à un soulèvement, ils n'avaient pas d'armes et pas assez de vivres. Mais le gouvernement avait peur d'eux et se mit à l'œuvre avec beaucoup de prudence. Ce n'est qu'après avoir en partie exterminé et en partie déporté les Arméniens des villages de Zronk, Gomss, Avsoud, Mouche-Gaschen et autres, et des districts de Khiank, Koulp, Psank et Zovatar, qu'il se mit à procéder contre

Sassoun. L'agha kurde de Khiank, le mudir Kör-Slo, envoya des gendarmes à Dalvorik pour exiger qu'on livrât les armes. Les habitants répondirent qu'ils n'ajoutaient aucune foi aux assurances données par le gouvernement de laisser en paix le peuple après qu'il aurait livré ses armes, après que tous les villages qui avaient livré leurs armes avaient été anéantis. Les gendarmes retournèrent donc auprès du mudir sans avoir obtenu aucun résultat. Kör-Slo essaya encore une fois de prendre les Arméniens par la ruse. Comme il ne réussissait pas davantage, le mutessarif de Mouche prit la chose sur lui. Il envoya le Vartabed Vartan, le prêtre Khatchadour, les effendis Gasem, Moussa, Moustafa et dix autres Mahométans, pour persuader aux Arméniens de se rendre au village de Dapek où le caïmacan a son siège. Celui-ci envoya des messagers à Sassoun pour prier les chefs des districts de venir le trouver. Ils vinrent et furent très aimablement reçus. Les effendis célébrèrent leur loyauté et leur fidélité. Mais lorsqu'on vint à la question de la remise des armes, les Arméniens déclarèrent qu'ils n'avaient pas reçu du peuple pleins pouvoirs pour cela. On s'entendit pour traiter l'affaire dans une réunion à Schénik où vinrent aussi les autres notables de Sassoun. Les représentants du gouvernement y déclarèrent que Sassoun n'était plus autorisé à fournir des soldats, parce que les Sassouniotes s'étaient montrés traîtres. Les Arméniens contestèrent cela, et accusèrent à leur tour le gouvernement de ce que, au lieu d'envoyer les Arméniens sur le front, il les employait comme portefaix (hammals) et qu'il les envoyait dans des régions éloignées pour les exterminer. Les Turcs essayèrent de le nier et assurèrent que le gouvernement n'avait que bienveillance pour les Arméniens ; en considération de la situation misérable des Sassouniotes, ceux-ci n'auraient plus à fournir de soldats. On exigeait seulement d'eux des vivres et des vêtements pour les troupes. Les Sassouniotes promirent de fournir ce qu'on désirait, et même plus ; la promesse fut faite par les notables de Schénik, Sénal, Guéliagousan et Dalouvor.

Là-dessus, des représentants du gouvernement vinrent affirmer que le gouvernement savait que les Sassouniotes cachaient des Cosaques sur leurs montagnes. On devait les livrer et remettre aussi toutes les armes. Les Arméniens contestèrent avoir jamais vu des Cosaques. Quant aux armes ils déclaraient qu'ils n'avaient jamais pensé à se rebeller contre le gouvernement. Pourquoi donc ne désarmait-on pas les Kurdes ? Ils disaient n'avoir que des fusils à pierre, nécessaires pour les protéger contre les animaux sauvages. Aussi les effendis s'en retournèrent-ils à Mouche sans avoir rien obtenu.

Lorsque le gouvernement vit qu'il ne pouvait parvenir par ruse à désarmer les gens de Sassoun, il réunit toutes les tribus kurdes du voisinage. A la fin de juin, Sassoun fut cerné par eux ; à l'est par les Kurdes de Chéko, Bédor, Bosek et Djalall ; à l'ouest par les Kurdes de Koulp et leurs cheikhs Hussein et Hassan et les Kurdes de Guénache et Lidjeh ; au sud par les Kurdes de Khian, Badkan et Bazran, sous leurs chefs Khaldi bey de Méafarkin et Hadji Mouchi agha ; au nord par les bandes kurdes rassemblées sur les hauteurs de Kosdouk. Outre cela, on fit venir des troupes turques de Diarbékir et de Kharpout.

La population de Sassoun compte 20.000 âmes ; en outre environ 30.000 femmes, enfants et vieillards s'y étaient réfugiés des régions voisines. Comme Sassoun lui-même produit peu de céréales, l'entretien de ces réfugiés était très difficile. Déjà pendant l'hiver, on avait senti le manque de vivres, mais le gouvernement n'avait pas permis aux Sassouniotes de s'acheter des provisions à Mouche. Depuis mai, les vivres devinrent toujours plus rares.

Les Kurdes attaquèrent d'abord le village d'Aghbi (dans le district de Zovasar) et en emportèrent les troupeaux de moutons. Ensuite ils attaquèrent du côté de l'est les villages de Kop et Guerman, tuèrent les habitants qui leur résistaient, et enlevèrent leurs troupeaux. Les Arméniens se retirèrent alors dans un réduit étroit sur le mont Antok. Ils envoyèrent de là une plainte au gouvernement au sujet du traitement illégal auquel on les soumettait. Leurs chefs Roubenn et Vahan Papazian gardèrent le bon ordre et s'efforcèrent d'éviter tout ce qui pourrait fournir au gouvernement un prétexte pour procéder contre eux.

En réponse à leur plainte, les troupes turques attaquèrent, le 18 juillet, les Arméniens, qui se retirèrent sur de meilleures positions pour se défendre. Mais comme ils n'avaient qu'un petit nombre de gens armés et peu de munitions, ils durent finalement se retirer sur le mont Gueben. Le 20 juillet, leurs munitions étaient épuisées, tandis que les troupes turques mettaient en position de l'artillerie contre eux. L'après-midi du 21 juillet, on donna l'ordre à tous les Arméniens de se retirer avec leurs femmes et leurs enfants dans la plaine d'Andoka, où se trouvait déjà la majeure partie de la population et des réfugiés. Ils étaient réunis là, au nombre d'environ 50.000. On y décida de se partager en divers groupes et de passer à travers les Kurdes assiégeants, par des chemins de montagne impraticables, dans différentes directions. Une partie s'enfuit sur les montagnes de Dalvorik, une autre par Zovazav. Une partie passa à Khan par Krnkan-Geul, où ils rencontrèrent les Arméniens échappés de Mouche. Les gens de Chenek et Semal entrèrent par Kordouk dans la vallée d'Amré et Zizern, où ils furent exterminés par les Kurdes, à l'exception de 87 personnes qui purent s'échapper. Les gens d'Agho parvinrent avec peu de pertes à Zovasar et s'y cachèrent dans les creux des rochers. Les gens de Guelyegutzan et d'Ischkhanzor furent exterminés à moitié. Ainsi la population de Sassoun fut en partie anéantie, et en partie dispersée sur les montagnes. Kurdes et Turcs rôdaient dans la région pour tirer sur les dispersés. Parmi les chefs, tombèrent Korion, Tigrane et Hadji. Restèrent en vie Roubenn et Vahan Papazian qui, accompagnés de petits détachements, passèrent dans la région de Van. Ils arrivèrent à Erivan à la fin de septembre. Ils estimaient que le nombre des survivants dispersés de différents côtés était alors d'environ 30.000. Mais comme ceux-ci ne disposaient plus de vivres que pour un temps très court, on doit supposer qu'ils ont été, depuis lors, anéantis par les Kurdes, ou qu'ils sont morts de faim.

III. LES VILAYETS DE L'ANATOLIE OCCIDENTALE

Dans les vilayets de l'Anatolie occidentale, l'élément arménien n'est pas aussi fortement représenté que dans ceux de l'Anatolie orientale.

Dans le mutessarifik d'Ismid, ils étaient 71.000 ; dans le vilayet de Brousse 90.000 ; dans le vilayet d'Aïdin

(Smyrne) 27.000 ; dans le vilayet d'Angora 67.500 ; dans le vilayet de Koniah 25.000 ; dans le vilayet de Kastamouni 14.000 ; en tout environ 300.000. Dans le mutessariflik d'Ismid et dans le vilayet de Brousse, qui sont situés en face de Constantinople et au sud de la mer de Marmara, les préparatifs pour la déportation eurent lieu à la fin du mois de juillet.

I. Ismid et Brousse.

Un certain Ibrahim bey, qui s'était signalé dans les guerres balkaniques comme comitadji turc et qui était le surveillant de la prison de Constantinople, fut envoyé dans les principales localités du vilayet, à Ismid, Adabazar, Baghtchédjik et autres, pour y procéder à des arrestations et y faire la recherche des armes. Trois ans auparavant, le même Ibrahim bey avait, dans ce même district, sur l'ordre du Comité jeune-turc, distribué des armes aux Arméniens, au temps de la réaction. C'était afin de soutenir le Comité contre la réaction, s'il en était besoin. Tant qu'il y eut des armes, on les livra volontiers. Mais lorsqu'il n'y eut plus d'armes à remettre, les Arméniens les plus en vue furent mis en prison et torturés. A Baghtchédjik, Ibrahim fit arrêter 42 Arméniens grégoriens, entre autres un prêtre, et les fit battre jusqu'au sang. Il menaçait même d'incendier la localité et de se comporter envers les habitants comme il avait fait à Adana en 1909. A Adabazar, à Kurde-beyleng et en d'autres endroits, les notables arméniens furent soumis par lui à la fallaka (bastonnade) qu'il administrait de ses propres mains. Le maître d'école grégorien d'Adabazar fut fouetté jusqu'à en mourir ; un autre battu de façon à en perdre la raison. Même des femmes reçurent la bastonnade.

Ibrahim bey se vantait d'avoir obtenu pleins pouvoirs du gouvernement pour faire des Arméniens ce qu'il voulait. Il fit faire des fouilles dans l'église de Baghtchédjik pour trouver des armes, mais il n'y trouva rien.

Pour exciter les Mahométans, on propageait les mensonges les plus ridicules. Un officier turc racontait que les femmes arméniennes avaient caché chez elles 10.000 rasoirs pour couper le cou aux Turcs.

Le 30 juillet, la population de Baghtchédjik (Bardézak) Ovadjik et de Dönguell, d'environ 20.000 personnes, fut déportée. Baghtchédjik fut cerné par 60 zaptiéhs, quand personne ne pensait à résister.

Peu à peu, tous les villages arméniens furent évacués. L'ambassadeur des Etats-Unis put seulement obtenir qu'on laissât plus de temps aux déportés et que la déportation fût retardée d'environ 14 jours.

A Brousse, un Arménien grégorien de bonne famille, nommé Sétrak, devait livrer des armes mais n'en avait point. Il fut tellement maltraité par la police que ses côtes furent brisées. Il fut alors jeté dans la rue avec ces paroles : « Il peut à présent devenir ministre arménien ».

Le Dr Taschian et le Dr Melikset, médecin en chef de l'hôpital de la ville de Brousse, furent conduits enchaînés à Panderma et y furent condamnés à 10 ans de prison. Le Dr Melikset fut ramené enchaîné à Brousse et y disparut un beau jour. Comme preuve de ses dispositions révolutionnaires, on produisit une carte de visite, qu'il avait envoyée à sa femme, six ans auparavant, et sur laquelle étaient écrits ces mots : « J'ai visité les gens en question ».

A Adabazar, des femmes et des jeunes filles de familles distinguées furent emmenées dans l'église arménienne pour subir un interrogatoire au sujet d'armes cachées. Comme elles ne pouvaient rien déclarer, on se comporta avec elles de la façon la plus honteuse.

Dans cette région aussi, la déportation fut mise à profit par les fonctionnaires du gouvernement pour tirer de l'argent des Arméniens-riches. Ainsi, on prit à Biledjik, 150 l. t. à Agop Mordjikian ; 100 l. t., aux frères Diragossian. A Trilia, on exigea de la population 1000 l. t., en lui promettant de ne pas l'exiler. A peine l'argent était-il entre les mains des fonctionnaires que la déportation suivit.

A Marmaradjik, 60 personnes furent tuées et les jeunes filles, jusqu'à l'âge de 11 ans, furent violées.

Les Arméniens de ces districts furent en partie transportés par le chemin de fer ; entassés dans des wagons à bétail, ils étaient envoyés quelques stations plus loin et débarqués en pleine campagne. Un employé allemand du service de santé vit, au mois d'août, en revenant d'Ismid et Eski-Chéhir, en pleine campagne, les campements immenses d'une foule qu'il estimait de 40 à 50.000 personnes. Dans les stations de départ se passaient, selon des témoins oculaires, des scènes navrantes. Les hommes étaient séparés des femmes, et on les envoyait ainsi à des endroits différents. De pauvres femmes vendirent souvent leurs enfants pour quelques médjidiés pour pouvoir leur sauver la vie.

Nous avons un récit particulier de témoins oculaires, sur la manière dont les Arméniens de la région d'Ismid étaient traités durant les interrogatoires par les employés de police et les gendarmes.

« Le 1ᵉʳ août, on commença à battre à coups de bâton, dans l'église, ceux qui avaient été arrêtés. On voulait par là les forcer à remettre les armes qu'ils auraient pu avoir. La plupart se résignèrent en silence à leur sort, parce qu'ils n'avaient point d'armes. Une mère se jeta entre les gendarmes et son fils, consumé par la ph'tisie, et reçut elle-même les coups. Une femme allemande essayait de sauver son mari arménien : « Allez-vous-en, ou je vous frappe ! » cria l'employé. Comme elle déclarait qu'elle était allemande, il répondit : « Je ne me soucie pas de ton Kaiser, mes ordres viennent de Talaat bey ! »

« Quelques dames distinguées vinrent intercéder auprès de l'employé, et les mauvais traitements se relâchèrent pour un ou deux jours.

« Ensuite, vint le jour terrible, l'effroyable soir du samedi. Des femmes se précipitèrent chez nous et nous dirent : « On tue les Arméniens ! On tuera aussi bientôt les femmes ! » Je courus à la maison d'un voisin, et j'y trouvai hommes et femmes en pleurs. Les hommes s'étaient échappés de l'église et racontaient ce qu'ils y avaient dû souffrir. « Ils nous battaient effroyablement », s'écriaient-ils, « et ils disaient qu'ils nous jetteraient au fleuve. Ils veulent nous envoyer en exil ! Ils veulent nous faire Mahométans ! Ils veulent aussi battre les femmes. Ils vont venir bientôt ! »

« Un soldat turc se tenait tout en pleurs en dehors de l'église. Il disait qu'il avait pleuré trois jours et trois nuits à cause des terribles traitements qu'on infligeait aux Arméniens. Quelques personnes restèrent enfermées dans l'église dix jours durant.

« Trois jours après, la bastonnade cessa et nous reprîmes courage. Le samedi, quelques magasins arméniens furent ouverts de nouveau. Mais le lendemain

matin de bonne heure — c'était un dimanche — vint la
nouvelle que tous les Arméniens, environ 25.000, devaient être déportés. Ils devaient partir pour Konia
avec le train de marchandises, s'ils pouvaient payer le
voyage ; et de là ils iraient en voiture jusqu'à Mossoul.
Les autres devraient aller à pied ; c'était un voyage
qui durerait des semaines et des mois... Des nouvelles
terribles nous arrivèrent ensuite de ceux qui avaient eu
à faire le voyage à pied et de ceux aussi qui avaient
vendu tous leurs biens pour pouvoir payer le voyage en
train. Ils avaient eu peur de prendre de l'argent avec eux.
Les pauvres n'en avaient point. Les riches durent laisser toute leur fortune. S'ils avaient pris de l'argent avec
eux, ils auraient eu à redouter de mauvais traitements.
Quand ce fut mercredi, il n'y avait plus de trains de
marchandises pour emmener ceux qui voulaient partir.
On jeta alors sur le pavé tous ceux qui restaient ; ils
devaient y attendre que leur tour vînt pour partir ».

2. Smyrne, Angora, Konia, Kastamouni.

Dans l'Anatolie occidentale, il n'y eut jamais rien qui
ressemblât à une « question arménienne ». Les pourparlers entre les Puissances et la Turquie, au sujet de
« Réformes dans les provinces habitées par les Arméniens » ne s'étendaient qu'aux provinces de l'Anatolie
orientale, en y comprenant aussi tout au plus la Cilicie.
Si l'on voulait trouver là aussi une « question arménienne », elle ne pouvait qu'être artificiellement créée
par le gouvernement. Mais la manière de procéder
rendait superflu de chercher même un prétexte à la
déportation. Deux ans auparavant, on avait déjà, sans
aucun motif, fait évacuer les villages grecs de la côte

occidentale de l'Anatolie et de la région de Smyrne, et
l'on avait expulsé les habitants. On désirait à présent
se débarrasser aussi de la population arménienne. Ici
aussi, la population turque a, à différentes reprises,
élevé des protestations contre la déportation des Arméniens. Car ici, depuis des siècles, sous la pression
morale exercée par la proximité de l'Europe sur la
population des villes du Levant, Turcs, Arméniens,
Grecs et Juifs, avaient toujours vécu en paix. Dans
quelques villes comme Smyrne, l'élément chrétien est
tellement prédominant, qu'un quart seulement de la
population revient aux Turcs. Sur 210.000 habitants,
Smyrne ne compte que 52.000 Turcs, et par contre,
108.000 Grecs, 15.000 Arméniens, 23.000 Juifs, 6500 Ita-
liens, 2500 Français, 2200 Autrichiens, et 800 Anglais
(pour la plupart Maltais). La langue dominante n'est pas
le turc, mais le grec. Les Arméniens ont une part très
importante dans le commerce. L'importation pour l'intérieur est en très grande partie entre leurs mains. Une
déportation des Arméniens de Smyrne était un défi au
bon sens, et on ne pouvait trouver aucun prétexte à une
telle mesure. Malgré tout, l'ordre de déportation parvint au vali. Celui-ci, Rahmi bey, refusa d'exécuter
l'ordre ; il dut, pour cette raison, aller à Constantinople
pour se justifier. Jusqu'à présent, il a pu empêcher la
déportation. Aussi bien en ville que dans le pays envi-
ronnant, la population arménienne (environ 30.000 âmes
sur une population totale de 1.400.000) a été épargnée.
Cela est dû uniquement à l'intelligence du vali.

Le vilayet d'Angora compte, d'après les statistiques
turques, 95.000 Arméniens sur 892.000 habitants. La ville
d'Angora est un centre important d'Arméniens catholiques qui comptent là et dans les environs 15.000 âmes,

Sur les événements qui se passèrent dans le vilayet, seulement dans le courant du mois d'août, on a les informations suivantes : A la fin de juillet, tous les hommes âgés de 15 à 70 ans, dans la communauté grégorienne, furent déportés d'Angora, à l'exception de quelques vieillards. Ils furent menés à six ou sept heures de distance de la ville, à l'endroit appelé Beiham Boghasi, cernés par les bandes turques qu'on y avait placées, et tués à coups de pelles, de marteaux, de haches et de faux, après qu'on leur eût coupé, à beaucoup, le nez et les oreilles et qu'on leur eût crevé les yeux. Le nombre des victimes fut de 400. Leurs cadavres restèrent là et empestèrent toute la vallée.

Deux semaines après l'on se mit à arrêter les hommes dans la population arménienne catholique ; ils durent quitter la ville en deux détachements successifs. Le premier groupe était de 800 personnes ; il comprenait aussi les ecclésiastiques. L'autre comptait 700 personnes. Ils durent marcher dans la direction de Kaïsarieh, en faisant chaque jour de 10 à 15 heures de route. Il n'avaient ni pain, ni argent. On ne sait où ils ont abouti.

La troisième caravane était composée de femmes et d'enfants. Le Munadi (le crieur public) leur annonça un jour qu'ils devaient, dans deux heures, se trouver tous à la gare. Dans la hâte, ils ne purent prendre avec eux que peu de choses en fait de vêtements et autres objets. A la gare, ils furent enfermés durant quatre à cinq jours dans un dépôt de céréales, souffrant de la faim et du froid, et livrés aux plaisirs des gendarmes. Quand on crut qu'ils étaient devenus plus dociles, on leur fit savoir que ceux qui embrasseraient l'Islam pourraient rester. Ceux qui se déclarèrent prêts à le faire purent rentrer n ville.

C'étaient environ une centaine de familles. Ils durent signer un document, attestant qu'ils étaient librement passés à l'Islam, et ils furent partagés entre les familles mahométanes. Les autres furent transportés par train à Eski-Chéhir, et de là à Koniah. Les soldats arméniens travaillant sur la voie ferrée furent forcés d'embrasser l'Islam. Beaucoup le firent ; ceux qui refusèrent furent tués. 6000 Arméniens en tout ont dû être tués dans le vilayet d'Angora.

A Kaïsarieh, le 13 juin, le jour même où 21 hintcha-kistes furent pendus à Constantinople, 12 Arméniens, memb res des partis politiques, furent condamnés à mort. Déjà, dans le courant du mois de mai, on avait arrêté 200 notables Daschakzagans. L'aratchnort (métropolite) de Kaïsarieh fut aussi arrêté et condamné à mort. Des prêtres furent battus jusqu'à ne plus pouvoir se lever.

Toute dénonciation suffisait pour opérer une arrestation. Les villages des environs de Kaïsarieh, Indjésou, Tomardze, Fenessé et autres, furent évacués en quelques heures.

- Le sandjak de Yozgat compte 243.000 Mahométans, 29.000 Arméniens-grégoriens, 15.000 catholiques et 500 protestants. A Yozgat, on donna l'ordre de quitter la ville dans l'espace de deux heures. En chemin, les hommes furent séparés. Les soldats les attachèrent 5 à 5, avec des baguettes de saule, leur appuyèrent la tête contre des troncs d'arbres abattus, et les assommèrent à coups de gourdins.

A Dewank, à une demi-heure de Talas près de Kaïsa-rieh, trois déserteurs s'étaient cachés (l'un des trois chez sa femme) et n'avaient pas été livrés. En punition, toute la population fut déportée, et tous les biens vendus. On entassa tout, jusqu'aux souliers des enfants,

dans l'église, et tout fut mis en vente. Ce qui coûtait
100 piastres était cédé au prix de 5 piastres.

A Ewérek, 40 kilomètres au sud de Kaïsarieh, avait
eu lieu, le 11 février, donc trois mois avant que la déportation fût décidée, un incident qui n'avait d'importance
que pour la localité. Une explosion eut lieu dans une
maison du village. On établit qu'un jeune hommme arménien, nommé Kévork, revenu d'Amérique peu avant
la guerre, avait essayé de remplir une bombe et avait
ainsi péri lui-même. Il avait succombé à ses blessures
six heures après l'explosion. Une Allemande qui vivait
alors à Ewerek raconte que le caïmacan et ses agents
se comportèrent d'une façon raisonnable. Le caïmacan, qui était un homme sensé et bienveillant, fit sans
doute arrêter quelques personnes, mais ne rendit pas
toute la population arménienne responsable du fait,
parce qu'il savait que ceux-ci n'avaient rien à faire
avec le jeune homme récemment arrivé. Cette conduite
déplut au mutessarif de Kaïsarieh qui destitua le
caïmacan et mit à sa place un Tcherkesse du nom
de Zéki bey, une vraie brute. Arrivé en ville, celui-ci
pénétra dans toutes les maisons avec une cravache à
la main et une suite de gendarmes, fit des arrestations
en masse, de sorte que les prisons étaient bondées, et
fit torturer les prisonniers. Non seulement on leur
donnait la bastonnade, mais on leur versait de l'acide
sulfurique sur les pieds et l'on y mettait le feu ; on leur
brûlait la poitrine avec des fers incandescents. Comme
les prisonniers, ne sachant rien, ne pouvaient rien
déclarer, le caïmacan les faisait de nouveau torturer
après une pause de quelques jours ; il les soumettait
de nouveau à la bastonnade jusqu'à ce que leurs pieds
fussent déchirés par de profondes blessures. Le caïma-

can fit fusiller en chemin un convoi de 14 personnes qu'il accompagnait lui-même.

Mlle Frieda Wolff-Hunecke, qui raconte ces faits, ne se sentait plus en sûreté dans ce pays et désirait retourner en Allemagne. Mais le mutessarif de Kaïsarieh ne voulut pas l'autoriser à partir, car « elle quitterait le pays, disait-il, sous une mauvaise impression ». Elle put partir grâce à l'intervention de l'ambassade. Il y avait alors à Kaïsarieh 640 Arméniens en prison. On avait tellement fracassé les pieds à coups de gourdins à 30 d'entre eux que les médecins qui se trouvaient en prison avec eux ne savaient que faire. La chair s'était détachée des os et, par endroits, la gangrène s'y était mise. A plusieurs on dut couper les pieds. « Selon le dire d'un homme digne de foi, écrit Mlle Wolff-Hunecke, qui se trouvait lui-même en prison, on mettait aux fers les pieds des prisonniers puis deux gendarmes se plaçaient à la droite, deux autres à la gauche, et deux autres aux pieds du patient, et lui labouraient les pieds à tour de rôle avec de gros bâtons. Si le prisonnier perdait connaissance, on lui versait un seau d'eau froide sur la tête. » On laissa ainsi étendu pendant trois jours un pieux prêtre très connu, tandis qu'à ses côtés, un jeune homme était mort en cinq minutes par suite de ses blessures.

Le cas d'Ewerek, qui eut lieu en février, est, d'après tous les témoignages que nous avons, le seul cas où un Arménien fut pris avec une bombe. Le jeune homme, qui essayait de remplir une vieille bombe, était récemment arrivé et ne se trouvait en rapports ni avec la population de l'endroit, ni avec aucune organisation politique. On a essayé plus tard de mettre ce jeune homme en relations avec les hintchakistes, mais on n'a pu apporter aucune preuve pour cela.

LE SORT DES DÉPORTÉS.

Nous avons établi jusqu'ici les faits tels qu'ils se dé-
roulèrent dans les villes et les villages des différentes
provinces. La mesure de la déportation dégénéra très
vite, le plus souvent, en une extermination systématique. On avait en vue, tout d'abord, de se débarrasser
en premier lieu des mâles de la nation arménienne.
Dans ce but, un travail préliminaire considérable pré-
céda l'ordre de déportation générale. Tous les chefs politiques et intellectuels du peuple furent internés, déportés vers l'intérieur ou tués. Ceux qui étaient aptes
au service militaire avaient été levés et incorporés :
ceux qui restaient et étaient capables de travailler,
même ceux qui avaient payé la taxe d'exonération,
furent, depuis 16 jusqu'à 50 (quelquefois aussi 70) ans,
éloignés de leur pays natal pour réparer les routes ou
servir de portefaix, et envoyés ensuite sur les routes
dans les montagnes ou les déserts rocheux. En vertu
de l'ordre de déportation, les autres hommes, restant dans les villes et les villages, furent, en règle générale, séparés des femmes et tués, soit immédiatement en dehors de la ville, soit durant le transport.
Sur le sort de la population mâle au service de l'armée,
ou employée à la construction des routes ou comme
portefaix, on ne peut que tirer des conclusions des
récits de témoins oculaires qui, voyageant par hasard
sur les routes de l'intérieur, ont certifié l'anéantissement méthodique de colonnes entières.

Le résultat de ces mesures préliminaires fut de désarmer le peuple arménien de façon qu'il ne restât aucun
danger pour la mise à exécution de la déportation et
qu'elle n'exigeât que des frais modiques en escorte armée.

Après que les détails du départ des déportés des
différents vilayets ont été décrits, il est nécessaire de
dépeindre encore, autant que cela est possible, le sort
de ces malheureux dans leur voyage vers le but de
leur exil.

Les routes choisies pour les transports venant de
pays très différents se limitent aux voies peu nombreuses qui conduisent de l'intérieur vers les points
désignés comme but de la déportation.

Un changement de résidence méthodique de toute
une population mettrait l'administration la mieux organisée devant les problèmes les plus difficiles. On devrait
naturellement prendre d'avance les mesures nécessaires
dans les étapes de la migration, veiller aux moyens de
transport et d'alimentation durant le voyage, et préparer, dans les nouvelles régions à coloniser, tout ce
qu'il faut pour loger provisoirement et pour entretenir
de si grandes masses de population.

Le changement d'habitat d'une population, qu'on
veut fixer en des régions déterminées par masses de
dizaines de mille, se heurte naturellement aux droits et
aux intérêts de la population déjà établie, qui n'est
pas toujours disposée à partager son bien avec de
nouveaux usufruitiers. Un système d'administration
excellent pourrait seul résoudre de tels problèmes et
prévenir un choc entre le nouveau et l'ancien élément.

Dans la déportation du peuple arménien vers les
régions limitrophes des déserts de l'Arabie, on ne s'est
pas cassé la tête à de tels problèmes. Les traitements
qui furent infligés en chemin aux déportés nous font
conclure qu'il importait peu, aux auteurs et aux exécu-
teurs de ces mesures, que la population déportée reçût,
d'une façon quelconque, le moyen de subsister. Ils ne

parurent même pas fâchés que la moitié pérît en route,
et qu'ils fussent exterminés par la faim et les maladies durant leur migration.

Ce but n'était pas, comme on l'a dit, les pays de la
Mésopotamie, aux environs du « chemin de fer de Bagdad », mais les déserts de l'Arabie, s'étendant au sud
de ces régions jusqu'à l'infini. Les villes de la Mésopotamie ont été elles-mêmes évacuées. Comme but de
la déportation, on avait désigné la région située entre
Deir-ez-Zor, sur l'Euphrate, à 300 kilom. au sud-est
d'Alep, et Mossoul sur le Tigre. Il ne se trouve, dans
cette région, que de rares villages dans le voisinage
immédiat du Tigre et de l'Euphrate ; le reste sert de
lieu de pâturage aux hordes nomades des Arabes.

Les chemins de ces régions conduisent à Alep, dans
la direction de Deir-ez-Zor, sur l'Euphrate, à Ourfa, Véranchéhir et Nisibine, à la limite septentrionale des
déserts arabiques, et à Djesiréh, dans la direction de
Mossoul. Des transports ultérieurs furent aussi dirigés
par le Hauran, vers Damas.

La chaîne du Taurus, qui sépare l'Anatolie antérieure
et septentrionale de la plaine de Mésopotamie, n'est tra-
versée qu'en peu d'endroits par des voies quelque peu
praticables. Les « Portes ciliciennes » relient l'Asie Mineure à la Cilicie ; le chemin mène à Alep à travers les
défilés de l'Amanus. Une voie plus animée, plus fré-
quentée, conduit des régions des sources de l'Euphrate,
sur le haut plateau arménien, à la plaine de Mésopotamie
par Kharpout, Diarbékir et Mardin. De cette voie se dé-
tache un chemin plus à l'est, par des sentiers de montagne incommodes, sur Malatia et Adiaman. Il franchit
l'Euphrate à Samsat et atteint à Ourfa la route qui conduit d'Alep à Diarbékir.

Tous ceux qui furent transportés vers le Sud, venant des vilayets d'Erzéroum et de Trébizonde, durent passer par le défilé de Kemagh, où s'enfonce l'Euphrate oriental, et prendre le chemin de Kharpout et Malatia, par Eguine et Arabkir. Les transports du vilayet de Sivas passèrent également, pour la plupart, par Malatia et Kharpout. L'évacuation des villages du Taurus et de la région de Cilicie offrait le moins de difficultés, car la route de Marach et Aïntab à Ourfa ou Alep, et le chemin de fer de Bagdad au nord des montagnes de l'Amanus, restent praticables. Pour transporter la population des provinces du centre et de l'ouest de l'Anatolie vers les déserts de l'Arabie, on pouvait disposer, soit du « chemin de fer de Bagdad », soit de l'ancienne route le long de ce chemin de fer. Le chemin de fer ne pouvait être utilisé que par ceux qui pouvaient se payer un billet avec le reste de leurs biens, pour s'assurer par là une place dans les wagons à bestiaux. Mais ces trains ne furent bientôt plus accessibles, car ils devenaient indispensables aux transports militaires. On a conduit une partie de la population de Cilicie dans les régions marécageuses du vilayet de Konia. On employa quelquefois, pour les familles des régions d'Ismid et de Brousse, un système de dispersion. Dans les familles, le plus souvent hommes, femmes et enfants furent séparés les uns des autres, et partagés en petits groupes de 10 à 20, entre les villages mahométans, pour y être islamisés.

Des vilayets orientaux, la route conduisait seulement par Bitlis et Sört, sur le Tigre, vers Djéziréh et Mossoul. Ces transports ont été en partie exterminés en route ou noyés dans les eaux du Tigre.

Seuls les habitants des régions frontières du vilayet

d'Erzéroum et des environs du lac de Van pouvaient arriver à se réfugier au delà des frontières turques. Des villages de Souediéh, à l'embouchure de l'Oronte, une foule de 4058 personnes, parmi lesquelles 3004 femmes et enfants, purent s'enfuir sur le Djébel-Moussa. Ils furent recueillis sur la côte par un croiseur français et mis en sûreté à Alexandrie.

Nous avons des récits de témoins oculaires sur l'état des caravanes qui passèrent par Kharpout et par la voie de Marach-Aïntab-Alep, ou Aïntab-Ourfa-Ras el Aïn.

Rapport du Consul Américain.

Le Consul américain Leslie A. Davis écrit de Kharpout :

Kharpout le 11 juillet 1915.

« S'il ne s'agissait simplement que d'aller d'ici à un autre endroit ce serait supportable ; mais chacun sait que, dans les événements actuels, il s'agit d'aller à la mort. S'il pouvait encore régner quelque doute là-dessus, il serait complètement dissipé par l'arrivée d'une série de transports qui, venant d'Erzéroum et d'Erzingian, comprenaient plusieurs milliers de personnes. J'ai plusieurs fois visité leurs campements et parlé avec quelques-uns d'entre eux. On ne peut absolument pas s'imaginer un aspect plus misérable. Ils étaient tous, presque sans exception, en haillons, affamés, sales et malades. Il n'y a pas là de quoi s'étonner, puisqu'ils sont en route depuis deux mois, sans avoir jamais changé de vêtements, sans pouvoir les laver, sans abri, et n'ayant que très peu de nourriture. Le gouvernement leur a donné, une ou deux fois, des rations insuf-

fisantes. Je les observais un jour qu'on leur apportait
à manger. Des animaux sauvages ne pourraient être
plus avides. Ils se précipitaient sur les gardes qui portaient les vivres et ceux-ci les repoussaient à coups
de gros bâtons. Plusieurs en eurent assez pour toujours :
ils étaient tués ! Quand on les voyait, on pouvait à
peine croire que ce fussent des êtres humains.

Si l'on passe à travers le campement, des mères
vous offrent leurs enfants, vous suppliant de les prendre.
Les Turcs ont déjà choisi les plus jolis, parmi les enfants et les jeunes filles. Ils serviront d'esclaves, s'ils
ne servent à des buts plus vils. On avait même, dans
ce dessein, amené des médecins pour examiner les
jeunes filles qui plaisaient, afin de ne prendre que les
meilleures.

Il ne reste que peu d'hommes parmi eux : ils ont
été tués en route pour la plupart. Tous racontent la
même histoire ; ils ont été attaqués par les Kurdes et
dépouillés par eux. Ces attaques se renouvelaient et
beaucoup, surtout les hommes, avaient été ainsi tués.
On a tué aussi des femmes et des enfants. Naturellement, beaucoup moururent aussi en route de maladie
et d'épuisement. Tous les jours qu'ils passèrent ici,
il y eut des cas de mort. Plusieurs transports distincts
sont arrivés ici et, après un ou deux jours, on les
poussait plus loin, apparemment sans aucun but déterminé. Ceux qui arrivèrent ici ne forment, tous ensemble, qu'une petite partie de ceux qui partirent de
leur pays natal. Si on continue à les traiter ainsi, il
sera possible aux Turcs de se débarrasser d'eux dans un
temps relativement court.

Parmi ceux avec lesquels j'ai eu l'occasion de parler,
il y avait trois sœurs. Elles avaient été élevées dans un

collège américain et parlaient très bien l'anglais. Elles
disaient que leur famille était la plus riche d'Erzéroum
et comptait 25 personnes au départ. Il ne restait plus
que 14 survivants. Les 11 autres, entre autres le mari de
l'une des trois, avaient été, disaient-elles, massacrés
par les Kurdes sous leurs yeux mêmes. Parmi les mâles
survivants le plus âgé avait 8 ans. En partant d'Erzéroum, ils avaient encore de l'argent, des chevaux et des
bagages. On leur avait tout volé, même leurs vêtements.
Quelques femmes furent laissées, au dire des trois
sœurs, complètement nues ; à d'autres, on ne laissa
qu'un seul linge. Quand on arriva à un certain village,
les femmes du pays donnèrent aux gendarmes des vêtements pour les déportées.

Une autre jeune fille avec laquelle je parlai était la
fille du pasteur protestant d'Erzéroum. Elle raconta que
tous les membres de sa famille, emmenés avec elle,
avaient été tués. Elle était restée toute seule. Elle et
quelques autres sont les seuls survivants des hautes
classes parmi les déportés. Elles sont logées dans un
vieux bâtiment scolaire, immédiatement en dehors de la
ville, et personne ne peut y entrer. Elles disaient qu'elles
étaient vraiment prisonnières ; elles ne pouvaient tout
au plus qu'aller jusqu'à la fontaine toute proche de la
maison. C'est là que je les vis par hasard. Tous les
autres sont campés dans de grands champs, à l'air libre,
et ne sont nullement abrités contre le soleil.

L'état de ces gens laisse deviner clairement le sort
de ceux qui sont déjà partis d'ici et qui partiront encore. On n'a jusqu'ici aucune nouvelle d'eux, et je suis
d'avis que l'on n'en aura jamais. Le système qu'on suit
semble être le suivant : on les fait attaquer en chemin
par les Kurdes, pour tuer surtout les hommes et inci-

demment aussi les femmes. L'ensemble des mesures
me paraît constituer le massacre le mieux organisé et
le mieux réussi auquel ce pays ait jamais assisté.

Nous extrayons ce qui suit du

Rapport d'un employé allemand
du « Chemin de fer de Bagdad ».

Lorsque les habitants des villages de Cilicie se mirent
en route, beaucoup d'entre eux avaient encore des ânes,
pour les porter, eux et leurs bagages. Mais les soldats
qui accompagnaient les transports firent monter sur
les ânes les katerdjis (âniers) car il y avait ordre qu'aucun déporté, ni homme ni femme, ne pût aller à cheval. Dans le convoi, venant de Hadjin, ces katerdjis emmenèrent directement à leurs propres villages les bêtes
de somme, dont les bagages contenaient, croyaient-
ils, de l'argent et des choses précieuses. Le reste
du bétail que les gens avaient pris avec eux leur fut
enlevé de force en route ou acheté à un prix si ridicule
qu'ils auraient aussi bien pu le laisser pour rien. Une
femme, dont je connais la famille, vendit 90 moutons
pour 100 piastres ; en d'autres temps ils auraient coûté
de 60 à 70 l. t. (environ 1300 mark). Cela revient à dire
qu'elle avait reçu, pour les 90 moutons, le prix d'un
seul. On avait permis aux paysans de Chéhir d'emmener
avec eux leurs bœufs, leurs chariots et leurs bêtes de
somme. Il furent forcés à Geukpounar de quitter la
voie carrossable, pour s'engager dans des sentiers plus
courts, à travers les montagnes. Ils durent continuer
leur voyage sans aucune provision de bouche, ni aucun
autre objet. Les soldats qui les accompagnaient déclarèrent nettement qu'ils avaient reçu cet ordre.

Au début les déportés reçurent du gouvernement *un kilo de pain par tête et par mois (non point par jour !)* Ils vivaient de ce qu'ils avaient pu prendre avec eux. On leur donna ensuite de petites sommes d'argent. A Boumboudj (Membidj, sur les ruines de l'ancien Bambice), village habité par les Tcherkesses, à une journée et demie de distance d'Alep, j'appris de 30 personnes, autrefois aisées, qu'en 30 jours on leur avait donné 20 piastres, non point par tête, mais pour toutes à la fois : cela *revenait à 10 pfennig par mois pour chaque personne.* Dans les premiers jours, 400 femmes passèrent à travers Marach, nu-pieds, avec un enfant dans les bras, un autre sur le dos (assez souvent c'était un cadavre) et un troisième qu'elles tenaient par la main. Les Arméniens de Marach, qui furent eux-mêmes déportés plus tard, achetèrent des chaussures pour une somme de 50 l. t., afin d'en pourvoir ces malheureux. Entre Marach et Aïntab, la population mahométane d'un village turc voulait donner du pain et de l'eau à un convoi d'environ cent familles. Les soldats ne les laissèrent pas faire.

La Mission américaine et les Arméniens d'Aïntab, qui furent aussi déportés plus tard, réussirent à porter du pain et de l'argent, durant la nuit, aux convois qui passaient par Aïntab et qui comprenaient en tout 20.000 personnes environ, pour la plupart des femmes et des enfants. C'étaient les habitants des villages du sandjak de Marach. Les convois ne pouvaient pas entrer à Aïntab, mais campaient en pleine campagne. Les missionnaires américains purent ainsi ravitailler de nuit les convois jusqu'à Nisib (situé à 9 heures au sud-est d'Aïntab, sur le chemin de l'Euphrate).

Pendant le transport, on volait d'abord aux déportés

leur argent comptant, puis tous leurs biens. Un pasteur protestant déporté vit enlever 43 l. t. à une famille, et 28 à une autre. Le pasteur lui-même était récemment marié et dut laisser à Hadjin sa jeune femme qui attendait son premier enfant. Du reste, les 4/5 des déportés sont des femmes et des enfants. Les 3/5 d'entre eux vont nu-pieds. Un homme de Hadjin, que je connais personnellement, et qui avait une fortune d'au moins 15.000 l. t. (environ 270.000 mark), avait été en route dépouillé de ses vêtements comme les autres, de sorte qu'on dut mendier des vêtements pour lui. Les déportés étaient particulièrement affligés de n'avoir pu ensevelir leurs morts. Les cadavres restent sur la route, n'importe où. Des femmes portent encore sur leur dos, pendant des journées entières, les cadavres de leurs enfants. On logea provisoirement, pour quelques semaines, à Bab, à dix lieues à l'est d'Alep, les déportés qui passaient, mais on ne leur permit pas de retourner sur leurs pas pour ensevelir les cadavres gisant sur le chemin.

Le sort le plus dur, c'est celui des femmes qui accouchent en chemin. On leur laisse à peine le temps de mettre au monde leur enfant. Une femme donna le jour à deux jumeaux ; c'était pendant la nuit ; le lendemain matin elle dut continuer la route à pied, avec ses deux bébés sur le dos. Après deux heures de marche, elle s'affaissa. Elle dut laisser ses deux enfants sous un buisson et fut forcée par les soldats de continuer le voyage avec le convoi. Une autre femme accoucha pendant la marche, dut aussitôt continuer à marcher, et tomba morte. Une autre femme, près d'Aïntab, fut secourue par les missionnaires américains pendant qu'elle accouchait. On put seulement obtenir qu'elle

pût monter sur une bête et continuer la route avec son
nouveau-né enveloppé de haillons sur son sein. Ces
exemples furent observés sur le seul trajet de Marach à Aïntab. On trouva ici un enfant nouveau-né
dans un khan que venait de quitter, une heure auparavant, un convoi de déportés. A Marach on trouva, dans
le Tasch-Khan, trois enfants nouveau-nés couchés sur
du fumier.

On rencontre d'innombrables cadavres d'enfants gisant sur le chemin sans sépulture. Un major turc, qui
est rentré ici avec moi, il y a trois jours, disait que
beaucoup d'enfants étaient abandonnés par leurs mères
en chemin, parce qu'elles ne pouvaient plus les nourrir. Les enfants plus grands étaient enlevés à leurs
mères par les Turcs. Le major avait, ainsi que ses frères,
un enfant chez lui ; ils voulaient les élever dans le mahométisme. L'un des enfants parle allemand. Ce doit
être un enfant de notre orphelinat. On estime à 300 le
nombre des femmes appartenant aux convois passés
ici et ayant accouché en route.

Ici, une famille livrée à la misère la plus noire et
au désespoir vendit pour six livres (110 mark) à un Turc
son enfant, une jeune fille de 18 ans. Les maris de la
plupart des femmes avaient été levés pour le service de
l'armée. Ceux qui ne répondent pas à l'ordre de mobilisation sont pendus ou fusillés ; ce fut dernièrement, à
Marach, le sort de sept individus. Mais ceux qui sont
soumis au service militaire ne sont employés le plus
souvent qu'à la construction des routes et ne peuvent
porter d'armes. Ceux qui retournent chez eux trouvent
leurs maisons vides. Il y a deux jours, je rencontrai à
Djérablous un soldat arménien qui venait de Jérusalem, pour aller en permission chez lui à Guében (vil-

lage qui se trouve entre Zeïtoun et Sis). Je connais l'individu depuis des années. Il apprit ici que sa mère, sa femme et ses trois enfants avaient été déportés au désert. Toutes ses recherches au sujet des siens restèrent infructueuses.

Depuis 28 jours, on observe dans l'Euphrate des cadavres qui sont portés par le courant, liés deux à deux par le dos, ou bien attachés de 3 à 8 ensemble par les bras. On demanda à un officier turc, qui a son poste à Djérablous, pourquoi il ne faisait pas ensevelir les cadavres. Il répondit qu'il n'en avait pas reçu l'ordre, et que, de plus, on ne pouvait établir si c'étaient des musulmans ou des chrétiens, puisqu'on leur avait coupé le membre génital. (Les Mahométans auraient été ensevelis, mais pas les chrétiens). Les chiens dévorèrent les cadavres déposés par les flots sur la rive. D'autres cadavres qui s'étaient échoués sur des bancs de sable furent la proie des vautours. Un Allemand observa, pendant une seule promenade à cheval, six paires de cadavres descendant le courant du fleuve. Un capitaine de cavalerie allemand racontait qu'il avait vu, des deux côtés du chemin, pendant une chevauchée de Diarbékir à Ourfa, d'innombrables cadavres gisant sans sépulture : c'étaient tous des jeunes gens auxquels on avait coupé le cou. (Il s'agit des hommes appelés au service militaire et employés à construire les routes.) Un pacha turc s'exprimait ainsi à un Arménien notable : « Soyez contents de trouver au moins une tombe dans le désert, beaucoup des vôtres n'ont pas même cela ».

Il ne reste pas en vie la moitié des déportés. Avanthier, une femme est morte ici, à la gare ; hier, il y eut 14 morts ; aujourd'hui, dans la matinée, 10. Un pasteur protestant de Hadjin disait à un Turc, à Osmaniyéh. « Il

ne restera pas en vie la moitié de ces déportés : »
Le Turc répondit : « *Et c'est bien cela que nous voulons* ».

On ne doit pas oublier qu'il y a aussi des Mahométans
qui réprouvent les cruautés qu'on exerce contre les
Arméniens. Un cheik musulman, personnalité de marque
à Alep, déclara en *ma présence* : « *Quand on parle des
traitements infligés aux Arméniens, j'ai honte d'être
Turc* ».

*Quiconque veut rester en vie, est obligé d'embrasser
l'Islam.* Pour arriver plus facilement à ce but, on envoie
des familles ici et là dans des villages mahométans.
Le nombre des déportés qui sont passés ici et par
Aïntab atteint, jusqu'à présent, le chiffre de 50.000. Les
9/10 de ceux-ci ont reçu, la veille au soir, l'ordre d'avoir
à partir le lendemain matin. La plupart des convois
sont dirigés sur Ourfa, d'autres sur Alep. Ceux-là vont
dans la direction de Mossoul ; ceux-ci dans la direction
de Deir-ez-Zor. *Les autorités affirment qu'on doit les
établir là en colonie ; mais ceux qui échappent au couteau y mourront sûrement de faim.*

Environ 10.000 personnes sont arrivées à Deir-ez-Zor,
sur l'Euphrate, on n'a jusqu'ici aucune nouvelle des
autres. On dit que ceux qui sont envoyés dans la direction de Mossoul doivent être établis à une distance de
25 kilom. de la voie ferrée ; cela veut dire qu'on veut
les pousser au désert, où leur extermination pourra
s'accomplir sans témoins.

Ce que j'écris n'est qu'une petite partie de toutes
les cruautés qui se commettent ici depuis deux mois
et qui prennent, de jour en jour, une plus grande extension. Ce n'est qu'une partie de ce que j'ai vu moi-même
et de ce que j'ai appris de connaissances et d'amis qui

en ont été les témoins. *Je puis, pour les faits que je raconte, donner les dates et le nom des personnes qui en ont été les témoins oculaires.*

EXTRAIT DU RÉCIT DE MARITSA KETCHEDJIAN (ALL.-KEJEJJAN ?) ARMÉNIENNE.

De Husseinik (à une demi-heure de Kharpout) elle avait été transportée jusqu'à Alep; elle obtint là un passeport pour Alexandrie, parce qu'elle s'était fait naturaliser en Amérique.

2 novembre 1915.

« Après Pâques, il y eut à Kharpout, Mézéreh, et dans les villages des environs, beaucoup d'arrestations. Les prisonniers furent torturés dans les prisons. On les battait, on leur arrachait les cheveux et les ongles, et on travaillait leur chair avec des fers ardents, après les avoir fortement attachés avec des cordes. Un soldat s'assit sur le corps d'une femme enceinte, pendant que les autres la battaient, pour la forcer à déclarer où son mari se tenait caché.

Nous fûmes déportés le 4 juillet, et l'on nous mît aussitôt en route pour Diarbékir. Nous étions environ 100 familles et avions des bêtes de somme avec nous. Le second jour, nous passâmes devant beaucoup de cadavres d'hommes ; c'étaient probablement ceux des 200 qui furent envoyés 10 jours avant nous, avec Bsag Vartabed. Tout un jour et une nuit, nous ne bûmes que de l'eau mêlée de sang. Le troisième jour aussi, nous passâmes, sur la route d'Arghana, devant des monceaux de cadavres. Ici les hommes et les femmes avaient été tués séparément.

Le sixième jour, nous arrivâmes à un village kurde.
Ici les gendarmes nous demandèrent notre argent et
tous les ornements que nous avions encore sous peine
de nous déshonorer. Le neuvième jour, ils nous prirent
aussi tout notre linge. A notre arrivée à Diarbékir, on
nous enleva toutes nos bêtes de somme et une femme
et deux jeunes filles furent enlevées par les gendarmes ;
un jour durant, nous nous assîmes, sous la chaleur
du soleil, devant les murs de Diarbékir. Des Turcs
vinrent de la ville et nous enlevèrent nos enfants. Vers
le soir, nous nous étions préparées pour le départ quand
nous fûmes attaquées par des Turcs venus de la ville.
Nous laissâmes alors là tout ce que nous avions encore
en fait de bagages et nous nous enfuîmes, chacune de son
côté, pour sauver notre vie et notre honneur. Nous fûmes
encore attaquées trois fois durant la nuit par les Turcs
qui enlevèrent les jeunes filles et les jeunes femmes.

Le jour suivant, nous fûmes poussées vers le Sud, pendant plusieurs heures, sans trouver d'eau. Plusieurs
parmi nous tombèrent épuisées de faim et de soif.
Nous fûmes attaquées et maltraitées tous les jours.
Quelques-unes furent enlevées. Une femme qui opposait de la résistance, parce qu'on voulait lui enlever sa
fille, fut jetée du haut d'un pont et se cassa un bras.
On la précipita ensuite avec une de ses filles du haut
d'un rocher. En voyant cela, l'autre fille se jeta aussi
après elles pour mourir avec sa mère et sa sœur.

A notre arrivée près de Mardine, on nous laissa huit
jours en pleine campagne sous un soleil brûlant ; tout
près de là, il y avait un bassin plein d'eau. Durant la
nuit, les Turcs ouvrirent le bassin et laissèrent l'eau
envahir le terrain où nous étions campés. Ils tirèrent ensuite sur nous et enlevèrent encore des femmes et des

enfants. Un soir, vint enfin l'ordre de partir. Les mêmes turpitudes et les viols se répétaient tous les jours, et notre caravane allait toujours diminuant. Un seul gendarme, de Mardine, nous a traitée de façon honnête (probablement un Arabe).

Nous arrivâmes à Veranchéhir, puis à Ras-el-Aïn. Avant d'arriver à cette dernière localité, nous rencontrâmes trois citernes toutes remplies de cadavres.

A Ras-el-Aïn, nous rencontrâmes d'autres femmes déportées d'Erzéroum, Eghine, Kéghi et autres endroits. Elles étaient également en route pour Deir-ez-Zor. Souvent on nous a proposé, on a voulu nous forcer à embrasser l'Islam. Nous avons répondu que nous nous précipiterions à l'eau et que nous mourrions, plutôt que d'accepter l'Islam. Les Cheikhs musulmans restèrent très étonnés de cette réponse et dirent : « Nous n'avons jamais vu des gens défendre avec un tel zèle également leur honneur et leur religion. »

A Ras-el-Aïn, nous rencontrâmes Arakel agha, qui était venu d'Alep pour voir s'il ne pouvait sauver personne. Il réussit à emmener avec lui, à Alep, quelques-uns d'entre nous. Les Arméniens d'Alep nous donnèrent à manger. Nous n'avions rien pris depuis 24 heures. A Alep, il y avait des déportés de différentes régions d'Arménie ; quelques convois étaient restés 4 mois en voyage. Ils étaient si épuisés qu'il mourait 40 personnes par jour. Les hommes avaient été tués dans la vallée de Cheïtan-Deressi à coups de hache et de sabre. On leur avait fait d'abord creuser leurs tombes, puis on les avait massacrés. Un soldat arménien me raconta comment les Turcs avaient jeté les Arméniens dans l'Euphrate. Lui-même avait échappé avec cinq de ses camarades en passant le fleuve à la nage. Ils avaient ensuite fait trois jours de chemin et avaient vu partout des cadavres gisant sur la route.

Pendant tout notre voyage, les autorités ne nous ont jamais rien donné à manger. A Diarbékir seulement on a donné un pain à chacun. De même à Mardine, durant les 8 jours que nous y avons campé, on nous donna tous les jours un pain dur comme la pierre. Nos vêtements étaient pourris et nous avions tous presque perdu la raison, à force de souffrir. Beaucoup d'entre nous, quand on leur donna des habits neufs, ne savaient plus comment les mettre. Quand elles eurent pris un premier bain et se furent débarrassées de toute saleté, beaucoup de femmes s'aperçurent qu'elles avaient perdu leurs cheveux. »

DU RÉCIT D'UN MISSIONNAIRE
SUR LE SORT DES DÉPORTÉS DE MERSIVAN.

« Les mauvaises actions se font dans l'obscurité. Un peu avant minuit, les gendarmes tirèrent de leur prison 300 prisonniers, leur lièrent les mains et leur défendirent de prendre avec eux des provisions quelconques, des vêtements ou des lits. Ils devaient, soi-disant, aller à Amasia ; mais, à 3/4 d'heure de la ville, sur la route de Ziléh (Zela) — le célèbre endroit d'où Jules César envoya à Rome son message : *Veni, vidi, vici* — ils furent tous tués à coups de hache. Chaque jour, ils furent ainsi « déportés ». Selon le dire des employés 1215 hommes furent tués de cette façon. D'après le témoignage de témoins oculaires turcs, on avait érigé, sur le lieu de l'exécution, une grande tente, où les victimes étaient minutieusement questionnées et fouillées. Les questions que l'on posait, étaient surtout au sujet des armes, de soi-disant plans révolutionnaires et des noms de personnes. On leur enlevait alors tous les objets précieux qu'ils possédaient.

« A quelque distance de la tente on avait creusé une grande fosse. Les prisonniers y étaient conduits 5 à 5 environ, ayant seulement leurs vêtements de dessous, et les mains liées derrière le dos. Ils se mettaient alors à genoux, et par des coups de hache sur la tête ou par des coups de poignard, ils étaient expédiés dans l'autre monde. Ces faits ont été constatés par des témoins oculaires et même par les gendarmes qui ont pris part à cette besogne sanglante. »

Après s'être débarrassé des hommes de cette façon, on laissa aller les vieillards et les garçons au-dessous de 18 ans, avec ces mots : « Sa Majesté le Sultan vous accorde le pardon ; allez, et priez pour lui ! »

Il est impossible de décrire comment ces gens, qu'on avait relâchés, gesticulaient, quand ils revinrent chez eux. Ils sautaient de joie et croyaient que tout était fini et que de meilleurs jours viendraient pour les survivants. Hélas ! cette joie ne dura qu'un seul jour. Le lendemain, le crieur public notifiait dans les rues que tous les Arméniens, femmes, enfants et vieillards, devaient partir pour Mossoul. Alors se découvrit pour les malheureux la vérité toute crue. Jusque-là, ils s'étaient toujours fait illusion ; ils croyaient que le chemin de la délivrance s'ouvrirait pour eux et qu'une circonstance quelconque les libérerait. L'espérance qu'ils n'auraient pas à subir les pires maux ne les avait point abandonnés.

Après avoir parlé avec beaucoup de Turcs, fonctionnaires et autres, j'ai la conviction que tous les hommes qui seront emmenés seront ainsi tués ».

AU BUT DE LA DÉPORTATION.

« A Deir-ez-Zor, grande ville (1), dans le désert, à la
distance de six jours de voyage d'Alep, nous trouvâmes
le grand khan tout rempli. (Ainsi écrit une missionnaire
allemande, Mlle L. Mohring, en date du 12 juillet 1915).
Toutes les places disponibles, les toits et les véran-
dahs étaient occupés par des Arméniens. Des femmes
et des enfants surtout, mais aussi un certain nombre
d'hommes se blotissaient sur leurs couvertures, partout
où ils pouvaient trouver un peu d'ombre. Aussitôt
que j'appris que c'étaient des Arméniens, j'avançai
pour leur parler. C'étaient les gens de Fournouz, de la
région de Zeïtoun et de Marach qui, parqués là, sur
une place si restreinte, offraient un spectacle extrêmement triste. Je demandai des nouvelles des enfants de nos orphelinats et on m'amena une élève de
Sœur Béatrice Rohner, Martha Karakascian. Elle me
raconta ce qui suit : Un jour, des gendarmes turcs
étaient venus à Fournouz, avaient arrêté un grand
nombre d'hommes et les avaient emmenés pour en faire
des soldats. Ni eux, ni leurs familles ne savaient où on
les menait. On fit savoir au reste de la population qu'ils
avaient quatre heures pour quitter leurs maisons. On
leur permettait d'emporter tout ce qu'ils pouvaient porter et même d'emmener des bêtes de somme, Dans le
délai voulu, les pauvres gens durent sortir de leur village, ne sachant où ils allaient, ni s'ils le reverraient
jamais. Au début, tant qu'ils furent sur leurs montagnes,
et qu'ils eurent des vivres, tout alla bien. On leur avait

(1) Deir-ez-Zor, situé sur l'Euphrate, n'est habité que par
des Arabes mahométans.

promis de l'argent et du pain et on leur donna dans les premiers temps, autant que je me souviens, 30 paras (12 pfennig) par tête. Mais très vite ces rations cessèrent et on leur donna seulement du Boulgour (froment séché), 50 drames (150 grammes) par jour et par tête. C'est ainsi qu'après quatre semaines de voyage pénible, les gens de Fournouz étaient arrivés à Deir-ez-Zor, par Marach et Alep. Depuis trois semaines ils étaient parqués dans le khan, sans savoir ce qu'on ferait d'eux. Ils n'avaient plus d'argent et les vivres donnés par les Turcs étaient devenus plus rares. Déjà, depuis des jours entiers, on ne leur avait plus donné de pain. Dans les villes, on les avait enfermés de nuit, sans leur permettre de parler avec les habitants. Ainsi, Martha n'avait pas pu aller à l'orphelinat à Marach. Elle me racontait toute triste : « Nous avions deux maisons, nous dûmes tout laisser ; à présent ce sont des Mouhadjirs (Mahométans émigrés d'Europe) qui habitent là dedans. » Il n'y avait pas eu de massacre à Fournouz et les zaptiéhs avaient bien traité les gens. Ils avaient souffert surtout du manque de nourriture et d'eau, dans leur marche à travers le désert brûlant. Comme Yaïladji (montagnards) — titre qu'ils se donnent — ils avaient souffert doublement de la chaleur.

Les Arméniens affirment ignorer le motif de leur déportation. Le lendemain, à l'heure du repos de midi, nous rencontrâmes tout un campement d'Arméniens. Les pauvres gens s'étaient fait, à la façon des Kurdes, des tentes en poil de chèvre et s'y reposaient. Mais, pour la plupart, ils restaient sans abri sur le sable brûlant et sous les feux du soleil. A cause des nombreux malades, les Turcs avaient accordé un jour de repos. On ne peut s'imaginer quelque chose de plus désolé que de pareilles foules dans ce désert et dans ces conditions. A leurs vêtements, on reconnaissait que ces malheureux avaient vécu dans un certain bien-être ; à présent, la misère était écrite sur leurs visages. « Du pain ! du pain ! » C'était là leur unique prière. Ils étaient de Guében : on les avait expulsés avec leur pasteur. Celui-ci me raconta qu'il en mourait 5 ou 6 par jour, enfants ou adultes. Ce jour-là, on venait d'enterrer la mère d'une jeune fille de 9 ans, restée maintenant toute seule. On me pria instamment d'emmener avec moi l'enfant à l'orphelinat. Le pasteur me raconta la même histoire que la petite fille à Deir-ez-Zor.

Ceux qui ne connaissent pas le désert, ne peuvent se faire une idée même approximative de la misère et des souffrances des déportés arméniens. Le désert est montagneux, mais le plus souvent sans ombre. Le chemin serpente, pendant des journées entières, sur des rochers et il est très pénible. Quand on vient d'Alep, on a toujours, à sa gauche, l'Euphrate, qui se prolonge comme une bande de terre glaise jaunâtre, mais pas assez près cependant pour pouvoir y puiser de l'eau. La soif qui torture ces pauvres hommes doit être insupportable. Quoi d'étonnant si plusieurs, — si un grand nombre — tombent malades et meurent !

Un sac de pain aussi dur que la pierre, apporté de Bagdad, fut accepté avec une grande reconnaissance : « Nous le tremperons dans l'eau et nos enfants le mangeront », disaient les mères tout heureuses.

Le soir, arrivés au village, nous trouvons un autre campement d'Arméniens. Cette fois, c'étaient les gens de Zeïtoun. C'était la même misère et la même plainte au sujet de la chaleur, du manque de pain et des vexations des Arabes. Une jeune fille, élevée à l'orphelinat de Beyrouth par les Diaconesses, nous racontait, en bon allemand, ce qu'ils avaient souffert.

« Pourquoi Dieu permet-il cela? Pourquoi devons-nous souffrir ainsi? Pourquoi ne nous tue-t-on pas tout de suite? Durant le jour, nous n'avons pas d'eau pour les enfants et ils crient de soif. De nuit, les Arabes viennent nous voler nos lits et nos vêtements. On nous a enlevé des jeunes filles et violé des femmes. Si nous ne pouvons plus marcher, les gendarmes nous battent. » Ils racontaient aussi que des femmes s'étaient jetées à l'eau pour échapper à la honte ; que des mères ont fait de même avec leurs enfants nouveau-nés, car elles ne voyaient pas d'issue à leur misère.

Les vivres manquèrent durant tout le voyage dans le désert. Une mort rapide, avec toute leur famille, apparaît aux mères plus souhaitable que de voir mourir les leurs et de mourir elles-mêmes par la faim.

Le second jour après Alep, dans les montagnes de l'Amanus, nous rencontrâmes encore des Arméniens : cette fois, c'étaient les gens de Hadjin et des environs. Ils étaient partis depuis 9 jours seulement. En comparaison de ceux qui se trouvaient au désert, ils vivaient encore dans des conditions brillantes; ils avaient des voitures avec des meubles, des chevaux avec des poulains, des bœufs et des vaches, et même des chameaux. Le convoi était interminable: il gravissait la montagne; et je me demandais combien de temps ils garderaient encore leurs biens. Ils étaient encore sur le sol natal, en montagne, et n'avaient aucun pressentiment des terreurs du désert. Ce furent les derniers Arméniens que je vis. On ne peut oublier de tels événements ».

DEUXIÈME PARTIE

LA QUESTION DES RESPONSABILITÉS

LA QUESTION DES RESPONSABILITÉS

---

1. — Caractère des Evénements.

Des faits que nous venons d'exposer, il ressort indubitablement que les déportations ont été ordonnées et exécutées par le Gouvernement central de Constantinople. Une mesure aussi générale, s'étendant à une région de 880.000 kilm. carrés (l'Arménie, le Kurdistan, l'Asie-Mineure, le Nord de la Syrie et de la Mésopotamie, c'est-à-dire un pays aussi grand que l'Allemagne, l'Autriche et la Suisse réunies), ne peut avoir eu des causes fortuites qui échapperaient à tout contrôle.

Dans la Presse allemande qui, en l'absence de nouvelles précises, était réduite à des conjectures et puisait plus dans l'imagination que dans la réalité ses jugements sur les événements qui se sont accomplis « là-bas en Turquie », on a souvent répété qu'il s'agissait, dans ces massacres et déportations d'Arméniens, de quelque chose de comparable aux persécutions contre les Juifs au moyen âge. « L'Ottoman est ingénu et doux, écrit le comte de Reventlow dans la *Deutsche Tageszeitung*, il est extrêmement facile de l'exploiter,

mais jusqu'à un certain point seulement ; à un certain
moment le désespoir le saisit et il se dresse avec violence contre ses bourreaux. Si regrettables que puissent
être en eux-mêmes, au point de vue de la civilisation,
de tels procédés illégaux pour s'aider soi-même, il est
cependant bien évident que précisément les Arméniens... méritent très peu la compassion, l'émotion
et la sympathie du monde civilisé (Kulturwelt). » Naturellement, l'auteur ignore que 80 % de la population
arménienne, et précisément ceux qui ont été atteints
en première ligne par la déportation, sont des agriculteurs qui n'ont rien à faire avec les exploits de leurs
voisins, les Kurdes pillards. Tout ce qu'on est habitué
à lire dans la presse allemande au sujet du caractère
et de l'importance du commerce arménien, c'est un
jugement qu'on admet comme évident et inutile à dé-
montrer, qui repose uniquement sur un proverbe qu'on
applique, en Orient, tour à tour et selon les besoins,
aux Arméniens, aux Juifs et aux Grecs. Mais la thèse
principale, selon laquelle il s'agit, dans la déportation
et l'extermination du peuple arménien, de « procédés
illégaux pour s'aider soi-même », ne repose sur aucun
fondement et n'a pas besoin d'être réfutée.

Un nombre considérable de fonctionnaires du gouvernement, comme le vali d'Alep, Djélal bey, les
mutessarifs de Malatia, Nabi bey et Réchid pacha, et
beaucoup de caïmacans, ont résisté, avec ou sans succès, à l'exécution des mesures. La population turque,
qui vivait partout en paix avec les Arméniens, a souvent désapprouvé la déportation de ses concitoyens et
élevé des protestations auprès des autorités contre
leur extermination. La population turque d'Erzéroum
a adressé une requête au Gouvernement central. Les

Turcs d'Alaschkert ont télégraphié à Constantinople pour protester contre le traitement infligé aux Arméniens. Les Turcs de Van firent savoir à leurs concitoyens arméniens qu'ils ne combattaient contre eux que parce qu'ils y étaient contraints ; une protestation, restée sans résultat, fut élevée par plusieurs Turcs notables contre la guerre civile fomentée par le Gouverneur. En plusieurs endroits de la région de Nicomédie, la population a essayé d'empêcher le départ des Arméniens. A Adabazar, les musulmans de la ville se rassemblèrent à la gare pour s'opposer à la déportation. Le même fait eut lieu à Moudania, de sorte que l'ordre fut d'abord retiré. Dans un village près de Kaïsarieh, les Turcs, qui vivaient dans les meilleurs rapports avec leurs voisins chrétiens, refusèrent de laisser partir les Arméniens et déclarèrent au caïmacan que, s'il mettait à exécution l'ordre de déportation, ils partiraient eux aussi. Là aussi le caïmacan dut retirer provisoirement l'ordre de déportation. La populace a sans doute pris part, dans les villes, dans la mesure où le Gouvernement le permit, au pillage des biens des Arméniens ; mais nulle part on n'a vu un débordement des passions populaires, mais une occasion bienvenue de pillage. Ce fut le Gouvernement qui séquestra les champs, les maisons, les marchandises et le mobilier des déportés, pour les mettre, après leur départ, aux enchères publiques à un prix ridicule.

Ce qui est arrivé, c'est l'expropriation sur une grande échelle d'un million et demi de citoyens de l'Etat qui avaient contribué le plus, par leur tenace énergie au travail, au développement économique du pays.

L'idée qu'on se fait en Europe, selon laquelle, en

Turquie, les divers éléments ethniques et religieux ne peuvent vivre en paix ensemble, est absolument fausse. Ces populations ont vécu ensemble depuis des siècles. De même qu'en Bosnie et en Herzégovine mahométans et chrétiens habitent en paix ensemble, ainsi Arabes et Syriens, Arméniens et Kurdes, Turcs et Grecs, Druses et Maronites, vivraient et travailleraient ensemble dans la paix la plus belle, s'il y avait en Turquie quelque chose qui ressemblât à un gouvernement européen. La vieille méthode de Gouvernement des Sultans turcs était le *divide ut imperes,* principe qui a partout réduit la population de la Turquie au quart de ce qu'elle était à l'origine. Les mesures actuelles prises par le Gouvernement turc, qui dépeuplent un pays déjà si peu peuplé, ne consistent pas, au contraire, à exciter les unes contre les autres les différentes parties de la population, mais à procéder par voie administrative.

Nous avons souvent, dans les récits, constaté le fait que le Gouvernement, dans les provinces, était soit excité, soit retenu par les organes d'un second gouvernement placé à côté du premier et portant, bien qu'irresponsable, le caractère d'une haute instance. C'est l'organisation des Clubs « Comité Union et Progrès » qui, comme autrefois le système d'espionnage d'Abdul Hamid, règle en dernier ressort les actes du Gouvernement à l'intérieur. Cette organisation n'est pas une organisation de parti, au sens européen, car elle n'est composée que de chefs et n'a pas de masse populaire derrière elle. Elle n'est qu'une petite collection d'intellectuels turcs avec leurs créatures. Avant l'écrasement de l'opposition turque, en 1912, l'organisation actuelle avait encore à compter avec une certaine ré-

sistance de la part des tenauts de l'opposition libérale
et des Vieux Turcs de marque. A présent, elle règne
toute seule et veille à ce qu'aux élections, les seuls
candidats désignés par le « Comité Union et Progrès »
soient élus. Il n'y a pas, pour le moment, de parti
d'opposition dans le Parlement turc. Bien que l'organisation gouvernementale, avec laquelle les autorités
militaires agissent de concert, soit seule capable de
mettre à exécution une mesure comme celle de l'expropriation et la déportation du peuple arménien, ce
fut cependant manifestement le « Comité Union et
Progrès » et ses organes dans les provinces, qui furent
l'âme de toute cette entreprise. Il veillait à ce que
les affaires réussissent à souhaits et ne fussent nulle
part empêchées par des sentiments de bienveillance
ou d'humanité. En particulier, les clubs Jeunes-Turcs
tenaient entre leurs mains l'organisation des bandes
pour lesquelles on employa tous les éléments utili-
sables, tribus kurdes, célèbres bandes de brigands
et de criminels relâchés des prisons. *On ne peut faire
à la population turque le reproche d'avoir attaqué,
« d'une manière illégale, pour s'aider soi-même, »
ses concitoyens arméniens avec lesquels elle vivait
en paix.* Mais il va sans dire aussi que les hordes
turques et les bandes de criminels, systématiquement
organisées, que l'on lâchait sur les déportés, ne se
faisaient guère prier pour exécuter leurs propres ca-
prices sur les malheureuses victimes de la déportation. Mais la grande masse des tués doit être mise
sur le compte, non de ces éléments légalisés mais
sans loi, mais bien sur le compte des organes du Gouvernement, de la gendarmerie et des milices turques.

2. — La situation au début de la guerre et durant les premiers mois.

Nous avons renvoyé jusqu'à présent les événements de Constantinople, parce qu'ils eurent lieu au siège même du Gouvernement central et qu'ils sont connexes à la question de l'origine des mesures générales.

Dans les récits, on a parlé brièvement de quelques actes de résistance qui eurent lieu au cours des événements, comme les faits insignifiants de Zeïtoun, la résistance aussitôt abattue de Chabin-Karahissar et la défense des Arméniens de Van. Ces trois événements, auxquels pourront peut-être s'ajouter un ou deux autres faits pareils, quand nous connaîtrons de plus près toute la tragédie, n'avaient aucune relation entre eux. Les trois localités sont éloignées l'une de l'autre d'environ 400 kilomètres et les événements se produisirent à des dates espacées ; ils n'avaient aucune connexion entre eux. Nous n'avons rencontré nulle part, dans les récits, des traces quelconques d'un mouvement prémédité contre le Gouvernement. Seule la persécution était préméditée et fut conduite méthodiquement.

Le Gouvernement turc lui-même n'a jamais affirmé que le peuple arménien, comme tel, se soit rendu coupable d'un soulèvement révolutionnaire (1). *On pouvait lire, durant des mois entiers, dans la presse turque, que les Arméniens restaient fidèles à leur patrie turque.*

Depuis le début de la guerre, toute la presse armé-

(1) Le mensonge de la presse au sujet d'une « révolution arménienne » a son origine dans l'interview donnée à Copenhague par le Jeune-égyptien Rifaat bey.

nienne sans exception invitait, dans des appels, le peuple arménien à la défense de l'unité de la patrie ottomane. Le journal *Azatamart* déclarait : « Nous nous opposons à l'occupation par l'étranger des régions habitées par le peuple arménien. Ce dernier ne peut pas devenir un article de commerce ou un objet de spéculation pour un gouvernement étranger. Le soldat arménien combattra avec résolution sur toutes les frontières que l'ennemi tenterait de franchir. » Le patriarche de l'Eglise arménienne-grégorienne, Mgr Zaven, qui a son siège à Constantinople, envoya un télégramme circulaire à tous les évêchés et vicariats de la Turquie, dans lequel il expose que « la nation arménienne, dont la fidélité plusieurs fois séculaire est connue, accomplira son devoir dans le moment actuel où la patrie est en guerre avec plusieurs puissances et consentira à tous les sacrifices pour augmenter la gloire du trône ottoman, auquel elle est fermement attachée, et pour la défense de la Patrie. » Il y donne l'ordre aux évêques et aux vicaires de conseiller en ce sens leurs communautés. On fit des prières dans toutes les églises pour la victoire des armes ottomanes. Les archevêques arméniens de l'Intérieur envoyèrent à la Sublime Porte, d'Erzéroum, de Van et d'autres endroits, des télégrammes pour dire que « les Arméniens qui n'ont jamais reculé devant aucun sacrifice pour la défense de la Patrie, seraient prêts, cette fois aussi, à tous les sacrifices ».

Ces déclarations furent accueillies avec satisfaction par la Presse turque et allemande, qui déclarèrent que « *l'attitude de la Presse et de la population arménienne avait été, en tous points, loyale dès le début des hostilités russo-turques.* » Les Arméniens qui vivent en Allemagne et en Autriche s'exprimaient et agissaient

dans le même sens. A Vienne, on forma un Comité de
secours arménien pour le Croissant Rouge. A une délégation de ce Comité, l'Ambassadeur turc Hussein
Hilmi pacha, président du Croissant Rouge Ottoman,
déclarait que « *le gouvernement turc n'avait jamais
douté de la fidélité et du dévouement des Arméniens* ».

Les soldats arméniens, incorporés dans l'armée
turque, qui s'étaient, d'après des témoignages turcs,
comportés de façon parfaite et s'étaient vaillamment
battus dans la guerre balkanique, reçurent également,
dans les premiers mois de la guerre, les meilleurs témoignages des milieux militaires les plus hauts placés. A
l'Ecole Militaire de Constantinople, il se présenta plus
d'Arméniens que de Turcs pour être instruits comme
officiers de réserve. Plus de 1500 Arméniens, surtout
des milieux instruits et aisés, s'étaient inscrits pour ces
cours. Ils insistaient pour être employés dans le service armé et ne cherchaient point à être employés
dans le service des Postes et Télégraphes ou autres.

*Lorsque le Ministre de la Guerre, Enver Pacha, ren-
tra, en février, du front du Caucase, il exprima au
Patriarche arménien sa satisfaction particulière au
sujet de la tenue et de la vaillance des troupes arméniennes, qui s'étaient battues parfaitement.* Il rappela
même particulièrement une manœuvre très heureuse
qu'un Arménien du nom de Ohannès Tchaousch avait
exécutée avec ses hommes, sauvant ainsi son état-
major d'une situation très critique. Il fut décoré sur
place. Lorsque Enver Pacha traversa Erzingian, les
évêques arméniens lui écrivirent pour le saluer et il
leur répondit de façon très aimable. A l'évêque de
Konia, qui lui avait envoyé une adresse au nom de la
Communauté arménienne, il répondit en ces termes,

selon l'*Osmanischer Lloyd*, journal allemand de Constantinople, du 26 janvier 1915 :

« Je regrette de n'avoir pu, durant mon court séjour à Konia, m'entretenir avec Votre Révérence. J'ai reçu depuis l'écrit que vous avez eu la bonté de m'adresser et dans lequel vous m'exprimez votre reconnaissance. Je vous en remercie de mon côté et profite de l'occasion pour vous dire que les soldats arméniens de l'armée ottomane accomplissent consciencieusement leur devoir sur le théâtre de la guerre, ce dont je puis témoigner pour l'avoir vu moi-même.

Je vous prie de présenter à la nation arménienne, dont le complet dévouement à l'égard du Gouvernement impérial est connu, l'expression de ma satisfaction et de ma reconnaissance. »

ENVER,

Ministre de la Guerre,
Vice-Généralissime de l'Armée Impériale.

Jusqu'au cinquième mois et plus après le début de la guerre turco-russe, il n'y avait aucun indice qui pût faire croire que le Gouvernement central fût mal disposé envers les Arméniens ou que les milieux arméniens dirigeants eussent donné prise à quelque méfiance. Qu'arriva-t-il, ou quelles raisons le Gouvernement turc eut-il pour changer d'attitude à l'égard des Arméniens, dont il avait à maintes reprises reconnu la loyauté ? A-t-il découvert des traces d'un complot révolutionnaire quelconque ? ou bien quand et comment le spectre d'une révolution arménienne est-il apparu ?

Le Gouvernement turc fait encore, le 4 juin 1915, la déclaration suivante :

« Il est complètement faux qu'en Turquie, des assassinats ou des massacres aient été commis sur les Arméniens (ce qu'avaient affirmé les Gouvernements de l'Entente dans la note de l'Agence Havas du 24 mai). Les Arméniens d'Erzéroum, Terdjan, Eghine, Sassoun, Bitlis, Mouch et de Cilicie, n'ont absolument rien fait qui ait pu troubler l'ordre et la tranquillité publiques, ou qui ait nécessité des mesures de la part du Gouvernement (1). »

Le Consul Général de Turquie à Genève, Zia Bey, opposait encore, le 27 août, sur l'ordre de la Sublime Porte, *un démenti formel aux nouvelles de massacres d'Arméniens* propagées par les journaux neutres. Il écrivait, à une époque où la déportation générale était déjà achevée : « *Toute la population arménienne, hommes, femmes et enfants, jouit en pleine sécurité de la protection des autorités ; il y a eu quelques coupables qui ont été jugés par des tribunaux légalement formés.* »

Nous sommes donc en face du fait remarquable que le Gouvernement turc, non seulement dans les premiers mois de la guerre, mais jusqu'en septembre, se dit satisfait de l'attitude de la nation arménienne, — abstraction faite de l'exécution de quelques coupables, — et ne sait rien d'un complot général du peuple arménien, qui aurait dû être châtié.

Malgré cela, le Jeune-Egyptien D' Rifaat, membre du Comité « Union et Progrès », parlait, dans une interview de l' « Extrabladet » du 14 octobre, qui a été reproduite par toute la presse allemande, *d'une conjuration englobant tous les Arméniens de Turquie, menaçant l'existence même du pays, et tendant à faire tomber Constantinople entre les mains des Alliés.* Rifaat croit même savoir que, par malheur pour les Ar-

---

(1) En réalité la Cilicie avait été, à cette époque, déjà évacuée et la déportation générale avait commencé.

méniens, le soulèvement éclata trop tôt et que le princi-
cipal conjuré, à Constantinople, révéla tout le complot
au Gouvernement. Il continue : « *De nombreux documents, mis à jour par des perquisitions, démontrent
que les Anglais avaient organisé la plus grande
rébellion que l'histoire de la Turquie ait jamais connue.* De nombreux conjurés furent arrêtés et châtiés
et parmi eux le chef du soulèvement en Arabie, le
Cheikh Abd-ul-Kérim. Bien que lui et ses partisans
fussent des Musulmans, 21 parmi eux furent pendus
et une centaine condamnés à des peines graves d'emprisonnement. »

Si le Dr Rifaat sait quelque chose d'une conjuration
arabe, nous ne sommes pas à même de contrôler ses
dires. En tout cas, ce serait une conjuration « arabe »
et non « arménienne ». Le Gouvernement turc n'a pas
soufflé mot d'une vaste conjuration arménienne. Par
contre, nous sommes autorisés à conclure, du nombre
de 21 pendus et du reste de l'interview, que le Dr Rifaat a *trompé à dessein l'opinion publique, en don-
nant pour une conjuration englobant tous les Arméniens habitant la Turquie, le complot de l'opposition
libérale turque, découvert déjà avant la guerre,* et
ayant pour but de renverser le Gouvernement actuel
de tuer Talaat bey et les autres chefs Jeunes-Turcs.

3. — Le complot
de l'opposition libérale turque.

Sur le complot turc que « le principal conjuré » (le
limier de police Mehemed Midhat, officier turc d'Akova)
révéla au Gouvernement, nous possédons des informations détaillées, publiées par le *Tanine*, sous le titre

de *Une Comédie Politique* et reproduites en traduction dans l'*Osmanischer Lloyd*, journal allemand de Constantinople, en 12 numéros (du n° 126 au n° 137, du 9 au 22 mai 1915). Comme ce complot de l'opposition libérale turque a été exploité pour laisser croire que le Gouvernement turc avait découvert les fils « d'une conjuration englobant tous les Arméniens de Turquie », nous allons reproduire les points essentiels du récit :

Le complot remonte à l'année 1912 et avait été *déjà découvert avant que la guerre européenne éclatât.* On sait que le parti Jeune-Turc actuellement au pouvoir a été renversé deux fois depuis la proclamation de la Constitution : une fois en 1909 par le parti Vieux-Turc, quand Abdul-Hamid gouvernait encore nominalement, et une autre fois en 1912, par une opposition qui s'était formée au sein même du Comité « Union et Progrès », — elle se nommait « Hurriète vé Ittihad » ou bien tout court « Ittihad », — et avait obtenu la majorité. L'occasion qui amena cette deuxième chute fut la formation d'une ligue d'officiers sous la direction du lieutenant Sadik bey. Les membres dissidents du Comité s'unirent au parti de l'Union libérale appelé « Hurriète vé Italaf », ou tout court « Italaf », et travaillèrent à renverser le Gouvernement. La première victime de la dictature de la ligue des officiers fut le Ministre de la Guerre, Mahmoud Chevket pacha, qui dut démissionner le 10 juillet ; la deuxième fut la Chambre turque, qui fut dissoute le 5 août par le nouveau cabinet Moukhtar pacha. Le parti de l'Union libérale, qui travaillait maintenant de concert avec les hommes de l'ancien régime, comme Ahmed Moukhtar pacha et Kiamil pacha, n'avait certes pas les rênes

du gouvernement entre les mains. Il formait cependant un facteur important dans la vie politique. Les
chefs étaient le prince Sabah-Eddine, Ismaïl de Gumuldjina et le Hodja Sabri effendi. Le Ministère des
« Beuyukler » (grands hommes), qui avait groupé
les hommes politiques les plus importants du vieux
temps pour le salut de la patrie, perdit la guerre balkanique et la Turquie d'Europe. Lorsque Kiamil pacha
fut sur le point de conclure une paix qui stipulait la
perte d'Andrinople, les chefs du parti Jeune-Turc renversé reprirent de nouveau les rênes. Dans le coup de
théâtre mis en scène par Enver bey, périt le Ministre
de la Guerre, Nazim pacha, et les chefs actuels. Talaat
bey et Enver pacha, prirent place au char du gouvernement. C'est à partir de ce coup d'État que commence la
conjuration du parti de l'Union libérale. Son premier
acte fut l'assassinat du Ministre de la Guerre Chevket
Pacha, le 11 juillet 1913. Le parti au pouvoir répondit à cet attentat par une persécution sans merci
contre tous les membres de l'opposition, dont les
chefs s'enfuirent à l'étranger. C'est à cette époque
que remonte le complot qui avait comme objet de
renverser le Gouvernement, mais qui fut découvert
à temps par la trahison d'un des principaux conjurés.
Les chefs de l'opposition s'étaient mis, à Paris, en relation avec l'ennemi le plus acharné du Comité, Chérif
pacha, qui disait avoir à sa disposition de puissants
moyens. Les chefs du complot étaient le prince Sabah-
Eddine, le lieutenant Sadik, Ismaïl de Gumudjina, et
Chérif pacha, qui devait fournir les moyens. L'Arménien Sabahgulian, qui avait été membre d'un Comité
Hintchakiste en Egypte et en avait été exclu, fut aussi
impliqué dans ce complot. En dernier lieu, on aurait

aussi attiré dans l'affaire le ministre de Grèce à Constantinople, son archiviste et d'autres éléments grecs et turcs. On aurait enfin fait des démarches auprès de Venizelos et de Lord Kitchener qui aurait donné l'espoir d'un secours, dans le cas d'une réussite au moins initiale. Un jeune officier turc, Midhat effendi, un des co-fondateurs de la Ligue d'Officiers « sauveurs de la Patrie » (Halaskiaran Djemiyeti) fut initié imprudemment, à Paris, aux secrets de la conspiration. Il dénonça le complot à la police de Constantinople, tout en feignant, pendant deux ans, d'être à Constantinople l'instrument de la conspiration. La correspondance, publiée dans le *Tanine*, qui contient une série de lettres importantes d'Ismaïl de Gumuldjina et de Chérif pacha et met à nu tous les fils de la conjuration, a été communiquée à la police par Midhat effendi. Les lettres ont été écrites toutes avant la guerre ; elles datent du 31 juillet 1913 au 22 juillet 1914. Dans ce complot avait été aussi impliqué en Egypte, comme nous l'avons dit, par le moyen du lieutenant Sadik, le Hintchakiste Sabahgulian.

Les Hintchakistes ont joué, vers 1890, en Russie, un certain rôle comme parti révolutionnaire arménien. Ce parti s'émietta plus tard en différents petits groupes à l'étranger et ne comptait plus, en Turquie, que quelques membres sans influence. Il avait été supplanté par le parti des Daschnakzagans, qui avaient travaillé, avec les Jeunes-Turcs, à la proclamation de la Constitution et à la chute d'Abdul Hamid ; depuis lors il avait toujours tenu pour le Gouvernement Jeune-Turc actuel. Le Hintchakiste Sabahgulian, qui avait été répudié par ses compatriotes, envoya à Constantinople un certain Paramass, avec trois autres jeunes gens. Les Hintchakistes de

Constantinople ne voulurent rien entendre et refusèrent de coopérer au complot.

En 1913, il y avait eu à Constantinople un congrès de Hintchakistes dans lequel on vota, contre une petite minorité de voix, la résolution de combattre, par tous les moyens, le Gouvernement turc, s'il n'acceptait pas certaines réformes. Les Hintchakistes turcs déclinèrent cette résolution et déclarèrent le congrès incompétent pour parler au nom des Hintchakistes turcs. En conséquence ils refusèrent aussi toute coopération quand les quatre Arméniens d'Egypte vinrent à Constantinople. Ceux-ci furent découverts par la police à Constantinople et *mis en prison déjà avant la guerre*. Les chefs du complot turc qui habitaient Paris, l'Egypte et Athènes, furent encore quelque temps dupés par Midhat effendi, jusqu'à ce qu'ils cessassent de s'accorder entre eux et renonçassent à toute action. *Ils n'ont reçu aucun secours de l'Angleterre*. Toute l'affaire fut enfin découverte par la publication du *Tanine*.

Comme on le voit, les quatre Arméniens de l'étranger ne jouent, dans toute cette histoire de complot, qu'un rôle secondaire et avaient été désapprouvés par leurs camarades de Turquie. Si l'on avait simplement pendu ces conspirateurs quand on les prit, toute l'affaire en serait restée là, et personne n'aurait eu l'idée de faire passer *la conspiration des chefs du parti de l'opposition turque pour une révolution arménienne*. Mais on laissa les quatre Arméniens en prison pendant toute une année et on les en tira seulement le 17 juin 1915 pour les pendre sur la place du Ministère de la guerre, avec 17 autres Arméniens que l'on faisait passer également pour membres du comité du Hintchak. Ces 17 autres n'étaient pas impliqués dans le complot, mais la police turque avait réussi à avoir une liste des membres du congrès des Hintchakistes à Constantza et avait fait arrêter quelques-uns d'entre eux. D'autres Arméniens, dont on trouva les noms sur des enveloppes ou des carnets de poche des prisonniers, furent pendus en même temps pour donner à l'affaire l'apparence d'une grande conspiration. Personne ne savait qu'il s'agissait d'une affaire qui s'était passée bien avant la guerre. Lorsque les Arméniens de Constantinople **l**urent dans les journaux, le 17 juin, le manifeste du Commandant de la place de Constantinople, au sujet de la pendaison des 21 Arméniens et de la condamnation *par contumace* des deux hintchakistes d'Egypte, Sabahgulian et Ditad, ils furent extrêmement surpris, car ils savaient que cette exécution démonstrative, qu'on fit connaître aussi par la presse allemande, était l'annonce d'un coup contre le peuple arménien.

Le complot turc, qui avait été ourdi par les chefs de l'opposition turque, fut tourné en ridicule par la publication du *Tanine*, sous le titre de : *Une Comédie Politique*. On ne parla pas de persécuter les éléments grecs qui avaient pris part au complot. On annonça seulement à tous les vents la participation des quatre hintchakistes d'Egypte. *On confessa cependant publiquement, du côté jeune-turc, que le parti des Daschnakzagans, et surtout le peuple arménien de Turquie, n'avaient été impliqués en rien dans ce complot.*

L'histoire de la conspiration de l'opposition libérale turque contre les gouvernants actuels devait être ici brièvement exposée, puisqu'on a tenté, comme le prouve la publication de l'interview du Dr Rifaat, de tirer du fait de l'exécution des 21 Hintchakistes une preuve de l'existence d'un vaste complot révolutionnaire arménien, organisé avec l'argent anglais. Malheureusement, *la presse allemande est tombée dans ce piège grossier.*

4. — Le patriarcat arménien.

Une conspiration, et surtout « une conspiration englobant tous les Arméniens habitant la Turquie », ne saurait être improvisée. Elle a dû être organisée par quelqu'un qui tînt entre ses mains tous les fils d'un complot s'étendant sur l'Empire entier, depuis la capitale jusqu'au Caucase, et depuis la mer Noire jusqu'en Cilicie et en Mésopotamie. L'entreprise eût dû être préparée d'autant plus soigneusement que le temps de la guerre était, à n'en pas douter, le moment le moins favorable pour une révolution arménienne. Les hommes aptes au service avaient été appelés sous les armes ; parmi ce qui restait, ceux qui étaient capables de travailler avaient été levés pour construire les routes ou servir de portefaix. Le pays était en état de siège et l'armée turque était mobilisée. Des milices irrégulières parcouraient le pays ; la population mahométane était armée, les Arméniens désarmés. Seraient-ce les femmes, les enfants, les infirmes et les vieillards, restés dans les villages et les villes, ou bien le petit nombre de population mâle qui s'était racheté ou qui était resté comme inapte au service qui auraient pu mettre en scène une révolution ? C'eût été manifestement une folie !

Quelles étaient les organisations que l'on pouvait considérer comme pouvant faire les préparatifs d'une révolution ?

Il ne peut s'agir que de deux : le Patriarcat et les

Daschnakzagans. Les Arméniens de Turquie sont organisés comme Eglise et comme parti politique. Il était
nécessaire que la prétendue révolution fut organisée
par l'un de ces deux éléments.

L'organisation ecclésiastique du Millett (nation) arménien repose sur une des bases du droit public ancien,
qui ne fut point touché par les Turcs depuis le temps
de la conquête. Le Patriarcat représente aussi civile-
ment la nation arménienne auprès de la Porte. A côté
du Patriarcat se trouve un corps représentatif : l'Assemblée nationale arménienne. Bien que les représentants soient élus par toutes les parties de l'Empire,
ce n'est en réalité qu'une représentation des classes
riches de Constantinople. Sur 160 membres, il doit y
avoir, selon le règlement, 120 représentants de la capitale et 40 des provinces. Mais même ces 40 représentants
de la province sont choisis parmi les intellectuels de
Constantinople, à cause des difficultés de voyage à
l'intérieur. Le caractère du Patriarcat, avec son organisation ecclésiastique et son Assemblée nationale ainsi
constituée, est naturellement conservateur. Si l'attitude du Patriarcat et de l'Assemblée nationale arménienne a été critiquée par les hommes politiques arméniens, ce fut toujours sur ce chef que les Patriarches
avaient plus le caractère de fonctionnaires de l'Etat
ottoman que de représentants de la nation, et que l'Assemblée nationale se montrait trop souple et trop défé-
rente envers le pouvoir, même lorsqu'il s'agissait d'intérêts importants du Millet arménien. Le titulaire actuel
du siège patriarcal était, avant son élection, évêque de
Diarbékir, et connu comme un excellent pasteur des
âmes dans son diocèse. Il avait été préféré à d'autres
candidats qui avaient une physionomie politique plus

accentuée, parce qu'on avait en vue, pour l'ère de
paix qui suivrait la guerre des Balkans, beaucoup plus
la mission ecclésiastique que le rôle politique du Patriarcat. Le caractère de Mgr Zavenn est aussi éloigné
que possible de celui d'un politicien intrigant. Il a souffert gravement du sort qui fut fait à sa nation et à son
Église, mais il n'a jamais eu même l'idée d'opposer une
résistance à l'autorité gouvernementale. Il a fait toutes
les démarches qui étaient en son pouvoir ; il a exposé
aux Ministres la situation malheureuse de son peuple
par d'instantes suppliques et des doléances, jusqu'à ce
que les portes se fermassent devant lui et qu'il se per-
suadât de l'impuissance totale de sa fonction. On ne
voulut jamais donner satisfaction à la moindre de ses
demandes, même à celles qui concernaient seulement
le soin spirituel des déportés, comme l'envoi de prêtres
sur les lieux de déportation avec tout ce qui est nécessaire pour accomplir les rites religieux. Il dut être le
témoin impassible de l'extermination de son peuple, de
la déchéance des droits du Patriarcat et de l'anéantissement de l'organisation ecclésiastique de la nation arménienne. La liste suivante des dignitaires ecclésiastiques
qu'on fit disparaître au cours des massacres et des déportations en dit plus au sujet des souffrances du patriarcat, que toutes les explications ne le pourraient faire.

LISTE DES DIGNITAIRES ECCLÉSIASTIQUES :

1. Diarbékir, le vartabed (archimandrite) TSCHEKHLA-
RIAN, *brûlé vif.*
2. Ismid, l'archevêque HOVAGHIM, *exilé.*
3. Armasch, l'évêque MESROP, abbé du Couvent d'Ar-
mache, *exilé.*
4. Brousse, le vartabed TANIKLIAN, *emprisonné.*

5. **Kaisarieh,** l'évêque BEHRIGHIAN, *emprisonné.*

6. **Sivas,** l'évêque KNEL KALZMSKRIAN, *tué.*

7. **Ourfa,** le vartabed KASPARIAN, *exilé.*

8. **Chabin Karahissar,** le vartabed TORIKIAN, *pendu.*

9 **Samsoun,** le vartabed HAMAZASP, *déporté.*

10. **Trébizonde,** le vartabed TOURIAN, *emprisonné.*

11. **Baibourt,** le vartabed HAZARABEDIAN, *pendu.*

12. **Kemagh,** le vartabed HEMAYAK, *déporté.*

13. **Kharpout,** le vartabed KORENIAN, *tué.*

14. **Tscharsandjak,** le vartabed NALBANDIAN, *pendu.*

15. **Alep,** l'évêque NERSES DANIELIAN, *déporté.*

16. **Bitlis,** le vartabed KALENDEBIAN, *déporté.*

17. **Erzéroum,** l'évêque SAADEDIAN, *tué.*

On n'avait pas de nouvelles des dignitaires ecclésiastiques des autres diocèses. Sur 17 prélats, 7 furent donc déportés, 3 emprisonnés, 3 pendus, 3 tués et un brûlé vif. Le sort des autres ne sera sans doute pas différent de celui de ceux-ci.

Le Gouvernement n'a jamais reproché au Patriarcat et à sa hiérarchie de s'être rendus coupables de menées révolutionnaires ; par là même tombe toute possibilité de mettre au compte de l'organisation ecclésiastique une soi-disant révolution arménienne. Il ne reste donc que l'organisation politique des Daschnakzagans, que l'on pourrait soupçonner d'avoir propagé l'idée d'une révolution ou d'avoir préparé un soulèvement du peuple arménien.

5. — Les Daschnakzagans.

Le parti des Daschnakzagans (alliés) fut formé vers la fin de la période 1880 à 1890. C'était alors un parti révolutionnaire, tout comme le parti jeune-turc actuellement au pouvoir en Turquie. Ses chefs étaient, au temps de l'absolutisme, en étroites relations avec les chefs du Comité « Union et Progrès » et travaillaient avec eux à renverser le régime hamidien et à introduire la Constitution. Ils croyaient, comme les Jeunes-Turcs, qu'il n'était possible de réconcilier entre eux les différents éléments de la population de l'Empire ottoman et d'établir la concorde entre les différentes races et religions que par la proclamation de la Constitution. Dans leur congrès de Paris, en 1907, les Daschnakzagans résolurent de fédérer tous les groupes nationaux de la Turquie avec le mot d'ordre : « proclamation de la Constitution ». Sur leur invitation, les représentants de tous les partis politiques de Turquie qui étaient opposés à l'absolutisme d'Abdul-Hamid, Jeunes-Turcs, Arméniens, Grecs, Bulgares, Israélites, se réunirent à Paris à la fin de 1907. Les Daschnakzagans réussirent à réconcilier Ahmed-Riza et le prince Sabah-Eddine, alors chefs de deux groupes Jeunes-Turcs ennemis. Dans ce congrès, les chefs des Jeunes-Turcs prirent les engagements suivants pour le cas de réussite de leurs plans :

1º Déposer le Sultan Abdul-Hamid.

2º Introduire dans le nouveau régime constitutionnel le respect égal pour toutes les religions et nationalités.

3º Changer en conséquence le système d'administration partial qui opprimait les nationalités non musulmanes.

Quelques mois après ce congrès, la révolution éclata et la Constitution fut proclamée. Une jubilation indescriptible régnait alors dans la population mahométane et chrétienne de l'Empire. Chrétiens et musulmans, prêtres et mollahs s'embrassaient dans les rues. Il n'y avait plus, dans l'ivresse de l'enthousiame pour de la liberté conquise, qu' « un seul peuple de frères ». A Constantinople, un cortège de notables turcs, de mollahs et de hodjas vint, avec des Arméniens, dans l'église arménienne de la Trinité, pour y déclamer de grands discours et plaindre les victimes arméniennes des persécutions d'Abdul-Hamid. Les Turcs disaient aux Arméniens : « Vous devez vous estimer heureux, vous savez où sont ensevelis les vôtres tués par Abdul-Hamid ; les nôtres gisent au fond de la mer, ou sont disparus dans les déserts de l'Arabie. Nous voulons aller avec vous à votre cimetière pour y fêter le triomphe de la liberté sur les tombes de vos morts, du sang desquels nous sommes innocents. Venez aussi avec nous pour fêter ce jour de notre délivrance, sur la colline de la Liberté ! »

Ainsi fut fait. L'entente entre chrétiens et musulmans, Arméniens et Turcs, ne pouvait être plus complète et tout le monde croyait à l'avenir heureux de l'Empire.

Les chefs Jeunes-Turcs ne tinrent pas leurs promesses. Abdul-Hamid resta sur le trône. Un an plus tard seulement, après la victoire passagère de la réaction, on dut en venir à le déposer. En avril 1909 se produisit aussi le massacre d'Adana qui, — exécuté avec le concours des troupes Jeunes-Turques, — coûta la vie à 20.000 Arméniens. Mauvais présage ! Le Comité « Union et Progrès » avait oublié les déclarations de ses chefs qui garantissaient l'égalité entre les religions et les nationalités. Il se tourna rapidement vers un programme panislamique, dans l'espoir de gagner ainsi les masses turques et d'évincer complètement la propagande réac-

tionnaire. Malgré cela, les Daschnakzagans restèrent
aux côtés des Jeunes-Turcs et maintinrent leurs relations avec le Comité « Union et Progrès ». Dans le
temps de leur exil commun, ils avaient été les camarades des chefs des Jeunes-Turcs, ils étaient personnellement amis avec eux et ils étaient décidés à leur rester
fidèles. Malgré maintes déceptions, malgré le massacre
d'Adana, ils demeuraient convaincus que les chefs
Jeunes-Turcs (qui sont au pouvoir actuellement en
Turquie) étaient les seuls vrais partisans et défenseurs
de la Constitution. Cela leur fit fermer les yeux sur
bien des choses qui durent les choquer. Mais les Jeunes-
Turcs aussi, après avoir suivi quelque temps leur
propre voie, revenaient toujours aux Daschnakzagans.
Aussitôt que leur domination était menacée, ils priaient
les Daschnakzagans de les aider, leur faisaient de
grandes promesses comme auparavant et, pour le cas
d'une guerre civile, ils les fournissaient d'armes pour
défendre la Constitution. De tels accords furent con-
clus verbalement et par écrit et signés de leurs noms
par les chefs Jeunes-Turcs. Aussitôt que ceux-ci sur-
montaient les courants dangereux, ils oubliaient leurs
promesses et ne se souciaient pas du découragement
des Daschnakzagans. Lorsque la crise de 1911 amena la
dissolution du Parlement et que les Jeunes-Turcs crai-
gnirent que les chrétiens ne leur fussent défavorables,
il se rapprochèrent de nouveau des Daschnakzagans,
conclurent un accord avec eux et leur promirent
19 sièges au Parlement, en rapport avec le chiffre de
la population arménienne, environ 2.000.000. L'accord
électoral fut scellé par la signature du représentant le
plus en vue du Comité « Union et Progrès ». Des proclamations furent signées en commun et, partout dans

l'Empire, les Daschnakzagans firent de l'agitation pour
les Jeunes-Turcs. Lorsque ceux-ci reprirent le pouvoir,
déjà pendant la campagne électorale, ils arrangèrent
les choses de telle façon que non seulement les Arméniens n'eurent pas les 19 sièges promis, mais qu'au lieu
de 12 sièges qu'ils avaient auparavant, ils n'en obtinrent
que 9. Ces 9 sièges étaient, au surplus, occupés en partie par des créatures du Comité qui n'avaient pas la
confiance des Arméniens. Malgré toutes ces déceptions,
les Daschnakzagans restèrent fidèles aux Jeunes-Turcs
pour la seule raison, nous l'avons dit, qu'ils les croyaient
les seuls vrais représentants du parti constitutionnel.
Ni durant la guerre de Tripoli, ni durant la guerre des
Balkans, ils n'eurent l'idée de profiter de la faiblesse
de l'Empire pour leurs intérêts particuliers. Ils entrèrent aussi dans la guerre actuelle avec l'assurance
que leur loyauté et leur fidélité, dont ils avaient donné
des preuves depuis sept ans, porteraient enfin leurs
fruits.

Au début de la guerre européenne, à la fin de juillet
et au commencement d'août 1914, un congrès de Daschnakzagans se tint au club du théâtre d'Erzeroum, avec
l'autorisation du Ministre de l'Intérieur Talaat bey. La
possibilité d'une guerre russo-turque y fut envisagée
et il fut décidé, en toute sincérité, de garder, en ce
cas, la loyauté la plus stricte envers le gouvernement
ottoman et de défendre par les armes l'indépendance
et la souveraineté de la Turquie contre qui que ce soit.
Les Arméniens de Turquie savaient que leurs compatriotes du Caucase seraient obligés de combattre dans
l'armée russe contre la Turquie. Le programme politique des Daschnakzagans représentait essentiellement
le point de vue que l'avenir de la nationalité armé-

nienne était mieux assuré en Turquie qu'en Russie. Leur programme très éloquent par sa logique reposait sur le raisonnement suivant:

Le peuple arménien, qui compte en Turquie environ deux millions et en Russie près de 1,3/4 million d'âmes, ne peut compter sur une autonomie ni en Turquie, ni en Russie. Il doit donc profiter des avantages d'un équilibre entre ces deux pays pour protéger son caractère national qui serait mis en péril par une complète annexion à la Russie. Aucune nation n'est aussi intéressée à l'existence de la Turquie que la nation arménienne, car ce n'est que dans une union avec un plus grand État qu'elle pourrait acquérir quelque importance économique et quelque culture intellectuelle, en supposant qu'on lui assure des conditions d'existence normales. Les Arméniens devraient inventer une Turquie, si elle n'existait déjà, pour y trouver un appui contre l'extension russe.

On peut prouver péremptoirement que ce programme et l'attitude qui s'en suit envers le gouvernement jeune-turc, jusqu'au jour même de l'arrestation absolument inopinée et de la déportation de leurs chefs, a été, pour les Daschnakzagans, la ligne de conduite invariable dans leurs intentions et dans leurs actions.

A ce congrès d'Erzeroum participèrent aussi deux membres du Comité central Jeune-Turc, Omar Nadji et Dr Behaeddin Chakir, qui traitèrent avec les chefs des Daschnakzagans la question de la coopération des Arméniens à la guerre imminente contre la Russie. Ils soulevèrent la question de savoir si on ne pourrait pas soulever les Arméniens du Caucase contre la Russie, comme on se proposait de le faire avec les Géorgiens et les Tartares. Les Daschnakzagans déclarèrent que ce n'était guère possible. Après les massacres méthodiques organisés par le Gouverneur du Caucase parmi les Arméniens en soulevant contre eux les Tartares, un changement complet de régime était intervenu par l'arrivée au pouvoir du prince Vorontzoff-Daschkoff. Les mesures prises contre les Arméniens, comme la confiscation de tous les biens ecclésiastiques et scolaires, furent rapportées et les Arméniens du Caucase jouirent de nouveau d'un traitement loyal de la part du gouvernement russe. Sans doute la surveillance du parti des Daschnakzagans, qui ne voulait pas devenir un instrument entre les mains du gouvernement russe, se prolongea encore, mais la population et l'Église arméniennes n'eurent à se plaindre d'aucune représaille. On élut à Etchmiadzine un Catholicos bien vu des Russes. Si les Jeunes-Turcs avaient gardé, jusqu'à la guerre, une attitude pareille envers la population arménienne, non seulement ils auraient pu, comme ce fut le cas, compter sur la loyauté des Arméniens de Turquie, mais *ils auraient aussi, peut-être, relâché les liens entre les Arméniens du Caucase et le gouvernement russe.* Une mesure générale fit surtout la plus mauvaise impression sur les Arméniens de Russie. En 1913, sous la pression des grandes Puissances et surtout de la Russie, un plan de réformes fut finalement élaboré pour l'administration des sept vilayets orientaux habités par les Arméniens, pour accomplir ainsi la promesse que la Turquie avait faite à ses sujets arméniens et aux six grandes Puissances au Congrès de Berlin en 1878. L'élaboration du programme des réformes fut laissé par les autres Puissances à la Russie et à l'Allemagne, comme ayant en Turquie des intérêts économiques prépondérants. L'ambassadeur d'Allemagne, le baron de Wangenheim, s'était efforcé, avec succès, de maintenir le programme dans certaines limites, de façon à ce que les droits de souveraineté de la Turquie fussent sauvegardés, afin de faire accepter le programme par la Sublime Porte. Il fut, en effet, accepté par elle le 26 janvier-8 février 1914. Deux inspecteurs généraux, le Hollandais Westenenk et le Norvégien Hoff, furent appelés et arrivèrent au printemps à Constantinople. Quand la guerre éclata, ils étaient sur le point d'entrer en fonctions. Hoff se trouvait déjà à Van. Aussitôt que la guerre européenne éclata, la Porte retira le programme des réformes et renvoya chez eux les inspecteurs généraux. Ce fut une faute impardonnable. Si les inspecteurs généraux étaient restés dans le pays, on aurait pu éviter les événements qui amenèrent la perte de Van, et l'on n'aurait pas ébranlé la confiance du peuple arménien en la sincérité des projets de réformes.

Les Arméniens de Turquie eurent encore d'autres cruelles déceptions. Au congrès d'Erzéroum, il fut convenu avec les chefs Jeunes-Turcs qu'un fameux Daschnakzagan, Aloyan, serait envoyé au Caucase pour conseiller aux Arméniens sujets russes de se tenir sur la réserve, autant que les limites de la loyauté le permettraient, et d'éviter toute provocation pour ne pas compromettre la loyauté des Arméniens de Turquie. Aloyan fut tué pendant son voyage au Caucase, alors qu'il se trouvait encore sur territoire turc. On limita également la liberté de mouvement des chefs Daschnakzagans de Turquie. Le Ministre de l'Intérieur, Talaat bey, obligea son ami Aknouni et d'autres Daschnakzagans, comme Rostam et Vramian, qui voulaient s'occuper de leurs affaires ordinaires dans les provinces, à rester à Cons-

tantinople, pour y être surveillés. Garo Pastermadjian,
député d'Erzéroum, fut tellement consterné par ces
marques d'une méfiance déloyale, qu'à la fin d'août,
donc *deux mois et demi avant* le début de la guerre
turco-russe, il retourna au Caucase, où il a sa maison
et des fabriques, et d'où il avait été exilé depuis longtemps. Comme il a ses affaires à Tiflis, il était dans son
droit. Son acte fut le résultat d'une décision personnelle qui fut désapprouvée par tous les autres chefs des
Daschnakzagans. Il avait jusque-là représenté de toute
son âme le programme selon lequel le sort du peuple
arménien est lié à celui de la Turquie et, dans son
cœur, il avait été de tendances absolument anti-russes ;
mais son tempérament impulsif ne put surmonter le
choc que subit sa confiance. Il alla donc au Caucase,
mais ne tira jamais un coup de fusil. Il a voué son activité, au Caucase, à organiser les secours aux réfugiés
arméniens.

Une autre question, qui fut aussi traitée au congrès
d'Erzéroum, mérite d'être mentionnée. Du côté kurde,
*on avait proposé aux Daschnakzagans d'abandonner
la Turquie et de tourner ensemble les armes contre le
gouvernement ;* la proposition émanait de fameux
cheikhs kurdes de Turquie, qui étaient, comme chacun le sait, à la solde des Russes et avaient depuis
longtemps conspiré avec la Russie. On avait également
demandé aux Arméniens, du côté russe, de livrer en
secret des armes aux Kurdes. Les deux propositions
essuyèrent un refus net. Les Daschnakzagans ne voulaient être mêlés à aucun acte déloyal quelconque ou
à une conspiration contre la Turquie.

Quand il devint certain que la guerre allait éclater
entre les Russes et les Turcs, le bureau des Daschnak-

zagans de Constantinople adressa aux autres comités centraux, en date du 10/23 octobre, une proclamation ainsi conçue :

« Camarades, comme vous le savez, la huitième Assemblée générale de notre parti commença et finit ses travaux dans le temps fixé. En laissant aux organisations locales la mise à exécution de nos décisions, nous voulons ici attirer votre attention sur la gravité de la situation dans laquelle se trouve notre pays par suite de la guerre générale. Il est plus que jamais nécessaire d'employer toutes nos forces pour épargner un malheur à notre peuple. Afin de contribuer pour notre part au maintien de l'ordre et de la sûreté générale, on doit éviter toute occasion qui puisse faire naître des incidents ou des malentendus politiques entre les divers éléments de la population.

« En vous souhaitant, durant ces temps extraordinaires, une somme d'énergie au travail extraordinaire, nous vous envoyons nos salutations amicales. »

LE BUREAU DE CONSTANTINOPLE.

La correspondance ultérieure du bureau de Constantinople jusqu'au jour de la déportation générale nous montre qu'il s'est tenu sans broncher dans la voie droite de la loyauté. Les relations avec le Comité Jeune-Turc, qui commençaient partout à se rompre, à la grande consternation des chefs, sont toujours reprises. Peu à peu on en vint à exprimer la crainte que la situation troublée dans les provinces, et la tendance panislamique du gouvernement ne fournissent un jour des prétextes pour un coup contre les nationalités chrétiennes. On enregistre, avec une angoisse croissante, les symptômes qui paraissent justifier ces craintes. On emploie tous les moyens imaginables pour convaincre le gouvernement de la loyauté des Daschnakzagans. Les relations personnelles des chefs des Daschnakzagans avec les chefs des Jeunes-Turcs sont employées pour arrêter le péril qui menace ; mais finalement on exprime la douloureuse conviction que toute la loyauté et toute la fidélité des Daschnakzagans vis-à-vis du *Comité Jeune-Turc* n'ont servi à rien, et que l'on a seulement abusé de leur bonne foi pour les tromper sur les intentions du Gouvernement turc.

La lecture de cette correspondance laisse une émotion profonde. On y voit comme une petite pierre se détacher d'abord du haut d'un champ de neige, rouler ensuite comme une balle et s'accroître et, devenue finalement une puissante avalanche, se jeter furibonde sur les riantes plaines du peuple arménien et ensevelir, dans une immense catastrophe, tout ensemble villages et villes, biens, civilisation et vies humaines.

Il est nécessaire de suivre les faits un à un, comme on les note à Constantinople, pour concevoir leur enchaînement et se rendre compte des réalités qui, considérées de loin, semblent à peine croyables.

Aknouni, homme de haute culture et de larges vues, qui jouissait d'une égale sympathie auprès des Turcs et des Arméniens et qui était manifestement au premier plan comme chef des Arméniens constitutionnels, aussi considéré comme écrivain que comme homme privé, était l'ami personnel du tout-puissant Ministre de l'intérieur Talaat bey. Aknouni va visiter Talaat bey et l'entretient de la situation des Arméniens dans les provinces. Là-dessus, Talaat télégraphie à Erzeroum l'ordre de bien traiter les Arméniens et en particulier les Daschnakzagans.

« Il n'y a, en effet, aucune raison, est-il dit dans le

compte rendu de cette entrevue, relaté dans la « correspondance du parti (1), » en date du 29 septembre/ 12 octobre 1914, pour que le Gouvernement nourrisse contre nous de la défiance. C'est le contraire qui devrait arriver. Il sait que notre congrès a décidé que tout Arménien doit accomplir son devoir comme sujet ottoman et répondre de bon gré à la mobilisation. Nous sommes donc fondés à espérer que le Gouvernement reconnaîtra notre loyauté, car nous sommes prêts à faire tout ce qui est en notre pouvoir pour le maintien et l'intégrité de

---

(1) La « correspondance du parti, » du bureau de Constantinople, de laquelle sont extraits les passages ci-dessus, était destinée aux différents Comités centraux du pays et de l'étranger. Elle contient toutes les nouvelles que le Bureau reçoit de l'Intérieur, et raconte les événements de Constantinople. Le caractère intime de la correspondance permet d'y suivre, exposés avec clarté et franchise, les dispositions d'âme, les jugements, les inquiétudes et les réflexions à mesure qu'ils sont inspirés par le cours changeant des événements ; elle vous laisse immédiatement l'impression que les faits racontés sont absolument vrais.

Nous voudrions faire suivre ici quelques extraits de la « correspondance du parti », qui mettent en lumière le cours des événements.

« *Du 7/20 octobre 1914* : Nous apprenons que la situation à l'intérieur s'aggrave de jour en jour. Par suite de la mobilisation générale, on a déclaré l'état de siège. Depuis lors, la situation a complètement changé. Les Arméniens ont répondu à l'ordre de mobilisation. Nous avons fait tout ce qui était en notre pouvoir et nous avons donné des conseils pour que tout Arménien accomplisse son devoir comme sujet ottoman. Il est vrai qu'il y a eu chez nous, comme parmi les Turcs, quelques individus qui n'ont pas répondu à l'ordre de mobilisation ; le Gouvernement a pris contre eux des mesures très sévères. On châtiera ceux qui ne se présentent pas en brûlant leurs maisons. Les déserteurs seront fusillés. Mal-

l'Empire ottoman et pour la défense de notre patrie.
(Déjà il y avait eu dans les provinces toute sorte de
procédés irréguliers et d'attaques contre les Arméniens
de la part de la gendarmerie et des autorités locales).
La correspondance continue ensuite : « Les procédés
contre les Arméniens de l'intérieur ne semblent pas être
des mesures prises par le Gouvernement central, mais
plutôt par les autorités locales. Il est probable que nous
devons ces mesures erronées à des dénonciations ca-
lomniatrices. Il est à regretter que ce système du temps

heureusement on fusille aussi des individus tout à fait innocents. Il y eut cinq cas pareils dans le vilayet de Van. Et de
même en Cilicie.

Du 24 novembre/7 décembre 1914 : « On n'a permis ni à
Aknouni, ni à Charikian, de quitter Constantinople ; on veut
avoir sous la main les chefs des Daschnakzagans. »

Du 26 décembre/8 janvier 1914-1915 : « Il semble que
l'attitude des Arméniens du Caucase a déçu le gouvernement. On le voit à leur conduite à l'égard des Arméniens en
général et des Daschnakzagans en particulier. Il est à présent très difficile de convaincre nos amis turcs que nous,
Daschnakzagans, non seulement n'avons aucune part dans
la conduite des Arméniens de Russie, mais que nous
sommes de plus des partisans convaincus du maintien de
la Turquie et des adversaires de l'incorporation de l'Arménie
à la Russie. Nous avons reçu de Van une lettre datée du
16/29 novembre qui décrit la situation comme très difficile.
Les réquisitions ont pris le caractère d'un pillage ; les villages
sont complètement vidés. Sous le prétexte de châtier les déserteurs, les gendarmes ont brûlé d'innombrables maisons
et confisqué les biens. On ne fait rien de pareil aux Mahométans chez qui il y a eu bien plus de désertions. On a
dernièrement amnistié et armé tous les brigands. En quelques
endroits, on a relâché des prisons des criminels fameux et
on les a armés. Les démarches de nos camarades auprès du
Gouvernement restent presque toujours sans succès. »

d'Abdul-Hamid ait fait aussi son entrée dans le Gouvernement constitutionnel, ce qui peut avoir de très fâcheuses conséquences. »

En janvier arrivent les premières nouvelles sur la situation mauvaise dans le vilayet d'Erzeroum. Les Daschnakzagans s'adressent au vali Tahsin Bey, qui promet de châtier avant deux jours les malfaiteurs qui ont fait du ravage dans les villages. Mais, dix jours après, les mêmes faits se renouvellent dans d'autres villages. Les Arméniens sont avertis par des Turcs : ils entendent parler, pour la première fois, d'un « plan de massacre général ».

Du 20 janvier/2 février : Autres nouvelles inquiétantes des vilayets d'Erzeroum et de Bitlis. « Ici, à Constantinople, la méfiance du Gouvernement contre les Daschnakzagans est si grande, que l'on peut à peine parler avec lui de la situation ».

Du 20 février/5 mars : Nouvelles inquiétantes du vilayet de Van au sujet de mauvais traitements et de meurtres dans les villages, par la Gendarmerie et les Tchettéhs.

Du 27 février/12 mars : Nouvelles d'un massacre dans les villages d'Alaschkert, qui sont mis à sac par les Kurdes-hamidiens, après la retraite de l'armée turque, depuis le 22 décembre 1914. « Toutes les jeunes femmes et les jeunes filles, restées dans le village, furent enlevées et forcées d'embrasser l'Islam. Lorsque les Russes revinrent au milieu de janvier, la population mahométane eut peur d'être châtiée à cause des méfaits commis contre les chrétiens. Les musulmans quittèrent donc leurs villages avec leurs familles et furent établis par le Gouvernement dans les villages

arméniens de la région de Melaskert et Boulanek. Les
réfugiés comptaient environ 2.000 familles. Dans toutes
ces régions, les Kurdes et les Tchettéhs sont les seules
troupes dont le Gouvernement dispose. Il n'y a pas un
seul soldat régulier. S'il y avait eu là des troupes régulières, le malheur ne serait pas arrivé. On a confié la
défense du pays aux Kurdes Alaï. Quelle immense
faute de la part du Gouvernement ! Vahan Papazian
(député de Van à la Chambre ottomane) a fait des démarches auprès du Gouvernement pour que les Mouhadjirs (réfugiés musulmans) ne soient pas envoyés
dans la plaine de Mouch. Le mutessarif de Mouch
promit de les envoyer à Diarbékir, mais il n'a pas tenu
sa parole. » Suivent des nouvelles inquiétantes sur la
situation générale des vilayets de Van et de Sivas, en
particulier au sujet des réquisitions, et sur le sort des
Arméniens recrutés comme portefaix, qui périssent
souvent sur les routes ou qui y sont tués. Viennent
ensuite les premières nouvelles de Cilicie, Deurtyol et
Hadjine, avec la conclusion : « Le but du Gouvernement semble être d'éloigner les Arméniens de leurs
centres. Bien que nous accomplissions de tout cœur
notre devoir de citoyens, le Gouvernement nourrit
contre nous une défiance et des soupçons injustifiés.
Ici, à Constantinople, les Turcs commencent à quitter
la ville pour aller s'établir à Eski-Chéhir et Konia. Dans
le cas où les Dardanelles seraient forcées, le siège du
Gouvernement sera transféré à Konia. On a avisé également le Patriarche que, dans ce cas, il aurait aussi à
suivre le Gouvernement ».

Du 2/15 mars : « Le *Memorandum* de Vramian n'a
servi à rien, si ce n'est à prévenir le Gouvernement
contre lui, de sorte que sa vie est en danger. »

Du 11/24 mars : Nous apprenons de source officielle qu'il y a eu rencontre à Zeïtoun. Suivent d'autres nouvelles sur les méfaits des gendarmes dans le vilayet de Bitlis à Terdjan et à Baïbourt.

De Baïbourt, on écrit : « Toute la population vit sous la menace d'un massacre général. Le Gouvernement a donné l'ordre de faire désarmer tous les soldats arméniens. Sous le prétexte le plus insignifiant ils doivent être tous massacrés. »

Du 20 mars/2 avril 1915 : « On annonce des vilayets d'Erzeroum et de Bitlis, que l'inquiétude augmente par suite des pillages dans les villages et de l'insécurité générale. La situation économique des Arméniens est effroyable : ils sont partout réduits à la mendicité. On n'a pas pu ensemencer les champs ni au printemps, ni à l'automne. » La crainte d'un massacre général est suspendue sur nos têtes. Les Turcs nous disent : « Vous autres, Arméniens, vous êtes responsables du malheur de cette guerre ; nous vous exterminerons. » Il est plus que temps d'attirer l'attention sur la situation en Arménie ; autrement, au lieu d'une Arménie, nous aurons bientôt un amas de ruines. »

Jusque-là il n'y avait rien eu à Constantinople qui pût faire craindre que le Gouvernement allât jusqu'à procéder dans la capitale même contre l'élément arménien. On n'avait aucune raison de se méfier de la population loyale. Encore moins avait-on à reprocher aux chefs Daschnakzagans et au Patriarcat. Alors on eut, le 18/31 mars, le premier indice que quelque chose se passait dans les coulisses du Gouvernement. Le conseil de guerre défendit, sans raison manifeste, la publication ultérieure du journal *Azatamart*, organe des Daschnak-zagans. On donna comme prétexte un article sur l'admi-

nistration des communautés arméniennes protestantes.
L'un des rédacteurs de l'*Azatamart*, qui était sujet persan, fut arrêté et déporté à l'intérieur, malgré l'intervention du Consul de Perse.

Personne ne savait encore ce que signifiait cet acte.
On observait seulement que le Gouvernement nourris-
sait envers les Arméniens une étonnante méfiance, dont
on ne s'expliquait pas les raisons. Cet état d'âme incer-
tain et angoissant dura encore trois semaines. On ne
devinait pas ce qui s'était préparé entre temps. Alors,
le dimanche 12/25 avril, la population arménienne de
Constantinople fut suprise par une nouvelle presque
incroyable.

Déjà le samedi, de bonne heure, toute la police était
sur pied. On procéda tout le jour à des arrestations isolées suivant une liste préparée d'avance. Presque tous
les Arméniens qui se trouvaient les plus en vue dans la
vie publique, et surtout les chefs des Daschnakzagans,
furent arrêtés et conduits à la police en automobile,
avec leurs trésors et leurs papiers. Dès minuit, la rédaction de l'*Azatamart* fut occupée, toutes les personnes
présentes arrêtées et la maison fermée. Un gendarme
monta la garde à la porte. Aknouni fut arrêté dans sa
maison où précisément se trouvaient alors deux autres
Daschnakzagans, Vartkès et Heratch. Ce dernier se
rendit à la rédaction de l'*Azatamart* où on l'arrêta également. Le matin suivant, 235 Arméniens, membres dirigeants de la nation, appartenant à la meilleure société,
étaient entre les mains de la police ; ils furent aussitôt
transportés à l'intérieur.

Les deux membres arméniens du Parlement, Vartkès
et Zohrab, amis personnels de Talaat bey et d'autres
membres éminents du Comité Jeune-Turc, avaient été

laissés libres. Ils allèrent trouver Talaat bey pour lui demander l'explication de ces procédés inconcevables. Talaat bey leur répondit : « Les vôtres sont descendus des montagnes et ont occupé Van avec l'aide de la population arménienne de la ville. » Les Arméniens de Constantinople ne savaient encore rien des événements de Van, qui avaient été évidemment annoncés le jour même télégraphiquement à Constantinople et avaient amené l'arrestation des chefs arméniens. La supposition de Talaat bey, que les Arméniens de l'étranger soient venus à Van et y aient provoqué les événements qui s'y produisirent, était erronée (1). A une question de Vartkès demandant pourquoi l'on faisait arrêter des gens qui n'y étaient pour rien, Talaat répondit : « Je ne pouvais m'opposer à cela. » Il donna ensuite à Vartkès le conseil amical de ne plus se montrer en public. Vartkès alla alors trouver le chef de la police, Bédri bey, et lui dit : « Vous avez laissé les choses en venir à ce point ! » Bédri bey lui répondit : « Djanoum (mon âme !) qu'avons-nous donc fait ? » — Vartkès : « Vous êtes en train de provoquer notre peuple et de le pousser au désespoir ». — Bédri bey : « Je te donne trois jours pour quitter Constantinople et t'établir dans un endroit habité seulement par des Turcs. » — Vartkès : « Ma femme est malade, j'ai besoin d'au moins 15 jours. » — Bédri bey : « Nous nous en tenons à ce que je t'ai dit. »

En d'autres endroits on répondit : « le Gouvernement n'a aucun soupçon précis, mais il craint qu'il n'arrive quelque chose et c'est par prudence que l'on a procédé aux arrestations. »

Parmi les personnes arrêtées se trouvaient les sui-

(1) Comparez le récit détaillé des faits page 10 et suivantes.

vantes : Aknouni, *publiciste ;* Zohrab, *politicien célèbre, membre du Parlement ;* Zartarian, *rédacteur de l'Aza-tamarl ;* Khayak, Heratch, *leaders des Daschnakza-gans ;* Chahbaz, *juriste ;* Chamil, *juriste ;* Movsès Pé-dressian, *juriste ;* Charikian, *avocat ;* Kalfaïan, *maire de Makrikeui ;* Dr Daghavarian, *médecin, Vice-Prési-dent de l'Assemblée Nationale Arménienne ;* Dr Torko-mian, *Président de la Société de Médecine,* l'un des pre-miers médecins de Constantinople ; Dr Pachayan, *mé-decin ;* Dr Mirza Guendjian, *médecin ;* Dr Nerguiledjian, *médecin ;* Jiraïr, *éditeur ;* Stépan Kurkdjian, *éditeur ;* Adom Chahine, *propriétaire d'imprimerie ;* Diran Ké-lékian, *rédacteur du Sabah ;* Kétchian, *rédacteur du Byzantion* (journal conservateur arménien) ; Guigo et Gavroche, *fameux éditeurs de feuilles humoris-tiques ;* Hampazoumian, *journaliste ;* Djaouchian, *écri-vain ;* Tigrane Tchoukurian, *écrivain ;* Aram Andonian, *publiciste ;* Ardaschès Haroutiounian, *critique ;* Yer-vant Odian, *humoriste connu ;* Siamanto, *poète ;* Varou-jan, *directeur d'école et poète ;* Marzledouni, *pédagogue* (sujet autrichien) ; Dr Barseghian, *savant ;* Léon La-rentz, *nouvelliste ;* Mehkom Gurdjin, *arméniste et écri-vain* (pseudonyme : Héraut) ; Aram Tcharek, *poète ; l'archevêque* Hamaïak ; *le vartabed* Balakian ; *le var-tabed* Komitas (tous deux ont étudié en Allemagne) ; *le vartabed* Hovnan ; *le prêtre* Houssik Kérowsalian, *pasteur protestant ;* Nersès Zakarian, Aram Aschott, *intellectuels connus ;* tous, au reste, membres de Clubs de Scutari et de Koumkapou ; beaucoup de docteurs, de pharmaciens, de prêtres connus ; bref, tous les hommes de l'élite arménienne.

Parmi ceux-ci, huit furent plus tard relâchés, entre autres le juriste Pédrossian, comme sujet bulgare, les médecins Dr Torkomian et Dr Narguilédjian, le rédacteur Kélékian, le pasteur Kérowsalian et les deux vartabeds Balakian et Komitas. Ce dernier, un savant musicien bien connu, aurait été libéré par l'intervention du feu prince héréditaire Youssouf Izzeddine. La famille impériale est, comme on le sait, très musicienne.

D'autres arrestations suivirent bientôt après, de sorte que 600 intellectuels arméniens de Constantinople furent en tout mis en prison. Bien peu d'entre eux furent, sur des interventions spéciales, laissés libres, ou ramenés de leur lieu d'exil.

En même temps que les arrestations, commencèrent aussi des enquêtes et des perquisitions très pénibles, et qui furent poursuivies assez longtemps, dans l'espoir de trouver des chefs d'accusation pour motiver, après coup, les arrestations. Tout fut fouillé, jusque dans les écoles de Guédik pacha, Koumpakou, Yénikapou, Psammatia, dans les églises et dans le Patriarcat, dans l'espoir de trouver de quoi établir un motif d'accusation contre les Arméniens. Mais *on ne trouva rien. Le résultat de toutes les recherches fut absolument nul.* Si l'on avait voulu appliquer les principes juridiques en vigueur, c'eût été là une preuve à faire rougir de honte que les arrestations avaient été faites sans raison. Des démarches furent faites par le Patriarcat et d'autres côtés pour faire cesser, si possible, les arrestations, ou pour obtenir des assurances que l'on mettrait des limites à une plus grande extension de la mesure. Mais la déportation suivit son cours sans être empêchée, ni troublée. Zohrab et Vartkès étaient seuls restés en liberté parmi les personnalités dirigeantes.

Le député Zohrab n'appartenait pas aux Daschnakzagans, il était membre du Parlement pour Constantinople et avait des relations personnelles très particulières avec les dirigeants du Gouvernement jeune-turc. Lorsqu'en mars 1909, le Gouvernement jeune-turc fut renversé et qu'Abdul-Hamid reprit de nouveau en mains les rênes du Gouvernement, la vie des chefs jeunes-turcs se trouva en grand danger. Les hommes qui sont actuellement au pouvoir se réfugièrent alors dans les maisons de leurs amis arméniens. Halil bey, Ministre des Affaires Etrangères (1), qui jouit à présent avec Talaat bey et Enver pacha de la plus grande influence, s'enfuit alors dans la maison de son ami Zohrab, qui le tint caché durant 14 jours, au péril de sa propre vie, jusqu'à ce que la réaction fût domptée et le Sultan détrôné. Mahmoud Chevket pacha et Talaat bey s'étaient également cachés chez leurs amis arméniens ; d'autres jeunes-turcs s'étaient réfugiés à la rédaction de l'*Aza-tamart*. Dans les provinces aussi, les Jeunes-Turcs trouvèrent protection chez les Arméniens contre leurs ennemis réactionnaires. A Erzeroum, les Daschnak-zagans conduisirent les chefs jeunes-turcs dans les Consulats et dans leurs propres maisons, et quand une partie d'entre eux furent transportés prisonniers à Baï-bourt, les Daschnakzagans escortèrent le convoi pour protéger contre toute attaque leurs amis politiques. Bien que rien ne fût changé dans l'intervalle dans les relations amicales entre Jeunes-Turcs et Daschnak-zagans, les premiers oublièrent tous ces services et ceux qui leur avaient sauvé la vie furent exilés comme les autres chefs arméniens. Le député Zohrab s'était

---

(1) Jusqu'à ces derniers temps il était Président de la Chambre ; et il est actuellement Ministre des Affaires Etrangères.

montré, de plus, un collaborateur précieux pour le Gouvernement Jeune-Turc. Comme juriste éminent, les
chefs du Gouvernement le consultaient pour l'élaboration des projets de loi, et il était également d'une activité infatigable dans les commissions de la Chambre.

Vartkès (1), député d'Erzeroum, qui était resté sept
ans et demi en prison sous Abdul-Hamid, était un ami
personnel des hommes au pouvoir. Les députés Zohrab
et Vartkès devaient à leurs relations personnelles avec
Talaat bey de n'avoir pas été déportés jusque-là.

Lors de la fermeture du local de la rédaction du
journal *Azatamart*, on avait confisqué le reste de la
caisse, soit 450 l. t., et toutes les provisions de papier.
Comme on avait arrêté et déporté non seulement les
rédacteurs mais aussi les compositeurs, le portier et
tous ceux qui se trouvaient là par hasard, on désirait
au moins que l'argent saisi pût être dépensé au profit
des familles des rédacteurs et des employés du journal.
Talaat bey promit de régler l'affaire. Par ces pourparlers et par d'autres pareils, Zohrab et Vartkès restaient
encore en relations avec le Gouvernement ; ils s'effor-
çaient aussi d'alléger le sort des déportés.

On avait désigné, comme lieu d'exil, pour les 600 notables de Constantinople trois localités habitées exclusivement par des Mahométans, dans le voisinage d'Angora. Ceux qui s'étaient occupés jusqu'alors de politique
furent envoyés au village d'Ayache, près d'Angora ;

(1) Vartkès (cheveux de rose) est le pseudonyme d'écri-
vain du député Ohannès Seringulian. Les Arméniens se
nomment volontiers entre eux par ces surnoms qu'ils se
donnent et qui sont si généralement employés que les Arméniens les plus connus sont appelés le plus souvent, même
en public, par leurs surnoms.

les intellectuels non politiciens, à Tchangri (petite ville entre Angora et Kastamouni) et à Tchorum (entre Tchangri et Amasia). A Angora devait siéger un conseil de guerre pour juger définitivement les déportés. Il semble que plus tard on n'ait trouvé aucune matière à accusation et qu'on ait renoncé à tout procédé judiciaire. Par contre, on décida de transporter les principaux chefs plus loin dans l'Intérieur, vers Adana, Alep et même jusqu'à Diarbékir.

Vartkès et Zohrab restèrent donc d'abord à Constantinople. Quand Vartkès venait voir ses amis Jeunes-Turcs, on lui disait : « Pourquoi ne venez-vous pas plus souvent ? » Il semblait que l'on pouvait encore obtenir quelque chose par voie d'amitié. Peut-être la déportation des intellectuels n'avait-elle été qu'une mesure de prudence ? Les chefs des Jeunes-Turcs avaient des motifs pour avoir mauvaise conscience vis-à-vis de leurs amis arméniens. Ils n'avaient pas tenu les promesses qu'ils avaient faites dans des temps difficiles, et les réformes avaient été retirées juste au moment où on allait les mettre à exécution. Peut-être les Jeunes-Turcs jugeaient-ils les Arméniens d'après eux-mêmes et pensaient-ils que, dans un cas semblable, ils n'auraient pas gardé fidélité à leurs camarades politiques, mais qu'ils auraient pensé à se venger. Ainsi pourrait s'expliquer la mauvaise conscience des Jeunes-Turcs et leurs procédés envers les Daschnakzagans. Mais comme ceux-ci avaient une bonne conscience, ils cherchaient toujours davantage à persuader les hommes du Gouvernement de leurs erreurs, sans cacher combien ils se sentaient personnellement blessés par les procédés de leurs amis. Vartkès écrivait encore le 1er mai à ses amis du même parti: « Le malheur de nos camarades nous a appris que notre attitude loyale vis-à-vis du Gouvernement est devenue complètement vaine. Peut-être pourra-t-on, sinon empêcher, du moins faire atténuer les mesures générales. Nous nous efforçons de convaincre le Gouvernement que nous n'avons aucune tendance séparatiste et ne désirons pas d'autre souveraineté que celle du Sultan. *Nous voyons clairement que le Gouvernement n'en est pas persuadé, mais il prétend que nous avons organisé un mouvement révolutionnaire contre lui et que nous sommes des adversaires. Il est persuadé presque du contraire, puisque les perquisitions et les recherches, qui n'ont amené aucune découverte, furent un complet fiasco.* Seuls les événements de Van et de Sivas (Chabin Karahissar) l'ont induit en erreur, de sorte qu'il semble craindre un soulèvement général. Dans les provinces, la situation devient toujours plus mauvaise. Nous ne pouvons en aucune façon leur faire comprendre que tout ce qui arrive à l'intérieur est le résultat de la mauvaise administration de leurs fonctionnaires. La déclaration de l'état de siège a créé des conditions telles, et l'état de guerre générale a mis les fonctionnaires dans une situation telle qu'ils peuvent faire tout ce qui leur plaît sans crainte d'être punis.

Vartkès fit, le 12 mai, une visite à Talaat bey dans sa maison. Talaat bey n'était pas à même d'indiquer comme motif de la déportation des plans révolutionnaires quelconques des Daschnakzagans. Il insista de façon accentuée sur les efforts antérieurs des Arméniens pour obtenir des réformes, ce qui avait été, aussi sous Abdul-Hamid, la cause des massacres (1).

(1) Dans ces efforts pour les réformes, les Arméniens n'avaient jamais espéré obtenir autre chose que la sécurité pour leurs vies et leurs biens et la protection contre les Kurdes pil-

Talaat dit à Vartkès :« *Aux jours de notre faiblesse, après la reprise d'Andrinople, vous nous avez sauté à la gorge et avez ouvert la question des réformes arméniennes. Voilà pourquoi nous profiterons de la situation favorable dans laquelle nous nous trouvons, pour disperser tellement votre peuple que vous vous ôterez de la tête, pour 50 ans, toute idée de réformes.* » *Vartkès répondit à cela : « Vous avez donc l'intention de poursuivre l'œuvre d'Abdul-Hamid ? » Talaat répliqua : « Oui ! »*

Le 21 mai, Vartkès fit une visite à Bédri bey, chef de la Police, pour toucher l'argent confisqué dans la rédaction du journal *Azatamart* et pour intercéder en faveur des malades qui se trouvaient parmi les déportés. En son absence, 15 gendarmes pénétrèrent dans sa maison pour y faire une perquisition. En même temps le député Zohrab était arrêté chez lui.

Ni Vartkès, ni Zohrab ne retournèrent plus auprès des leurs. Ils furent transportés de nuit à Konia.

Les chefs des Daschnakzagans ainsi arrêtés adressèrent d'Ayache, à Talaat Bey, la protestation suivante :

« *L'organisation des Daschnakzagans, qui avait uni tous ses efforts aux vôtres pour travailler à la prospérité et au progrès de l'Empire, se trouve aujourd'hui dans une situation si étrange et si inconcevable, que*

lards. Si les grandes puissances insistèrent si souvent pour ces réformes et appuyèrent les aspirations des Arméniens, leur action était fondée sur le traité de Berlin (art. 61) de 1878. L'Allemagne avait aussi pris part, en 1913, d'une façon prépondérante aux négociations au sujet des réformes et incliné la Porte à accepter le programme des réformes formulé dans la note du 26 janvier/8 février 1913. De ces pourparlers entre les Puissances et de ces concessions de la Porte, on faisait maintenant un crime aux Arméniens.

*ce fait seul devrait vous suffire pour mettre un terme
à cet état honteux. On devrait penser qu'une telle attitude du Gouvernement turc vis-à-vis des représentants
du peuple arménien est de nature à troubler les relations entre les deux nations, et à rendre hostiles l'un
à l'autre les deux éléments de la population. Nous
n'aurions jamais songé qu'après notre travail en commun, nous serions un jour obligés de traiter avec vous,
depuis ici, par le télégraphe. »*

AKNOUNI, ZARTARIAN, Dr PACHAYAN.

Les chefs des Daschnakzagans étaient toujours dans
l'illusion que tout ce qui était arrivé devait être le résultat d'une erreur. Mais les raisons par lesquelles les
Daschnakzagans cherchaient à convaincre le Gouvernement que ses procédés n'étaient ni naturels, ni raisonnables, ne pouvaient faire aucune impression. L'idée
que les relations entre les Turcs et les Arméniens seraient « troublées » ne pouvait réellement pas toucher
le Gouvernement, puisqu'il avait l'intention d' « exterminer tout le peuple arménien », de sorte qu'il ne pouvait nullement être question de relations. Mais il était
compréhensible que les Arméniens, qui n'étaient conscients d'aucune déloyauté envers le Gouvernement, ne
perdissent leurs illusions qu'au moment où la déportation générale vint montrer clairement le sens qu'a-
vaient la déportation des intellectuels de Constantinople et les arrestations simultanées des notables de
tous les centres de l'Intérieur.

Comme on s'était intéressé, de divers côtés, à Vartkès
et Zohrab, on promit aux leurs de les rappeler tous
deux. Mais ces démarches n'eurent comme conséquence
que de les faire transporter de Konia à Adana, d'Adana à

Alep, et d'Alep à Diarbékir. La Porte communiqua un jour, par téléphone, à la femme de Zohrab que son mari était mort. On affirma au sujet de Vartkès qu'il s'était donné la mort. Sur le sort des autres intellectuels de Constantinople, on n'a jamais rien su.

L'épée de Damoclès de la déportation était suspendue sur la tête des Arméniens de la capitale.

Le 29 avril, on exigea que la population arménienne de Constantinople livrât toutes ses armes, ce qui fut fait en dix jours, sans aucun incident et sans que l'ordre fût troublé. Durant la guerre balkanique, on avait exigé seulement les fusils et les revolvers. Maintenant on prenait aussi toutes les antiquités et raretés inoffensives, les yatagans, les couteaux et autres. Les armes étaient enregistrées et l'on délivrait un reçu. Malgré des perquisitions à fond, on ne put nulle part trouver de papiers compromettants et encore moins de ces bombes que l'on cherchait avec tant de passion. Je me trompe !... On trouva chez un mercier de vieilles boules en fer, du temps de Mohammed le Conquérant, que ce mercier employait comme poids pour sa balance. Il fut tout aussitôt arrêté pour avoir détenu des bombes.

Comme des représentations très sérieuses avaient été faites à la Porte, à maintes reprises, par les Ambassades de Constantinople, on renonça à étendre les mesures de déportation générale à la population arménienne de Constantinople et de Smyrne. On poursuivit cependant en silence la déportation des Arméniens de Constantinople. Environ 10.000 personnes en tout furent déportées et l'on ne sait rien de l'endroit de leur nouveau séjour.

On poursuivit également les efforts pour découvrir, après coup, des preuves de culpabilité contre les

Daschnakzagans arrêtés. Comme on ne pouvait leur
reprocher rien d'autre, on voulut mêler les chefs des
Daschnakzagans avec les événements de Van qu'ils
ignoraient complètement. Comme on ne possédait pas
de preuves, on ramena à Constantinople un négociant
arménien d'Erzéroum, Aghadjanian, protestant, qui vivait à Constantinople comme commerçant en importation, et qui avait été conduit avec eux à Ayache. En
prison, on lui présenta un document dans lequel il devait déclarer que les députés déportés et les chefs des
Daschnakzagans, Zohrab, Vartkès, Akpouni, Hémayak,
Minassian, Daghavarian et Djanghulian avaient préparé
une révolution, organisé des soulèvements à Van et à
Zeïtoun et qu'ils en tenaient dans leurs mains tous les
fils. On chercha, par la torture, à l'obliger à signer le
document. Comme il refusait de souscrire à ces déclarations, qu'il savait complètement controuvées, la
torture dura plusieurs jours. Finalement, après trois
semaines, ayant à moitié perdu la raison par les tour-
ments qu'il endurait, il dut signer un autre écrit contenant des déclarations contre Zohrab et Vartkès.

6. — L'explication turque.

Une révolution, et encore moins « une révolution
s'étendant, comme on le prétendait, à tout le peuple
arménien » ne pouvait être improvisée. Elle aurait dû
être préparée et mise en œuvre par une organisation
s'étendant à tout le peuple arménien. Les deux organisations ecclésiastique et politique, dont il aurait pu
être question, étaient bien loin de penser à un soulèvement contre le Gouvernement turc ; elles avaient fait,
au contraire, tout le possible pour prouver leur loyauté

au Gouvernement et pour défendre la patrie. Le récit des événements n'a nulle part démontré que les Arméniens aient mérité, par leur attitude, l'extermination de leur race, ou qu'ils aient provoqué des mesures générales, de quelque nature qu'elles soient.

Demandons donc aux Turcs eux-mêmes de nous renseigner, dans la mesure où ils se sont expliqués sur les affaires arméniennes. Nous avons devant nous quelques communiqués plus ou moins officiels, qui ont été propagés par l'Agence télégraphique Wolff et par la presse. Ils présentent la seule documentation à l'aide de laquelle l'opinion publique ait pu se former un jugement en Allemagne. Leur nombre est restreint. Ces communiqués, dès le premier, se contentent de tirer des conclusions générales de tel ou tel cas dont les origines ne sont pas éclaircies. Examinons les faits qui ont été allégués du côté turc.

LE PREMIER COMMUNIQUÉ TURC.

AGENCE TÉLÉG. WOLFF.

Constantinople, le 4 juin 1915.

« L'Agence Havas avait publié, le 24 mai, la déclaration suivante, après une entente préalable entre les Gouvernements de France, de Grande-Bretagne et de Russie :

« Depuis environ un mois, les populations turque et kurde de l'Arménie commettent, avec la tolérance et souvent avec l'appui des autorités ottomanes, des massacres parmi les Arméniens. De tels massacres ont eu lieu vers le milieu d'avril à Erzeroum, Terdjan, Eghine, Bitlis, Mouch, Sassoun, Zeïtoun et dans toute la Cilicie. Les habitants d'environ cent villages des

environs de Van ont été tous tués et le quartier arménien de Van a été assiégé par les Kurdes. En même
temps le Gouvernement ottoman a sévi contre la population arménienne sans défense de Constantinople. En
face de ce nouveau crime de la Turquie contre l'humanité et la civilisation, les Gouvernements alliés portent
publiquement à la connaissance de la Sublime Porte
qu'ils en tiendront personnellement responsables **tous
les membres du Gouvernement turc, ainsi que ceux des**
fonctionnaires qui auront participé à ces massacres. »

La réponse du Gouvernement Impérial turc (Agence
téllég. Wolff, Constantinople 4 juin) offre le seul exposé
de quelque étendue que nous ayons sur la situation du
peuple arménien depuis le début de la guerre. Elle est
dirigée non pas contre le peuple arménien mais contre
les Puissances de l'Entente. On y déclare expressément
que les mesures prises par le Gouvernement turc « *ne
constituent nullement un mouvement dirigé contre
les Arméniens* ». *On y rend même aux Arméniens
d'Erzeroum, Terdjan, Eghine, Sassoun, Bitlis, Mouch
et Cilicie le témoignage* « *qu'ils n'ont commis aucun
acte qui puisse troubler l'ordre et la tranquillité publique* ». On y affirme que : « *ces Arméniens* (au contraire des assertions des Gouvernements de l'Entente)
n'ont été l'objet d'aucune mesure générale ». Ce dernier
point n'avait pas été affirmé par la note de l'Agence
Havas ; elle avait dit seulement que la population turque
et kurde avait commis, vers le milieu d'avril, avec la
tolérance et souvent avec l'appui des autorités ottomanes, des massacres, qui se vérifièrent en effet, dans
certaines régions des vilayets de Van et d'Erzeroum. A
l'époque de la rédaction de la note (4 juin), la déportation générale avait été déjà ordonnée et même mise à

exécution en Cilicie. Établissons maintenant les chefs d'accusation du Gouvernement turc contre les Gouvernements de l'Entente.

Il y a d'abord des accusations générales :

« 1° Que les agents de la Triple Entente, en particulier ceux de la Russie et de l'Angleterre, profitent de toute occasion pour exciter la population arménienne à se soulever contre le Gouvernement impérial. »

Cette accusation générale est spécifiée de la façon suivante :

1° Les Consuls des Puissances de l'Entente et d'autres agents chargés par eux auraient « envoyé au Caucase, par Varna, Soulina et Constantza, de jeunes Arméniens de Turquie qui se trouvaient en Bulgarie et en Roumanie ; et le Gouvernement russe n'aurait pas craint ou d'incorporer ces jeunes Arméniens de Turquie dans son armée, ou de les envoyer dans les principaux centres arméniens de l'Empire turc, après les avoir munis d'armes, de bombes et de proclamations révolutionnaires. Ils étaient chargés de créer dans ces centres une organisation révolutionnaire secrète, d'exciter les Arméniens de ces régions, en particulier ceux de Van, Chatakh, Havatchour, Kevakh et Timar et de les soulever, les armes à la main, contre le Gouvernement impérial : ils devaient les inciter également à tuer les Turcs et les Kurdes.

La région ici indiquée (Van, Chatakh, Havatchour, Kevagh et Timar) est un petit coin au sud-est du lac de Van. Nous avons déjà décrit ce qui s'y est passé. Les villages arméniens de cette petite région étaient, pour leur organisation politique, sous la direction des Daschnakzagans de Van. Eût-on voulu créer là une organi-

sation (et il en existait déjà une), on n'aurait certes pas
eu besoin pour cela de faire venir des Arméniens de
Turquie par la Bulgarie et la Roumanie. On avait là,
tout près, au Caucase, un million et demi d'Arméniens.
Il s'agit donc, dans le communiqué turc, d'une combi-
naison de faits absolument étrangers l'un à l'autre. Les
quelques Arméniens qui sont allés au Caucase par la
Bulgarie et la Roumanie, — c'étaient presque exclusivement des Arméniens russes, — ne comptent vraiment pas à côté du million et demi d'Arméniens du
Caucase.

D'ailleurs le Comité turc ne sait rien d'un succès
quelconque de ces prétendus émissaires. Comme
exemple, on cite seulement :

2º L'activité de l'ex-député Karenine Pastermadjian,
connu sous le surnom de « Armène Garo », « qui entra
dans les bandes formées par Tro et Hetcho, chefs de
bandes arméniennes ». « A la tête des volontaires armé·
niens armés par la Russie il détruisit, au temps de
l'occupation de Bayezid par les Russes, tous les villages turcs qu'il trouva sur son chemin et en tua les
habitants. Quand les Russes furent chassés de cette région, il fut blessé. Il est encore actuellement à l'œuvre,
avec ses bandes, à la frontière du Caucase. Le journal
Asparez, paraissant en Amérique, a publié sa photographie (1), où il est présenté, en compagnie de Tro et

(1) La photographie représente la bénédiction du drapeau
d'un corps de volontaires russes-arméniens, à laquelle assis-
tait Garo Pastermadjian. Il n'a jamais combattu lui-même
par les armes, mais il s'est occupé de l'organisation de
l'œuvre de secours aux réfugiés arméniens. Encore moins
a-t-il été blessé.

de Hetcho, au moment de prêter le serment solennel, avant de partir pour la guerre. »

Il y a ceci de particulier à tous les communiqués turcs, c'est qu'ils laissent le public ignorer le fait qu'un million et demi d'Arméniens de Russie sont obligés de combattre aux côtés des Russes. On laissa entendre que les Arméniens incorporés dans l'armée russe ou dans les corps de volontaires russes combattent par trahison contre leur patrie turque, tandis que, bon gré mal gré, ils sont obligés de combattre pour leur patrie russe. Supposons même que les faits allégués au sujet de l'activité de Garo Armène (Pastermadjian) (dont nous avons parlé à la page 204) soient vrais, ils ne seraient condamnables, tout au plus, qu'au point de vue russe. Si ce qu'on a dit sur la destruction de villages turcs était vrai, il s'agirait là d'actes d'hostilité de l'armée russe. Mais les villages de cette région sont, en majeure partie, habités par des Arméniens, et ces villages arméniens avaient été, déjà avant l'avance des Russes, pillés par des bandes turques et kurdes. Les hommes y avaient été massacrés et les femmes et les jeunes filles enlevées. Il s'agirait donc de mesures de représailles. Mais comme les Turcs ont partout quitté leurs villages avant l'arrivée des Russes et qu'ils se sont retirés derrière le front turc, il n'est pas à supposer qu'il ait péri là un nombre important de Turcs. L'unique cas de Pastermadjian, apporté comme seule preuve de l'affirmation générale que les Gouvernements de l'Entente excitaient les Arméniens à des actes révolutionnaires, n'est pas bien choisi, car il s'agit ici d'un Arménien aisé et conscient de ses actes, qui n'avait pas besoin d'excitation pour ce qu'il faisait ou ne faisait pas et qui n'est point accessible aux dollars ou aux roubles.

3• Après avoir dit, en général, que les Arméniens *de Cilicie n'avaient commis aucun acte qui pût troubler l'ordre et la tranquillité publique ou qui ait nécessité des mesures de la part du Gouvernement* (témoignage de bonne conduite qui est d'autant plus important qu'au temps où on le rédigeait, le 4 juin, la population arménienne de Cilicie était presque complètement déportée), on accuse les autorités anglaises de Chypre d'avoir transporté aux alentours d'Alexandrette des Arméniens qui auraient notamment provoqué le déraillement de quelques trains. On cite les noms des Arméniens « Toros Oglou » et « Agob » sur lesquels on trouva des papiers qui prouvaient, sans aucun doute, le but criminel qu'ils poursuivaient. Ensuite on accuse les commandants des forces navales anglo-françaises de s'être mis en rapports avec les Arméniens des régions d'Adana, Deurtyol, Youmourtalik, Alexandrette et autres localités de la côte et d'avoir poussé ceux-ci à se soulever. On ne dit pas s'ils y ont réussi. Enfin, on fait mention des Arméniens de Zeïtoun, qui se sont soulevés contre les autorités impériales et ont cerné la résidence du Gouvernement. Nous sommes déjà renseignés sur les événements de Zeïtoun (Cfr. page 10). Il s'agissait à Zeïtoun d'environ 20 Arméniens qui étaient entrés en conflit avec les gendarmes turcs à cause d'une jeune fille. Ce cas fut puni de la déportation des 27.000 Arméniens de Zeïtoun et des environs. Des actes d'espionnage isolés, dans la région de la côte, furent réprimés par la déportation de toute la population arménienne de Cilicie, au nombre de plus de 100.000. Il ne peut être question de répression d'une révolution. La population était désarmée depuis longtemps et les hommes levés pour le service de l'armée. Les femmes,

les enfants et les vieillards furent poussés au désert
comme un troupeau de moutons. Le châtiment d'actes
de trahison individuels, surtout pendant la guerre, est
tout à fait compréhensible, tout comme la punition des
déserteurs qui se soustraient au service militaire. On
ne peut motiver par de tels actes la déportation de toute
une population. Et c'est pourquoi le communiqué garde
le silence au sujet de la déportation déjà mise à exécution.

4° Suit un essai de preuve que les Arméniens devaient être amenés par l'Entente à un soulèvement
ourdi à l'étranger, par les Comités révolutionnaires arméniens, sous la protection des gouvernements français,
anglais et russe. Comme on fait ici allusion au congrès
des Hintchakistes, qui eut lieu à Constanza, deux ans et
demi auparavant, il ne peut s'agir que du complot de
l'opposition turque tramé par Chérif pacha, Sabah-Eddine, le lieutenant Sadik et Ismaïl de Gumuldjina et déjà
découvert avant que la guerre européenne ait éclaté.
Quelques Hintchakistes étaient impliqués dans ce complot, dont nous avons raconté l'histoire à la page 187 et
suivantes. Comme les Hintchakistes turcs avaient rejeté
les décisions du congrès de Constanza, le communiqué
turc ne manque pas d'ajouter « que le congrès avait
voulu feindre publiquement d'avoir renoncé à tout mouvement révolutionnaire ». Les Hintchakistes turcs y
avaient, en effet, renoncé en réalité. Et comme il s'a-
gissait ici d'un complot tramé contre le Gouvernement actuel par l'opposition turque, et non point d'une
révolution arménienne, le communiqué turc ne manque
pas non plus d'ajouter ce qui suit: « Les agents anglais, français et russes, ne se contentèrent pas de préparer ainsi le soulèvement des Arméniens ; ils cher-

chèrent également à soulever certaines parties de la
population musulmane contre le Gouvernement de Sa
Majesté le Sultan. Pour atteindre ce but, ils ont même
organisé des crimes personnels, ce dont la Sublime
Porte possède les preuves. *Ce n'est pas dans des temps
très lointains et très féconds en actes de cruautés que
ces menées inqualifiables ont été observées* ». Cette
caractéristique ne devrait-elle pas s'appliquer plus jus-
tement aux mesures d'extermination que le Gouvernement turc a mises à exécution contre le peuple arménien, plutôt qu'à *un complot tramé par des Turcs*,
qui a échoué et dont les « *preuves* » ont été publiées
par le *Tanine* sous le titre de *Une Comédie Politique* ?

5° Afin de donner l'impression que quelque chose qui
ressemblât à une révolution arménienne a été ourdi,
on rapporte encore que l'on a découvert, dans les perquisitions au domicile des révolutionnaires, des drapeaux révolutionnaires et des documents importants,
concernant le soulèvement projeté, ainsi que le but
séparatiste du mouvement. On ajoute que l'on a trouvé
chez les Arméniens, dans les provinces, des milliers
de fusils russes et des bombes. Nous reviendrons encore
plus loin sur cette découverte de documents, d'armes
et de drapeaux (il s'agit des fameuses armoiries du
parti des Daschnakzagans, qui étaient publiquement
exposées dans tous les Clubs arméniens, depuis la proclamation de la Constitution). La Sublime Porte a promis « *de publier en temps opportun tous ces documents pour éclairer l'opinion publique* ». A l'exception de la publication du *Tanine*, rien de semblable n'a
été fait jusqu'ici.

Les déclarations du communiqué turc, qui ont rap-

port au châtiment d'actes de trahison et de mouvements
révolutionnaires dirigés contre l'unité de l'Empire,
méritent une attention spéciale. On y dit expressément
que c'est conformément au droit que l'on a procédé à
l'arrestation des révolutionnaires arméniens, qui étaient
en rapport avec les Comités révolutionnaires de l'étranger et avec les agents de la Triple Entente (comme c'é-
tait le cas des quatre Arméniens hintchakistes impliqués dans le complot de l'opposition turque). On ajoute
que certains Arméniens ont dû être déplacés du lieu de
leur séjour, parce qu'ils habitaient sur le théâtre de la
guerre et que leur présence en cet endroit inspirait au
Gouvernement, à cause des événements précédents, une
certaine inquiétude relativement à la défense nationale.
Il n'est certainement venu à l'esprit de personne que
c'est le *peuple arménien tout entier* que l'on désigne
par l'expression de « certains Arméniens », et que le
« *théâtre de la guerre* », dont il fallait éloigner les Arméniens, comprenne *toute l'Asie-Mineure, l'Arménie,
la Cilicie, le nord de la Syrie et la Mésopotamie*. Mais
on y dit expressément que ces mesures ont été mises à
exécution « *sans la moindre participation de n'importe quel élément de la population* » et que ce mouvement révolutionnaire, de l'existence duquel le communiqué lui-même ne cite comme preuve que l'activité
de Pastermadjian et le cas de Zeïtoun, « a été réprimé
sans que des massacres aient eu lieu ». Bien que l'on ait
déjà décidé la déportation générale du peuple arménien,
on assure expressément que : « *ces mesures ne constituaient nullement un mouvement dirigé contre les Arméniens, et la preuve en est que, sur les 77.835 Arméniens de Constantinople, 235 seulement ont été accusés
de participation au mouvement révolutionnaire et arrê-

tés, tandis que les autres vont en paix à leurs affaires et jouissent de la plus grande sécurité. Les chiffres cités sont intéressants. 235 intellectuels de Constantinople avaient été déjà arrêtés dans la nuit du 24 au 25 avril. Les 300 ou 400 qui suivirent ne sont pas mentionnés. Il est aussi inexact que les intellectuels de Constantinople « aient été accusés d'avoir participé à un mouvement révolutionnaire ». L'on avouait même en toute sincérité, « que l'on n'avait aucun soupçon précis et qu'il s'agissait seulement d'une mesure de prudence ». On ne produisit plus tard non plus aucune preuve de visée ou d'acte révolutionnaire. Le nombre des Arméniens de Constantinople est estimé ordinairement à environ 150.000 Grégoriens, 10.000 catholiques et 1000 protestants. Ce sont les données d'une ancienne statistique du Patriarcat. Plus récemment, on estimait le nombre des Arméniens à 180.000 au moins. Le chiffre de 77.835 semble donc déjà résulter d'une soustraction de 100.000 Arméniens. Devrait-on en conclure qu'après la mise à exécution des mesures, il restait encore autant d'Arméniens à Constantinople ? ou bien s'agit-il d'un procédé en usage dans la statistique turque, celui de réduire de moitié le nombre des sujets appartenant aux nationalités chrétiennes et d'augmenter d'autant le nombre de la population musulmane ?

Nous pouvons laisser de côté les autres déclarations du communiqué au sujet des cruautés dont les Anglais, les Français et les Russes se seraient rendus coupables jadis, en Egypte, aux Indes, au Maroc et au Caucase et qui feraient ressortir l'humanité de la Turquie. Ce qui nous intéresse, c'est l'assurance donnée par le Gouvernement turc que « des mesures de défense, auxquelles il se vit obligé de recourir, ont été appliquées par *lui avec la plus grande modération et la plus grande justice* ».

SECOND COMMUNIQUÉ TURC.

AGENCE TÉLÉG. WOLFF.

Constantinople, le 17 juin 1915.

Il contient un manifeste du Commandant de la place de Constantinople, qui a été publié dans les journaux de la capitale. Il a trait à la pendaison des 21 hintchakistes sur la place du Ministère de la Guerre. Quatre de ces hintchakistes étaient impliqués dans le complot de l'opposition libérale, dont nous avons exposé l'histoire. Les autres furent pendus avec ces quatre, comme étant eux-mêmes hintchakistes. Le complot turc remonte à deux ans en arrière ; il avait été déjà découvert avant le début de la guerre européenne, et les quatre hintchakistes se trouvaient déjà en prison avant que la guerre eût commencé (Cfr. page 191 et suivantes). Le complot n'a rien à faire avec le peuple arménien et les événements de la guerre. Le parti des Hintchakistes aussi était toléré en Turquie avant la guerre. Pendant la guerre il suffisait d'être convaincu d'appartenir à ce parti pour être condamné à mort.

TROISIÈME COMMUNIQUÉ TURC.

AGENCE TÉLÉG. WOLFF,

Constantinople, le 29 juin 1915.

Il parle d'abord d'une avance sur le front du Caucase et d'un progrès des troupes turques « dans la région de Van ». On ne pouvait alors savoir, par les communiqués

de guerre turcs, que la majeure partie du vilayet de
Van, la région au nord, à l'est et au sud-est du lac de
Van, étaient entre les mains des Russes. Dans le second
paragraphe du communiqué, on accuse Russes et Arméniens d'une infamie horrible contre des femmes qui
auraient été violées et assassinées. Cette infamie est
décrite dans les termes suivants :

« Tout récemment, des détachements russes et des
bandes arméniennes attaquèrent le village d'Assoulat,
district de Nevrouz ; un grand nombre d'émigrants
tuèrent tous les hommes et enfermèrent alors environ
600 femmes et enfants dans une grande maison. Les
officiers russes choisirent d'abord parmi elles tout
ce qui pouvait satisfaire leur plaisir et firent tuer le
reste à coups de baïonnette par les bandes arméniennes. »

Le district de Nevrouz (il faut lire Nordouz) est un
kaza (district) kurde, au sud-est du lac de Van. Les
émigrants (Mouhadjirs) étaient des Kurdes, qui s'étaient
enfuis avec l'armée turque en retraite devant les troupes
russes qui avaient envahi la vallée du Zab supérieur.
Il n'existe pas, dans les villages kurdes, de maison pouvant contenir 600 personnes. On est porté à supposer
que le nombre de 600 a un zéro de trop. En tout cas,
si le fait est vrai, il s'agit d'une infamie *d'officiers russes*,
et, s'il est question d'Arméniens, il *s'agit d'Arméniens
de Russie* et de l'exécution d'un ordre des officiers
russes. Les Arméniens de Turquie n'avaient rien à faire
dans tout cela. Ce communiqué conclut par les deux
phrases suivantes :

« Sur les 180.000 Musulmans qui habitaient dans le
vilayet de Van, 30.000 à peine ont pu se sauver. Le
reste est exposé à être tué par les Russes et les Armé-

niens et l'on n'a, jusqu'à présent, rien pu savoir de leur sort. »

Ce passage, bien que reproduit exactement dans la presse allemande, a été exploité pour une grossière falsification. On a changé la dernière proposition en celle-ci : « *150.000 Musulmans ont été tués par les Russes et les Arméniens*. Dans la presse allemande, les Russes aussi sont éliminés. Dans un article assez répandu (d'un certain rédacteur berlinois Dr A), repro-duit entre autres dans le *Neues Stuttgarter Tagblatt* et dans le *Neues Leipziger Tagblatt*, on pouvait lire ceci : « Il est prouvé (!) que 150.000 Mahométans sont tombés victimes des Arméniens ».

Qu'on relise à présent le communiqué turc qui est d'une prudente réserve. Il repose sur un exemple de calcul statistique : le vilayet de Van compte 180.000 Mu-sulmans parmi ses habitants (environ 30.000 Turcs et le reste Kurdes). 30.000 de ceux-ci se sont enfuis du vilayet de Van. Il ressort de la troisième phrase du communiqué que les Russes se trouvaient alors au delà des frontières occidentales du vilayet de Van, sur la rive ouest du lac. 30.000 Turcs s'étaient enfuis des régions du nord et du nord-est, occupées par les Russes. 150.000 Kurdes se trouvaient dans la région du sud et du sud-est qui d'un côté confine au Tigre et de l'autre à la vallée du Zab supérieur, dans le pays des Kurdes de Hakkiari. C'est le pays des tribus kurdes presque indépendantes, qui n'avait été touché par les Russes que dans sa partie septentrionale. Na-turellement on ne pouvait « rien savoir », au quartier général turc, du sort de ces régions reculées et des « 150.000 Musulmans » qui y habitaient. Mais, Arméniens et Russes étaient tout aussi peu renseignés sur leur sort. Les Russes n'avaient même aucun intérêt à occuper ces régions, puisque les cheikhs de ces tribus kurdes ne se souciaient vraiment pas de la Turquie. De fameux cheikhs kurdes avaient, déjà avant la guerre, conspiré avec les Russes et avaient été aimablement reçus à Tiflis et à Saint-Pétersbourg.

QUATRIÈME COMMUNIQUÉ TURC

AGENCE TÉLÉGR. WOLFF
    (non officiel)
Constantinople, le 12 juillet 1915.

Il répond à un article de la *Gazette de Lausanne* du 19 juin dans lequel on affirmait que « le Gouvernement ottoman couvrait de sa protection les excès commis contre les Arméniens vivant en Turquie, et que ces excès consistaient souvent en massacres ». Le même article affirme que 50.000 Arméniens prennent part à la guerre et, parmi eux, 10.000 volontaires qui sont du côté russe et offrent leur sang pour la cause des Alliés. L'Agence Télégraphique turque Milli fait là-dessus la déclaration suivante :

« Nous croyons inutile de démentir de telles absurdités ; nous demandons seulement comment les journaux ennemis qualifieraient la manière d'agir de leurs compatriotes qui se lèveraient contre leur patrie, passeraient à l'ennemi et combattraient leurs frères, restés dans les armées de leur patrie. C'est le cas de ces Arméniens, qui sont célébrés comme des héros et des martyrs, tandis que ce sont eux-mêmes qui sont la cause et les instruments des crimes cruels qui sont commis par eux contre leurs frères en religion, contre la population musulmane de nos provinces orientales.

Le Gouvernement ottoman procède avec la plus grande
prudence pour punir tous les coupables suivant la loi
et étend sa protection bienveillante sur tous les honnêtes et paisibles citoyens vivant en Turquie et dont
un grand nombre combat dans les rangs de l'armée
turque. Nous affirmons avec un profond mépris que
toutes les armes sont bonnes à nos cyniques ennemis.
Ils ont la bassesse de nous attribuer, en renversant les
faits, les crimes que commettent tous les jours les
Russes dans le Caucase et la Perse. »

On omet de dire qu'il s'agit ici des Arméniens de
Russie. Que dirait-on si nous, Allemands, nous nous
agitions parce que des centaines de milliers de Polonais
combattent dans l'armée russe ? Ou bien l'auteur turc
de cette omission ne sait point qu'un million et demi
d'Arméniens sont sujets russes, ou bien plutôt il spé-
cule sur l'ignorance du public en fait d'ethnographie.
S'il avait ajouté qu'il s'agissait d'Arméniens de Russie,
il serait obligé alors de nous épargner son pathos. On
ne sait rien des méfaits des Russes au Caucase et en
Perse. Par contre, des bandes turques ont, avec le
concours des adjares (Géorgiens mahométans), organisé
des massacres sur le territoire russe, dans la région
d'Artwin et d'Ardanousch (page 90).

CINQUIÈME COMMUNIQUÉ TURC.

AGENCE TÉLÉG. WOLFF.

Constantinople, le 16 juillet 1915.

Il se sert du même artifice, en affirmant d'abord que
les Arméniens continuent « de combattre la Turquie aux
côtés des Russes ». On parle ensuite de l'existence

« d'un plan précis, préparé depuis longtemps », que les
Arméniens continuent à exécuter ponctuellement. Mais
on n'apporte à cela aucune preuve, hormis le cas de
Chabin-Karahissar, où il s'agit d'une défense contre un
massacre imminent. (Cfr. page 75).

Voici ce qu'en dit le communiqué :

« Le 2 juin, ancien style (12 juin, nouveau style),
500 Arméniens armés, auxquels s'étaient joints des
déserteurs de même race, attaquaient la ville de Chabin-Karahissar et les quartiers musulmans, où ils sac-
cagèrent toutes les maisons. Ils se barricardèrent ensuite dans la citadelle de la ville et répondirent aux conseils paternels et conciliants des autorités locales par
des coups de fusil et des bombes ; là 150 personnes civiles ou militaires furent tuées. Une dernière proposition du Gouvernement, qui avait pour but d'obtenir leur
soumission sans répandre de sang, resta sans résultat.
Dans ces circonstances, les autorités se virent obligées
de pointer les canons contre la citadelle et, par ces mesures violentes, on réussit à réduire ces rebelles, le
20 juin. De pareils mouvements révolutionnaires, qui
éclatent çà et là, nous forcent à soustraire de nos armées, des différents fronts, des forces pour les réprimer.
Pour nous épargner cet embarras et empêcher le retour
d'incidents dont en même temps que les coupables, la
population paisible souffre aussi des dommages regrettables, le Gouvernement Impérial a dû prendre, contre
les révolutionnaires arméniens, certaines mesures pré-
ventives et restrictives.

« Par suite de l'exécution de ces mesures, ces Arméniens ont été éloignés des zones des frontières et des
régions où existent des lignes d'étapes. Ainsi ils ont

été soustraits à l'influence plus ou moins effective des Russes, et ont été mis hors d'état de nuire aux intérêts suprêmes de la défense nationale et de la sécurité intérieure du pays. »

Il est fait allusion ici, pour la première fois, à la déportation de très grand style qui avait été décidée contre tout le peuple arménien. Elle est toutefois limitée aux zones de frontières et aux régions où sont organisées des lignes d'étapes. A ce compte-là, toute la Turquie, à l'exception des déserts de l'Arabie, est constituée de « zones de frontières et de lignes d'étapes ». Enfin, la préoccupation au sujet de la population innocente et paisible, qui souffre aussi des dommages regrettables, à côté des coupables, rend un son étrange.

Cette « population innocente et paisible » était à cette époque dépouillée de tous ses biens par ordre des autorités. Les hommes étaient tués ; les enfants innocents et les femmes paisibles se trouvaient sur le chemin des déserts de l'Arabie.

Sur la défense du quartier arménien de Van par les Arméniens du pays et l'occupation de Van par les troupes turques, le Gouvernement turc a gardé officiellement le silence.

RÉSULTAT.

Présentons maintenant dans leur nudité les faits cités dans les cinq communiqués du Gouvernement turc, avec l'indication des noms de personnes et de lieux, comme preuve d'un soulèvement révolutionnaire du peuple arménien.

Ce sont les suivants :

1° Garo Pastermadjian, qui a son domicile à Tiflis, se

rend à la fin d'août 1914, — donc avant que la Turquie soit en guerre, — d'Erzeroum au Caucase et se joint, au début de la guerre, à un prétendu corps de volontaires arméniens. Le reste de ce qu'on lui reproche concerne la manière dont les Russes conduisent la guerre.

2° Deux Arméniens, Toros Oglou et Agob, font dérailler des trains en Cilicie.

3° Des commandants de bateaux anglais et français se mettent en rapport avec des Arméniens des régions de la côte.

4° Des Arméniens de Zeïtoun ont opposé de la résistance aux autorités.

5° Les chefs de parti de l'opposition turque ont tramé un complot dans lequel étaient impliqués quatre Hintchakistes (Le complot a été découvert avant la guerre).

6° Les Arméniens de Van, Chatakh Havasour, Kevagh et Timar, au sud-est du lac de Van, « se sont levés les armes à la main ».

7° 500 Arméniens de Chabin-Karahissar se sont emparés de la citadelle.

Voilà les faits cités par les communiqués. *Ces preuves ne suffisent pas* pour établir l'accusation d'un plan de révolution arménienne. Nous avons déjà, dans l'histoire de la déportation, exposé les faits qui n'appartiennent pas à la catégorie des actes d'espionnage, commis contre les Puissances belligérantes, et en particulier les événements de Zeïtoun (page 10 et suivantes), de Chabin-Karahissar (page 75) et de la région de Van (page 96 et suivantes).

Dans notre exposé précédent, *nous avons établi que
ni le Patriarcat, ni la Daschnakzoutïoun, ne se sont
rendus coupables d'actes quelconques de trahison et
qu'ils n'ont même pas conçu le projet de tels actes.
On doit reconnaître, au contraire, que ces deux organisations ont fait le possible pour éviter tout acte
qui aurait pu être mal interprété par le Gouvernement, et qu'elles ont rempli en toute conscience leur
devoir national.* Les Daschnakzagans, en particulier,
en qualité d'amis politiques de longue date et de partisans des idées du Comité « Union et Progrès », furent
extrêmement surpris et étonnés que *leurs intentions
loyales et leur camaraderie, qui ont duré jusqu'au dernier moment, aient été récompensés par une vile in-
gratitude de la part de leurs amis politiques et personnels, et que leur vie se soit trouvée menacée par
ceux-là mêmes auxquels ils avaient sauvé la vie pendant la réaction.* La participation de quatre Hintchakistes de l'étranger au complot tramé par les chefs de
l'opposition turque n'avait en tous cas rien à faire avec
le peuple arménien, ou avec un soi-disant soulèvement
de celui-ci, même en faisant abstraction du fait que ce
complot a précédé la guerre et qu'il était déjà découvert en mai 1914. Les efforts pour utiliser ce complot
turc comme preuve d'une révolution arménienne
prouvent seulement qu'on n'a pas en mains d'autres
pièces comme preuves.

Puis donc que les organisations politiques et ecclésiastiques du peuple arménien ont gardé une parfaite
loyauté, et même ont été amèrement déçues dans leur
loyauté ; puisque d'autre part il n'existait point et il
n'a point été découvert par le Gouvernement turc
d'autres organisations capables de mettre en révolution

le peuple arménien, on doit nécessairement chercher
d'autres motifs plus profonds qui puissent expliquer
tout le cours des événements.

7. — Le programme panislamique.

Nous avons déjà fait remarquer qu'on ne peut admettre comme tant soit peu valable les raisons allé-
guées pour motiver la déportation. Abstraction faite
de la région de Van, à laquelle la déportation fut épargnée parce qu'elle était occupée par les Russes, les
deux ou trois endroits où les Arméniens opposèrent de
la résistance, comme Zeïtoun et Chabin-Karahissar,
sont situés tellement en dehors de la zone de guerre,
que la déportation d'un million et demi d'habitants,
répandus sur toutes les parties de l'Empire, même les
plus éloignées du théâtre de la guerre, ne peut à aucun
degré être justifiée par des intérêts militaires.

La seule explication qui empêche de voir dans la mesure gouvernementale un acte insensé, c'est qu'il s'agissait d'un plan de politique intérieure et qu'on s'était
donné pour mission, de propos délibéré et par un calcul
de sang-froid, d'exterminer l'élément ethnique arménien. Voyons donc si nous trouvons les fondements suffisants de la politique suivie en cela par le Comité Jeune-
Turc et ses chefs et s'il existe, en particulier, des jalons
qui indiquent la même direction que les mesures prises
contre les Arméniens.

Lorsqu'en juillet 1908, la Constitution fut proclamée à
Salonique, tout l'Univers crut que la Turquie à son tour
aurait désormais un Gouvernement qui accorderait à
la population de l'Empire, saignant par mille blessures,
les principes de la Liberté et de l'Égalité des citoyens

devant la loi. Il n'y a pas à douter que le Comité
« Union et Progrès », qui avait alors le pouvoir entre
les mains, n'ait eu l'intention de prendre pour guides
les principes de la civilisation européenne, pour la réorganisation de l'Empire et de la justice gouvernementale. L'ivresse de la liberté s'empara de tous les éléments de la population lorsque les Jeunes-Turcs pro-
clamèrent la Constitution. Mais déjà la réaction d'a-
vril 1909, qui fit tomber d'un coup, de leurs hautes fonctions, les hommes au pouvoir et sembla amener la ruine
de la Constitution, était une preuve que des éléments
influents tenaient encore pour l'Ancien Régime, ou du
moins s'opposaient à l'introduction des principes européens dans la vie constitutionnelle turque. En dehors
des créatures du règne hamidien, c'était surtout
les chefs religieux du peuple, les Ulémas, les Hodjas
et les Softas, qui cherchaient à exciter le peuple igno-
rant contre les innovations européennes.

Lorsque les Jeunes-Turcs, par la marche des troupes
macédoniennes contre Constantinople, s'emparèrent de
nouveau du pouvoir et déposèrent le Sultan Abdul-Hamid, le Comité « Union et Progrès » se rapprocha de
plus en plus des voies politiques suivies par Abdul-
Hamid. Il établit aussi une rigoureuse domination du
parti sur les affaires. Un Gouvernement d'à côté prit en
main le régime de l'administration officielle et les
élections perdirent leur caractère de liberté. La nomi-
nation aux plus hautes fonctions de l'Empire et aux
places de l'Administration les plus importantes était réglée par décision du Comité. Tous les projets de loi
étaient discutés et agréés par le Comité avant de parvenir à la Chambre. Le programme du Gouvernement
était déterminé par deux points de vue directeurs :

1° *L'idée centralisatrice,* qui admettait non seulement la prédominance, mais la domination exclusive de l'élément turc dans l'Empire, devait être réalisée avec toutes ses conséquences.

2° *L'Empire devait être bâti sur une base purement islamique.*

Le nationalisme turc et l'idée panislamique excluaient déjà auparavant toute égalité entre les diverses nationalités et religions de l'Empire et stigmatisaient, comme une trahison, tout mouvement qui voyait le salut de l'Empire dans la décentralisation ou l'autonomie des différentes parties de l'Empire. La tendance nationaliste et centralisatrice n'était pas seulement dirigée contre les diverses nationalités non musulmanes, Grecs, Arméniens, Syriens et Juifs (et aussi, — avant la séparation des provinces macédoniennes, — Bulgares, Serbes et Koutzo-Valaques), mais bien encore contre les nations non-turques, telles que Arabes, Syriens mahométans, Kurdes et Chiites (et aussi Albanais, avant la guerre balkanique). Le pan-turcisme devint une sorte d'idole et on prit les mesures les plus dures contre tous les éléments non-turcs. Ce procédé rigoureux, conformément à cette politique, fut employé contre les Albanais, qui étaient en majeure partie mahométans et jusqu'alors absolument fidèles au Gouvernement; il amena la perte de presque toute la Turquie d'Europe. Il a causé également, en Arabie, des mouvements révolutionnaires qui n'ont pu être réprimés par plusieurs expéditions. Le conflit avec l'élément arabe persiste encore aujourd'hui, bien qu'ajourné jusqu'à un certain point par « la guerre sainte ». Les tribus kurdes, à moitié indépendantes, avaient leur politique séparée et une partie d'entre

elles conspirait avec la Russie. L'Empire ne venait pas
à bout des guerres intestines et la conséquence de cette
politique à courte vue fut la perte des possessions d'A-
frique et d'Europe, excepté ce qui reste de la Thrace
avec Andrinople, qui fut finalement repris durant la
seconde guerre balkanique.

Il ne semble pas que les hommes dirigeants du Comité « Union et Progrès » aient profité des fâcheuses
expériences qu'ils ont faites dans leur politique nationaliste et panislamique. Au contraire ils se raidissaient
de plus en plus dans les principes de nationalisme et
d'intolérance qu'ils avaient adoptés.

Même à l'automne 1911, lorsque déjà la Tripolitaine
était perdue et que les révoltes en Arabie avaient victo-
rieusement résisté à toutes les répressions armées, *le
congrès du Comité « Union et Progrès », qui siégea à
Salonique au commencement d'octobre*, professa les
mêmes principes radicaux de centralisation et de panislamisme.

*Le Comité « Union et Progrès », qui régit l'Empire,
était composé, selon ses statuts, exclusivement de
Turcs. On repoussa l'admission même d'un seul Arabe
dans le Comité.* Les principes pratiqués jadis dans le
traitement des nationalités chrétiennes des Balkans,
— alors encore sous le joug turc, — sont sans doute
aujourd'hui, après la perte de la Turquie d'Europe, dépourvus de but, mais il vaut la peine de les rappeler
une fois encore, parce qu'ils sont restés en vigueur
à l'égard des nations chrétiennes de la Turquie d'Asie
et ont été mis à exécution durant la guerre actuelle tels
qu'ils avaient été établis pour les Balkans.

On décida ce qui suit, au Congrès des Jeunes-Turcs,
à Salonique, en octobre 1911 :

« Il faut désarmer les chrétiens de Macédoine. Les Mahométans devront, en général, garder leurs armes ; là où ils sont en minorité, les autorités devront leur en distribuer. Il faut déporter les personnes suspectes et laisser les mains libres à la gendarmerie et aux troupes. Les cours martiales doivent être en rapports continuels avec le Comité et l'on doit procéder rigoureusement au châtiment des coupables pour que les délinquants ne puissent pas échapper. 20.000 Mahométans seront établis sur les frontières grecque et bulgare et l'on emploiera dans ce but 220.000 livres turques. Il faut activer l'immigration au Caucase et au Turkestan, fournir des terres aux immigrés et empêcher les chrétiens d'acquérir des propriétés. Puisque le boycottage anti-bulgare a échoué, on doit en revanche procéder à l'éviction des instituteurs, des prêtres et des fonctionnaires. Le boycottage anti-grec doit être poursuivi et contrôlé par le Comité, puisque l'on ne peut risquer une guerre avec la Grèce jusqu'à ce que la flotte soit plus forte. On doit empêcher la formation de nouveaux partis à la Chambre et dans le pays et la diffusion de nouvelles « idées libérales ». La Turquie doit devenir un pays essentiellement musulman et les idées et l'influence musulmanes doivent y avoir la prépondérance. Toute autre propagande religieuse doit être réprimée. L'existence de l'Empire dépend de la force du parti Jeune-Turc et de la répression de toutes les idées antagonistes. »

Dans le rapport sur l'œuvre du Comité, on enregistre avec satisfaction que le Comité a réussi à placer ses adhérents dans presque tous les postes importants de l'administration impériale. Toutes les exceptions qui restent doivent être supprimées ; tous les postes im-

portants, occupés exclusivement par des Mahométans ;
les personnes appartenant à une autre religion ne
doivent exercer que des fonctions de moindre importance.

Tôt ou tard, il faudra réaliser la complète ottoma-
nisation de tous les sujets turcs ; il est clair que l'on
n'y parviendra jamais par la persuasion, mais que l'on
devra recourir à la force des armes. L'Empire doit avoir
un caractère mahométan et l'on doit faire respecter les
institutions et les traditions mahométanes. On doit enlever aux autres nationalités le droit de s'organiser,
car la décentralisation et l'autonomie seraient des actes
de trahison envers l'Empire. Les nationalités sont une
« quantité négligeable ». Elles peuvent conserver
leur religion, mais non leur langue. La diffusion de la
langue turque est l'un des principaux moyens d'assurer la prépondérance mahométane et d'assimiler les
autres éléments.

Ainsi se présentait déjà, à l'automne 1914, le programme du Comité « Union et Progrès ». On observera
que les principes énoncés ci-dessus sont en tous points
à la base des mesures prises contre les Arméniens.
On sait que le pouvoir du Comité fut renversé en juillet 1912. Pendant quatre ans, les Cabinets consécutifs
de Kiamil Pacha, Hilmi Pacha, Hakki Pacha, et Saïd
Pacha s'étaient appuyés sur la majorité incontestée du
parti Jeune-Turc à la Chambre. Mais, déjà en avril 1911,
il était survenu une division dans le Comité, et un
parti conservateur, devenu peu à peu très fort, obtint
la majorité. La crise fut résolue lorsque Talaat bey et
Djavid pacha furent renvoyés du Ministère.

Mais, après les élections, les chefs Jeunes-Turcs revinrent au pouvoir et parurent s'y installer plus solide-

ment que jamais. Ce fut seulement à la suite des expéditions malheureuses contre les Albanais, que l'on avait poussés à la défection par des expéditions militaires répressives, que se forma, dans un corps d'officiers macédoniens, une opposition contre la domination jeune-turque, qui réussit, par la Société secrète la « Ligue Militaire », à s'emparer du pouvoir. Le Cabinet jeune-turc du vieux Saïd pacha démissionna le 16 juillet et la Chambre jeune-turque fut, le 5 août, dissoute par le nouveau Ministère des « Grands Hommes » avec Gazi Mouktar pacha comme grand vizir. La malheureuse guerre des Balkans ramena au pouvoir, avant qu'elle fût terminée, les Jeunes-Turcs qui avaient, entre temps, éliminé du Comité les éléments conservateurs. La reprise d'Andrinople leur donna un certain prestige et on répondit au complot de l'opposition libérale, qui coûta la vie, le 11 juin 1913, au grand vizir Mahmoud Chevket pacha, par une persécution violente contre tous les éléments qui s'opposaient à la domination du parti du Comité.

La conséquence des luttes dans le sein même du Comité fut une *accentuation des principes de centralisation et de panislamisme.*

La guerre européenne éclata, et la participation de la Turquie à la guerre fit surgir de nouvelles oppositions dans le sein du Comité. Les Jeunes-Turcs étaient, à l'origine, amis de l'Entente. Le programme constitutionnel était venu au jour à Paris et avait été baptisé à Londres. Les principes de la Révolution française et le modèle du parlementarisme anglais dominaient les cerveaux des révolutionnaires Jeunes-Turcs. Dans les premières semaines de la Constitution, aucun livre n'était aussi souvent demandé dans les librairies de

Constantinople que l'*Histoire de la Révolution Française* de Thiers. Cela dura quelque temps jusqu'à ce
que l'influence allemande pût s'affirmer en face de
l'influence anglaise et française. Ce fut seulement l'intérêt que le gouvernement avait à la réorganisation de
l'armée turque et le désir d'assurer l'indépendance du
pays à l'égard de tous, qui permirent à l'influence allemande de se fortifier de nouveau. Mais, même à l'automne 1911, la position de la Turquie à l'égard des
Puissances est précisée de la façon suivante au Congrès jeune-turc de Salonique :

« A l'égard des Grandes Puissances, la Turquie doit
se tenir sur la réserve et ne peut conclure aucune alliance, jusqu'à ce qu'elle soit militairement forte, car
autrement son indépendance serait mise en danger. La
Turquie est appelée à jouer un grand rôle dans les deux
continents si les Mahométans réussissent à secouer le
joug de l'étranger. C'est ce que redoutent précisément
la Grande-Bretagne, la Russie et la France. *On ne peut
pas non plus avoir une trop grande confiance dans
les Puissances de la Triple-Alliance ; la Turquie doit
cependant entretenir des relations amicales avec elles
mais conserver en tout cas sa neutralité et renoncer à
une alliance formelle. L'on doit, en même temps, ten-
ter de gagner à nouveau les sympathies de l'Entente.* »

La politique extérieure était donc précisément,
comme celle d'Abdul Hamid, fondée sur l'équilibre entre
les Puissances. Enver pacha réussit cependant à gagner
entre temps le tout-puissant Ministre de l'Intérieur
Talaat bey, et le Président de la Chambre Halil bey, à
l'entrée de la Turquie en guerre aux côtés de l'Allemagne, malgré certains membres influents du Comité, comme Djemal bey, Djavid bey, et le Cheikh-ul-

Islam, La société turque de Constantinople, dont les sympathies allaient à la France, était, comme la masse du peuple, mécontente de l'entrée en guerre, mais la propagande panislamique et la dictature militaire veillaient à ce que l'opposition se tût, La proclamation de la « guerre sainte » amena une excitation générale des Mahométans contre les éléments chrétiens de l'Empire ; les nationalités chrétiennes eurent bientôt des raisons de craindre que le chauvinisme turc ne se servît du fanatisme musulman pour rendre la guerre populaire auprès de la masse du peuple musulman,

L'accentuation du programme jeune-turc se manifesta par l'énergie apportée moins à la réorganisation de l'Empire qu'à la mise en pratique complète de la souveraineté de la Turquie dans toutes les questions de politique intérieure, *L'abolition des Capitulations*, qui fut décidée au début de la guerre, sans qu'on demandât le consentement des Puissances, mesure qui amenait, entre autres, la disparition des postes étrangères, devint le symbole manifeste des aspirations politiques de la Turquie. Déjà, en automne 1911, on déclarait au Congrès Jeune-Turc que *l'abolition des Capitulations était plus importante que la réorganisation de l'administration de la Justice.*

Dans le programme centralisateur et nationaliste du Comité Jeune-Turc, on qualifiait de « trahison » tous les efforts ayant pour but la décentralisation et l'autonomie, comme ceux de l'opposition libérale turque. Malgré cela, le Gouvernement Jeune-Turc avait, en 1913, fait bonne mine quand la question des réformes arméniennes fut de nouveau mise sur le tapis par les Puissances. Les propositions russes trop radicales, qui semblaient toucher à la souveraineté de la Turquie,

furent mitigées par la collaboration de la politique allemande; de sorte que le plan de réformes définitif qui
fut accepté par la Porte, dans une note du 26 janvier-
8 février 1914, se tenait absolument dans les limites du
respect de la souveraineté de la Turquie et de ses intérêts vitaux. Malgré tout, même cette collaboration pleine
de réserve des Ambassadeurs des Grandes Puissances
au plan des réformes arméniennes, — collaboration
dont la base internationale, fondée sur l'article 61 du
traité de Berlin, ne peut être contestée, — touchait la
susceptibilité des gouvernants Jeunes-Turcs. Les Arméniens furent menacés, à plusieurs reprises, de payer
cher tout appel qu'ils oseraient faire à la collaboration
des Puissances pour l'exécution du plan des réformes.
Déjà alors, le bruit courait que des chefs Jeunes-Turcs
influents auraient publiquement déclaré que, si les
Arméniens ne renonçaient pas aux réformes, ils auraient à subir un massacre tel que ceux d'Abdul Hamid ne seraient qu'un jeu d'enfant à côté de celui-là.
Ce que les Arméniens désiraient n'était certes pas
autre chose que les droits fondamentaux de sécurité
de la vie et de la propriété, et d'égalité devant la loi,
toutes choses qui vont de soi pour tout citoyen d'un
Etat européen, mais qu'on leur a refusées depuis des
siècles, malgré les traités internationaux entre les
Grandes Puissances et la Turquie. Etait-ce donc mer-
veille qu'ils aient respiré de nouveau lorsqu'enfin,
grâce à la collaboration de la politique allemande, la
Porte leur fit des concessions qui étaient indispensables au développement paisible de leur vie, et constituaient, dans l'intérêt vital de la Turquie, une défense contre les tentatives des Russes de se mêler
aux affaires intérieures de la Turquie. Et devaient-ils

renoncer à l'intérêt que les Puissances montraient pour leur sort, — bien qu'officiellement on ne les interrogeât point et qu'on n'entrât point en pourparlers avec eux, — même s'ils savaient sur quels principes les Jeunes-Turcs avaient fondé leur programme d'action envers les nationalités chrétiennes ? Cependant, on fit plus tard un crime aux Arméniens de l'accueil joyeux qu'ils firent au plan de réformes. *La mesure de la déportation, avec les massacres qui en font partie, a été ouvertement motivée, par les chefs Jeunes-Turcs, par la raison qu'on voulait ôter aux Arméniens, une fois pour toutes, l'idée des réformes.*

Un document caractéristique nous est fourni par le réquisitoire contre Boghos Nubar pacha, chef d'une Députation envoyée en Europe par le Catholicos des Arméniens, publié par le *Hilal* du 11 août 1915.

Pour l'intelligence de ce document, nous devons d'abord dire que Boghos Nubar pacha, fils de l'éminent ministre Nubar pacha qui dirigea la politique égyptienne sous le Khédive Ismaïl, n'est nullement sujet turc, mais bien sujet égyptien, et qu'il vit en Égypte en grand propriétaire. Le Catholicos de tous les Arméniens a son siège à Etchmiadzine, près d'Érivan, sur le territoire russe. Naturellement, le Catholicos était libre, dans une question regardant toute la nation arménienne, non seulement au point de vue civil, mais aussi ecclésiastique et cultural, de nommer une Délégation à la tête de laquelle était mis Boghos Nubar pacha, pour traiter, avec les Cabinets des Grandes Puissances, de la solution la plus désirable de la question des réformes arméniennes. Boghos Nubar pacha fit donc le voyage de Paris, Londres, Berlin et Saint-Pétersbourg, pour entretenir les Cabinets des questions

pendantes. Le résultat de ces pourparlers pour les
réformes, dont la réussite est due principalement à
l'Office des Affaires Étrangères de Berlin, et à l'ambassadeur, le baron de Wangenheim, fut pleinement ap-
prouvé par Nubar pacha. La Porte avait alors si peu à
reprocher à l'œuvre de Nubar Pacha qu'elle le fit
sonder pour savoir s'il accepterait lui-même l'office
d'Inspecteur Général dans les provinces orientales de
l'Anatolie et que même le grand vizir Saïd Halim
pacha lui offrit un poste de Ministre.

A présent on fait, après coup, un crime à S.E. Boghos
Nubar pacha de son activité d'alors et on l'accuse
d'avoir profité de la situation intérieure de la Turquie,
résultat de la guerre des Balkans qui avait mis le
Gouvernement Impérial dans un état de faiblesse, pour
se mettre à la tête de Comités arméniens et pour entreprendre, en qualité de délégué général de toute la
nation arménienne, dans les capitales des pays de la
Triple-Entente, des démarches dirigées contre le Gouvernement ottoman, en vue de créer une Arménie autonome sous le contrôle de l'étranger.

L'accusation est fausse à un double point de vue.
Nubar pacha ne s'est pas donné pour le délégué de la
nation arménienne mais, conformément à sa mission,
pour le chef d'une Délégation envoyée par le Catholicos arménien. Il n'a pas non plus visé à créer une
Arménie autonome sous le contrôle de l'étranger. *Il a
repoussé assez souvent, dans des manifestes publics
et dans la presse, l'idée d'une autonomie.* Mais il a
salué le résultat des pourparlers, dans la *forme obtenue par la diplomatie allemande*, comme la réalisation, digne de reconnaissance, de ses désirs.

Il est donc étrange que, malgré tout cela, Boghos

Nubar pacha soit dénoncé comme « traître et fugitif », avec son signalement, sommé de comparaître devant un conseil de guerre, absolument incompétent, et menacé, en cas de non-comparution, de la confiscation de ses biens, meubles et immeubles (*qui se trouvent en Egypte !*) et de la privation de ses droits de citoyen (*égyptien !*) et de ses titres et décorations.

Ce document est d'autant plus caractéristique qu'il montre que, tout comme au temps d'Abdul Hamid, *tout acte se rapportant à la question des réformes arméniennes,* qui avaient été, dans leur dernière phase, proposées à la Porte par les Cabinets et les Ambassades des Grandes Puissances, y compris l'Allemagne, *est considéré comme un crime contre la souveraineté de l'Etat turc et puni en conséquence.*

Mais, comme toute la nation arménienne s'est préoccupée de cette question des réformes, qui devait garantir à tous la sécurité de la vie et des biens, on peut sans doute, *en interprétant ainsi les traités internationaux, la présenter comme une nation « coupable de haute trahison ».* On n'a plus besoin, de la sorte, d'accuser ou de convaincre les Arméniens de visées ou d'actes révolutionnaires. *La prétention d'un chrétien d'avoir la sécurité de la vie et des biens, l'égalité des citoyens et le respect de sa culture nationale et de sa langue maternelle, est déjà une haute trahison et doit être punie en conséquence, si les circonstances se montrent favorables.*

8. — L'exécution.

Dès le début de la guerre européenne et plus encore depuis le commencement de la guerre russo-turque, on s'occupa, au Comité Jeune-Turc, de la manière de mettre à profit la bonne occasion de la guerre pour châtier les Arméniens de leurs efforts pour obtenir les réformes et en finir une fois pour toutes avec la question arménienne. On en vint à la même solution qu'un Ministre d'Abdul Hamid définissait d'une façon cynique : « *La meilleure manière d'en finir avec la question arménienne est d'en finir avec les Arméniens.* » On aurait très volontiers agi de la même façon envers les Grecs et les Syriens. Cela est attesté par le procédé employé envers la population grecque des environs de Smyrne, au printemps de 1914, et envers la population syrienne du nord de la Perse, aux environs d'Ourmia, qui fut expulsée de ses foyers lors de l'invasion de l'armée de Halil bey. Les mêmes faits se renouvelèrent chez les montagnards syriens-nestoriens de la vallée du Zab supérieur.

Un Ministre turc aurait déclaré, durant la guerre : « A la fin de la guerre, il n'y aura plus aucun chrétien à Constantinople. Cette ville sera tellement purgée de chrétiens qu'elle sera comme la Kaaba. » On ne doit pas prendre au sérieux ces paroles, même si elles ont été prononcées. La population grecque sera en sûreté aussi longtemps que la Grèce ne se sera pas jointe à l'Entente. Par contre, on a sérieusement pensé à l'expulsion des 160.000 Arméniens de Constantinople. L'opposition de l'Allemagne l'a empêchée. Un chef de section du ministère de la Justice disait à un Arménien : « *Il n'y a pas, dans cet Empire, de place pour vous et pour nous, et ce serait une légèreté inexcusable si nous ne profitions pas de cette occasion pour nous débarrasser de vous !* » Des membres du Comité Jeune-Turc ont souvent déclaré publiquement, que « *les étrangers de-*

vaient disparaître de la Turquie, d'abord les Arméniens, puis les Grecs, puis les Juifs et enfin les Européens. » La question de savoir si un Arménien est coupable ou non, si l'on a contre lui des soupçons de crime contre l'Etat, s'il est convaincu ou non d'une faute, devant un tribunal régulier, n'existe pas pour la conscience d'un Mahométan, s'il s'agit de chrétiens et si l'on doit se débarrasser d'eux par raison d'Etat. Autrement il ne serait pas possible de procéder à l'expropriation d'un million de citoyens, ce qu'on ne pourrait jamais justifier comme punition légale. Le droit mahométan et l'exemple de Mahomet autorisent de telles pratiques. Un ministre turc se vantait de pouvoir réaliser en trois semaines ce qu'Abdul Hamid n'avait pas accompli en trente ans. Au reproche qu'on lui adressait de punir et de faire périr, avec les quelques coupables, une foule immense d'innocents, un officier turc répliqua par cette observation : « On adressait la même question à notre prophète Mohammed, — que la paix de Dieu soit avec lui ! — il répondit : « Si tu es piqué par une puce, est-ce que tu ne les tues pas toutes ? »

Comme une fois on parlait, dans le Comité, de l'oppression des nationalités chrétiennes, un Turc exalté déclara: « Le dommage c'est que déjà Mohammed le Conquérant n'ait pas fait ce que nous faisons maintenant ». Un autre membre du Comité, qui avait une connaissance plus approfondie de l'Histoire, lui fit la réponse suivante : « Alors la Turquie serait aujourd'hui au même degré de civilisation que le Maroc ».

L'intention de frapper d'extermination les Arméniens semble avoir existé déjà au début de la guerre chez la majorité du Comité. Naturellement, il s'éleva aussi une opposition contre une politique aussi radicale, qui

retournait, sans hésiter, aux méthodes d'Abdul-Hamid
et qui était une dérision de tous les beaux discours sur
la liberté, la fraternité et l'égalité par lesquels on avait
inauguré l'ère de la Liberté. Djemal bey, commandant en chef des troupes de Syrie, essaya de sauver
encore, durant la déportation, la population d'Adana,
où il avait été autrefois vali. Nous avons déjà vu que
divers valis, mutessarifs et caïmacans se sont opposés
à ces mesures. Mais aussitôt que la décision fut arrêtée par le Comité Central « Union et Progrès », commença l'activité fébrile des Comités locaux, qui brisa
toute résistance des organes du Gouvernement à l'Intérieur, et transforma, avec l'aide de ses bandes organisées, la mesure de la déportation générale en un massacre général.

Il fallut aussi vaincre certains obstacles psychologiques venant du Comité Central et du Gouvernement.
Les Jeunes-Turcs étaient manifestement conscients d'a-
voir vilainement trahi les chefs des Daschnakzagans
qui avaient, avec eux, renversé l'absolutisme et toujours tenu pour le Comité dès le début de la Constitution. Divers chefs Jeunes-Turcs qui — comme le
Ministre des Affaires Etrangères, Halil bey, qui s'était
tenu caché pendant deux semaines, durant la réaction,
dans la maison de Zohrab, — devaient leur vie à leurs
amis arméniens, ont pu sentir des scrupules provenant
d'un certain sentiment des convenances, qui les empê-
chaient de livrer au couteau leurs propres sauveurs.
Pour surmonter de tels obstacles psychologiques, il
fallut que les Jeunes-Turcs se persuadassent qu'il
était possible que les chefs du peuple arménien aient
médité l'idée d'un soulèvement national. Cette pensée leur vint d'autant plus facilement qu'eux-mêmes

avaient mauvaise conscience à l'égard des Daschnakzagans. Déjà avant la proclamation de la Constitution, et depuis lors à chaque crise, ils avaient fait aux
chefs des Daschnakzagans, de vive voix et par écrit, la
promesse d'accomplir leurs légitimes désirs, relativement au bon ordre à introduire à l'intérieur ; et ils
avaient régulièrement manqué à leur parole aussitôt
que le péril était passé ; bien plus, ils avaient réduit
le nombre des sièges auxquels les Arméniens avaient
droit au Parlement. Les Jeunes-Turcs ne pouvaient
peut-être pas s'imaginer que, malgré tout, les Daschnakzagans étaient restés, — comme ce fut le cas, — fidèles
à leurs convictions politiques, et ils supposaient qu'ils
avaient, en secret, pensé à se venger. Les efforts con-
vulsifs pour trouver, après coup, des chefs d'accusation et le fait même de les extorquer par la torture,
sont une conséquence de la perplexité morale où le
Gouvernement se trouva vis-à-vis des Daschnakzagans.
Pour accuser les Daschnakzagans d'un semblant de
trahison, il se servit d'un remarquable truc. On sait que
tout le monde, en Turquie, possède des armes et que
les Jeunes-Turcs eux-mêmes en avaient fourni à leurs
amis politiques et à leurs adhérents pendant les dernières années, lorsqu'on était sous la menace de la
réaction. Et comme, durant cette guerre, les bombes
furent élevées à la dignité d'une des armes les plus
honorables, il y en avait naturellement, dans les arse-
naux, un nombre considérable, que l'on présenta comme
ayant été trouvées chez les Arméniens. Ainsi, dans le
numéro de mai de la *Revue de la Police* de Constantinople (elle se nomme *Revue pour la formation intellectuelle des gendarmes*) on reproduisit des photogra-
phies des monceaux de fusils et de bombes. Cette pu-

blication avait pour but de convaincre la population et
les représentants des puissances étrangères des projets
révolutionnaires des Arméniens. Pour faire croire à
l'accusation selon laquelle les Arméniens avaient projeté
la création d'un royaume d'Arménie, on reproduisit aussi
la photographie d'*un drapeau révolutionnaire avec les
armes arméniennes.* « (Le Communiqué officiel du 4 juin
parle de ces drapeaux révolutionnaires). » De quoi
s'agit-il au juste ?

Le parti des Daschnakzagans avait des armoiries particulières qui étaient appendues dans tous les Clubs
arméniens. De jeunes dames se faisaient un plaisir de
broder ces armoiries, comme emblèmes, pour les locaux
des Clubs. Les Jeunes-Turcs, en fréquentant ces Clubs
des Daschnakzagans, avaient, des centaines de fois, vu
et revu ces armoiries. Par manière de raillerie, ils les
appelaient « le drapeau du patriotisme ottoman ».
Comme on ne possédait pas d'autres preuves, *on pho-
tographia le drapeau des Daschnakzagans et on le présenta comme le drapeau de la révolution.*

On ne saurait croire combien étaient étroites les
relations antérieures entre les Clubs arméniens et
Jeunes-Turcs. On ne se contentait pas de tenir conseil en commun, on dînait, on soupait ensemble ; on
organisait des campagnes électorales communes ; on
échangeait des visites d'amitié. Quand Aknouni tomba
malade, il fut visité par Talaat bey et Djavid bey ; le
jour suivant vinrent le Dr Nazim et Omer Nadji. Ce
dernier apparaissait toutes les semaines à la rédaction
de l'*Azatamart.*

On conçoit dès lors que, dans le Comité Jeune-Turc,
il ne put se former, pendant longtemps, une majorité
favorable aux mesures contre les Arméniens. De plus,

les Arméniens, selon le témoignage oral et écrit du Ministre de la Guerre, Enver pacha, qui les avait vus à l'œuvre, se battirent vaillamment, même sur le front du Caucase. On s'en tint donc, pendant les premiers mois, à des mesures locales, pour lesquelles on fit valoir des raisons relativement plausibles au point de vue stratégique.

Alors arriva la nouvelle des événements de la région de Van, qui avaient été provoqués par l'attitude de Djevded bey, l'arrestation et l'assassinat des chefs arméniens Ishkhan et Vramian. Le 16 avril, Ishkhan fut tué. Le 20, les Arméniens de Van se mirent en état de défense contre le massacre qui les menaçait. Le 24, eut lieu l'arrestation des intellectuels de Constantinople. Elle fut le résultat de la décision prise par les membres du Comité « Union et Progrès ». Dès le 21 avril l'extermination du peuple arménien était décidée.

Le Grand-Vizir Said Halim pacha, le Président de la Chambre Halil bey et le Cheikh Ul-Islam étaient contraires à la déportation. Mais comme Talaat bey mit son influence toute-puissante à faire adopter la mesure d'extermination, la décision fut prise.

Le plan de l'arrestation des intellectuels de Constantinople et des provinces fut élaboré par le chef de la police, Bédri bey, et ses adjoints, Djambolat bey et Reschad bey, avec le concours des commissaires de police de Scutari et de Péra. On dressa soigneusement des listes pour s'emparer d'un seul coup de tous les chefs de la nation. Une fois ceux-ci mis de côté, on n'aurait plus à craindre qu'on fît du bruit à cause des mesures prises contre le peuple arménien. La résistance des gouverneurs de provinces retarda de quelques semaines l'exécution des mesures dans quelques vilayets.

Mais lorsque Van tomba entre les mains des Russes, le 19 mai, on lança, dans toutes les provinces, l'ordre catégorique de veiller à ce que toutes les villes et les villages de l'Empire soient évacués par les Arméniens et qu'il n'en reste plus un seul, sauf ceux qui passeraient à l'Islam. Le chef de la police, Bédri bey, disait au même moment à l'arménien Zakarian : « S'il y a un massacre, ce ne sera pas comme au temps d'Abdul Hamid. Il ne restera plus un seul Arménien. » Le cheikh Ul-Islam doit avoir encore maintenu jusqu'à ce moment son opposition contre ces mesures et présenté sa démission.

9. — Témoignages russes et turcs.

L'attitude loyale des Arméniens de Turquie, et en particulier des Daschnakzagans, est prouvée d'une façon concluante par deux autres sources de renseignements.

La censure russe avait laissé, durant la guerre, toute liberté d'écrire sur les aspirations des nationalités. Une discussion animée eut lieu dans la presse entre les représentants de la politique d'extension de la « plus grande Russie », et les dirigeants de la politique arménienne. Les politiciens russes tenaient ouvertement pour l'annexion de l'Arménie turque et l'incorporation à la Russie tout au moins des vilayets de l'Anatolie orientale. La presse arménienne (*Horizon, Arew,* et autres) manifesta une vive opposition contre ces plans. Adjémoff, député du parti des libéraux de gauche à la Douma et politicien arménien influent surtout dans la Russie méridionale, déclarait dans le *Petrogradski Kourier* : « La Turquie ne peut pas et ne doit pas cesser d'exister après la guerre. La Russie, qui compte plusieurs millions de Musulmans, aussi bien que l'Angleterre, devraient conserver le Khalifat? Les Arméniens ont intérêt, pour leur problème national, à la conservation de la souveraineté de la Turquie. » Le secrétaire du Comité arménien de Moscou, K. B. Koussikian, déclare que la formation intérieure d'une Arménie turque était l'affaire des Arméniens de Turquie et ne pouvait être réglée selon les désirs des Russes. Enfin, le chef des Cadets, Milioukoff, prit part à la discussion et reprocha aux politiciens arméniens de ne pas désirer la conservation de la souveraineté de la Turquie sur l'Arménie turque seulement pour des raisons de tactique et par égard pour leurs frères de Turquie, mais bien de vouloir la conservation de la Turquie dans l'intérêt de leur programme national. « *Je me vois obligé de conclure, disait Milioukoff, que l'idée de la conservation de la souveraineté turque n'est point un élément accidentel et provisoire, mais bien intrinsèque et durable de leur programme national.* Je le dis ouvertement, je considère ce point de vue comme nuisible et dangereux aux intérêts arméniens comme aux intérêts russes, et je retiens comme absolument nécessaire une revision convenable du programme national arménien. »

Il ressort manifestement de ces paroles. qu'il ne régnait aucun accord entre les désirs russes et arméniens. Le programme national des Daschnakzagans voulait et veut encore la conservation de la Turquie sous la souveraineté du Sultan, en supposant, bien entendu, que le peuple arménien en ruines soit restauré et que ses biens lui soient rendus. Ce programme barre la route aux désirs d'expansion de la « plus grande Russie »; il est nécessaire de le déjouer pour réaliser les aspirations russes. Le devoir de la politique turque aurait dû être de mettre à profit cette opposition fondamentale des Arméniens de Turquie contre l'idée d'une incorporation à la Russie, et de se servir précisément de l'élément arménien comme d'une forte sentinelle sur la frontière du Caucase. Le programme centralisateur du Comité a, précisément comme dans le cas de l'Albanie, sacrifié les intérêts raisonnables des petites nationalités à un panturcisme fanatique et détruit les sûrs appuis d'une saine politique impériale, pour courir après le mirage à la Don Quichotte d'un Empire mondial panislamique.

De même que du côté russe, il est venu aussi des témoignages involontaires *de source turque* sur la loyauté des Arméniens envers le gouvernement turc.

Chérif pacha, l'un des chefs de l'opposition libérale, a adressé, en date du 10 septembre 1915, une lettre à la rédaction du *Journal de Genève* (n° du 18 septembre). Dans cette lettre, il exprime son indignation au sujet de la persécution contre les Arméniens et déplore l'extermination d'une race qui a tant contribué à la civilisation et qui est indispensable à la Turquie comme facteur de la culture moderne.

« S'il est une race, écrit-il, qui, par sa fidélité, par les services que ses hommes d'État et ses fonctionnaires pleins de talent, ont rendu au pays, par l'intelligence qu'ils apportent dans toutes les branches du commerce et de l'industrie, de la science et des arts, se rapprochent des Turcs, ce sont les Arméniens. Ce sont eux qui ont introduit en Turquie l'imprimerie et l'art dramatique. Leurs poètes, leurs écrivains, leurs grands financiers, ne peuvent se compter. Beaucoup d'entre eux comme, aux temps anciens, l'historien Moïse de Chorène et le

poète Aristarque de Lasdiverde, que l'on a comparé à
Jérémie, ou encore de nos jours, Kaffi, Soundoukiantz,
Chirvanzadé, Aharonian, Tchobanian, Noraïr et des
douzaines d'autres feraient honneur à tout pays d'Occident. N'est-ce pas un Arménien, Odian, qui fut le collaborateur de Midhat pacha, l'auteur de la Constitution
ottomane ? Yeffrem Khan, le « Garibaldi de l'Orient »,
fut le héros de la Constitution persane qui avait été
préparée par un autre Arménien, Macolm Khan; et l'on
doit reconnaître, pour être juste, que, comme en Perse,
les Arméniens ont pris, aussi en Turquie, une part es-
sentielle à la chute du régime despotique et à la proclamation de la Constitution.

« Il n'y a pas un seul Turc éclairé qui ne souscrive
au jugement que donnait le célèbre parlementaire anglais Lynch, il y a 13 ans :

« Les Arméniens sont tout particulièrement appelés
à devenir les intermédiaires de la nouvelle civilisation. Ils se sont familiarisés avec nos plus hauts idéals
et s'approprient toutes les nouvelles conquêtes de la
civilisation européenne d'une façon si infatigable et si
parfaite qu'aucune autre nation ne peut, en cela, leur
être comparée (1). »

« Quand on pense que ce peuple, si hautement doué,
qui aurait pu être un ferment bienfaisant pour la régé-
nération de l'Empire ottoman, est sur le point de disparaître de l'Histoire, d'être non seulement opprimé, mais

(1) Il n'est que peu connu que la Renaissance littéraire
dont les Arméniens du Caucase ont doté leur nation, dans
la seconde moitié du siècle dernier, a été très fortement in-
fluencée par l'*Idéalisme allemand*. Ses chefs avaient étudié
aux pieds des professeurs allemands de Dorpat et ont traduit
en arménien nos poètes classiques.

exterminé, même le cœur le moins sensible doit saigner. Je voudrais, pour ma part, exprimer ici, à cette nation sacrifiée et mourante, mon indignation contre ses bourreaux et ma compassion infinie pour son sacrifice. »

Après ces déclarations, Chérif pacha adresse les plus violents reproches au parti des Daschnakzagans, qui se sont donnés depuis six ans (c'est-à-dire depuis la scission des Jeunes-Turcs en Ittihad et Ittilaf), pour les partisans et les défenseurs du Comité jeune-turc. Combien de fois, conclut-il, ne les ai-je pas mis en garde contre les Unionistes (le Comité « Union et Progrès ») dont je connais l'âme noire. Au moins les massacres d'Adana, qui furent organisés sur l'ordre du Comité, auraient dû ramener les Daschnakzagans au sens des réalités. En se déclarant solidaires de la politique du Comité « Union et Progrès », au lieu de servir la cause de leur nation, ils l'ont trahie. »

C'est précisément en reprochant aux Daschnakzagans d'avoir été les partisans du Gouvernement actuel que Chérif pacha prouve indirectement leur loyauté. Il rend même cette loyauté, qu'il qualifie de sottise et de crime, responsable de la ruine du peuple arménien.

Un autre chef de l'opposition libérale turque, Ismaïl Hakki de Gumuldjina, écrit dans le journal turc *Beyane ul Hakk* qui paraît actuellement à Salonique :

« Toute oppression violente, qu'elle soit exercée contre n'importe quel élément de la population, est impardonnable. Les persécutions dirigées contre une population paisible sont barbares et contre la conscience. Rester spectateur silencieux de tels faits, c'est s'en rendre complice. On commet les crimes les plus af-

freux contre les Grecs qui vivent dans l'Empire ottoman, et plus encore contre les Arméniens. La langue
humaine et la plume sont incapables de rendre même
la centième partie des faits. De faux patriotes et des
politiciens à courte vue s'efforcent de couvrir d'un
voile la situation actuelle en Turquie. Mais nous, en
vrais Ottomans, nous crions en face de l'humanité et
de l'Europe civilisée, que les persécutions exercées·
contre les Arméniens et les Grecs ont pris des proportions beaucoup plus effrayantes qu'il ne ressort des
exposés qu'en fait la presse. Les Arméniens et les Grecs
sont impitoyablement persécutés. Leur vie, leurs biens
et leur honneur sont en continuel danger. Tous les
jours des centaines d'Arméniens sont tués dans les régions les plus éloignées. Nous prenons part de tout
cœur aux malheurs de nos compatriotes. »

Bien que Chérif pacha et Ismaïl de Gumuldjina appartiennent à l'opposition turque, on ne doit pas en
estimer moins pour cela la portée et le sérieux de ces
déclarations. Car, même dans les corps représentatifs
ottomans, l'émotion des cercles turcs qui condamnent
l'extermination des Arméniens se fait de plus en plus
jour. Une interpellation de l'ex-Président de la Chambre,
Ahmed Riza, fondateur du Régime Constitutionnel, au
sujet des persécutions contre les Arméniens, a causé
une tempête au sein du Sénat. Beaucoup de sénateurs
sont du côté d'Ahmed Riza. L'interpellation ne fut re-
tirée que sous la condition que la question arménienne
serait traitée devant la Chambre par une Délégation
spéciale. On désigna, comme chef de la Délégation,
l'historiographe officiel, Abdurrahman bey, qui est depuis peu Président du Sénat.

A l'ouverture des Chambres, Ahmed Riza prononça

un discours contenant les plus graves reproches contre le Gouvernement. Il protesta contre les massacres des Arméniens et contre les concussions dont le Comité pour la Défense Nationale se rend coupable. Talaat bey, Ministre de l'Intérieur, se contenta de déclarer que le Gouvernement ne pouvait répondre aux questions soulevées, car une discussion publique serait nuisible aux intérêts de l'Empire.

TROISIÈME PARTIE

TROISIÈME PARTIE

1. — Les conséquences économiques.

Pour se faire une idée des conséquences économiques
de la déportation du peuple arménien, il faut d'abord
connaître l'importance relative de l'élément arménien,
dans les vilayets particulièrement atteints, par rapport
à la population entière.

Dans leur propre pays, c'est-à-dire les vilayets orientaux de l'Anatolie et la Cilicie, la population arménienne forme plus de 25 % de la population totale, et,
dans les districts de l'Anatolie occidentale de Brousse
et d'Ismid 10 % et, à Constantinople, 15 %. Si l'on dé-
duit, des provinces orientales de l'Anatolie, les districts purement kurdes, ainsi que le vilayet de Trébizonde dans lequel les Arméniens sont moins nombreux que les Grecs, on aura ainsi délimité « l'Arménie proprement dite » (au point de vue historico-ethno-
graphique). Dans cette région de hauts plateaux, les
Arméniens formaient environ 39 % de la population.
Si l'on compte aussi les chrétiens Syriens (Nestoriens
et Chaldéens), soit 4,6 % en plus, la population chrétienne de ces régions forme ainsi 43,6 % de la population entière. Pour juger de la valeur économique de
l'élément arménien et syrien anéanti, il ne faut pas
oublier que les Turcs, y compris les Turkmènes si peu

civilisés de cette région, ne forment que 25 °/₀ de la population ; le reste est composé de Kurdes, de Kizilbaches, de Lazes, de Tcherkesses, de Yézidis et autres, c'est-à-dire d'éléments nullement civilisés. *L'extermination de la population arménienne ne signifie pas seulement la perte de 10 à 25 °/₀ de la population de l'Anatolie, mais, — ce qui pèse le plus dans la balance, — l'élimination des éléments les plus précieux au point de vue de la civilisation et les plus développés économiquement.*

L'idée qu'on a l'habitude de se faire, dans la presse allemande, du caractère et de l'importance des Arméniens de Turquie est dictée par l'ignorance. Un malheureux dicton qui, depuis vingt ans, est colporté par la presse, et que même des gens instruits ne rougissent pas de répéter, est souvent la seule notion que l'on possède. En Orient, le dicton varie selon qu'on veut noircir les Juifs, les Grecs ou les Arméniens. Grecs, Arméniens et Juifs se partagent tout le commerce d'exportation et d'importation, tandis que le Turc n'a jamais pu s'élever au-dessus du petit commerce, et du reste, — si l'on excepte la classe des fonctionnaires — il est resté agriculteur. Par suite de ce fait, l'aversion des Turcs contre les Arméniens, les Grecs et les Juifs, — autant qu'elle n'est pas fondée sur la religion, — ne signifie, au point de vue de l'histoire de la civilisation, que *l'opposition entre l'économie naturelle et l'économie monétaire, entre la civilisation agricole primitive et les débuts de l'industrie dans le pays.* Lorsqu'en 1909, environ 20.000 Arméniens furent tués en Cilicie, sans motif et sans raison, avec la coopération des troupes jeunes-turques, la première chose que les paysans turcs firent de la plupart des centaines de batteuses et de toutes les charrues à vapeur que les paysans arméniens avaient fait venir d'Europe pour l'exploitation de la plaine de Cilicie, ce fut de les briser !

Les reporters qui parlent des Arméniens comme de « fourbes et d'escrocs », (ce sont les mêmes qui n'ont que le mot de « voleurs de moutons » pour caractériser les Serbes), démontrent par là seulement leur propre ignorance et leur manque de culture. Le peuple arménien de Turquie se compose pour 80 %/₀ de paysans, et la population des villes ne s'occupe pas exclusivement de commerce, mais elle est aussi fortement représentée dans les métiers et les carrières libérales.

Les Turcs eux-mêmes avouent franchement que leur peuple n'a aucune aptitude pour le commerce. Lorsque, par contre, des critiques européens affirment que le Turc ne réussit pas dans le commerce, seulement parce qu'il n'est pas de la taille des « rusés » arméniens, grecs ou juifs, et que les « bons » Turcs regrettent de « s'être laissé gruger pendant des siècles par les chrétiens et les juifs, » ils ne semblent pas saisir la portée du témoignage qu'ils rendent à l'intelligence de ce peuple de maîtres.

On ne doit pas rendre la religion responsable du peu d'aptitude qu'ont les Turcs pour le commerce. Là où Perses et Arabes entrent en concurrence avec les Arméniens et les Grecs, leur capacité aux affaires peut parfaitement soutenir la lutte quand elle n'est pas entravée par l'ignorance des langues. L'idée que les massacres d'Arméniens en Turquie sont à l'instar des persécutions contre les Juifs au moyen âge, des débordements de la passion populaire qui, dans un accès de rage, s'attaque à ses exploiteurs, n'a pas le moindre fonde

ment dans la réalité. Les massacres de Turquie sont
organisés par le Gouvernement et par personne autre.

C'est plutôt l'idée qu'on viendrait en aide au commerce turc en anéantissant le commerce des chrétiens
qui peut avoir contribué à pousser le Gouvernement à
ces mesures.

Durant la guerre des Balkans les membres du Comité
« Jeune-Turc » essayèrent de nuire au commerce grec
et arménien par un boycottage qui jouissait de la protection du Gouvernement. On fonda des sociétés, qui
se firent un devoir d'attirer la clientèle paysanne qui
faisait ses achats dans des maisons grecques et arméniennes et de la détourner, tant par de bons procédés
que par des menaces, de ses fournisseurs habituels. Les
paysans qui venaient dans les villes étaient pris et conduits dans des bureaux turcs où ils devaient faire leurs
achats, mais ils n'obtenaient pas ce qu'ils désiraient et
ils devaient payer à des prix trop extraordinaires les
articles qu'on leur imposait. Les paysans revenaient à
leurs fournisseurs précédents et se plaignaient de leur
misère en leur demandant conseil sur la manière de se
délivrer des mains de leurs frères en religion. Ils furent
contents lorsqu'enfin le temps du boycottage prit fin,
et qu'ils purent de nouveau faire leurs achats chez les
Grecs et les Arméniens, où ils étaient bien servis et à
bon marché.

On rencontre, en Allemagne aussi, des commerçants
qui pensent qu'on ferait mieux de traiter avec des maisons turques plutôt qu'avec les Arméniens et les Grecs.
S'il en existait seulement des maisons turques ! Beaucoup de commerçants croient être en relations avec des
maisons turques et ne savent même pas qu'ils ont
à faire exclusivement avec des maisons arméniennes,

grecques et juives, parce qu'ils tiennent pour turc tout individu qui porte le fez. Les pertes qu'ils subiront, par suite de l'extermination de l'élément arménien, leur ouvriront les yeux sur l'importance du commerce arménien.

Tandis que l'Angleterre n'accorde des crédits qu'avec un terme assez court, le commerce allemand et autrichien en Turquie est, — sauf pour certains articles, — *un commerce à crédit*, qui prenait, d'une année à l'autre, des proportions croissantes pendant ces dernières dizaines d'années. C'étaient, en première ligne, des maisons de commerce arméniennes, puis grecques et juives, qui travaillaient, par l'intermédiaire de nos banques, avec nos premières maisons d'exportation. L'étendue même de ce commerce à crédit démontre déjà à quel point les maisons arméniennes, grecques et juives, jouissaient de la confiance de notre monde commercial. Malgré le fait que ces maisons sont obligées de vendre, à leur tour, avec un délai de 6 à 9 mois et arrivent difficilement à encaisser leur argent avant un an, elles s'acquittent de leurs obligations envers leurs créditeurs allemands à part quelques exceptions tout à fait rares. Le caractère du crédit, qui est au fond du commerce d'importation, entraîne comme conséquence que le consommateur turc et le petit commerçant doivent pendant longtemps aux maisons d'importation des sommes assez grandes, de sorte que l'Arménien, le Grec ou le Juif restent toujours les créanciers du Turc. Le Turc conçoit cette situation de débiteur comme un état de dépendance, car il oublie que, pour l'argent qu'il doit, il a reçu des marchandises, et cela le conduit à l'idée qu'un anéantissement du commerce chrétien et juif le libérerait de ses dettes et lui

assurerait une situation économique plus avantageuse.
Mais les conséquences d'une politique qui favorise cette
conception inintelligente n'atteignent pas seulement
le commerçant arménien, qui disparaît du champ d'action, mais aussi le fabricant et l'exportateur allemand
ou autrichien, ainsi que les banques qui servent d'intermédiaire. Nous avons sous les yeux la liste des
clients d'une seule maison d'importation de Constantinople qui fait venir principalement ses marchandises
d'Allemagne et d'Autriche. L'actif de cette maison comporte actuellement 13.922 l. t. (environ 280.000 marks)
chez 378 clients, dans 42 villes de l'intérieur. Cet actif
ne peut plus être recouvré par suite de la déportation
des Arméniens. Les 378 clients ont disparu de la surface
de la terre avec leurs employés, leurs marchandises et
leur encaisse. Et si les dépositaires de ces marchandises vivent encore, ils se trouvent comme mendiants
au bord des déserts de l'Arabie. Les commissions
préposées en différentes villes, par le Gouvernement, à
la liquidation de la fortune des déportés n'ont d'autre
destination que de couvrir l'expropriation du peuple arménien du voile transparent d'une formalité juridique.

L'importation allemande en Turquie était surtout aux
mains des Arméniens. Les Grecs s'occupent plus d'exportation que d'importation.

Tout les articles industriels sont importés de l'étranger en Turquie. Même le fez, qui constitue une partie
importante, considérée presque religieusement, du costume national turc, est fabriqué en Autriche, et, depuis
deux ans, aussi en Allemagne. Il existe sans doute,
depuis trente ans, à Constantinople, une fabrique de fez,
mais qui n'a pas appris, jusqu'à ce jour, à produire des
marchandises capables de supporter la concurrence.

On nous communique, de source autorisée, ce qui suit au sujet du commerce d'importation en Turquie :

« Les principaux articles d'importation sont les suivants : étoffes de coton et de laine, filés de coton, tricots, articles de confection et vêtements », Voyez-vous, — disait un Turc, — tout ce que je porte, à l'exception de ma barbe, vient de « Frangistan » (Europe). Si ces Frangis n'existaient pas, nous serions obligés d'aller nus comme au temps d'Adam et Eve, On importe les machines d'Allemagne, d'Angleterre et d'Amérique ; les objets en fer et en acier d'Allemagne, d'Angleterre et aussi en partie d'Amérique, les bois de construction d'Autriche-Hongrie, de Roumanie et de Suède, et, dans les derniers temps, aussi de Bulgarie. Le ciment et les briques venaient de France, le sucre d'Autriche, de Russie, et dans les dernières années aussi d'Allemagne, bien que la Turquie possédât de grandes superficies de terrains en friche, très appropriés à la culture des betteraves. Même la farine turque du pays est supplantée dans les ports de mer, par la farine russe, roumaine et française. Toute l'industrie de la Turquie consiste en quelques fabriques à Constantinople, Smyrne, Tarse et Mersine ; mais même ces entreprises sont en partie soutenues financièrement et dirigées par des Européens et des chrétiens du pays. L'essor qu'a pris l'industrie des tapis, le pays le doit aux entrepreneurs et aux exportateurs, qui sont presque exclusivement arméniens, grecs, juifs et européens. On a privé cette industrie, par la déportation des Arméniens, de sa principale main-d'œuvre, surtout dans les villayets orientaux. Il faut en dire autant de la culture du coton, introduite par l'Allemagne en Cilicie.

« La plus grande partie de l'importation est entre les

mains des Arméniens. Les plus grandes maisons arméniennes ont leurs établissements fournisseurs dans
les diverses villes industrielles d'Europe. A très peu
d'exceptions près — qu'on ne peut d'ailleurs jamais
éviter complètement — les Arméniens se sont montrés,
contrairement à leur réputation, absolument corrects
et honnêtes dans leurs relations d'affaires avec leurs
fournisseurs européens. Si le commerçant turc jouit
aujourd'hui d'une bonne renommée dans le monde
commerçant d'Allemagne, il le doit aux maisons de
commerce arméniennes. Car, abstraction faite de
quelques Deunmés (Juifs convertis au mahométisme)
et de Séphardims (Juifs originaires d'Espagne), il n'y
a pas, dans toute l'Asie-Mineure, sauf peut-être une ou
deux exceptions, une seule maison de commerce purement turque qui fasse du commerce avec l'étranger.
Bien que le Gouvernement turc n'ait point publié jusqu'à ce jour de statistiques commerciales, on peut
cependant estimer à 15 millions de livres turques
(300 millions de marks) l'importation des grands ports
turcs (sans compter la Syrie) qui travaillent directement avec l'Europe, c'est-a-dire de Constantinople,
Smyrne, Trébizonde, Samsoun et Mersine. Cette importation est, en majeure partie, entre les mains des grands
commerçants arméniens.

« L'exportation du pays était auparavant presque exclusivement entre les mains des maisons de commerce
européennes et grecques. Les Arméniens n'y jouaient
que le rôle d'intermédiaires : ils amenaient les différents produits du pays sur les places du marché, les
livraient à des maisons de commission grecques ou arméniennes, qui, à leur tour, les vendaient à des maisons d'exportation européennes. Depuis environ vingt

ans, les Arméniens aussi ont commencé à se livrer à l'exportation et y ont fait de tels progrès que, avant la guerre, certains articles comme les figues, les raisins secs, les noix et l'opium étaient en majeure partie exportés par des maisons arméniennes. Deux des plus grandes maisons arméniennes de Smyrne font, à elles seules, un trafic de près de 20 % de l'exportation de Smyrne, qui est en tout de 5 millions de livres turques. Durant les dernières années, les maisons de commerce arméniennes de l'intérieur ont commencé à vendre directement à l'Europe ou à l'Amérique leurs marchandises et surtout les produits du pays, sans l'intermédiaire des maisons de commerce des ports, ou bien à les consigner pour leur propre compte. Les maisons arméniennes établies dans les centres commerciaux d'Europe ou d'Amérique ont beaucoup contribué au développement rapide de ces relations. Il n'est pas exagéré de dire que, sur l'ensemble du commerce turc, 60 % de l'importation et 40 % de l'exportation pour l'étranger, et au moins 80 % de tout le commerce intérieur, sont entre les mains des Arméniens. »

Il n'est resté de ce commerce arménien que les maisons de Constantinople et de Smyrne, dont la population a été, dans sa généralité, épargnée par les mesures de déportation. Tout le commerce de l'intérieur a été anéanti avec tous ses dépôts de marchandises et ses valeurs et, — ce qui est pire, — avec toutes les énergies créatrices de valeur. Ce seront, en première ligne, l'Allemagne et l'Autriche, qui auront à supporter les dommages économiques qui ne se limiteront pas aux immenses pertes actuelles, mais qui apparaîtront dans toute leur étendue par la suite. Il n'y a guère d'exagération dans les remarques saisissantes suivantes, par lesquelles le Consul américain d'Alep conclut son rapport :

« Comme 90 % du commerce de l'intérieur se trouvent entre les mains des Arméniens, le résultat de la déportation est que le pays va à la ruine. Comme le plus grand nombre des affaires se fait à crédit, des centaines de commerçants de marque, qui ne sont pas Arméniens, se trouvent mis en faillite. Dans les localités évacuées, il ne reste plus, à part quelques exceptions, un seul maçon, forgeron, menuisier, charpentier, potier, fabricant de tentes, tisserand, cordonnier, bijoutier, pharmacien, médecin, avocat, ni une seule personne appartenant aux carrières libérales ou s'occupant de quelque métier. Le pays sera réellement dans un état désespéré.

« C'est un gain très contestable, que celui qui résulte du passage de tous les biens du peuple arménien dans l'intérieur (maisons, propriétés, dépôts de marchandises, mobilier de maisons, vivres, sans même excepter les vêtements et les chaussures, hormis cependant les biens des Arméniens islamisés) (1), entre les mains du Gouvernement Turc, ou bien de la population turque ou kurde, à des prix assez bas, ou même gratuitement. Il est impossible qu'un tel brigandage en grand, qui n'a guère son pareil dans l'histoire et n'est imaginable que dans des conditions de droit turc, puisse porter bonheur. *On ne devient pas commerçant en tuant un commerçant. On n'apprend pas un métier en détruisant l'instrument de ce métier ;* un pays de popula-

---

(1) Le grand importateur de Constantinople, Ipranossian, dont la maison a plus de quarante succursales dans les villes de l'intérieur, ne put rentrer de l'exil qu'en passant à l'Islam, bien qu'il eût fait les plus grands sacrifices pour la guerre.

tion très peu dense ne devient pas plus productif si
l'on extermine ses éléments les plus travailleurs ; on
n'active pas le développement intellectuel si l'on envoie au désert, comme « un bouc émissaire » pour les
négligences de dizaines et de centaines d'années, les
éléments économiquement les plus capables, les plus
avancés au point de vue de l'instruction, les plus doués
d'énergie à tous points de vue et qui étaient capables
d'établir une liaison entre l'Orient et l'Occident. En
foulant aux pieds le droit des autres, on ne fait que
corrompre sa propre conscience du droit. On peut
donner, aux yeux de la population turque, à cette
guerre impopulaire, un moment de popularité passagère par l'extermination et le vol des populations non
mahométanes, en première ligne des Arméniens et
aussi, en partie, des Syriens, des Grecs, des Maronites
et des Juifs. Mais les Mahométans sensés, en constatant
les dommages généraux que subit l'Empire, déplore-
ront très amèrement la ruine économique de la Turquie, et en viendront à cette conclusion : que la Turquie a incomparablement plus perdu par la guerre intérieure qu'elle ne pourra jamais gagner par une victoire
à l'extérieur. »

2. — Les conversions forcées à l'Islam.

Un phénomène caractéristique, qui s'est manifesté
également au temps des massacres d'Abdul Hamid, en
1893-1896, et durant les massacres de Cilicie en 1909, *ce
sont les conversions en masse à l'Islamisme*, conversions qui n'ont pas eu lieu *de plein gré*, même là où
on les donne pour telles. On rencontre souvent cette opinion que les conversions forcées ne doivent pas être con-

sidérées comme « persécutions contre les chrétiens »,
parce qu'elles ont *un but politique* qui est la turcifica-
tion des sujets non turcs de la Turquie. Mais on serait
un mauvais connaisseur de l'histoire de l'Eglise, si l'on
admettait qu'il ait jamais existé des persécutions faites
par les chrétiens qui n'aient pas servi à des fins politiques. *L'abus de la religion pour des fins politiques
est la racine et l'essence de toutes les persécutions religieuses.* On ne pourra donc pas contester dans ce cas-
ci non plus que les conversions forcées à l'islam portent
tous les caractères d'une persécution contre les chrétiens.

Dans quelles circonstances les conversions forcées
furent-elles réalisées ?

*En beaucoup de cas, le seul moyen d'échapper à la
déportation était de passer à l'islam.* Mais comme souvent déportation signifiait massacre, que les hommes
au moins, aussitôt sur le chemin de l'exil, allaient à
une mort certaine et que les jeunes femmes et les
jeunes filles au-dessus de dix ans devaient s'attendre
à être enfermées dans des harems turcs ou des villages kurdes, la tentation était trop forte d'échapper
à la mort et au déshonneur en passant à l'islam. On a
des informations de tous les vilayets *disant que les
autorités turques elles-mêmes offraient cette issue*,
et qu'en règle générale tous les chrétiens qui se déclaraient prêts à embrasser l'islam étaient exempts de
la déportation et des massacres. Mais on usa aussi de
pression pour amener le passage à l'islam, soit par la
faim, soit par des menaces de mort. Pour voiler le caractère forcé des conversions, *on présenta souvent
aux convertis des documents où ils devaient attester,
par leur signature, qu'ils avaient accepté de plein gré*

de passer à l'islam. Après les massacres d'Adana, en
1909, le Gouvernement avait été forcé, sous la pression
des Puissances européennes, d'ordonner le retour des
chrétiens islamisés et même de menacer de châtiment ceux qui garderaient des enfants chrétiens dans
des maisons musulmanes. On a, par la suite, essayé de
voiler, autant que possible, le caractère forcé des conversions et de prévenir le retour à la religion chrétienne, en mariant systématiquement les jeunes filles
et les femmes chrétiennes à des Musulmans, et même
*par l'échange forcé des femmes entre chrétiens
et Mahométans. Beaucoup de femmes chrétiennes arméniennes, dont les maris servaient dans l'armée
turque, furent forcées, pendant l'absence de leurs
maris, de se marier de cette façon ignominieuse avec
des Mahométans.* La polygamie mahométane permet de
réaliser, sur une grande échelle, de telles mesures.
Les hommes qui passaient à l'islam étaient circoncis
et recevaient des noms mahométans.

Des exemples caractéristiques, dont quelques-uns
ont déjà été cités dans notre exposé des événements,
peuvent servir à éclairer ce que nous venons de dire.

A Samsoun, le port le plus important de la Mer Noire,
le mutessarif (préfet) invita à dîner les Arméniens
les plus notables et exigea d'eux qu'ils passassent à
l'islam. Le jour où l'on proclama l'ordre de déportation à Samsoun, on tendit dans la ville un cordon entre
le quartier arménien et le quartier musulman et l'on
notifia, par un crieur public, que ceux qui accepteraient
de passer à l'islam pourraient rester. Ceux qui s'y sentaient disposés n'avaient qu'à passer le cordon ; les
autres seraient déportés.

A Mersivan on proclama, pendant les préparatifs de

la déportation, que quiconque embrasserait l'islam échap-
perait à la déportation et pourrait rester paisiblement
dans sa maison. Les bureaux des employés qui contrô-
laient les requêtes étaient remplis de gens qui voulaient passer à l'islam. Ils le faisaient pour l'amour de
leurs femmes et de leurs enfants, dans le sentiment
que ce n'était qu'une affaire de temps, jusqu'à ce qu'il
devînt possible de retourner à leurs croyances.

A Zileh, on chercha à fléchir les femmes et les enfants par la faim, après avoir tué les hommes. On les
laissa en pleine campagne, sans nourriture, pendant
plusieurs jours. Lorsque la proposition de passer à l'islam se heurta au refus opiniâtre des femmes, on se mit
à percer à coups de baïonnette les mères sous les
yeux de leurs enfants.

Des infirmières de la Croix-Rouge allemande racontent
qu'à Guémérek, on réunit trente des plus jolies parmi
les jeunes femmes et les jeunes filles, et on les mit en présence de cette alternative : « Où vous deviendrez mahométanes, ou vous mourrez! » La réponse fut : « Alors nous
mourrons ! » Cette réponse fut télégraphiée au vali de
Sivas, qui donna le conseil de partager entre les Musulmans ces jeunes filles et ces femmes, dont beaucoup
avaient reçu leur éducation dans les écoles américaines.

Nous avons des exemples semblables pour tous les vilayets. On refusa le plus souvent la conversion d'individus isolés et l'on exigea qu'au moins cent personnes se présentassent ensemble, si elles voulaient
échapper à la déportation. Dans certaines localités, les
autorités acceptèrent les conversions, mais n'en exé-
cutèrent pas moins la déportation.

Nous avons des informations précises en ce qui concerne les villes de la côte de la Mer Noire.

Des parents et des amis des Arméniens de ces provinces reçurent à Constantinople, au temps de la déportation, des télégrammes de Trébizonde, Samsoun, Ounieh, Amasia et d'autres villes, qui disaient : « Hak dini kaboul etdik » (nous avons accepté la vraie religion). Des lettres et des cartes postales furent renvoyées par la poste, avec avis de mettre pour adresse les nouveaux noms mahométans à la place des anciens noms chrétiens. On reçut de Samsoun les quelques changements d'adresse suivants :

Mihran Davidjian s'appelle *Daoud Zia,*
Agob Guiyidjian s'appelle *Osman Sureya*
Garabed Kilimedjian s'appelle *Hodi effendi*
Howsep Davidian s'appelle *Zia Tuguoglou.*

D'Ounieh :

Tcharian et fils s'appellent *Chakir-Zadeh-Fehmivé Makdoumlar*
Kazarian s'appelle *Abd-ul-Medjid.*

Un certain Tchakirian d'Ordou télégraphia à son frère : « J'ai accepté la vraie religion ; je te prie d'en faire autant. — Ton frère Mohammed. » Il envoya le même télégramme à son fils avec la signature : Chakir Zadéh.

Quand on exigea du commerçant Haroutioum Torikian, protestant, de devenir mahométan, il répondit : « J'ai eu la foi dès mon jeune âge, la renierai-je maintenant que je suis vieux ? A cette heure même je renonce à la vie ! » Il fut emmené et tué. Tout comme lui, des dizaines de milliers ont préféré la mort ou l'exil à l'abandon de leur foi.

Le nombre des conversions obtenues par la violence ou sous la pression des autorités et de la dé-

tresse ne pourra être évalué au juste qu'après la guerre,
quand on pourra recueillir des informations de toutes
les régions de la Turquie. Jusqu'à présent on n'a des
données numériques que pour les villes côtières du
vilayet de Trébizonde. Ainsi, dans la ville de Trébizonde,
200 familles ont passé à l'islam, à Kérasount 160, à
Ordou 200, à Samsoun 150. A Arabkir, toute la population aurait échappé à la déportation en passant à l'islam.
Des informations du vilayet de Kharpout disent que le
nombre des islamisés doit y être particulièrement élevé.
Le Consul des Etats-Unis à Kharpout suppose aussi
que toutes les femmes et les enfants restés là auraient
été obligés d'embrasser l'islam.

L'on doit considérer comme islamisés de force les
jeunes femmes, les jeunes filles et les enfants qui ont été
emmenés dans des maisons turques, ou des villages
kurdes. Il ressort de tous les récits qui décrivent l'état
des caravanes arrivant du nord au sud, que toutes les
jeunes filles au-dessus de dix ans ont disparu en route
et que la plupart des jeunes femmes ont été enlevées.
Dans les villes où l'on passait, on donnait aux populations
mahométanes, comme on l'a souvent répété, la faculté
de choisir les plus belles jeunes filles et même de les
faire examiner d'abord par leurs médecins. Les enfants
furent en partie vendus par les gendarmes, en partie
donnés par les mères pour les sauver de la mort. Les caravanes des déportés étaient des marchés d'esclaves
ambulants. Beaucoup de femmes et de jeunes filles
se sont donné la mort pour échapper au déshonneur.

On cite quelques cas héroïques de femmes qui se
jetèrent dans les fleuves ou s'ôtèrent la vie pour ne pas
être violées ou pour ne pas être obligées d'embrasser
l'islam. Un Arménien mit de sa propre main le feu à sa

maison et s'y brûla avec toute sa famille, pour qu'elle ne fût pas déshonorée ou convertie de force à l'islam.

Le récit de la veuve arménienne de Baïbourt, à la page 59 et suivantes, donne un aperçu de la manière dont on s'y prenait pour amener les femmes et les enfants à embrasser l'Islam. Elle rencontra un convoi de 50 à 60 voitures portant 30 veuves d'officiers turcs, dont une se donna le plaisir de tuer, à coups de revolver, un Arménien quelconque. Chacune de ces femmes turques avait avec elle 5 ou 6 jeunes filles arméniennes de dix ans et au-dessous. La veuve arménienne ne put sauver sa fille du même sort qu'en se déclarant prête à passer à l'islam avec elle. On les accueillit dans l'une des voitures et on leur changea leur nom chrétien en des noms musulmans et l'on se mit à les instruire dans les usages musulmans.

La pression dont on usa envers la population chrétienne, pour la porter à embrasser l'islam, ne provenait point de la population mahométane, ni même du clergé musulman, mais exclusivement du Gouvernement. Ce sont également les autorités qui essayèrent de donner à ces passages à l'islam l'apparence de la liberté. Des ordres confidentiels furent adressés par le Gouvernement Impérial ottoman aux autorités locales de l'intérieur, pour qu'elles amènent les survivants du peuple arménien à signer une requête où ils demanderaient comme une grâce spéciale « de passer à la sainte religion ». Tous ceux qui s'y refuseraient devraient être déportés.

Le nombre des chrétiens arméniens et syriens qui furent convertis à l'islam, durant le cours des déportations, ne pourra être établi, même approximativement, avant la fin de la guerre. On peut le tenir pour très considérable, puisque toutes les jeunes filles, les femmes et les enfants volés par les Turcs sont traités par eux comme Mahométans.

Dans les villes et les villages, les églises chrétiennes furent changées en mosquées ou employées à d'autres usages après l'expulsion des Arméniens. A Termeh, entre Samsoun et Ounieh, après avoir transformé l'église en mosquée, on enroula, par dérision, un turban autour de la tête du prêtre arménien. Il dut ensuite faire le « namaz » (la prière mahométane).

A Erzeroum, on a transformé aussi l'église catholique en mosquée.

A Erzingian, on fit de l'église arménienne catholique des lieux d'aisances publics. A Husni-Manzour, l'église fut saccagée et le calice jeté aux cabinets. Les gendarmes se vêtirent des ornements sacerdotaux et parodièrent la messe au milieu des blasphèmes. Le prêtre fut jeté en prison et soumis à la torture.

A Angora, on célébra le jour anniversaire du Sultan en opérant la circoncision sur cent enfants chrétiens, la plupart catholiques, convertis de force.

Les faits précédents seront une amère déception pour ceux qui, en ces dernières années, ne peuvent pas assez vanter la tolérance de l'islam.

3. — La question arménienne et la presse allemande.

La presse est, pendant la guerre, sous la dictature de la censure. Des faits survenus dans les pays alliés et qui sont gênants pour nous, ou dont la publication est en opposition avec nos intérêts politiques, ne peuvent être débattus en public. On ne peut pas toujours dire la vérité (1). On ne peut pas redresser les contre-vérités, et les choses à moitié vraies n'ont point de valeur. Ceux qui sont le mieux renseignés sont le moins à même de parler. Leurs communications seraient d'ailleurs arrêtées sans plus par la censure. Mais, comme le public apprend cependant quelque chose sur les sujets dont on ne peut parler, on ne peut empêcher que l'imagination ne présente les faits de la façon qui nous serait le plus agréable. Le désir engendre la pensée. On prend des suppositions pour des informations, des inventions pour des réalités. Aussi longtemps que dure la guerre, on doit subir ces inconvénients. Les sources d'information sont naturellement fermées ; la censure fait son œuvre artificielle et le service des nouvelles de l'étranger est réduit à un filet très mince qui souvent tarit complètement. Mais partout où la presse a le respect d'elle-même, elle rougit de remplir à force d'imagination les lacunes de ses informations et s'oppose absolument à la diffusion des mensonges, même lorsqu'ils flattent nos intérêts politiques. En guerre non plus, on ne remporte aucune victoire par des mensonges, comme l'a appris, par une expérience douleureuse, la presse de nos ennemis.

Ce qui vaut pour la presse, vaut aussi naturellement pour les brochures.

Les auteurs d'articles de journaux et de brochures ne disposaient pas, pour porter un jugement dans la question arménienne, de documents particuliers, comme ont pu s'en convaincre ceux qui ont suivi la presse alle-

(1) Le texte allemand dit : Die Wahrheit kann nicht immer gesagt werden. Unwahrheiten können nicht widerlegt werden. (Note de l'éditeur).

mande. Les seuls éléments dont on s'est servi, ce sont les quelques communiqués turcs qu'on devait soupçonner, à *priori*, d'exposer les faits d'une façon partiale et incomplète, en vue d'intérêts militaires et politiques. La presse allemande n'était pas à même de vérifier cet exposé. Elle était disposée d'avance à croire toutes les nouvelles favorables à nos alliés et à supprimer toutes celles qui étaient moins flatteuses pour eux. Ainsi, il était commode au bureau de la presse turque de couvrir d'un voile, pour l'étranger, les faits survenus dans son pays et de ne lancer, dans la presse des Puissances Alliées, que les idées qui lui convenaient.

La presse allemande a consciencieusement reproduit, dans les premiers mois de la guerre, les aveux et les louanges de la presse turque au sujet de l'attitude des Arméniens, et aussi plus tard les communiqués turcs, le plus souvent sans commentaires. Les communiqués turcs affirmaient d'abord que seulement des Arméniens isolés avaient commis des actes de trahison, comme ce fut le cas aussi pour des Mulsumans ; mais ils ajoutaient aussitôt expressément que les mesures prises par la Turquie « *ne constituaient pas un mouvement dirigé contre les Arméniens* » et « *qu'elles seraient appliquées avec la plus grande modération et la plus grande justice* ». On ajoutait que la population arménienne « *s'occupait de ses affaires dans le plus grand calme et qu'elle jouissait de la plus grande sécurité* ». Le Consul général de Turquie à Genève opposait encore, le 27 août 1915, *le démenti le plus formel aux nouvelles de persécutions contre les Arméniens en Turquie,* et assurait que « *toute la population arménienne, hommes, femmes et enfants jouissait de la plus complète sécurité, sous la protection des autorités* ». Na-

turellement on prit volontiers connaissance, dans la presse
allemande, de ces assurances venant d'une puissance
amie et on leur accorda la confiance qu'elles méritaient.

Lorsque plus tard, aux mois d'août et de septembre,
on publia, en Amérique, les premières nouvelles sur les
mesures d'extermination prises par le Gouvernement
turc contre les Arméniens, la presse allemande n'y
ajouta pas foi. On prétendit que c'étaient des inventions
malveillantes et l'on accusa vivement les Américains de
vouloir, par de pareils « bluffs », créer des ennuis à
l'Allemagne. Il ne manqua pas non plus de gens qui
naturellement accusèrent les informations de la presse
américaine d'être des mensonges inventés par les *An-*
glais. Si l'on avait eu connaissance de ces informations,
on n'aurait pas formulé ces accusations. *Les informa-*
tions anglaises reproduisaient exactement les sources
américaines.

Les rapports américains ont été publiés par un Comité
dont font partie des hommes qui jouissent aussi en Allemagne d'une grande confiance. Ces rapports ne con-
tiennent que des dépositions de témoins oculaires,
surtout de consuls et de missionnaires, et se limitent à
l'exposé des faits, sans entrer dans des commentaires
sur le côté politique de la question. Dans les 25 rapports volumineux qui ont été publiés, on ne trouve
qu'une seule phrase, dans le rapport du Consul des
Etats-Unis à Alep, dans laquelle on reproche aux Allemands d'avoir permis l'extermination de la race arménienne. On ne pouvait savoir, en Amérique, que
l'Allemagne avait élevé, à plusieurs reprises, les pro-
testations les plus énergiques contre les procédés du
Gouvernement turc et que ces protestations ont été
aussi vaines que celles de l'Amérique.

Les raisons de cet insuccès ne peuvent être discutées
ici. *L'indigne accusation selon laquelle les Consuls
d'Allemagne auraient dirigé ou encouragé les massacres d'Arméniens, et que le Consul d'Allemagne à
Alep, le Dr Rossler, se serait rendu à Aïntab pour y
diriger en personne les massacres,* ne provient ni
d'Amérique, ni d'Angleterre. Elle est fondée plutôt sur
la déclaration d'un réfugié syrien (correspondance du
Caire, du 30 septembre). Elle a été publiée par le
Temps du 1er octobre 1915 et propagée par la presse
française. Nous avons déjà rappelé plus haut *qu'on
avait rendu le meilleur témoignage, du côté arménien, aux consuls d'Allemagne, et en particulier au
Dr Rossler, et qu'on avait exprimé la plus grande reconnaissance pour leur activité, inspirée par l'humanité.*

Les récits publiés par le Comité Américain ont pour
but exclusif d'organiser des secours pour les femmes
et les enfants arméniens déportés et affamés. Ils sont
dépourvus de toute tendance politique. On a mis déjà
à la disposition de l'Ambassade américaine de Constantinople les 200.000 dollars qui ont été recueillis
pour les nécessiteux. Ce fut l'Ambassadeur des Etats-
Unis à Constantinople, M. Morgenthau, qui proposa au
Ministre de l'Intérieur, Talaat bey et au Ministre de la
Guerre, Enver pacha, de transporter aux Etats-Unis
toute la population arménienne de Turquie, y compris
les Arméniens de Constantinople. Il aurait été sûrement
préférable d'accepter cette proposition bien inten-
tionnée que de vouer à la ruine la population arménienne. L'Amérique se serait estimée heureuse d'ac-
cueillir un peuple aussi laborieux et aussi appliqué que
les Arméniens de la Turquie, et elle aurait retiré d'une
telle action, aussi prudente que pleine d'humanité, les

mêmes heureux avantages qu'autrefois les Prussiens
de l'accueil fait par eux aux réfugiés français et aux
émigrants de Salzbourg. Malheureusement le Gouvernement turc n'a pas accédé à la proposition des Etats-
Unis, mais il a préféré envoyer au désert, par centaines
de milliers, les femmes et les enfants arméniens.

En Allemagne aussi, après la première excitation
injustifiée contre les rapports américains, — *qui furent
entre temps confirmés dans toute leur étendue,* — on
arriva, à la dérobée, à connaître la vérité. La grande
presse, qui, malgré la guerre, était restée consciente de
sa responsabilité à l'égard de la vérité, préféra alors,
à quelques exceptions près, garder le silence au sujet
de la question arménienne, parce que la censure ne
pouvait permettre, par égard pour la Turquie, de dé-
battre publiquement cette question.

Même les auteurs de brochures se sont imposé la même
réserve à l'égard de la question arménienne. Un seul
pamphlet, qui a provoqué une attention imméritée, a besoin d'être réfuté. C'est la brochure de C. A. Bratter :
« *La Question Arménienne* ». Berlin, S.W. II, Concor-
dia, deutsche Verlagsanstalt, 1915. Sur la couverture,
on désigne M. Bratter comme « ressortissant d'un Etat
neutre et journaliste allemand ». Il est sujet américain.

En d'autres temps, il ne vaudrait pas la peine de
prendre connaissance de cette brochure, car, après la
guerre, de telles productions littéraires d'actualité seront considérées, sans plus, comme une tache.

Il peut y avoir tout au plus un certain intérêt psycho-
logique de montrer, par un petit exemple pratique, comment on s'y prend pour écrire avec des airs, de connaisseur, sur des sujets dont on ne connaît rien.

L'auteur a été manifestement poussé à produire cette

élucubration par l'appel « en faveur des Arméniens »,
publié, vers le milieu d'octobre, dans les grands journaux suisses et qu'il reproduit à la page 18. Car la
courte brochure (38 pages de texte) s'occupe de cet appel en trois longues pages et termine par une apostrophe
à « Messieurs les Suisses ! ». L'appel suisse s'abstient de
prendre position avec n'importe quel parti politique et
de toute allusion à la co-responsabilité de l'Allemagne,
au contraire de ce qui est expressément indiqué dans
la presse de l'Entente. Il s'inspire exclusivement des
intérêts de l'humanité.

« Tandis que la guerre occupe l'attention du monde
entier et absorbe toutes les forces des grandes Puissances européennes, il se passe en Turquie des événements que l'on a le droit d'appeler effroyables,
même en ces temps où l'on est habitué aux choses
terribles, et qui laissent bien loin derrière eux tout ce
qui s'est fait antérieurement dans ces pays.

« Il ne s'agit de rien moins que de l'extermination systématique de tout un peuple chrétien, les Arméniens,
qui est mise à exécution dans le but d'établir dans
l'Empire turc la domination unique de l'islam.

« Déjà des centaines de milliers d'Arméniens ont été
ou massacrés ou arrachés à leur pays ; ils doivent misérablement mourir dans les steppes de la Mésopotamie
ou en d'autres régions. Un grand nombre d'entre eux,
surtout des femmes et des enfants, ont été forcés d'embrasser l'islam.

« Ces faits sont confirmés par les affirmations et les
récits de personnes en tous points impartiales, qui ont
pu les constater par elles-mêmes.

« Les soussignés ne se proposent pas seulement de
demander au peuple suisse d'apporter un concours

puissant au soulagement de la misère qui règne parmi
les restes du malheureux peuple arménien. Ils sentent
qu'il est de leur devoir d'attirer l'attention du monde
entier sur ces événements et de s'adresser à l'opinion
publique de tous les pays, pour qu'on fasse immédiatement ce qui peut encore être fait à Constantinople pour
la protection des Arméniens survivants. »

M. Bratter, afin de faire soupçonner la tendance de
cet appel d'être anti-allemande, écrit :

« L'appel porte la signature d'une centaine de personnes, pour la plupart professeurs et ecclésiastiques
de la Suisse appartenant toutefois pour la plupart à la
Suisse romande, qui nous est hostile. » A cela M. le
Dr H. Christ-Socin répond dans les « Basler Nachrich-
ten » du 18 décembre 1915 :

« Il nous paraît étrange que l'auteur affirme que le
plus grand nombre des cent signatures de l'appel provient de la Suisse romande, qui est hostile envers l'Allemagne. En vérité, sur ces cent signatures, trente proviennent de la Suisse romande, trente-deux de la Suisse
alémanique et le reste de la Suisse centrale et septentrionale. Même abstraction faite de ces chiffres, le lien
indiqué par l'auteur, entre les sympathies pour les souffrances des Arméniens et des dispositions quelconques
hostiles à l'Allemagne, est une pure invention. Rien
n'est aussi éloigné des intentions des signataires de
l'appel, — qui appartiennent d'ailleurs à toutes les
nuances politiques possibles, — que de faire une manifestation contre l'Allemagne. »

Analysons l'écrit de Bratter :

La substance en est constituée par dix coupures de
journaux. Les quatre premières concernent les événements actuels de Turquie. Ce sont les suivantes :

1° L'interview du Jeune-Egyptien Dr Rifaat parue dans l'*Extrabladet*, sans indication d'auteur, ni de source, comme s'il s'agissait de faits connus personnellement par l'auteur ;

2° Le premier communiqué turc (Constantinople, le 4 juin) sans indication de date ;

3° Le troisième communiqué turc (Constantinople, le 16 juin 1915) ;

4° Un extrait du réquisitoire contre Boghos Nubar pacha, reproduction verbale d'une correspondance de Constantinople, sans référence de source. Voir le *Neues Wiener Tagblatt* du 4 août 1915.

Suivent deux coupures de journaux qui ont pour but de faire suspecter les Missions *anglaises* en Arménie.

5° Coupure du *New-York Herald*, sans indication de date ;

6° Extrait du rapport d'un prétendu « observateur allemand au courant des choses », sans référence de source, de nom, ni de date.

Viennent ensuite deux citations destinées à caractériser les Hintchakistes arméniens :

7° Extrait d'un article du Révérend Cyrus Hamlin, du commencement de 1890, dans l'organe des Missions de Boston, *The Congregationalist* ;

8° Article extrait de l'organe des Hintchakistes *Haïk* et paru trois semaines avant les massacres d'Arméniens de 1895.

Il est en outre spécialement fait mention :

9° D'une *Histoire analytique d'Abdul-Hamid* inédite.

Il faut y ajouter :

10° L'appel du Comité Suisse.

Ces dix citations occupent 16 pages sur les 38 de la brochure.

Les quatre premières prouvent que l'auteur n'a eu à sa disposition, au sujet des événements de Turquie durant la guerre, que des nouvelles déjà connues des lecteurs de journaux allemands, c'est-à-dire l'interview du Dr Rifaat et les communiqués turcs. L'auteur ne possède pas d'autres documents. Comment utilise-t-il ceux qu'il a ?

Il met à la base de son exposé, en le reproduisant mot pour mot, mais sans citer sa source, l'interview du jeune Egyptien Dr Rifaat, que nous avons déjà signalé à la page 186. Peut-être M. Bratter, qui n'est pas orienté dans la question, n'est-il pas à même de se rendre compte que le Dr Rifaat a présenté un complot de l'opposition turque et un soulèvement « arabe » pour une « révolution générale arménienne ». Il n'avait donc pas le droit de présenter comme étant à sa propre connaissance le contenu de l'interview. Il ignore également que le complot de l'opposition turque, falsifié par le Dr Rifaat, remonte à l'année 1912, donc à une époque où l'Entente était en bonnes relations avec les Jeunes-Turcs et que ce complot fut découvert, par la police de Constantinople, avant le début de la guerre européenne. Il ignore également que l'exposé documentaire de ce « complot » a été déjà publié dans le *Tanine* quelques mois avant l'apparition de sa brochure.

En plaçant vis-à-vis l'un de l'autre l'interview du Dr Rifaat (1) et l'exposé de M. Bratter, on verra plus clairement comment ce dernier s'y est pris. Les emprunts verbaux sont écrits en caractères droits, les additions de M. Bratter en italiques.

(1) Cfr. *Vossische Zeitung*, télégramme de Copenhague, 14 octobre 1915.

Dr RIFAAT

M. BRÄTTER

« Je puis ajouter que le Gouvernement turc est en *tout temps disposé à produire, devant l'opinion publique des pays neutres, les documents qui prouvent la culpabilité de l'Angleterre* (1). »

Dans un temps peu éloigné, on produira des documents prouvant que l'Angleterre, avec l'aide de la Russie et de la France, a, en Arménie......

« Les massacres n'ont pas été entrepris pour le plaisir, dans le but, d'exterminer la nation arménienne, mais parce que l'Angleterre avait ourdi une conspiration très étendue, englobant pour ainsi dire tous les Arméniens habitant la Turquie, *dans le but d'amener un grand soulèvement au moment où les flottes des Alliés auraient forcé les Dardanelles...*

ourdi une conspiration très étendue.....

dans le but d'amener un soulèvement général au moment où les Allies auraient forcé les Dardanelles.

« *Les Anglais avaient préparé très soigneusement le soulèvement. Les Arméniens avaient été munis d'armes et de munitions en quantité et même d'uniformes de gendarmerie pour le Gouvernement provisoire qu'ils devaient créer.*

Les Anglais avaient préparé très soigneusement le soulèvement. Les Arméniens avaient été munis d'armes et de munitions en grande quantité, et même d'uniformes de gendarmerie pour le gouvernement provisoire qu'ils devaient créer

« De nombreux..... documents ont clairement prouvé que *les Anglais avaient organisé le plus grand soulèvement qui soit connu dans l'histoire de la Turquie.*

Ce fut *la plus grande conspiration que l'Angleterre ait jamais ourdie en Orient,* et cela n'est pas peu dire.

(1) Chez Rifaat, cette phrase se trouve à la fin. Nous soulignons ici les ressemblances.

« Il ne s'agit pas d'une conspiration locale, mais *d'une conspiration qui menaçait l'existence même du pays et devait faire passer Constantinople entre les mains des Alliés.*	C'était *une conspiration qui menaçait la vie même de l'Empire turc, car son but était de faire passer Constantinople entre les mains des Alliés.*
« *Par malheur pour les Arméniens, la Révolution éclata trop tôt et en même temps tout le complot fut dévoilé au gouvernement* par le principal initié à Constantinople.	*Par malheur pour les Arméniens la Révolution éclata trop tôt et en même temps le complot fut dévoilé au gouvernement turc.*
De nombreux conspirateurs furent arrêtés *et châtiés*, entre autres *le principal chef du soulèvement en Arabie, le cheikh Abd-ul-Kérim.*	Le *Tribunal* infligea *des peines* terribles, mais ce ne fut pas exclusivement contre des conspirateurs arméniens. *Les chefs du soulèvement en Arabie, tous mahométans*, furent aussi cruellement punis.
Bien que lui et ses partisans fussent *mahométans, on en pendit cependant 21, et l'on en condamna 100 à des peines graves d'emprisonnement.*	*Le cheikh Abd-ul-Kérim et 20 de ses partisans furent pendus; 100 autres* fouettés et *condamnés à des peines graves d'emprisonnement.*

Il n'est pas besoin d'avoir des yeux exercés à la philologie pour reconnaître que les déclarations fondamentales de Bratter, qu'il se donne l'air de produire de son propre fonds, sont copiées sur l'interview menteuse du Dr Rifaat. Nous avons dû découper et transcrire des passages de l'interview du Dr Rifaat pour mettre à jour la similitude avec le plagiat de M. Bratter.

M. Bratter n'accorde pas à l'Angleterre d'être la seule instigatrice de la prétendue « conspiration englobant

tous les Arméniens ». D'un seul coup de plume, il fait
de la Russie et de la France ses complices. Il ne trouve
pas non plus suffisantes « les quantités d'armes et de
munitions », il en fait de « grandes quantités ». M. Bratter paraît aussi avoir un penchant pour la cruauté, car
il qualifie de « terribles » les peines infligées par le tribunal et fait préalablement « fouetter » les cent Arabes
condamnés à des peines graves d'emprisonnement.

Dans le récit de Bratter nous ignorons ce qu'il en est
de la conspiration *arabe* du cheikh Abd-ul-Kérim. D'a-
près une autre version de l'interview du Dʳ Rifaat, les
quantités d'armes et de munitions et les uniformes de
gendarmes auraient été trouvés, non point chez des
Arméniens, mais chez le cheikh arabe Abd-ul-Kérim.
Par contre, les 21 pendus ne sont pas des partisans
d'Abd-ul-Kérim, mais les 21 Hïntchakistes qui furent
exécutés à Constantinople, devant le Séraskiérat (cfr.
page 191 et suivantes). Quatre d'entre eux étaient impliqués dans le complot de l'opposition libérale turque,
qui fut découvert avant la guerre. Ce *complot turc*,
combiné avec un *soulèvement arabe* est la *seule preuve*
que le Dʳ Rifaat et son plagiaire M. Bratter apportent
pour prouver la « conspiration englobant tous les Arméniens habitant la Turquie », qui est de leur propre
invention.

Voilà donc comment Bratter a établi la base de ses
démonstrations.

L'entrée en matière par laquelle Bratter présente
son plagiat du Dʳ Rifaat : « Dans un temps peu éloigné,
on prouvera avec des documents à l'appui, etc. » lui a
tellement plu qu'il l'emploie encore deux fois pour
faire croire à d'autres assertions. Il écrit :

« Il sera également démontré dans un temps peu

éloigné : 1º que les révolutionnaires arméniens ont, durant cette guerre, tenu quelque temps en leur pouvoir les grandes villes du haut plateau arménien et qu'ils les ont livrées aux Russes ; 2º que ces bandes arméniennes étaient partout munies d'armes russes, qu'elles ont combattu près du lac de Van avec les troupes russes contre les Turcs, si bien que ces combats furent signalés comme « victoires » dans le communiqué officiel de Pétersbourg ; 3º et qu'enfin la majeure partie de la population arménienne de la Turquie d'Asie s'est déclarée neutre (!) au lieu de combattre avec la Turquie contre la Russie.

A cela on doit répondre :

1º Il n'est pas besoin de prouver que ce sont les Arméniens (et non point des révolutionnaires arméniens) qui se sont défendus à Van et se sont emparés de la forteresse de Chabin-Karahissar, car on peut le lire dans les communiqués officiels turcs. Il ne s'agit certes pas des « plus grandes villes du haut plateau arménien », mais d'une des plus grandes villes et de la forteresse d'une ville plus petite. M. Bratter ne semble pas s'être demandé comment les 500 Arméniens réfugiés dans la forteresse de Chabin-Karahissar auraient pu faire pour « livrer la ville à la Russie ». Van n'a pas été « livré aux Russes » par les Arméniens assiégés, mais ce sont les Russes qui ont occupé Van et tout le vilayet après la retraite des Turcs, et sans l'entremise des Arméniens assiégés.

2º De plus, le fait tout naturel que les Arméniens de Russie aient été munis d'armes russes, qu'ils aient combattu avec les troupes russes contre les Turcs, et que ces combats aient été signalés comme des « victoires » dans les communiqués officiels de Pétersbourg, n'a pas besoin « d'être prouvé dans un temps peu éloigné », car tout le monde, excepté M. Bratter, sait qu'un million et demi d'Arméniens vivent au Caucase, et que ces Arméniens russes, tout comme les Polonais russes, devaient combattre du côté des Russes. Et il va sans dire que des victoires remportées par les Arméniens russes, avec le concours des troupes russes, sont des « victoires russes. »

3° Que la majeure partie de la population arménienne de la Turquie d'Asie se soit déclarée neutre (!) dans cette guerre, est une idée si enfantine qu'elle n'a pas besoin d'être réfutée. Que l'on imagine un peu que la majorité des Polonais prussiens se « déclarent neutres » !

« Il sera prouvé, écrit M. Bratter pour la troisième fois, que le Consul anglais de Mersine avait, au mois d'avril 1909, ourdi une insurrection des Arméniens dans le vilayet d'Adana. De plus, quelques années auparavant 40.000 Arméniens, qui avaient pris part à un soulèvement, s'étaient réfugiés au Caucase avec l'autorisation et l'aide du Gouvernement russe ». On ne saurait dire laquelle de ces deux affirmations est une invention plus effrontée. Il n'y eut absolument aucune insurrection en Arménie « quelques années avant 1909 ». Les « 40.000 Arméniens » qui se seraient alors réfugiés au Caucase, aussi bien que la prétendue machination d'une insurrection à Adana, par le Consul d'Angleterre, sont une pure invention. Tous ceux qui le désirent peuvent apprendre la vérité sur les massacres d'Adana, au mois d'avril 1909, en lisant le rapport du Dr Paul Rohrbach, qui a fait un voyage en Cilicie au lendemain des massacres. »

Les massacres d'Adana ont été organisés à l'instigation des Turcs et avec le concours des troupes Jeunes-Turques. Les instigateurs turcs furent, au moins en partie, châtiés par le Gouvernement turc, sous la pression des grandes Puissances. Pour l'Angleterre, qui ne voulait pas alors troubler ses bonnes relations avec le Gouvernement Jeune-Turc, l'affaire était, au contraire, très gênante, de telle sorte qu'elle chercha, autant que possible, à l'ignorer.

Nous avons déjà analysé les communiqués turcs que Bratter reproduit. Nous avons également rectifié les renseignements turcs, au sujet de la mission de Boghos Nubar pacha (cfr. page 253). Tout ce que Bratter raconte, — que Boghos Nubar pacha « s'est mis au service des Puissances de la Triple Entente », qu'il a organisé des souscriptions pour le recrutement des volontaires arméniens pour l'armée russe du Caucase, « qu'il a publié, dans les journaux d'Amérique, des appels au soulèvement à la nation arménienne », qu'il veut créer une Arménie indépendante sous le contrôle de l'étranger, — tout cela est copié mot à mot de la Correspondance de Constantinople et dépourvu de fondement. Quand M. Bratter ajoute, de son propre fond, que Boghos Nubar pacha (qui, en sa qualité de grand propriétaire foncier, appartient à la classe conservatrice du peuple arménien) est un des chefs principaux des révolutionnaires arméniens, et conclut en disant « qu'il est prouvé depuis longtemps que les fils de la conspiration dirigée par Nubar pacha aboutissent au Palais du Gouverneur russe du Caucase, à Tiflis », la légèreté avec laquelle de pareilles informations ridicules sont données, en l'absence de toute preuve « comme prouvée depuis longtemps, » est extrêmement regrettable.

Avec les coupures de journaux destinées à dévoiler

l'activité « d'une légion de missionnaires, que *l'Angle-*
terre a envoyés en Asie Mineure », il est arrivé à
M. Bratter une cruelle mésaventure. Il veut en effet
prouver que « *l'Angleterre* fit fonder partout, en Asie
Mineure, des écoles et des églises protestantes, qui
servaient en apparence à la propagande religieuse, mais
en réalité à la propagande politique parmi les Arméniens » ; qu'elle faisait « la chasse aux âmes avec une
tendance politique très prononcée » pour « se servir des
nationalités chrétiennes de la Turquie comme de dociles
instruments entre ses mains, quand *l'Angleterre* aurait
un jour besoin d'elles contre les Turcs. » Tout le monde
sait, au contraire, que l'Angleterre, depuis la guerre de
Crimée, avait son intérêt politique à conserver la Turquie, comme un État-tampon entre elle et la Russie, de
sorte qu'elle s'est trouvée au début de cette guerre
dans la nécessité absolue de dévier de sa politique antérieure. Après cette guerre, elle sera probablement
obligée, par sa politique méditerranéenne et pour la
protection du canal de Suez, de revenir à son ancienne
politique. La mésaventure qui est arrivée à M. Bratter consiste en ce QU'IL N'Y A POINT DE MISSIONNAIRES
ANGLAIS EN ARMÉNIE ; il n'y a exclusivement que des
Américains, et il rend lui-même à ceux-ci le témoignage d'être venus en Turquie *sans but politique*. Naturellement, les missionnaires américains ne lui plaisent
point, car il les connaît aussi peu que les Anglais. Là
où il peut en avoir besoin, il en appelle certes au témoignage de missionnaires américains, « du remarquable
ecclésiastique Cyrus Hamlin ». Mais il extrait d'abord du
New-York Herald, — qu'il semble estimer particulièrement digne de foi pour des lecteurs allemands, — un
charmant certificat de bonne conduite pour les mission-

naires américains : « Des hommes enthousiastes, ayant
une demi-instruction, inexpérimentés, qui sont capables de jeter le trouble dans le monde entier. Si un
Allemand veut se former un jugement sur l'œuvre gran-
diose des missionnaires américains en Turquie, il ferait
certainement mieux de s'adresser, par exemple, au professeur Dr Jul. Richter, de l'Université de Berlin, qu'au
New-York Herald. Il ne s'exposerait pas ainsi à commettre la bévue d'attribuer des menées politiques à des
missions anglaises qui n'existent point. Le malheur
veut encore que les missionnaires, si mal décrits par le
New-York Herald, et qui « ont leurs bureaux à New-
York », soient des Presbytériens qui n'ont absolument
rien à faire avec l'Arménie. Les missionnaires américains d'Arménie sont des Congrégationalistes, qui ont
leurs bureaux à Boston.

M. Bratter tombe encore plus mal avec son « observateur *allemand* bien renseigné, qui a pu constater les
choses sur place ». Ce thébain si bien renseigné fait
lui-même une charge contre l'Angleterre. Il s'élève lui
aussi contre les missionnaires et les écoles américaines
d'Anatolie qui, dans l'intérêt de la « politique anglaise »,
ont poussé, par leur éducation, sur « le chemin de l'a-
narchie », « les enfants arméniens de Sivas, Kharpout et
Diarbékir ». On ne doit pas, dit-il, en rejeter la culpabilité sur le peuple arménien, « qui possède sans cela les
meilleures qualités qui distinguent d'ordinaire un citoyen paisible ». « On ne doit pas seulement rendre responsable la jeunesse révolutionnaire, mais on doit aussi,
sans pitié, mettre au pilori ces Anglais (c'est-à-dire les
missionnaires) qui ont goutte à goutte infusé, dans
l'âme du peuple arménien, le poison qui apporte actuellement à ce malheureux peuple la misère et la mort. »

« L'observateur allemand si bien renseigné » doit
avoir eu des visions sur place. » car, *dans toutes les
localités mentionnées, et dans toute l'Arménie, il n'a
jamais existé un seul missionnaire anglais.*

Comme preuve du fait que des missionnaires anglais
ont été les instigateurs des troubles organisés par le
Hintchak à Mersivan (où il n'y a jamais eu de missionnaires anglais) et à Koum-Kapou (ou il n'y a pas davantage de missionnaires anglais) on fait appel à une
enquête américaine.

M. Bratter (ne sachant rien dire d'autre sur l'Arménie) concentre son attention, dans cinq longues pages,
sur les Hintchakistes, parti révolutionnaire qui avait
une certaine importance au Caucase, il y a vingt ans,
mais qui depuis lors a presque disparu. Il a emprunté
ce qu'il dit à deux longues citations qui remontent au
commencement de 1890, qui datent donc de vingt ans.
La première est empruntée à l'organe des *Missions des
Congrégationalistes,* donc à l'organe de ces mêmes
missionnaires qui soi-disant élèveraient des anarchistes
et qui auraient organisé et encouragé de prétendus
troubles hintchakistes dans leur collège de Mersivan.
Cet article de la feuille congrégationaliste, écrit par le
Missionnaire Rév. Cyrus Hamlin, que Bratter qualifie
de « remarquable » témoin, condamne, de la façon la
plus énergique, ces *Hintchakistes,* et met en garde le
peuple arménien contre eux. M. Bratter ne semble pas
avoir remarqué que ce missionnaire congrégationaliste,
le Rév. Hamlin, dans l'article cité, accuse les Hintchakistes d'exciter les Turcs contre les missionnaires
et les Arméniens protestants, et leur attribue à *eux* les
troubles de Mersivan, tandis que M. Bratter met ces
mêmes troubles au compte de ces mêmes missionnaires

congrégationalistes, au nom desquels parle le Rév, Hamlin. Il en résulte le tableau suivant : Les Hintchakistes travaillent contre les missionnaires protestants de Mersivan, et les missionnaires protestants de Mersivan soutiennent les menées des Hintchakistes. Si les missionnaires américains agissent ainsi, ce sont certes des hommes qui, — comme le dit le *New-York Hérald*, — sont capables de porter le trouble dans tous les pays du monde ». Ils agiraient selon la parole de Jésus : « Si Satan se fait à lui-même la guerre, il ne pourra plus subsister, mais c'en sera fait de lui. » Mais les missionnaires américains ne sont pas si sots. Sans doute, M. Bratter dira qu'il n'entendait pas parler des missionnaires américains de Mersivan, mais des missionnaires *anglais*, qui n'y ont jamais existé.

Qu'ont à faire d'ailleurs toutes ces déclarations contre les Hintchakistes, — petit groupe révolutionnaire, composé d'Arméniens de l'étranger, qui ont, depuis longtemps, perdu toute influence parmi les Arméniens de Turquie, — avec l'état actuel de la Turquie ? Rien ! C'est le manque de renseignements qui peut seul expliquer que M. Bratter s'intéresse si vivement aux Hintchakistes et reproduise même encore un article du *Haïk* de l'année 1895. Les infamies les plus invraisemblables y sont imputées au « fameux » Hamparzoum, un de leurs anciens chefs qui languissait depuis douze ans dans les prisons turques et qui fut relâché par les Jeunes-Turcs. Ou bien l'on condamne toute révolution, ou bien l'on doit se demander, à l'égard des révolutionnaires, pour quel motif ils agissent et si la misère de leur peuple ne justifie pas leur conduite. On peut alors conclure à un jugement moins sévère. Qu'on n'oublie donc point que les Jeunes-Turcs, qui

sont actuellement nos alliés, étaient alors les partisans
et les camarades des Hintchakistes ; les uns et les autres
s'attaquaient au Gouvernement terroriste d'Abdul-Hamid. Les efforts révolutionnaires des Jeunes-Turcs ont
réussi, ceux des Hintchakistes non. Voilà la différence !
Ceux qui portent un jugement différent se rendent coupables d'hypocrisie. Le dossier des massacres de Samsoun, tout comme celui des grands massacres organisés
par Abdul-Hamid, est déjà clos. Celui qui n'admet pas
le jugement qui s'est imposé au monde entier, doit d'a-
bord réfuter les rapports des Consuls et des Ambassades de toutes les Puissances que nous possédons sur
ce sujet, et s'expliquer ensuite avec des hommes comme
le Dr Rohrbach et d'autres qui connaissent bien, pour en
avoir été témoins, les événements d'Arménie dans leur
dernière phase.

Pour caractériser les massacres d'Abdul-Hamid, sur
lesquels M. Bratter ne sait rien par lui-même, il cite
une « histoire analytique du règne d'Abdul-Hamid »
encore inédite, composée par « un prince albanais libé-
ral, » hostile aux Jeunes-Turcs. Nous doutons qu'un
historien, qui se propose d'étudier le règne d'Abdul-
Hamid, sur lequel nous possédons des douzaines de travaux européens, se fie au jugement d'un auteur albanais
inédit. Toujours est-il que l'Albanais qu'il cite rend beaucoup mieux justice au peuple arménien que M. Bratter,
car il émet le jugement qu' « *Abdul-Hamid a rendu
responsable de la faute de quelques fanatiques et de
canailles subornées tout le peuple arménien* qui jouissait antérieurement, dans l'Empire ottoman, de la préé-
minence, puisqu'il occupait les places les plus élevées
et possédait les plus grandes richesses. Le sentiment
de justice de l'Albanais se révolte aussi contre le fait

que « tout le peuple arménien est confondu avec deux ou trois criminels et souffre des persécutions terribles. »

L'Albanais porte un jugement complètement erroné sur le but que poursuivaient les révolutionnaires arméniens par l'occupation de la Banque ottomane. Il va sans dire que les Arméniens n'étaient pas assez insensés pour croire qu'ils pourraient « fomenter une révolution à Constantinople ». Le but de l'occupation de la Banque ottomane était de faire une démonstration à l'adresse des six Grandes Puissances, qui avaient signé l'article 61 du traité de Berlin et qui avaient capitulé quand *Abdul-Hamid répondit à leurs démarches* pour obtenir des réformes en faveur de la malheureuse Arménie, *par une tuerie de 80 à 100.000 Arméniens.* Voilà pourquoi la question de l'Albanais : les Arméniens « poursuivaient-ils un but raisonnable en occupant la Banque ottomane ? » est déplacée. Abdul-Hamid était au courant de ce projet et du but qu'on se proposait et, au lieu de prévenir le coup, il laissa faire les révolutionnaires, et prépara, comme réponse à la démonstration, — qui fut du reste inoffensive et se passa en toute tranquillité, — un massacre des Arméniens de Constantinople, qui s'accomplit sous les yeux des ambassadeurs des Grandes Puissances. D'après un rapport officiel, rédigé pour le Palais, le nombre des tués fut de 8750 et, d'après le rapport des ambassadeurs, de 5 à 6000.

Tout aussi inexacte est l'affirmation de l'Albanais que « l'Angleterre a tiré artificiellement du néant la question arménienne, à une époque où l'influence anglaise en Turquie avait fortement diminué et où l'estime pour l'Allemagne commençait à grandir. » La « Question arménienne » date de 1878, de l'époque qui suivit la guerre russo-turque. La politique orientale d'Allemagne

commença vingt ans plus tard. Si quelqu'un a créé la
« Question arménienne », ce n'est point l'Angleterre,
mais la Russie, qui fit insérer, dans le traité de San-
Stefano, l'article 16, qui est l'origine de l'article 61 du
traité de Berlin. Ce n'est pas l'Angleterre seule, mais
les six Grandes Puissances, y compris l'Allemagne, qui
ont assumé la responsabilité du sort du peuple arménien en apposant leurs signatures au traité de Berlin,
Leur but, très louable, était, suivant les délibérations du
Congrès, de garantir et protéger la vie et les biens des
Arméniens contre les Kurdes et les Tcherkesses. Bientôt la Question arménienne devint le champ d'action
de la diplomatie en Orient ; elle était dominée par l'opposition des intérêts russes et anglais en Turquie.
Lorsque, dans les années 1893-1895, le programme des
réformes pour l'Arménie fut signé, conformément
aux stipulations du traité de Berlin, par les Ambassadeurs d'Angleterre, de France et de Russie, et signé
aussi par Abd-ul-Hamid, celui-ci le scella dans le sang
de 100.000 Arméniens. Le Gouvernement Jeune-Turc
a suivi son exemple. Il a répondu aux pourparlers
russo-allemands de 1913-1914 par l'extermination du
peuple arménien. Si ce fut pour le salut de la Turquie,
l'avenir nous le dira.

Ces observations suffisent pour corriger les jugements portés par l'Albanais, qui était sans doute mal
informé des choses arméniennes, mais qui s'est appliqué
néanmoins à porter un jugement plus impartial que
M. Bratter.

Les citations de M. Bratter, empruntées à l'ouvrage
de l'Albanais, offrent encore une particularité qui ca-
ractérise bien la manière dont M. Bratter fait ses citations. Il se donne, en effet, l'air de les avoir puisées

dans l'ouvrage historique de l'Albanais « resté manuscrit » et fait remarquer que, dans cet ouvrage, « la
Question arménienne occupe naturellement une large
place ». En réalité, M. Bratter n'a jamais vu « l'histoire
analytique du règne d'Abdul-Hamid » et ses citations
proviennent encore moins de cet ouvrage, car elles
sont un plagiat du livre intitulé : « *Le Croissant qui
s'éteint*, révélations turques, par Alexandre Ular et
Henri Insabato, Imprimerie de l'Institut Littéraire Rut-
ten et Loening, Francfort-sur-le-Main, 1909. »

Les auteurs, qui y ont réuni de nombreux commérages
malveillants, avec l'intention de jeter la suspicion sur
la politique orientale de l'Allemagne, donnent, sur le
manuscrit de l'Albanais, les détails suivants, en face
desquels nous reproduisons le plagiat de M. Bratter.

Ular et Insabato	Bratter
Comme introduction à notre exposé de son règne (d'Abdul-Hamid)... nous ne croyons pouvoir mieux faire que de reproduire ce que nous a dicté (1) brièvement et en albanais, à propos des principaux moments du régime hamidien, un prince albanais libéral, qui a des préférences pour un régime constitutionnel, mais que nous ne pouvons nommer maintenant, car il est	« Un prince albanais libéral, hostile non moins au Sultan Abdul-Hamid...

(1) Cette dictée remplit les pages 113 à 132 du livre de
Ular et Insabato et ne contient que des commérages et des
calomnies sur les visites de l'Empereur d'Allemagne à
Constantinople.

menacé de mort, dans son
pays, par les Jeunes-Turcs.

Cet homme remarquable a,
pendant des années, en qualité de premier collaborateur
de Hilmi pacha, travaillé
plus qu'aucun autre... à
maintenir la tranquillité en
Macédoine.

qu'aux Jeunes-Turcs, qui a
été, pendant des années,
collaborateur de Hilmi pacha, gouverneur général de
Macédoine.

Il a composé, en langue
turque, une histoire détail-
lée d'Abdul-Hamid. Mais, en
septembre 1908, le manus-
crit de cet ouvrage, dont le
titre était *Histoire analytique du Règne d'Abdul-
Hamid*, lui fut arraché par
un monstrueux acte de violence des Jeunes-Turcs. Les
phrases suivantes, très intéressantes, non seulement au
point de vue de l'histoire,
mais aussi par leur valeur
anecdotique, représentent le
résumé de quelques cha-
pitres de cet ouvrage. »

a écrit

une *Histoire analytique
du Règne d'Abdul-Hamid*,
dans laquelle naturellement
la question arménienne occupe aussi une large place.

Cet ouvrage historique détaillé est resté manuscrit,
jusqu'à présent, car sa publication n'a pas paru oppor-
tune pour des motifs politiques.

Comme on le voit, les citations de M. Bratter proviennent, non pas de l'ouvrage historique que personne
n'a vu, puisqu'il a été, soi-disant, dérobé par les Jeunes-
Turcs, mais de réminiscences de cet ouvrage que l'Albanais a dictées à MM. Ular et Insabato. M. Bratter tait
ce détail, comme il garde le silence sur le « *Croissant
qui s'éteint* », qui est la source de ses citations. La
« large place » qu'occupe la question arménienne dans
ces réminiscences revient à une page et demie. C'est à
peu près tout ce que M. Bratter cite, avec des omissions

et des additions très caractéristiques. Mettons l'un en face de l'autre l'original et la copie :

ULAR ET INSABATO :   BRATTER :

Mais lorsqu'on apprit à Londres la visite de Guillaume et les marques d'amitié données à Abdul-Hamid, l'Angleterre se mit définitivement du côté ennemi et sortit soudain du néant la question arménienne.

Cet historien affirme aussi que l'Angleterre a tiré du néant la question arménienne au temps où l'influence anglaise en Turquie baissait fortement et où le prestige de l'Allemagne commençait à monter.

Il ajoute ensuite :

Par la faute de quelques fanatiques et de canailles subornées tout le peuple arménien, qui était antérieurement l'élément presque dominant dans l'Empire turc, puisqu'il y occupait la plupart des places élevées et possédait les plus grandes richesses, devait bientôt être confondu avec les deux ou trois criminels qui en faisaient partie et souffrir les plus terribles persécutions et des massacres qui ont glacé d'horreur l'Europe entière.

Nous devons nous demander sans préjugés :

Par la faute de quelques... fanatiques et de canailles subornées tout le peuple arménien, qui était antérieurement l'élément presque dominant dans l'empire turc, puisqu'il y occupait la plupart des places élevées et possédait les plus grandes richesses, devait bientôt être confondu avec les deux ou trois criminels   et souffrir les plus terribles persécutions.

Nous devons nous demander sans préjugés, en face de l'attaque de la Banque Ottomane (qui n'était qu'une partie d'une grande conspiration) :

Les Arméniens avaient-ils donc un motif quelconque, poursuivaient-ils un but

Les Arméniens avaient-ils donc un motif quelconque, poursuivaient-ils un but raisonnable quelconque, avaient-ils un prétexte quelconque pour tramer une Révolution à Constantinople ? Certainement non !

Car à Constantinople ils étaient tout au plus un contre 20 et ils ne pouvaient nourrir le moindre espoir de se servir de la ville comme d'un champ de manœuvres offert à leurs coups de main révolutionnaires : et en vérité on ne pouvait cependant pas leur permettre de transformer le palais de la Banque ottomane en une forteresse révolutionnaire au milieu de de la capitale.

Mais le plus grand malheur, dans cette entreprise condamnable, ce fut que les chefs, qui avaient causé les troubles, eurent la vie sauve, grâce à la protection des étrangers qui les avaient payés, tandis que d'innombrables innocents durent se laisser misérablement égorger à leur place.

Et qui ne sait pas que le nombre de ces malheureux, victimes des révolutionnaires et des provocateurs anglais, aurait été encore doublé ou triplé, si d'honnêtes musulmans indignés, et en conformité avec la sainte loi de Mahomet, n'avaient pas

raisonnable quelconque, avaient-ils un prétexte quelconque pour tramer une Révolution à Constantinople ? Certainement non !

Car à Constantinople ils étaient tout au plus un contre 20 et ils ne pouvaient nourrir le moindre espoir de se servir de la ville comme d'un champ de manœuvres offert à leurs coups de main révolutionnaires : et en vérité on ne pouvait cependant pas leur permettre de transformer le palais de la Banque ottomane en une forteresse révolutionnaire au milieu de la capitale !

Mais le plus grand malheur, dans cette entreprise condamnable, ce fut que les chefs, qui avaient causé les troubles, eurent la vie sauve, grâce à la protection des étrangers qui les avaient payés, tandis que d'innombrables innocents périrent à leur place.

Et qui sait si le nombre de ces malheureux, victimes des révolutionnaires et des provocateurs anglais, n'aurait pas été doublé ou triplé, si d'honnêtes musulmans, dans leur indignation, et obéissant à la sainte loi de Mahomet, n'avaient pas sous-

soustrait, dans leurs maisons et dans leurs mosquées, d'innombrables Arméniens aux mortels coups de gourdin de Kutchuk-Saïd ?

trait, dans leurs maisons et dans leurs mosquées, d'innombrables Arméniens aux mortels coups de gourdin de Kutchuk-Saïd ?

On voit que M. Bratter, tout comme il a supprimé plus haut « le projet de meurtre » des Jeunes-Turcs contre le prince albanais, ainsi que le fait que son manuscrit lui fut arraché « par un monstrueux coup de main des Jeunes-Turcs », cherche à affaiblir ici les déclarations de son prétendu garant, en supprimant les « persécutions et les massacres, qui ont glacé d'horreur l'Europe entière » et change les mots « se laisser misérablement égorger » en « périr ». Le changement de « et qui ne sait pas », en « qui sait si » est aussi caractéristique.

Mais nous voulons maintenant remplir la « large place » que soi-disant « la question arménienne occupe dans l'*Histoire Analytique* » (que M. Bratter n'a jamais vue), en ajoutant ici le reste des réminiscences du livre d'Ular et Insabato :

« Ces massacres n'ont pas seulement fait souffrir terriblement les Arméniens, ils ont causé des dommages effroyables au Gouvernement turc. Ils eurent pour effet immédiat, non seulement un arrêt très préjudiciable de toute la vie économique, et avant tout du commerce, qui était en grande partie entre les mains des Arméniens, mais aussi l'émigration de beaucoup d'Arméniens très riches, hommes de la finance ou du grand commerce, qui se dispersèrent dans tous les pays étrangers, qui s'établirent en Egypte, dans l'Europe occidentale et même en Amérique, et qui ne sont jamais revenus depuis. Le fisc turc a perdu par là un revenu

d'au moins 10 à 15 millions par an !... C'est alors que
paraît sur la scène Guillaume II, qui prend sous sa
protection le Sultan contre les éclats de la fureur des
Arménophiles appartenant aux Gouvernements de l'Europe occidentale, justifie son attitude et tire profit
du désastre soudain du commerce et des finances arméniennes, en établissant des maisons de commerce
allemandes à la place des grands commerçants tués ou
émigrés. »

C'est là tout ce que l'Albanais a dicté à MM. Ular et
Insabato, au sujet de la question arménienne. M. Bratter sait bien pourquoi il supprime la fin : il voulait
d'abord laisser entendre qu'il y avait encore, dans toute
l' « histoire analytique », d'autres choses intéressantes
sur la question arménienne. En second lieu, il ne pouvait oser présenter à un public allemand les basses
calomnies contre l'Empereur d'Allemagne dont son
garant prend le premier la responsabilité. Car son garant aurait aussitôt perdu par là tout crédit pour tout
ce que M. Bratter lui emprunte.

Il faut encore remarquer à ce sujet que l'accusation
selon laquelle l'attaque de la Banque ottomane aurait
eu lieu à l'instigation et avec l'argent des Anglais est
complètement en l'air. Les Arméniens désiraient, au
contraire, exciter l'opinion publique en Angleterre
contre le Gouvernement anglais qui répondait seulement par des notes, par du papier, aux massacres
d'Abdul-Hamid, et qui avait laissé tomber définitivement le plan de réformes arméniennes. Si l'Angleterre
avait voulu menacer le Sultan Abdul-Hamid, elle aurait eu à sa disposition d'autres moyens qu'une poignée d'Arméniens.

M. Bratter retourne, avec un art particulier, aux

massacres d'Abdul-Hamid de l'année 1895-1896. Il fut
un temps où maintes gens se taisaient volontiers sur
ce sujet. Après la chute d'Abdul-Hamid, il en fut autrement. Depuis le triomphe de la révolution Jeune-
Turque, chacun donnait au lion mort le coup de pied
de l'âne. Même dans la presse allemande, Abdul-
Hamid ne fut appelé que le « rouge », ou le « sangui-
naire ». Les Arméniens, depuis leurs dernières
épreuves, appellent maintenant ironiquement Abdul-
Hamid leur « bienfaiteur », car les coups qu'il a portés
à leur nation, comparés à son sort actuel, leur paraissent supportables. Les Arméniens peuvent avoir
des raisons de parler d'Abdul-Hamid comme d'un sau-
veur ; M. Bratter n'en a aucune... En aucun cas il ne
peut lui être permis de fausser l'histoire comme il le fait
aux pages 34, 35 et 36, quand il décrit les massacres de
1894-1895-1896. Je préfère admettre qu'ici aussi, M. Bratter, comme dans le cas de la reproduction du Dr Rifaat
et de MM. Ular et Insabato, a commis un plagiat ; car je
ne puis le croire capable d'inventer un tissus de mensonges aussi énormes que ceux qu'il a accumulés dans
ces trois pages.

Sur les massacres du Sassoun, en 1894, nous avons
les rapports détaillés de la commission d'enquête, qui
a établi les faits sur place. Chez Bratter, ce ne sont pas
les Kurdes qui ont organisé les massacres, mais c'est le
« fameux Hamparzoum », avec 3.000 paysans arméniens.

Les meurtres et les incendies commis par ces 3.000 paysans arméniens, comme aussi « l'aide anglaise », sont
inventés de toutes pièces.

Les massacres d'Arméniens sous Abdul-Hamid sont
transformés par Bratter en massacres de Turcs. L'histoire des massacres hamidiens est connue du monde

entier (1). Cela suffit pour mépriser d'autant plus cette grossière falsification. Lisez plutôt : « La révolte de Zeïtoun, étouffée dans le sang (2), fut suivie, en automne 1895, de la manifestation armée (3) des Arméniens à Constantinople, et celle-ci des insurrections de Trébizonde, du vilayet de Hudavendighian (4), du vilayet (lisez sandjak) d'Ismid, du vilayet de Bitlis, des vilayets de Sivas, Diarbékir et Alep, et d'une nouvelle révolte à Zeïtoun (?). Presque partout les révoltes commencèrent par des assassinats de Turcs et l'attaque des mosquées. Les révolutionnaires achevaient, avec des bombes et du pétrole, ce qu'ils avaient commencé avec des fusils et des poignards. A Trébizonde, à Aka-Hissar (lisez Akhissar), à Erzeroum, ils menaient une véritable guerre contre la po-

---

(1) Sur les massacres d'Arméniens de 1895-1896, qui ont commencé le 2 octobre 1895 à Trébizonde, il y a, à la portée de tout le monde, les rapports des ambassadeurs, qui furent présentés à la Sublime Porte, le 4 février 1896, par une note collective des six grandes puissances (y compris l'Allemagne). Ces rapports, ou plutôt ce rapport, est reproduit dans Lepsius, *l'Arménie et l'Europe* (6ᵉ édition, Berlin, 1897). Si quelqu'un pouvait encore garder quelques doutes sur ce sujet, qu'il compare le rapport des ambassadeurs avec l'exposé de M. Bratter et il sera étonné du caractère mensonger de la source anonyme, — je le suppose, — qu'il a utilisée sans critique.

(2) Il est connu que, par l'entremise des consuls européens, les gens de Zeïtoun obtinrent une amnistie, de telle sorte qu'ils échappèrent à tout massacre.

(3) On sait que cette manifestation eut lieu sans armes.

(4) Les Européens ont l'habitude d'appeler ce vilayet « Brousse ». Le fait que M. Bratter emploie le nom turc (lisez Khodavendighiar) nous fait conclure que M. Bratter a utilisé une source turque.

pulation mahométane. Leurs chefs firent tuer, dans le
vilayet d'Erzeroum, tous les Arméniens qui ne voulurent pas soutenir l'insurrection. On défendit aux
notables arméniens, sous peine de mort, d'entrer dans
les Comités de Réformes formés par le Gouvernement.
A Bitlis, le missionnaire anglais (?) Georges excitait
ouvertement les Arméniens à la révolte. Dans le vilayet
de Diarbékir, c'est le Consulat anglais qui dirige la
révolte. Dans les deux cas, les Anglais affirmaient que, si
l'insurrection restait victorieuse, le Gouvernement anglais tiendrait la main à ce que la Turquie soit forcée
de céder les six vilayets arméniens au futur Etat arménien. A Servet (n'existe pas, il faut lire : Seurt), les Arméniens incendièrent le bazar et brûlèrent tout vifs
tous les Turcs qui se trouvaient dans le bâtiment.

A Alexandrette, les Hintchakistes fréquentaient le
Consulat Britannique..... Dans la ville de Marach, on
mit le feu, en novembre 1895, à trois endroits à la fois;
plus de cent musulmans périrent dans les flammes.
Mais toutes ces ignominies furent éclipsées par la
cruauté sans exemple que les Arméniens commirent,
vers la même époque, à Zeïtoun et qui fut sans doute
âprement vengée par les Turcs (1). »

Voilà, selon Bratter, l'exposé de carnages d'Abdul-
Hamid.

Dans cet exposé, chaque phrase est un mensonge.
On ne sait que dire quand on voit des faits aussi no-
toires travestis si effrontément et inversés. On transforme les massacres d'Arméniens sans défense et
sans armes en insurrections des Arméniens et tuerie

_____

(1) Au contraire, les consuls européens obtinrent une complète amnistie pour les Arméniens de Zeïtoun.

de Turcs. L'incendie des quartiers de villes et d'églises
chrétiennes se transforme en bazars turcs réduits en
cendres et en mosquées attaquées, et ainsi de suite.
*Naturellement, comme un épouvantail d'enfants,
l'Angleterre doit se cacher derrière tout cela.* L'affirmation selon laquelle l'Angleterre aurait ourdi ces insurrections est tout aussi mensongère que l'existence
même des insurrections. Ce sont encore naturellement des missionnaires anglais (dont il n'y a jamais eu)
qui doivent tenir les fils. Comment M. Bratter peut-il
expliquer le fait que, dans ces prétendus massacres de
Turcs, une poignée seulement de Turcs et de Kurdes
ont péri, tandis qu'on comptait par milliers les victimes dans toutes les villes et les districts arméniens,
de sorte que le nombre total des tués s'éleva de 80
à 100,000 ?

*Combien grands doivent être le manque de mémoire
et la crédulité des lecteurs auxquels on peut présenter
de pareils mensonges!*

Que reste-t-il encore du contenu de la brochure de
Bratter, si nous en retranchons les coupures de journaux et les « manuscrits » utilisés par l'auteur? D'abord
des invectives insensées contre l'Angleterre, à chaque
occasion qui semble se présenter, à propos de faits inventés. Ensuite une suspicion sans motifs contre les
missionnaires américains, ou même les missionnaires
anglais qui n'existent pas. Enfin quelques explications ethnographiques et historiques insuffisantes et
sans critique (p. 20 à 26).

L'auteur n'omet pas non plus d'attester son impartialité en disant qu'il ne veut naturellement pas
prononcer un arrêt de condamnation contre tout le
peuple arménien, « *qui est composé en très grande par-*

tie d'éléments paisibles, laborieux et capables » (1).

Il appelle même les Arméniens de la région du lac de Van, des régions où l'Euphrate et le Tigre prennent leur source, des vallées du massif du Taurus, « les plus intelligents et les plus laborieux agriculteurs de la Turquie ». Malheureusement le Gouvernement turc a précisément chassé de leurs foyers ces « éléments paisibles, laborieux et capables », et exterminé « les plus intelligents et les plus laborieux agriculteurs de la Turquie ». Dans les six vilayets orientaux, l'élément arménien se monte non point à 16 %, comme le dit Bratter, mais bien à 25 % ; dans l'Arménie proprement dite, si l'on fait abstraction des régions périphériques kurdes de ces vilayets, ils forment 39 % de la population (43.6 % avec les Syriens également exterminés). L'histoire des malheurs séculaires de l'Arménie ne s'explique nullement par les « luttes intestines » du peuple arménien mais, comme le montre un simple aperçu de l'histoire, elle dépend de sa situation géographique. Placée entre de puissants Empires mondiaux, et subjuguée tour à tour par eux, submergée par les invasions des Mongols et des Tartares, l'Arménie n'a jamais connu de jours heureux. L'affirmation qui soutient que

(1) Naturellement on retrouve chez Bratter aussi « les commerçants arméniens, souvent décriés comme trompeurs et usuriers ». Mais le fait que nos grandes banques et nos exportateurs font leurs principales affaires en Turquie avec des commerçants arméniens et leur consentent les plus grands crédits devrait vraiment suffire pour détruire cette légende de reporters. Depuis des dizaines d'années, *« les voleurs de moutons serbes »* et les « *escrocs arméniens* » forment le fond solide des connaissances sur l'Orient des reporters ignorants ; il serait temps que ces injuresindignes contre des nations entières disparaissent de la presse.

« les ennemis les plus entêtés des réformes arméniennes seraient les Arméniens eux-mêmes », que le grand parti des Comités révolutionnaires s'opposait violemment à toute tentative de réformes et qu'il imposait au peuple, parfois avec menaces de mort, son avis contraire à toute tentative de ce genre, est une invention ridicule. Le but, cent fois déclaré, des révolutionnaires qui, avant la proclamation de la Constitution, travaillaient, la main dans la main, avec les Jeunes-Turcs, à la chute du régime absolutiste, était la réalisation des réformes promises par les Grandes Puissances. Le parti des Daschnakzagans, jusque-là révolutionnaire, le seul parti qui ait de l'importance pour le peuple arménien, se changea ainsi en une représentation constitutionnelle de la nation. Le programme élaboré par les Daschnakzagans formait la base des pourparlers russo-allemands de 1913 relatifs aux réformes. Boghos Nubar pacha, que Bratter appelle « l'un des principaux chefs des révolutionnaires arméniens », s'est appliqué à faire admettre par les Cabinets de Berlin, Londres et Saint-Pétersbourg, un projet qui n'était autre chose que la mise à exécution du programme des réformes, précisément dans la forme recommandée par l'Allemagne à la Porte, et acceptée par celle-ci le 8 février 1914.

« Les nombreuses révolutions arméniennes des vingt-cinq dernières années (page 23) » sont *une invention de M. Bratter*, et voilà pourquoi la formule : « la série fatale : insurrection des Arméniens, — répression de la révolte, — punition sévère des chefs, — vols et assassinats des Kurdes, — tuerie d'innocents, et par là, de nouveaux mouvements insurrectionnels » par laquelle Bratter résume la question arménienne, ne trouve pas ici son application.

Personne, ni les Hintchakistes, ni les Daschnakzagans, ni les missionnaires américains, ni les diplomates européens, ni Boghos Nubar pacha, n'a jamais parlé, ni rêvé, *d'un Royaume d'Arménie indépendant*. Mais, comme les documents historiques des trente-cinq dernières années le démontrent, on n'a jamais désiré ni réclamé autre chose que des réformes qui auraient assuré aux Arméniens le minimum de droits civiques et de libertés qui est naturellement admis pour tout citoyen d'un Etat européen. Il n'est pas besoin de dire que, pour la Russie, *un royaume d'Arménie* est complètement inadmissible. Tous les hommes politiques arméniens ont toujours regardé le maintien de la souveraineté de la Turquie comme une question vitale pour le peuple arménien. Même maintenant, après l'extermination de la moitié du peuple et le complet dépouillement des survivants, les Arméniens, russes ou turcs, repoussent l'annexion à la Russie et réclament uniquement la conservation et la restauration de leur peuple dans une Turquie réorganisée selon les principes de la justice et de la liberté.

M. Bratter en vient ensuite à parler particulièrement des Arméniens catholiques; il consacre aux querelles de ces derniers avec les Arméniens grégoriens des commentaires tout à fait superflus (1), car cela n'a pas d'intérêt pour le sort des Arméniens catholiques d'aujourd'hui (2), qui ont partagé le destin de leurs frères grégoriens ou protestants. Il n'adresse pas ses sympathies aux Arméniens catholiques vivant aujourd'hui, comme l'a

---

(1) Il était aussi superflu que M. Bratter tirât de l'oubli une prétendue insulte au Pape de Rome par un patriarche arménien de 1828.

(2) Il est insensé d'appeler « une dilacération réciproque » les querelles confessionnelles entre les Grégoriens et les

fait le Pape dans son dernier manifeste pour la Paix du Monde et par ses démarches énergiques auprès de la Sublime Porte ; mais il les adresse à 12.000 Arméniens catholiques, morts depuis longtemps, qui furent forcés, en 1828, de revenir des environs d'Angora à Angora même.

Et maintenant, encore un mot au sujet des apostrophes de M. Bratter aux signataires de l'appel suisse.

« D'où savent donc ces Messieurs ce qu'ils affirment publiquement ? Où et quelles sont les personnes impartiales qui racontent tout cela ? Les signataires ont-ils pris la peine ou ont-ils eu l'occasion de se convaincre de l'impartialité de ces personnes ? »

Nous pouvons assurer M. Bratter que les signataires se sont donné la peine qu'il ne s'est pas donnée lui-même. Ces Messieurs ne sont pas aussi ignorants que M. Bratter. Un grand nombre d'entre eux ont, depuis longtemps, beaucoup de relations avec les parties même les plus éloignées de la Turquie. Il y a parmi eux des hommes qui ont parcouru la Turquie dans toutes les directions, qui ont fait, pendant des années et des dizaines d'années, de grands sacrifices pécuniaires, pour le malheureux peuple arménien, et qui ont, en personne, travaillé parmi eux.

« Que savent-ils de toutes ces choses ? Et pourquoi

Arméniens catholiques unis avec Rome, querelles qui n'ont aucune importance pour la « question arménienne ». Les Grégoriens sont en tout 3.800.000 ; les Arméniens catholiques 110.000 ; les protestants 60.000 ; les Grégoriens forment donc 95 °/₀, les catholiques 3 1/2 °/₀ et les protestants 1 1/2 °/₀ du total. Les catholiques d'Allemagne ont adressé aussi une requête au chancelier de l'empire au sujet de leurs frères en religion d'Arménie.

radotent-ils au sujet d'une campagne d'extermination des Turcs contre les chrétiens arméniens (1) ? »

Il faut avoir vraiment un triste courage pour accuser de « radotage » cent citoyens suisses des plus distingués et des plus éclairés, quand on a soi-même apposé sa signature au bas d'un ouvrage tel que celui que nous avons été malheureusement obligé de soumettre à notre examen.

A parler franchement, nous n'aurions pas dépensé du papier pour nous occuper de l'ouvrage de M. Bratter, mais, malheureusement, le manque de critique est contagieux et des hommes, dont on pouvait espérer un plus sain jugement, se sont laissés prendre à son pamphlet. Je me contente de citer à l'appui l'article du Comte Ernest Reventlow. *La nature des cruautés Arméniennes* dans le n° 636 de la *Deustche Tageszeitung* du 19 décembre 1915 ; le n° 49 de l'*Allgemeine Evangel. Luther. Kirchenzeitung* du 3 décembre 1915 ; le *Evangelische Kirchenblatt* pour le Wurtemberg n° 48 ; et une déclaration de l'*Alliance Positive Générale* dans la presse. L'analyse du pamphlet de Bratter mettra les auteurs de ces articles à même de rectifier leur jugement.

(1) A propos de sa sortie dans la question des Arméniens, il a reçu une réplique méritée dans l'*Ami de l'Eglise* de Bâle, n° 2, 14 janvier 1916, page 30.

CONCLUSION

Les faits que nous avons pu communiquer se résument ainsi qu'il suit :

Le nombre des Arméniens en Turquie était, avant la guerre, d'après la statistique du Patriarcat, de 1.845.000.

Les mesures de déportation ont atteint tous les vilayets de l'Anatolie de l'Est et de l'Ouest, la Cilicie et la Mésopotamie. En dehors de Constantinople, Bagdad et Jérusalem, il n'y eut que le vilayet d'Aïdin, avec Smyrne, qui fut épargné. Echappèrent aussi à la déportation les Arméniens du vilayet de Van et des districts limitrophes ; ils s'enfuirent en partie au delà des frontières, ou bien furent délogés par les Russes, quand ils n'étaient pas tués par les Kurdes. On peut considérer aussi comme indemnes les familles qui échappèrent à la déportation en embrassant l'islam, sous la pression des autorités, comme aussi les nombreuses jeunes filles, femmes et enfants qui furent vendus aux harems turcs ou emmenés dans des villages kurdes.

Un tiers de la population, tout au plus, peut avoir échappé à la déportation par la fuite, l'islamisation, ou en restant dans leur pays. Les deux tiers (environ 1.200.000) ont été atteints par la déportation. Dans les provinces orientales, les déportations étaient accompagnées le plus souvent de massacres systématiques, dans lesquels était exterminée surtout la population mâle et aussi un nombre considérable de femmes et d'enfants.

De source officielle turque, on a évalué à 300.000 le nombre des Arméniens tués. Si l'on y ajoutait ceux qui ont péri sur les chemins, ou bien ceux qui ont succombé au terme de la déportation, par la faim et les maladies, on estimerait que la perte en vies humaines a été beaucoup plus élevée.

Si l'on suppose que, sur les 8 ou 900.000 déportés, un tiers est resté encore en route, disséminé dans les villages kurdes ou en fuite sur les montagnes, il resterait encore 600.000 personnes, pour la plupart femmes et enfants, qui devraient être arrivées au but de la déportation dans les déserts de la Mésopotamie.

Le Gouvernement turc a caractérisé la déportation comme « une colonisation de la Mésopotamie par les familles non exemptes de toute prévention ». Une colonisation aurait exigé qu'on assignât aux déportés un terrain, des maisons, du bétail, des instruments agricoles, des outils, etc.., Rien de pareil n'a été fait.

L'expropriation a atteint un million et demi de sujets de la Turquie, qui possédaient des champs, des maisons, des ateliers, des magasins, des meubles, etc. Ils durent tout abandonner. Ils ne pouvaient espérer être dédommagés. On ne prend aucun soin de l'entretien des survivants, à part de rares exceptions, de sorte qu'ils sont réduits à mendier et meurent en nombre croissant par la faim et les maladies.

Comme 80 % du peuple arménien étaient des agriculteurs, une partie considérable de la superficie de la Turquie, autrefois cultivée, reste aujourd'hui en friche, de sorte que la population musulmane de ces régions est menacée de la famine.

Le dommage résultant de l'anéantissement du bien-être de la nation arménienne est à la charge, non-seulement de l'Empire ottoman, mais aussi du commerce allemand. Les Arméniens avaient entre leurs mains 60 % de l'importation, 40 % de l'exportation, au moins 80 % du commerce intérieur et la majeure partie des métiers et des professions libérales. Les ouvriers et les employés des maisons allemandes de commerce, en Turquie, étaient, pour la plupart, des Arméniens.

Grégoriens, catholiques et protestants, ont été atteints par les mêmes mesures. L'organisation ecclésiastique est ruinée. On n'a même pas permis au Patriarcat de pourvoir aux soins spirituels des déportés. Plus de mille églises sont désertes. Elles sont changées en mosquées, quand on ne les emploie pas à des usages profanes; ou bien on les laisse tomber en ruines.

La magnifique organisation scolaire du peuple arménien, qui comptait plus de 120.000 élèves (1), est anéantie. On a confisqué les bâtiments scolaires et les fonds réservés aux écoles ; on a tué la plupart des maîtres ; on a enlevé ou déporté les maîtresses d'école.

On a été jusqu'à arracher les uns aux autres les membres d'une même famille, on a séparé les maris de leurs femmes, les enfants de leurs parents. Les conséquences politiques de l'extermination de la nation arménienne sont maintenant révélées. Les Arméniens russes du Caucase, environ un million et demi, n'avaient, jusqu'à présent, aucune raison de s'identifier avec la Russie. Ils désiraient bien plutôt le maintien de la Turquie, qui semblait offrir à leur nation plus de garanties

_____

(1) Le chiffre total des élèves des écoles gouvernementales turques est, d'après une statistique officielle turque, seulement de 212.069 élèves des deux sexes.

que la Russie pour la conservation de leur Église et de leurs écoles, de leur langue et de leurs coutumes nationales. Par la persécution des Arméniens en Turquie, les Arméniens du Caucase furent obligés de se jeter dans les bras de la Russie. Il en fut de même des Syriens Nestoriens.

Les conséquences morales des massacres arméniens é de la déportation ne pourront être appréciées qu'après la guerre. Le monde entier ne se laissera pas convaincre que des considérations stratégiques aient exigé la déportation d'un demi-million de femmes et d'enfants, des conversions en masse à l'islam, et l'extermination de milliers de gens sans défense.

Tous les efforts pour promouvoir en Turquie des progrès économiques et intellectuels seront très gravement paralysés par l'expropriation de l'intelligent et laborieux peuple arménien et par l'extermination des énergies les plus précieuses de la Turquie.

Non seulement les chefs politiques du peuple arménien s'étaient gardés de tout acte déloyal envers le Gouvernement turc, mais ils avaient, depuis la proclamation de la Constitution, soutenu le parti Jeune-Turc actuellement au pouvoir. Les intellectuels arméniens ne manqueront pas de révéler au grand jour les événements, car ils ont la conviction que les mesures d'extermination qui ont frappé leur peuple ont leur origine dans les tendances panislamiques du Gouvernement turc actuel et non point dans des actes de déloyauté du peuple arménien.

L'auteur sera reconnaissant pour toute rectification et pour toute aide qui compléterait sa documentation.

www.ingramcontent.com/pod-product-compliance
Lightning Source LLC
Chambersburg PA
CBHW050143030726
47505CB00005B/1207

www.ingramcontent.com/pod-product-compliance
Lightning Source LLC
Chambersburg PA
CBHW070211030726
47505CB00006B/1647